La hermana favorita

La hermana favorita

Jessica Knoll

Traducción de Elia Maqueda

Rocaeditorial

Título original: *The Favorite Sister*

© 2018, Jessica Knoll

Todos los derechos reservados.
Publicado en acuerdo con el editor original, Simon & Schuster, Inc.

Primera edición: octubre de 2018

© de la traducción: 2018, Elia Maqueda
© de esta edición: 2018, Roca Editorial de Libros, S. L.
Av. Marquès de l'Argentera 17, pral.
08003 Barcelona
actualidad@rocaeditorial.com
www.rocalibros.com

Impreso por LIBERDÚPLEX
Sant Llorenç d'Hortons (Barcelona)

ISBN: 978-84-17167-12-7
Depósito legal: B. 20126-2018
Código IBIC: FH

Para las mujeres que saben lo que se siente

La sororidad es poderosa. Mata.
Sobre todo a las hermanas.

TI-GRACE ATKINSON

Kelly: la entrevista

Actualidad

Un hombre que no sé cómo se llama me mete la mano por debajo de la blusa nueva y conecta el cable al micrófono de solapa que llevo enganchado en el cuello de la camisa. Me pide que diga algo —prueba de sonido— y, por un momento, me planteo decir la verdad: «Brett está muerta y yo no soy inocente».

—Probando. Probando. Uno. Dos. Tres. —No solo no soy sincera. Tampoco soy original.

El técnico de sonido escucha la grabación de lo que acabo de decir.

—Intenta que el pelo no te caiga sobre el hombro izquierdo —me dice. No me corto el cabello desde hace meses, y no porque el duelo haya anulado mi vanidad. Espero que los telespectadores aprecien el parecido con mi hermana. Tengo el pelo bonito. Brett también lo tenía.

—Gracias —le contesto. Ojalá pudiera recordar su nombre. Brett lo habría sabido. Se propuso aprenderse los nombres de todo el equipo, desde el técnico de luces hasta el harén en constante rotación de los ayudantes de producción. La especialidad de mi hermana era hacer que la gente poco valorada se sintiera valorada. Prueba de ello es que hoy estemos todos aquí reunidos, algunos dispuestos a contar mentiras épicas sobre ella.

Una vez arreglado el asunto acústico, me acomodo en mi sitio delante de la cámara A con la triste entereza de la viuda de un soldado caído en combate. La pequeña habitación es acogedora como una tarjeta navideña: la chimenea está encendida y las sillas, atestadas de cosas. Es la primera vez que vengo al apartamento de Jesse Barnes y me he quedado de piedra al comprobar que, si bien está lujosamente decorado, no es mucho más grande que el mío de una habitación en Battery Park, el mismo que atrofia mis ahorros el día quince de cada mes. Jesse Barnes tiene un *reality show* de éxito en un prestigioso canal de televisión por cable y solo le da para ochenta y cinco metros cuadrados. Nueva York se ha quedado sin cobertura inmobiliaria para más gente de éxito.

Jesse sale de su habitación y me mira con el ceño fruncido.

—Mejor —dice, refiriéndose a mi vestimenta. Me he agobiado muchísimo con qué ponerme para esta entrevista; rastreé todas las páginas de ofertas especiales hasta que por fin me di permiso para comprarme algo de temporada de Anne Taylor. No de Loft. Cuando vas a hablar en televisión de tu hermana menor, muerta a los veintisiete años, tienes que apostar por el producto de calidad.

He llegado a la entrevista quince minutos antes de la hora (localización uno, salón de Jesse) sintiéndome pulcra, con una camisa blanca almidonada y unos pantalones negros que se abrochan por encima del ombligo. Jesse apenas se ha molestado en mirarme y ha llamado a su estilista con un suspiro de desprecio, como si ya esperara que la fuese a decepcionar. Así que han reinventado mi atuendo de hermana mayor de luto con ayuda de unos vaqueros anchos rotos y unas zapatillas de deporte, aunque hemos mantenido la camisa blanca, «para que contraste», con las mangas remangadas y atada con un nudo en la cintura. «Esto es una charla íntima junto a la chimenea en mi salón, no una entrevista de la red con Diane Sawyer en un plató», le ha dicho Jesse a la estilista, hablando de mí como si yo no estuviera allí. No ha hecho ningún comentario acerca de la etiqueta con el precio, aunque la ha visto, porque seguía prendida en la costura interior de los pantalones rechazados con un pequeño imperdible metálico. Ciertamente, Diane Sawyer quería entrevistarme en un plató por medio millón de dólares, pero dije que no, por Jesse, y eso que soy madre soltera y mañana voy a intentar devolver esta ropa.

Jesse Barnes se sienta frente a mí y hace algo muy confuso: me sonríe. Durante toda la mañana ha ido alternando entre desacreditarme e ignorarme, algo nada fácil de hacer en una casa tan pequeña. Ella sabe lo que pasó en realidad y por eso me da una de cal y otra de arena. Me necesita, eso está claro, así que una podría pensar que debiera sonreírme más. El problema es que yo también necesito a Jesse.

—¿Estás bien? —me pregunta, y casi parece nerviosa. A nuestro alrededor, unos sacos terreros anclan los focos, cuyas bombillas desnudas resultan demasiado brillantes para mirarlas directamente. «Es como si nos estuviésemos preparando para una catástrofe medioambiental», pensé la primera vez que los vi, no hace mucho.

—Sí —le digo con la seguridad que he aprendido a fingir desde que soy madre. «¿Cómo se llama mi padre?» No lo sé. «¿Qué pasa si un hombre entra en mi colegio con una pistola?» Eso no va a pasar nunca.

—Seamos rápidas, por el bien de ambas —dice Jesse, poniéndose el móvil a la altura de los ojos para releer las preguntas de la entrevista mientras balancea una de sus botas militares.

«Jesse se viste como una Audrey Hepburn gótica y lesbiana», me dijo Brett antes de que yo la viera por primera vez, y luego repitió la ocurrencia delante de ella, como para demostrarme que, a diferencia de las demás mujeres, Jesse era su amiga y no solo su jefa. Ella y yo estábamos trabajando en nuestra amistad antes de que Brett muriese, y nuestra única broma interna prendió la mecha de la inseguridad que mi hermana había mantenido casi a raya desde que se hiciera famosa. Tenía miedo de que volviéramos a nuestros roles de la infancia: yo, la niña modelo; ella, la réproba. «Por lo menos tú no tuviste una infancia de mierda», me decía siempre que me pasaba algo malo en la vida adulta, como si no tuviese derecho a quejarme de que me fuesen a hacer una endodoncia solo por haber sido la favorita de mamá cuando éramos niñas. Lo que Brett nunca entendió es que mamá me prefería a mí porque podía controlarme, y eso también convierte tu infancia en una mierda por derecho propio. Yo era la hija que decía a todo que sí, y que conste en acta que lo que conseguí a cambio no fue amor. Lo que conseguí fue una barra que bajaba progresivamente, como en el baile del limbo, tanto que en un momento dado no pude inclinarme más. Así que me rompí.

—Estamos listos, Jess —dice Lisa. Lisa es la productora ejecutiva y la única persona en esta habitación que no estaba enamorada de Brett cuando estaba viva. Bueno, además de mí. Que nadie me malinterprete, yo quería a mi hermana, pero también sabía cómo era.

Tocan los preparativos de última hora: un toque de vaselina en el arco de los labios, un poco de laca del peluquero, sonrisa de prueba (ni rastro del desayuno entre los dientes). El plató se despeja para dejar en él solo a los jugadores principales. Las circunstancias no son las ideales, pero hace menos de un año habría sido un sueño para mí que Saluté pusiera anuncios del *Especial: entrevista a Kelly Courtney* en los autobuses de la MTA.

Jesse comienza:

—Kelly, quiero darte las gracias por acceder a compartir tu historia con la comunidad de Saluté. —Habla con tono amable, pero su mirada es firme y oscura—. Permíteme que te diga en primer lugar que lamento muchísimo tu pérdida. Sé que hablo por la familia Saluté al completo cuando digo que estamos todos de luto. —Hace una pausa lo suficientemente larga para que yo le dé las gracias—. Este duelo, como seguro que tú sabes bien, es un tornado de emociones. Dolor, sorpresa, confusión, ira. —Una gota de saliva de Jesse me cae justo debajo del ojo. Me la seco y me doy cuenta de que parece que me estoy enjugando una lágrima. Entonces, Jesse me pregunta—: ¿Cómo lo llevas?

—Me agarro a lo que puedo. —Me imagino mis manos agarradas al voladizo de un tejado; unas nubes de dibujos animados me separan de la gente que me mira boquiabierta abajo en la calle: «¿De verdad voy a hacer esto?». Stephanie debió de pensar eso también. ¿Cuántas veces?

—Veo que llevas el anillo de tu hermana —dice Jesse—. ¿Puedes explicar qué significado tiene esto a la gente que nos está viendo desde casa?

Llevo la mano derecha a la izquierda rápidamente para proteger el anillo de oro, como si Jesse hubiera amenazado con quitármelo.

—Las mujeres se hicieron estos anillos cuando terminó la primera temporada del programa —explico, mientras rozo el metal grabado con el dedo pulgar. Como todo lo que pertenecía a Brett excepto sus zapatos, el anillo me queda grande. Cuando hace frío tengo que ponérmelo en el dedo pulgar—. Tiene una inscripción: PA, «Primeras Afortunadas».

—¿Qué significa «Primeras Afortunadas»?

«Que el proceso mortal de *casting* al que las sometíais cada año no consiguió doblegarlas. Que fueron las primeras Afortunadas y aún seguían en la brecha.» El departamento de producción era conocido por jugar con las mujeres entre una temporada y otra. Metían a mujeres nuevas, más jóvenes, más listas, más ricas, las grababan y las enviaban a la red para que las tuvieran en consideración. «Nuevos fichajes» en potencia, todo con el pretexto de mantener un elenco de concursantes variado. Pero también se aseguraban de que las concursantes antiguas se enterasen, que supieran que nadie era irreemplazable. Si querían volver, tenían que currárselo. Y las antiguas harían cualquier cosa para volver. Nadie ha dejado nunca el programa por decisión propia, a pesar de lo que las Afortunadas previamente expulsadas hayan declarado a la prensa. O te expulsaban o te morías y, sinceramente, puede que sea mejor morir. Una vez expulsada, todo se acababa de todas formas.

Para Jen Greenberg, para Stephanie Simmons y para mi hermana era motivo de orgullo el hecho de ser Afortunadas originales que habían sobrevivido a todos los maremotos de los *castings* entre una temporada y otra. Se habían hecho estos anillos para felicitarse a sí mismas y, seamos honestos, para dejar patente su autoridad sobre las novatas como yo.

—Los anillos simbolizan nuestra promesa de ayudarnos las unas a las otras a levantarnos —reafirmo.

—Como mujeres, tenemos que comprometernos a eso —dice Jesse con el vigor de alguien que cree sus palabras—, sobre todo porque el mundo está diseñado para no dejarnos levantar cabeza. Y Kelly, tengo que reconocer que, después de lo que le pasó a Brett, creo que la mayoría entenderíamos que hubieras decidido dar un paso atrás, vender tu parte de la empresa y dejar que otra persona tomara las riendas. En lugar de eso, optaste por tomar el control creativo y has duplicado tus ingresos, todo mientras crías a la adolescente más amable, cariñosa y emprendedora que he conocido. Tú no solo estás en pie. Estás floreciendo.

La mención a mi hija hace que mi corazón se acelere. «A ella no la metas en esto», pienso, de forma injusta puesto que fui yo quien la metió.

15

—Kelly —prosigue Jesse—, la red se enfrentó a duras críticas cuando anunciamos que no solo vamos a seguir adelante con la emisión de la cuarta temporada como estaba planeado, sino que además vamos a emitir el vídeo de aquel día sin censura de ningún tipo. Precisamente porque somos un programa dedicado al empoderamiento y al progreso de las mujeres, sentíamos que era nuestra responsabilidad sacar a la luz la realidad de la violencia doméstica. Como amiga tuya sé que estás de acuerdo con Saluté. ¿Podrías hablarme un poco de todo esto?

Aunque sé que no somos ni nunca seremos «amigas», la palabra me atraviesa como un clavo ardiendo. Formar parte de la órbita de Jesse es algo fantástico. Siento que haya tenido que ser así —por supuesto que lo siento, no soy un monstruo—, pero tampoco tengo por qué sentirme culpable. Todo lo que Jesse acaba de decir de mí es cierto. He revitalizado la empresa. He duplicado nuestros ingresos. He criado a una hija excepcional. Merezco estar aquí, quizás incluso más de lo que lo merecía Brett.

—Así es como lo veo yo, Jesse —contesto—. Si lo que le sucedió a mi hermana me hubiera sucedido a mí, no habría querido que censuraseis la verdad —esta repetición verbal recibe un gesto de aprobación casi imperceptible por parte de Jesse— solo porque resulte incómoda para la gente. La violencia doméstica debería incomodarnos. Debería traumatizarnos. Es la única forma de que algún día tengamos la motivación suficiente para hacer algo por evitarla. —Mi voz se ha intensificado, y Jesse alarga la mano para coger la mía. El gesto produce una palmada, como si las hubiésemos chocado.

—¿Por qué no empezamos por el principio? —sugiere. Siento su pulso eléctrico bajo las yemas de mis dedos. «No está nerviosa —advierto—. Está emocionada.»

Mi madre siempre me decía que debía ganar mi propio dinero para que ningún hombre pudiese decirme nunca lo que tenía que hacer. (Ni que mi padre se lo hubiese dicho nunca.) Pero aquí estoy, haciendo exactamente eso, o al menos intentándolo, para luego recibir órdenes de una mujer que no dudaría en pegarme más fuerte de lo que podría hacerlo un hombre si no hago lo que ella dice. No tengo independencia. No tengo ninguna opción preferible. ¿Qué voy a hacer sino empezar a contar nuestra versión desde el principio?

16

PRIMERA PARTE

Preproducción: mayo de 2017

1

Brett

La potencial profesora de yoga número cuatro tiene el pelo punki y rubio, y bronceado de culturista. Se llama Maureen y es una ex ama de casa que se ha pasado los últimos siete años preparando un documental sobre el éxodo de la tribu anlo ewe desde Notse al sudeste de la República de Ghana. Si por mí fuera, pararía ya de buscar.

—Gracias por subir hasta aquí a vernos —dice Kelly con una sonrisa complaciente que no pretende que Maureen vuelva a ver nunca. Sé que ha decidido descartarla desde el momento en el que se ha quitado el abrigo, revelando el sujetador deportivo rosa y la tripa floja de haber parido. A Kelly no le quedó barriga después de tener a su hija, por eso cree que la tripa floja no es cuestión de biología, sino de elecciones. De una mala elección.

Apenas he hablado durante la entrevista —esto es cosa de Kelly, aunque no esté escrito en ningún sitio—, pero Maureen establece un contacto visual sincero conmigo antes de darse la vuelta para irse.

—Sé que me arriesgo a que parezca que os estoy haciendo la pelota —dice—, pero no puedo irme de aquí sin decir que la generación de niñas de hoy en día tiene muchísima suerte de que haya gente como tú en la televisión. Quizás habría madurado antes si alguien como tú me hubiese enseñado lo genial que puede ser la vida si te aceptas a ti misma. Les habría ahorrado a mis hijos un montón de momentos de puta mierda. —Se lleva una mano a la boca—. Mierda. —Abre mucho los ojos—. ¡Mierda! —Los abre aún más—. ¿Por qué no puedo parar? Lo siento mucho.

Miro a mi sobrina de doce años, que está sentada en un rincón mandando mensajes de móvil ajena a todo. No debería estar aquí hoy, pero el perro de su niñera se ha comido una uva. Tóxica, según parece. Me giro hacia Maureen.

—¿Qué has dicho?

El silencio se alarga, incómodo. Solo cuando se vuelve insoportable, esbozo una sonrisa y repito:

—¿Qué puta mierda has dicho?

—Ay, madre. —Maureen se inclina hacia delante, aliviada, y apoya las manos en las rodillas.

—Tranquila —murmura mi hermana, recordándome a mi madre. Esta podía silenciar la alarma de un coche en plena noche solo con un gesto lento de cabeza.

—Tu hija es impresionante, por cierto —dice Maureen, cambiando de tema en un intento de aplacar a mi hermana y su gesto severo, pero eso es lo peor que podía decirle de su hija. «Impresionante. Despampanante. Exótica. Esa cara. Ese pelo.» Todo eso hace que a mi hermana se le hinche la vena del cuello. «Mi hija no es una fruta tropical rara —le suelta a veces a los extraños que le dicen cosas similares llenas de buenas intenciones—. Es una "niña" de doce años. Di que es guapa.»

Maureen ve la expresión en el rostro de Kelly y recurre a mí de nuevo.

—Y que sepas —se echa el anorak sobre los hombros y mete un brazo en la manga— que ya hay lista de espera para tu libro en la librería de mi barrio. Solo tengo a dos personas delante, pero fíjate. Si ni siquiera lo has escrito todavía...

Le ofrezco la bandeja de donuts caseros de Grindstone. «¿Qué tienen de malo los Dunkin'?», quería saber. Pero Kelly había leído sobre estos donuts de diseño en *Grub Street* e insistió para que parásemos en Sag Harbor de camino.

—Te has ganado el de beicon y sirope de arce solo por eso. —Le guiño un ojo a Maureen y ella se sonroja como una mujer mucho más joven que se hubiese casado con un hombre a pesar de todas aquellas fantasías con su mejor amiga.

—¿Te pasa mucho esto? —pregunta la periodista del *New York Magazine* una vez se ha ido Maureen. Erin, creo que ha dicho que se llamaba—. ¿Que las mujeres te atribuyan su salida del armario?

—Todo el rato.

—¿Por qué crees que es?

Enlazo las manos por detrás de la cabeza y levanto los pies. Las mujeres hetero más arrogantes a menudo llaman mi atención con una risita.

—Supongo que me favorece ser lesbiana.

Kelly pone esa cara que mi madre siempre decía que se te podía quedar para siempre. Me gustaría poder decirle que tenía razón.

—El caso es que te va bien —asiente Erin, riendo—. ¿Los baños funcionan?

—Al fondo a la izquierda —le dice Kelly.

—Brett, no —dice Kelly, en voz baja, en cuanto se cierra la puerta del baño. Se refiere a Maureen. Brett, no, no vamos a contratarla. Esto no es cosa tuya. Alcanzo la grabadora de Erin y la apago para que no quede constancia de los gorda/vieja/bronceada que pueda decir Kelly.

—Eh —levanto el teléfono para hacer una *story* de Instagram de lo que nos rodea—, el centro de yoga es tu bebé. —Escribo «NUEVO ESPACIO SPOKE. INAUGURAMOS EN JUNIO». Le doy a «Ok». Busco la ubicación. Montauk – *End of the World* no aparece hasta pasado un buen rato. Aquí la cobertura va y viene, lo que me recuerda…—. Por cierto —le digo a Kelly—. Nada de subir hasta aquí.

Kelly me mira perpleja.

—Le has dicho que gracias por subir hasta aquí a vernos. Montauk no está al norte. Está al este. No hay que subir a ningún sitio. Quieres que la gente crea que eres una experta asidua de los Hamptons, ¿no?

Me saco la sudadera por la cabeza y aliso mi famoso cabello para eliminar la electricidad estática.

En realidad esta es la primera vez que Kelly viene por aquí. Una entrada para un monólogo humorístico, me di cuenta cuando se lo mencioné al diseñador comercial que contraté para transformar esta ferretería abandonada de la calle principal de Montauk en un centro de yoga temporal, lo que ahora se llama *pop-up*. Un centro *pop-up* de yoga en la calle principal de Montauk. Si os preocupaba que me volviera básica hasta la náusea, estabais en lo cierto.

—¿Nunca habíais estado en Montauk? —repitió el diseñador con incredulidad, como si mi hermana nunca hubiera probado el chocolate u oído hablar de Justin Bieber. Se llevó la mano al cuello, ahogado por el encanto de Kelly.

Así que hace un rato, cuando Kelly y yo estábamos preparando el espacio para las entrevistas a los profesores de yoga, mi hermana me pidió que no le dijera a la periodista del *New York Magazine*, que había venido hasta aquí para documentar la primera audición de instructores en el centro de yoga, que era la primera vez que Kelly estaba en Montauk.

Intento analizar su razonamiento antes de preguntar. Kelly se pone cascarrabias cuando le pides que te explique cosas que ella cree que son obvias, otra encantadora faceta de su personalidad que heredó de nuestra madre.

—¿Por qué no? —me veo finalmente obligada a preguntar. Por más que lo pienso no se me ocurre qué tiene de malo que la gente sepa que es la primera vez que Kelly viene a Montauk. Yo no he venido mucho a Montauk y, en cualquier caso, lo mejor para nuestra «marca» —aj, me sigue pareciendo la palabra más vulgar del mundo— es que Kelly no se haya pasado nunca un verano poniéndose fina de vino rosado en bañador en Gurney's. Somos el centro de *fitness* «del pueblo».

—Porque no quiero que quedemos como inexpertas en la prensa —me contestó mientras desenrollaba una esterilla—. Me preocupa la impresión que demos a nuestros inversores, no vayan a pensar que somos unas niñas jugando con dinero del Monopoly.

«Bueno —pensé, aunque no me molesté en decirlo en voz alta—, no son nuestros inversores. Son mis inversores. Que no te quite el sueño.» Pero lo dejé pasar. Tengo muchas otras batallas que librar como para perder el tiempo con las declaraciones delirantes de una madre y ama de casa que todavía no ha aceptado el hecho de que su hermana pequeña la gordita es ahora la triunfadora.

Y, en efecto, soy una triunfadora. Desde que finiquitamos la grabación de la última temporada, he recaudado 23,4 millones para expandir mi centro de *spinning*, WeSPOKE. En otoño de 2017, vamos a abrir dos sedes nuevas, una en el Upper West Side y otra en el Soho, y si nos va bien esto del yoga, le tenemos el ojo echado a un espacio muy cerca del SPOKE original, en Flatiron, la zona donde suelen empezar los centros de *fitness* de moda en Manhattan. No está nada mal para una chica de veintisiete años que dejó la FP y que hasta hace dos años vivía en el sótano de su hermana en Nueva Jersey.

Debería estar orgullosa, y lo estoy, pero... no sé. No puedo evitar sentir cierto conflicto ante la idea de la expansión. Me encantaba nuestro centro incompleto cuando era un negocio autogestionado: no había ninguna junta ante la que dar explicaciones, ni departamento de recursos humanos, ni se hablaba de forma tremendamente aburrida de «el mercado». Nuestro capital inicial salió de un concurso para emprendedores que gané a los veintitrés años. Nunca he necesitado padrinos ni impulsores, no tenía que responder ante nadie excepto ante mí misma. El dinero de la beca me dejó libertad para centrarme en la misión de SPOKE, que es y siempre será proteger y educar a las mujeres imazighen de las montañas del Alto Atlas, en Marruecos.

Las mujeres y las niñas —algunas de apenas ocho años— imazighen caminan de media seis kilómetros y medio al día bajo un sol de justicia —índice UV 14— solo para llevar a su casa un bidón de agua. La mujer tiene el deber de proveer de agua potable a su familia, y la tarea a menudo les impide asistir a la escuela y empezar a trabajar cuando crecen. Además, está el problema de su seguridad. Una de cada cinco mujeres imazighen ha sido agredida sexualmente de camino al pozo, a veces por grupos de hombres que se esconden entre los matorrales y esperan a las caminantes más jóvenes. Cuando me enteré de esto sentí que tenía que hacer algo, y sabía que otras mujeres sentirían el mismo deber que yo si se lo ponía fácil. Por cada cinco clases de *spinning* en SPOKE, donamos una bicicleta a una familia amazigh necesitada. Las bicicletas reducen el tiempo de recogida del agua (de horas a minutos), y así las niñas llegan a casa a tiempo para ir a la escuela y sus madres pueden ir a trabajar. Las bicicletas movilizan a las niñas a las que ni siquiera les ha venido el periodo pero pueden dejar atrás a una banda de violadores.

23

Ese era mi discurso, y ni un solo inversor me lo compró. No creían que las mujeres neoyorquinas fuesen a preocuparse por algo así. Pero hoy en día mola demasiado preocuparse. Es obligatorio apoyar la sororidad. Las mujeres son radios de la misma rueda y hacen lo posible por empujar hacia delante a las demás. Esa es la declaración de principios de SPOKE. Se le ocurrió a Kelly. Bonito, ¿eh? Yo prefería algo del tipo «mueve el culo, vaga, y piensa en los demás por una vez en tu vida», pero Kelly argumentó que probablemente cazaríamos más moscas si había miel de por medio.

Por supuesto, como no fue así, Kelly perdió el interés. Se rio de mí cuando le enseñé el artículo que había recortado de la revista *Out* en la sala de espera del médico, donde se detallaba la información relativa al concurso para emprendedores LGTBQ. «La posibilidad es bastante remota», me dijo, pero yo soy una persona con esperanza.

Aparté una silla plegable y dije:

—Los Hamptons son un lugar absolutamente adorable y deberían seguir siéndolo, pero no será así, no con centros *pop-up* de yoga donde debería haber una ferretería.

Kelly suspiró.

—Pero es que hay una clientela potencial ahí fuera.

Puse la caja de donuts de Grindstone en el asiento de la silla. Ya me había comido dos: el de crema Boston clásico y uno de arándanos y albahaca con *frosting* de ricota y limón. El azúcar me quemaba todavía en la garganta, pidiendo más. La gente dice que una buena comida es «mejor que un orgasmo», pero eso no es del todo cierto. La comida es lo que ocurre antes del orgasmo, algo genial que se va acercando, la súplica intensa de que algo siga y siga. Demasiadas mujeres se niegan este placer, y yo decidí hace mucho tiempo que no sería una de ellas. Casi un tercio de las mujeres jóvenes darían un año de sus vidas a cambio de tener el cuerpo perfecto. Esto no se debe a que las mujeres sean superficiales ni a que sus prioridades sean desproporcionadas. Se debe a que la sociedad hace que la vida de las mujeres que no son delgadas sea miserable. Yo formo parte de una pequeña pero cada vez mayor minoría que está decidida a cambiar esto. SPOKE es el primer centro deportivo que no hace referencia en ningún momento a transformar el cuerpo,

24

porque incontables estudios demuestran que el estado físico no tiene nada que ver con la salud. Las personas más sanas son aquellas que están conectadas, que son amadas, que tienen apoyo y que sienten pasión por las cosas importantes de verdad. Las personas más sanas no se preocupan por entrar en unos vaqueros de la talla 34.

—¿Qué te parece esto? —le dije a Kelly—. Yo no digo nada de que es la primera vez que vienes a Montauk si tú te piensas lo de la matrícula gratuita para la gente de aquí.

—No, Brett —contestó Kelly, su frase preferida—. Alguien en esta familia tiene que sacarse una carrera.

—Media carrera en Dartmouth es como una carrera entera en la Universidad de Nueva York —señalé.

—Conseguiré una beca —dijo Layla, siempre tan responsable. Es un ángel, una niña perfecta. Había encontrado una escoba y estaba barriendo la zona alrededor de la esterilla, porque estaba sucia y los profesores de yoga tenían que hacer la prueba descalzos. Cuando Layla nació, el médico me dijo que tenía un veinticinco por ciento de mis genes, pero creo que esos genes se han reproducido y escindido unas cuantas veces desde entonces. Fue idea de Layla crear una cuenta de Instagram y una tienda *online* para vender los productos artesanales de las mujeres imazighen. Publicamos fotos de hermosas jarapas, objetos de cerámica y aceite de oliva prensado en frío, y el cien por cien de los beneficios son para las mujeres de las montañas del Alto Atlas. Al igual que su tía, Layla piensa con el corazón, no con la cartera. Para eso ya está Kelly.

—No es tan fácil conseguir una beca, Layla —dijo Kelly—. Sobre todo si quieres entrar en una universidad buena.

—Uhhhhh —dije, mientras miraba a los ojos un rato a Layla, que me retaba con la sonrisa: «Dilo»—. Seguro que le va bien.

—No hagas eso, Brett —murmuró Kelly, dejándose caer en una silla mientras su hija seguía barriendo el suelo.

Me acerqué a ella, puse las manos en el respaldo de su silla y acerqué la cara lo suficiente para que me pudiera oler el aliento a dónut de lavanda, rosa y semillas de amapola; mira que podíamos haber ido a Dunkin'.

—Fingir ser daltónico es igual de ofensivo que decir «negrata».

25

Kelly me tapó la cara con la palma de la mano y me apartó.

—Basta. —La súplica sonaba agotada. Kelly es madre y por eso está agotada a un nivel que yo, como mujer sin hijos que dirige una empresa multimillonaria, no puedo ni siquiera llegar a imaginar.

Kelly tuvo a Layla a los diecinueve años en un intento frustrado de desafiar a nuestra difunta madre. Cuando era niña, la sombra de mi madre acompañaba a Kelly allá donde fuera, a las clases avanzadas de todas las asignaturas, a las clases de piano, a Habitat for Humanity, a las reuniones con sus tutores, con los revisores de los trabajos, con los asesores en las entrevistas de acceso a la universidad, a Dartmouth, a los cursos preparatorios de verano para los aspirantes a entrar en las facultades de Medicina y, finalmente, a una beca en la Escuela Internacional de Salud Global en el norte de África de la que Kelly volvió huérfana de madre, embarazada y más relajada de lo que nunca la había visto. Nuestra madre no era de esas que te exigen muchísimo. Su estado habitual era estar deprimida, inmóvil, a una mancha más en la blusa de echarse a llorar. Kelly era el bufón de la corte, solo que, en lugar de hacer malabares y contar chistes, sacaba sobresalientes y tocaba piezas de Bach. Cuando mamá murió (hicieron falta tres infartos), Kelly quedó dispensada de sus obligaciones.Por qué decidió celebrar su libertad atándose las manos con otro juego de esposas es algo que aún se me escapa, pero de lo contrario ahora no tendríamos a Layla, la cual sí sé de manera subliminal que tiene que querer más a mi hermana de lo que me quiere a mí. Pero no lo parece. No me lo parece a mí y tampoco se lo parece a Kelly. Y es una sorpresa para las dos.

Porque cuando yo iba al instituto, era la menos querida. En lugar de ir a clase de francés, me pasaba el tiempo fumando hierba, agujereándome la nariz, comiendo galletitas saladas con cheddar para desayunar y pareciéndome cada día más a mi madre, un crimen «atroz», según ella. Nunca lo entendí. Kelly se quedó con los genes de la delgadez, pero mi madre y yo nos llevamos la cara bonita. Un chico del instituto dijo una vez que si pusieras mi cara en el cuerpo de Kelly podríamos ser una *top model*. Y ese es el problema de cómo se educa a las niñas, porque las dos nos sentimos halagadas. Una de nosotras incluso le hizo una mamada.

Erin vuelve del baño agitando las manos mojadas.

—No hay papel para secarse las manos —dice. Me meto las manos en la sudadera y las estiro para secarle las suyas. Por un momento, nuestros dedos se entrelazan a través de la tela de felpa y notamos que tenemos las manos del mismo tamaño. Me encanta introducir a otras mujeres en el erotismo de la igualdad.

—Gracias.

Erin está colorada. Se sienta a mi lado, pulsa el *play* de su grabadora y me dirige una adorable mirada de reprimenda. Levanto una mano mientras me encojo de hombros —«no sé cómo ha pasado»— y un prisma de luz la distrae.

—Ah —dice—. Ahí está el famoso anillo.

Extiendo la mano para que ambas podamos admirar el sello de oro que llevo en el meñique.

—Es un pelín ostentoso para mi gusto —digo—, pero no tuve ni voz ni voto en cuanto al diseño.

Cuando el programa renovó para la tercera temporada, Jen, Steph y yo nos dimos cuenta de que éramos las únicas concursantes que estábamos desde el principio, que seguíamos en pie, y Steph propuso que nos hiciéramos unos anillos para conmemorar aquel trascendental logro. Me mandó un enlace a la web de un diseñador que sacó Gwyneth Paltrow en GOOP, 108 dólares por dos centímetros y medio de metal chapado en oro, más lo que costaba grabar PA (Primeras Afortunadas). Esto fue antes de los 23,4 millones, de cerrar el contrato del libro y de las charlas que, aun así, no me han hecho rica, porque es muy difícil ser rica en Nueva York. «¿Claire's sigue existiendo?», le escribí. «Yo lo pago», fue la respuesta de Steph. Muchas cosas las pagaba Steph y, a pesar de lo que diga, a ella le gusta. A veces pillo a Kelly mirando el anillo. Cuando se da cuenta de que la he visto, aparta la mirada avergonzada, como un tío cuando lo pillas mirándote las tetas cuando te agachas a coger algo que se te ha caído al suelo.

La atención de Erin se desplaza a mi brazo desnudo.

27

—¿Eso es nuevo?

Flexiono el bíceps para ella. No soy el tipo de mujer que se hace un tatuaje en la nuca o en la cara interior de la muñeca.

—Una mujer necesita a un hombre...

—... tanto como un pez una bicicleta —termina Erin. *Otra chica hetero tontea conmigo (y me encanta)* debería ser el título de mi puta autobiografía—. Qué agudo —comenta con entusiasmo—. Sobre todo la referencia a la bicicleta.

—Oh, Brett es «tremendamente» aguda.

Kelly me inmoviliza con una llave y me frota la cabeza con los nudillos, su método de ataque preferido cuando cree que alguien me está dorando la píldora demasiado. Le gusta intentar arrancarme el pelo negro y largo de raíz. Le clavo los dientes en el brazo lo suficientemente fuerte como para saborear la crema corporal Bliss, la única crema de Blue Mercury que Kelly puede permitirse, y me suelta con un chillido.

Erin estira el brazo y me peina.

—¿Puedes decirle a todo el mundo que es de verdad? —le pregunto.

—El pelo es de verdad —Erin finge que anota en una libreta de mentira—. Es interesante, estoy notando un patrón aquí que el programa reproduce. Eres como la hermana pequeña del grupo.

—Mmm —digo, no muy convencida—. Creo que Jen Greenberg preferiría salir con un perrito caliente que compartir sangre conmigo.

Erin ruge de risa.

Jen Greenberg y yo no podemos vernos. Nos conocíamos del mundo del *fitness* desde hacía años, y empezamos a hacernos amigas en la primera temporada. Los telespectadores vieron cómo me unía cada vez más a su famosa madre humanista, Yvette, que quiere a Jen porque tiene que quererla y a mí porque sí, y todo el mundo cree que esta es la razón por la que no podemos pronunciar el nombre de la otra sin fruncir los labios con desdén. La realidad es que hay un abismo entre la personalidad de Jen en pantalla (Vegana. Guay.) y en la vida real (Vegana. Una auténtica zorra.), y yo no tengo paciencia con esa falta de autenticidad.

Y adivinad qué. No pasa nada por que no nos llevemos bien.

Es peligroso confundir el feminismo con que te caigan bien todas las mujeres. Limita a las mujeres a una sola cosa, a caer bien, cuando el feminismo va de permitir a las mujeres ser de todas las formas posibles, incluso si es la de una vendedora de humo.

—Lo que quiero decir es que cada una tiene su rol, ¿no? Tú eres la pequeña. La eterna promesa. Stephanie es la gran dama. La que lo tiene todo: dinero, éxito, amor. Jen es, obviamente, la feminista canónica, y Lauren es las burbujas del champán. Hayley era... no sé... ¿La normal? —continúa Erin.

«Y por eso hablas de ella en pasado.» El obituario de Hayley vino en forma de anuncio en el *US Weekly*, donde expresaba su deseo de concentrarse en oportunidades profesionales nuevas y emocionantes. Como si el programa no consistiera precisamente en documentar eso. Me caía bien Hayley y creo que habría aguantado otra temporada, pero se volvió avariciosa y quería todo el dinero cuando ella no estaba aportando nada.

Todos los años cae alguna concursante, y no veo razones para entrar en modo crisis por si seré yo la próxima. Todas tenemos una historia que terminará en un momento u otro, así que no tiene sentido desperdiciar energía intentando manipular lo inevitable, como están empeñadas en hacer algunas. Aun así, prefiero enfrentarme a eso que a mi hermana, que lleva varias semanas rayándome la cabeza con que si los productores podrían considerarla a ella para sustituir a Hayley, que si puedo volver a hablar con Lisa, que si le puedo decir algo a Jesse...

—Supongo que yo soy la que lleva las de perder —me rindo.

Un extremo de la boca de Erin se estira hacia abajo en una mueca de ironía.

—Bueno. Pues la que tiene las de perder tiene tres millones de seguidores en Instagram, mientras que el resto de las concursantes no pasan de uno. Pero en lo relativo a tu situación socioeconómica, sí, aunque me interesa mucho ver cómo va esta temporada ahora que estás alcanzando a las demás en términos financieros. Ahora sí que has cogido carrerilla, la verdad. Tienes una relación seria con una abogada guapísima especialista en derechos humanos...

—Que trabaja como voluntaria con víctimas de agresiones sexuales y habla cinco idiomas —añado.

29

Erin se ríe.

—Que trabaja como voluntaria con víctimas de agresiones sexuales y habla cinco idiomas. También tienes el contrato para el libro. Los dos centros de *spinning* nuevos. El centro de yoga. Todo esto va a provocar un traspaso de poderes en el grupo. Vamos —me hace un gesto, como diciendo que debería saber de lo que está hablando—, ya ha sido así, ¿no?

Kelly me observa con curiosidad por ver dónde desemboca esto. Es la primera vez que la prensa me pregunta acerca de este tema.

—Por si no te has dado cuenta, no soy de andarme con rodeos —digo con suavidad.

Erin se apoya en el respaldo de la silla y cruza los brazos con una sonrisa confiada, encantada de que le dé luz verde.

—Me han dicho que Stephanie y tú no os habláis.

Dejo de mirarla y me dirijo a Kelly.

—Salió en *TMZ*, ¿no? Entonces será cierto.

Erin se encoge de hombros, impertérrita.

—*TMZ* fueron los primeros en dar la noticia de la muerte de Michael Jackson y del robo a Kim Kardashian.

—Me encanta *TMZ*.

Kelly me sonríe, encantada de verme en la línea de fuego. Kelly lo sabe todo sobre mi pelea con Stephanie. Pero, a diferencia de *TMZ*, y a diferencia de lo que voy a contarle a Erin, ella sabe la verdad, y sé que guardará el secreto. Las hermanas son las mejores en dos cosas: el amor y el odio.

—Llevamos sin hablarnos seis meses —admito.

Erin hace una mueca de disgusto.

—Me encantaba vuestra amistad. Y, por dios —pone los ojos en blanco—, ¿su libro nuevo? —Se queda unos instantes con la boca abierta, como si no tuviera palabras—. ¿Tú sabías todo eso de ella?

—Stephanie es una persona muy reservada, en realidad.

—¿O sea que no?

—Que estemos pasando un bache no quiere decir que vaya a traicionarla y revelar las confidencias que me haya hecho. Sobre todo lo que me ha contado sobre la violencia de género que sufrió en el pasado. Nunca le haría algo así.

Erin frunce el ceño y asiente. «Está bien.»

—Está claro que aún te preocupas por ella. ¿Significa eso que veremos una reconciliación en la próxima temporada?

Miro fijamente la antigua caja registradora que hay en el rincón. Todavía hay un plato de chicles Bazooka en la barra. Me gustaría conservarlos si se puede. Unos cuantos toques originales para compensar el torrente de gente en chándal *chic* que va a llegar en masa a este ignorante rincón de un inocente pueblo de pescadores.

—Depende de ella, en realidad. Es ella la que está enfadada conmigo. A lo mejor es por todo lo que has dicho antes. Sé que está pasando por un momento inmejorable con su libro, pero quizá me prefería cuando era la que tenía las de perder.

Erin apoya el codo en la mesa plegable y apoya la barbilla en el puño, ofreciéndome su mejor mirada de «te escucho».

—¿O crees que es porque no le pasaste un ejemplar de su libro a Rihanna?

La miro boquiabierta. Lo de Rihanna no lo sabía ni *TMZ*. Todavía.

—La verdad y toda la verdad. —Erin levanta la mano como si se dispusiera a prestar juramento—. Llamé a Stephanie esta semana para citarme con ella.

Menos mal que estoy sentada, porque estoy segura de que se me han licuado las rótulas. ¿Ha llamado a Stephanie? Entonces, ¿lo sabe?

—Había organizado esto para promocionar nuestra incursión en el mundo del yoga —inserta Kelly con una sonrisa amigable. Y es cierto, lo ha hecho. Yo no veía la necesidad de traer a ningún periodista hoy, pero Kelly quería que en el *New York Magazine* se dijera expresamente que es la líder de la primera incursión de SPOKE en la postura del perro como contrapunto a la de mirarse el ombligo.

Además de ser la contable de SPOKE y haber hecho una inversión del 0,000000001 por ciento (tuvo la generosidad de poner dos mil dólares del dinero de la herencia de mi madre), fue idea de Kelly expandirnos al mundo del yoga, una operación más barata que montar un centro de *spinning*. No hay que comprar material costoso y hay más espacio para más alumnos, luego las clases son más numerosas. El centro *pop-up* es una prueba. Si funciona, le he prometido a Kelly que podrá dirigir

FLOW. Pero no podrá dirigir nada si no empieza a contratar a profesores de yoga. Antes de Maureen vino Amal, que creó algo llamado la postura del escorpión y que tenía la voz muy aguda, como una niña pequeña. ¿Cómo va a relajarse alguien para hacer algo llamado postura de la paloma con esa voz? Antes estuvo Justin, que habría sido perfecto de no ser porque quería un aumento del veinte por ciento del sueldo por dejar su plaza en Pure Yoga. ¡Siguiente! El delito capital de Kirsten ha sido su secuenciación de asanas, que no ha estado nada inspirada.

Revuelvo la pila de currículums.

—Kirsten. Quiero volver a llamarla. Era buena. Me ha gustado.

Kelly recoloca la pila de currículums que acabo de desordenar.

—¿Y a Maureen no?

Vuelvo a ponerme la sudadera. Las mangas siguen húmedas de las manos de Erin.

—La muy zorra, tendría que haber comprado mi libro en la preventa.

—Por dios. —Kelly da un gritito—. Por favor, dime que eso no lo vas a poner, Erica.

«Erica.» No Erin. Noto que mi espina dorsal se enciende como una bengala. ¿Llevo toda la mañana llamando a una periodista importante por el nombre equivocado? Repaso nuestra conversación y espiro metafóricamente al darme cuenta de que soy yo la que está en lo cierto. Antes era muy buena reteniendo nombres, pero últimamente tengo muchas cosas en la cabeza. Gracias a dios que tengo a Kelly, que se encarga de los detalles para que yo pueda centrarme en lo importante. Me recuerdo que por eso la necesito cerca. Porque últimamente he estado pensando que igual no la necesitaba tanto.

Kelly baja la visera del lado del copiloto, abre el espejito y se pone su neceser de maquillaje de diez kilos en el regazo. Se lo ha traído todo, como si fuera una actriz de musicales ambulantes.

—Me portaré muy bien —dice Layla.

—Layls, cariño, no es apropiado —dice Kelly mientras se

aplica un brillo de labios tan espeso y tan rosa que podría ser el *frosting* del dónut de fresa que nadie quería. Su piel blanca y bonita no necesita la base de maquillaje en polvo que ella cree que sí, y se ha hecho unas meticulosas ondas en el pelo que me avergüenzan. No sé mucho de moda ni de donuts de diseño (y Kelly tampoco, pero lo intenta y a veces acierta), pero sé que en Nueva York ya nadie lleva ese pelo de *blogger* de moda artificialmente despeinado. Por lo menos va bien vestida. La semana pasada se presentó en mi casa con diez vestidos abominablemente cortos. Estuve tentada de dejar que quedase con Jess vestida como si fuera a una fiesta de divorciados en un *lounge* en Hoboken, pero luego recordé cómo en agosto mi madre siempre llevaba a Kelly, y solo a ella, a comprar ropa nueva para el colegio. Su razonamiento era que la mayoría de las hermanas pequeñas se ponen la ropa de las mayores, y que por qué iba a tener que pagar dos armarios solo porque yo no sabía «controlarme». Como si mi delgadez se hubiese fugado y yo tuviera que ir en su busca, cual cazadora de cuerpos normativos, haciendo girar un lazo sobre la cabeza. Todos los agostos, en la caja de Gap, Kelly fingía cambiar de opinión acerca de unos vaqueros o una camisa de franela y se iba corriendo al probador a por la prenda de ropa por la que quería cambiar lo que fuera. Lo que hacía en realidad era coger algo de mi talla para que al menos pudiera tener una prenda de ropa nueva con la que empezar el curso escolar. Una vez, bajé al salón con una sudadera gris jaspeada nueva, de la colección de deporte de otoño de 1997 de Gap y, cuando mamá estaba a punto de decir algo, Kelly gritó: «¡He sacado un siete en el control de español!». Aquello era el equivalente a morir por un disparo de bala en la familia Courtney. Eso es una hermana como dios manda. Así que le pregunté a mi novia si podía prestarle a Kelly el vestido rollo Stevie Nicks que se compró en la última planta de Barney's y que en Zara cuesta diez veces menos. Arch y mi hermana tienen la misma talla. Arch y mi hermana han sabido «controlarse».

—Tampoco es como si lo hubieras planeado —digo—. La niñera nos ha fallado.

—¡Hostia, Brett! —Kelly se gira hacia mí; solo tiene rosa el labio de abajo. Por supuesto, ella sí que puede decir tacos delante de Layla—. Apóyame por una vez en la vida. Apóyame en esto.

Kelly está visiblemente nerviosa por la reunión porque cree seriamente que tiene una oportunidad, aunque Jesse Barnes, creadora y productora ejecutiva del *reality* más apreciado por la franja de los dieciocho a los cuarenta y nueve años los martes por la noche, nuestra temeraria líder, nunca se plantearía seriamente ficharla para el puesto de Hayley. Pero cuando el *New York Mag* propuso hacer unas fotos del centro de yoga, Kelly propuso que nos pasáramos por casa de Jesse después de comer. Esta pasa casi todos los fines de semana del año en su casa de Montauk, incluso en temporada baja, y a Kelly se le ha metido en la cabeza que la única forma de entrar en el programa es vía Jesse, aunque ya le he explicado que ella está demasiado arriba como para involucrarse en los temas de *casting*. Lisa, la productora ejecutiva, es en quien Jesse confía para tomar estas decisiones. Pero Kelly ya lo intentó con Lisa y las dos nos llevamos un escarmiento por ello. «MALDITA BRETT —me escribió Lisa después de la reunión que les organicé—, GRACIAS POR OMITIR EL DATO DE QUE TU HERMANA TIENE UBRES Y HACERME PERDER EL MALDITO TIEMPO.»

No le dije a Lisa que Kelly era madre soltera de una preadolescente porque sé que entonces nunca habría aceptado reunirse con ella, y necesitaba que Kelly oyera con sus propios oídos que no encaja en un programa sobre mujeres jóvenes que han optado por no casarse (en su mayoría) y no tener hijos (en concreto) para poder construir sus imperios. Necesito que renuncie a la quimera del estrellato televisivo. Y es que Kelly no entiende que, a diferencia de la tripa floja posparto, la maternidad sí es una opción. Y, a ojos de Jesse Barnes, la opción equivocada.

Durante la mitad del año, Jesse Barnes vive en un bungaló de los años sesenta, con dos habitaciones y un baño, al borde de un mítico acantilado de tierra en Montauk. Por supuesto que tiene los medios necesarios para echarlo abajo y construir una nave espacial con paredes de cristal como haría la mayoría de la gente. Pero la mayoría de la gente no es Jesse Barnes.

Una mujer que vive sola en una casa grande y vieja siempre desencadena la misma pregunta: ¿cómo va a llenarla? Pareja, niños, varios perros adoptados, cada uno con su propio perfil de Instagram. Pero una cabaña de cinco millones de dólares en la zona costera más cara del país responde a esa pregunta con fantástica mesura. Una mujer en una casa con el tamaño justo para ella misma es el corte de mangas definitivo a la sociedad patriarcal. Es como decir «me basto y me sobro».

En la puerta nos saluda Hank, todavía con las botas de agua verdes con las que salió a navegar esta mañana. Jesse conoció a Hank hace años en un muelle pesquero de Montauk y empezó a comprarle a él directamente el pez espada y la corvina. De vez en cuando, lo contrata para que le haga chapuzas en casa.

—Hola, chicas —dice Hank. Lo dejo pasar porque es septuagenario. Pero las Afortunadas tenemos normas. La primera y la más importante es que somos mujeres, no chicas. Yo, a mis veintisiete años, soy una pionera en el mundo del deporte y el bienestar, que ha incluido su empresa en el B-Corp sin necesidad de contratar a un abogado. ¿Llamarías «chico» a mi homólogo masculino? Prueba a decirlo en voz alta. Suena raro—. Está en la parte de atrás. —Nos hace una seña con tres dedos para que nos acerquemos.

A través de las puertas correderas dobles de cristal veo que Jesse está leyendo el *New Yorker* —¡ja!— en una tumbona junto a la piscina cubierta por un toldo, con una manta afgana de lana y seda a rayas sobre las piernas. Kelly está haciendo todo lo posible por no mirarla fijamente, pero es incapaz de fingir desinterés delante de algo tremendamente interesante. Jesse Barnes, ya la consideres la primera voz feminista de los *reality shows* (según el *New York Times*) o un fraude del feminismo (el *New Yorker*), es, ante todo, tremendamente interesante.

—¡Hola! —dice Kelly con demasiado entusiasmo, antes incluso de que Hank pueda presentarnos. Jesse se tensa, pero sonríe con educación.

—¡Kelly! —dice Jesse, poniéndose de pie para darle un abrazo. Ya han coincidido antes, en la sede y los reencuentros, pero apenas unos minutos. De cerca, sin el maquillaje de cámara y la luz del plató, al fin ve lo que veo yo: que la líder de la comunidad bollera tiene las mejillas sonrosadas, la barbilla roja y el pelo un poco oscuro de más para su complexión.

—Vaya —Jesse mantiene a Kelly a cierta distancia mientras la evalúa—, pero ¡qué guapa estás!

Si Kelly fuera de mi tamaño, nadie la llamaría guapa. Su cara es inofensiva y del montón.

—¿Puedes creerte que tenga doce años?

Me acerco a abrazar a Jesse mientras la mirada fulminante de Kelly me incendia la espalda. Sé que cree que estoy intentando sabotearlo todo al sacar a relucir que es madre. Pero no es eso. Es que no voy a hacer como si mi sobrina no existiera para que Kelly pueda disfrutar de exactamente trece minutos de gloria.

Es más fácil que en nuestro programa entre un hombre que una madre, le había dicho a Kel. Y quizá sí que sienta que Kelly está invadiendo mi territorio. Las mujeres tenemos opciones, y no hay una mejor que otra, sobre todo porque, elijas la opción que elijas, el mundo te va a decir que lo estás haciendo mal. ¿Leísteis el obituario que publicaron en el *New York Times* cuando murió Yvonne Brill, científica espacial, a los ochenta y ocho años? Así empezaba el original (no el que corrigieron después de que Internet entero se les echara encima): «Hacía una ternera Strogonoff de rechupete, siguió a su marido de empleo en empleo y estuvo ocho años sin trabajar para criar a sus tres hijos. "Era la mejor madre del mundo", dijo su hijo Matthew». Esto es lo que los editores eligieron para comenzar un artículo sobre una mujer cuyos inventos hicieron posible la existencia de los satélites.

La maternidad es una limitación que las mujeres tienen interiorizada. Mirad los perfiles de Instagram y de Twitter de todos los hombres que conocéis. ¿Cuántos se definen como padre, o marido de @elnombredesumujer en sus biografías? No muchos, me atrevo a aventurar, porque a los hombres los han educado para verse a sí mismos como seres polifacéticos, con complejidades y contradicciones e identidades caleidoscópicas. Y, cuando solo tienen un número limitado de caracteres para definirse, cuando deben reducirse únicamente a un par de cosas, suelen elegir su profesión, y quizá su lealtad a un equipo de fútbol en concreto, antes que a su familia.

Total, que hay madres y no madres y, si bien ninguna de las opciones es la opción fácil, la maternidad es la menos cómoda. La que la sociedad espera de nosotras. Lo mismo pasa con lo de casarse, con lo de cambiarse el apellido y adoptar el del marido porque él es el pilar económico de la familia, con lo de mudarse por su trabajo y aprender a hacer una ternera Strogonoff de rechupete. Tanto es así que hay un montón de *reality shows* que o bien encarnan esta forma de vida tradicional (*Mujeres desesperadas*) o la aspiración al mismo (*The Bachelor. El soltero*). Madres, esposas y diosas domésticas y aspirantes a madres, esposas y diosas domésticas contemplan su vivo retrato cada vez que encienden la televisión, a cualquier hora del día.

Pero no había nada para las no madres, ni para las no esposas, ni para las mujeres que no saben ni freír un huevo. Y somos muchas, más de las que nunca había habido. Hace unos años, cuando solo tenía treinta y nueve y era ejecutiva de la red en Saluté, Jesse Barnes leyó el obituario de Yvonne Brill y luego leyó las estadísticas de Pew que decían que, por primera vez en la historia, las mujeres superaban a los hombres en cuanto a cualificación universitaria y ocupación de puestos directivos. Más mujeres que nunca estaban ganando más que sus maridos, abriendo sus propias empresas y eligiendo retrasar el matrimonio y los hijos, o directamente prescindir de ambas cosas. «¿Dónde están los retratos de estas mujeres en los *realities*?», se preguntó Jesse y, como no los encontraba, se los inventó.

Y, como Jesse se empeñó en conseguir un plantel étnico, sexual y físicamente diverso, encontré un lugar donde encajaba, después de llevar toda la vida sin encajar en ningún sitio. *Afortunadas* es el rinconcito del panorama de los *realities* donde las mujeres como yo nos sentimos a gusto, y es injusto —y típico— que una mujer como Kelly, con sus tetas grandes y su cinturita estrecha, y su útero dado de sí y socialmente aceptado, llegue avasallando e intente reclamar una parcela de este terreno tan exiguo.

—Increíble —declara Kelly. Jesse nos ha llevado hasta el final de su propiedad, donde el océano Atlántico se recicla con brutalidad contra la base del acantilado.

Estas no son las aguas azul turquesa de los anuncios de las líneas de cruceros del Caribe ni las leves olas marrones que yo aprendí a sortear en las playas de Jersey. Son esas olas de color acero que pueden hacerte desaparecer. De todas las zorras escurridizas que conozco —y conozco a unas pocas—, la mar se lleva la palma.

—¿Sabéis que esta casa estaba originalmente construida a sesenta metros del precipicio? —Jesse me guiña un ojo, porque sabe que he oído esta historia muchas veces.

Levanto una mano para darle permiso.

—No. Cuéntaselo.

Jesse nos explica que la tierra se ha erosionado 55 metros en los 41 años que han pasado desde que se construyó. Ha tenido que solicitar un permiso de emergencia de la concejalía de urbanismo de East Hampton para poder acercar la casa a la carretera.

—¿No habría sido más fácil derribarla y construir una nueva? —pregunta Kelly, y yo cierro los ojos, mortificada.

—Esta casa se edificó sobre un antiguo búnker de la Segunda Guerra Mundial y se construyó con el cemento original de la estructura. —Jesse le dedica a Kelly una sonrisa indulgente y se dirige de vuelta a la mesa de pícnic sin dar más explicaciones.

Hank ha dejado unas mantas de lana y alpaca dobladas en nuestras sillas, la mía de rayas azules y la de Kelly de rayas grises. Nos las echamos sobre los hombros y asentimos con la cabeza cuando Hank nos ofrece un vino tinto. Jesse observa a Kelly y, cuando mi hermana se da cuenta, apoya la barbilla entre las manos y esboza una gran sonrisa propia del día de la foto anual en el colegio.

Jesse se ríe.

—Supongo que estoy intentando buscaros el parecido.

—Estornudamos en series de tres —digo yo con brusquedad. Quizá si llevara el pelo de mi color natural y mis muslos no se tocaran entre ellos, Jesse sería capaz de ver el parecido. Stephanie le paga un dineral a una terapeuta con muy mala leche para exorcizar sus demonios, y una vez intentó jugar a los psicólogos conmigo sugiriendo que engordé y me llené los brazos de tatuajes en el instituto como un mecanismo de defensa contra las comparaciones con Kelly. Ella era la hermana guapa, la lista, la que tenía futuro. Estropear mi aspecto, suspender y decepcionar a mi madre en lo relativo al deporte era un riesgo emocional menor que tratar de estar a la altura del legado de Kelly y fracasar en el intento.

«Y, por cierto —añadió Stephanie—, la media de las mujeres estadounidenses lleva una talla 48. Así que no estás gorda.» Si la gente pudiera dejar de asumir que quiero ser delgada, sería estupendo. «Les estás demostrando a las chicas jóvenes que no hay que ser delgada para ser guapa»; así empezaba una entrevista que me hicieron en una revista femenina que predicaba el respeto por todos los cuerpos, lo que hizo que se me contrajera el suelo pélvico en un arranque de furia. «No —les corregí—, lo que les estoy demostrando a las chicas jóvenes es que no hay que ser guapa para ser importante.» Si me muriera mañana y solo pudiera ser recordada por una cosa, que sea esta: las mujeres tienen mucho más que ofrecer al mundo que su belleza, sea o no convencional. A los hombres no se los educa para que se preocupen por su aspecto. A los hombres se les educa para que se preocupen por su legado. Este es el ejemplo que quiero dar a las chicas jóvenes: vive una vida que sea importante.

—¿Habéis encontrado local? —nos pregunta Jesse.

—Hemos encontrado local —confirmo.

—¡Oh! —Jesse se gira hacia mí—. ¿Dónde?

—¿Sabes dónde está Puff'n' Putt? —interviene Kelly, irritante.

—¿El minigolf? —pregunta Jesse.

Kelly asiente.

—Pues es justo enfrente. Donde la ferretería que han cerrado. Es una ubicación estupenda.

—Y apenas tenemos que hacer reforma —me froto los dedos haciendo el gesto del dinero—, cosa buena porque voy a comer un montón de ramen mientras dure esta expansión.

Kelly me clava una uña con la manicura recién hecha en el muslo por debajo de la mesa. Le agarro el dedo con el puño y se lo retuerzo, lo mejor que puedo, con una mano, con el fin de hacerle algo con un nombre muy racista que ni siquiera se consideraba ofensivo cuando éramos pequeñas, en los noventa. En los noventa es cuando Kelly y yo teníamos que haber superado nuestra afición a las peleas, pero en cambio se intensificó con la edad, y ahora es como si fuésemos bebés adultos que se chupan

39

el dedo o algo parecido, y bien podríamos salir en *Mi extraña adicción* en TLC. El descanso más largo que nos hemos tomado de nuestras peleas semanales de lucha libre fue hace diez años, cuando Layla tenía dos años, y solo porque nos dimos cuenta de que la acojonábamos. Venía corriendo en cuanto nos oía empezar, llorando y gritando: «¡No pupa! ¡No pupa!».

Nunca hablamos de dejarlo. Simplemente lo hicimos, una temporada. Luego, un día, mientras Layla dormía la siesta, Kelly abrió el frigorífico y se encontró con que me había bebido su última lata de Coca-Cola light. Me sacó a rastras del sofá por la coleta y nos peleamos en silencio hasta que llegó la hora de que Kelly despertase a Layla. Y esa ha sido nuestra rutina desde entonces: violencia íntima y en silencio. Sabemos que es perverso. Sabemos que deberíamos dejarlo.

Kelly golpea la mesa mientras trata de zafarse de mi llave de dedo mortal, y Jesse nos mira con curiosidad. Nos enderezamos en la silla y esbozamos nuestra mejor sonrisa de «Son imaginaciones tuyas».

—Nos va bastante bien —dice Kelly frotándose los dedos con falsa modestia—. La mayor parte de las inversiones de capital de serie A consiguen entre dos y catorce millones de dólares de beneficio. Nosotras casi hemos triplicado esa cifra.

—No me sorprende —replica Jesse—. SPOKE es un concepto genial.

—Sí, pero no te creas que es tanto por eso —le dice Kelly—. La clave para superar el techo de cristal de los catorce millones es que te valoren como una *start-up* «unicornio» y, al tratarse de una empresa privada, asegurarse de que esta valoración se haga pública para animar a los licitadores a adentrarse en el mundo de las empresas privadas igualitarias.

Jesse pestañea como si le hubieran dado demasiadas vueltas de golpe en la pista de baile.

—Dios mío —me dice—, es como John Nash con tetas.

Noto una ridícula punzada de celos. Jesse es conocida por hacer comentarios lascivos a las mujeres jóvenes y guapas, pero yo prefiero que me busquen ellas a mí, gracias.

—Kelly tiene todo lo contrario a un cerebro de madre —digo, mezquina. Ella me mira como diciendo que me calle por volver a sacar a Layla a colación. Yo le devuelvo una mirada similar.

Kelly quiere que todo el mundo crea que somos de fiar ahora que se ha hablado tanto en los medios de nuestra financiación. Cree que con eso se convierte en una candidata más deseable, aunque a mí lo que me hizo entrar fue precisamente estar sin blanca. Al principio, los productores no concebían que una Afortunada pudiera estar pasando apuros económicos, pero encontrar a una *millennial* lesbiana y enigmática resultó ser más difícil de lo que creían, y Jesse no iba a lanzar el programa sin al menos una representación de las de su cuerda.

Una vez estuve en el ajo, los productores se dieron cuenta de que aportaba algo muy necesario al grupo. Soy el coro del teatro griego, el público pone los ojos en blanco conmigo cuando Lauren hace saltar la alarma del detector de metales en el aeropuerto porque se le ha olvidado quitarse las dos —sí, dos— pulseras Cartier Love.

Erin o Erica, o como coño se llamase, tenía razón en lo de que la dinámica de poder va a cambiar esta temporada, y estoy nerviosa por lo que pueda pasar en términos de recepción por parte del público. Siempre he sido la pequeña, alguien con quien te podías identificar, la favorita, y quiero dejar claro que, si bien estoy medrando en el mundo, mi triunfo no se debe al hecho de poder permitirme pagar el alquiler de un piso con lavavajillas, sino a poder devolverles algo a las mujeres que más lo necesitan.

Jesse enarca una ceja, sexi. Es la soltera eterna, siempre sale con modelos que parecen hechas en serie y organiza quedadas para cenar pizza en este mismo acantilado con gente de la talla de Sheryl Sandberg y Alec Baldwin. Los telespectadores no paran de llamar al *aftershow* para preguntar cuándo vamos a reconocer que estamos liadas. Yo tengo algo que reconocer, pero no es eso.

—En cualquier caso —dice—, si ya os consideran «empresa unicornio» —sonríe en dirección a Kelly—, no creo que vayáis a seguir cenando ramen mucho más tiempo.

Señalo al cielo.

—Dios te oiga. Pero ese dinero todavía no es para nosotras. Es para los centros nuevos y las bicis eléctricas.

—Brett está siendo modesta —insiste Kelly mientras se pone el pelo por detrás de la oreja para lucir el pendiente de

41

diamantes de mi novia como si fuera suyo. Ninguna recibimos un sueldo de SPOKE todavía, pero yo me gano la vida gracias a las charlas y los derivados de la marca, como el libro. El programa nos paga menos de cinco mil dólares al año, y por una buena razón: los productores querían atraer a mujeres jóvenes ya establecidas, no que buscaran un trampolín.

—El dinero acabará llegando si seguís haciendo lo que sabéis hacer —dice Jesse. Levanta la copa—. Salud. Brindo por el centro de yoga, por el contrato del libro, por el dinero de la serie A y por la nueva novia. Madre mía, *baby*. Te están pasando un montón de cosas, ¿eh?

Bailo en mi asiento y Jesse se ríe.

—¿Cuándo la voy a conocer?

—Organizaré algo pronto —prometo.

—¿Y la hermana mayor aprueba a tu *bae*? —le pregunta Jesse a Kelly.

Ella inclina la cabeza, confundida.

—*Bae*, Kel. —Me río de ella—. Es lo que dicen los *millennials* para referirse al novio o la novia. —Me giro hacia Jesse para explicarle—: No sale mucho.

—Sé lo que significa *bae*. —Kelly se revuelve el pelo. Se ha puesto mechas para la reunión. Está demasiado rubia.

—¡Mentira!

Kelly se gira hacia Jesse con una expresión que hace que mi corazón se ponga a dar bandazos como una zapatilla de deporte en la secadora. Mierda. No tenía que haberla ofendido así delante de Jesse.

—¿Quieres saber lo que opino de su *bae*? —pregunta Kelly, y a continuación hace una pausa lo suficientemente larga como para que me revuelva—. La adoramos —dice por fin, intentando agradar demasiado.

—O sea que tu hija la conoce —deduce Jesse.

Kelly parece mortificada por haberle recordado a Jesse que es madre por tercera vez en diez minutos.

—Sí. Mmm. Mi hija. Layla.

—Bonito nombre —dice Jesse sin demasiado entusiasmo. Se gira hacia mí—. Brett, supongo que ninguna de las demás la conoce, ¿no?

—No. Ninguna. Todavía no.

—¿Ni siquiera Stephanie?

—Nos conocimos después de que Stephanie y yo... ya sabes... —Se me apaga la voz y Jesse me sonríe como diciendo que ya lo sabe pero que quiere oírme decirlo—. Venga —gruño—. Ya sabes lo que pasó.

—¿Podría oírlo de tu boca y no de *TMZ*? —Pestañea.

Suspiro y me separo el pelo con la mano. Manipular la verdad con Jesse es peligroso, pero Stephanie no me ha dejado otra opción.

—Empezó a ponerse rara conmigo cuando firmé el contrato del libro. Era como si... se notaba que no se alegraba por mí. No me felicitó. Enseguida me preguntó cuánto me habían pagado de anticipo y asumió que me lo iba a escribir otra persona. Y cuando empecé a hablar de mudarme, fue como si pretendiera asustarme para que me quedara.

He vivido con Stephanie (y Vince, su marido) varias veces en los últimos años. La primera vez fue cuando estábamos grabando la segunda temporada, y dio para un hilo argumental encantador. Luego conocí a mi exnovia y me fui a vivir con ella. Cuando mi ex y yo lo dejamos el año pasado, Sarah se quedó en el piso hasta que venciera el contrato de alquiler y, mientras tanto, yo volví a casa de los Simmons. Mi estancia fue bastante menos encantadora en esta segunda ocasión.

—Steph se puso muy refunfuñona —continúo, arrugando la cara al acordarme de cómo me sentí cuando el ambiente empezó a agriarse—. No dejaba de recordarme que los anticipos editoriales se pagan a plazos y que quinientos mil no era tanto dinero como yo creía porque llegaría a lo largo de varios años y los impuestos y blablablá. Leí la cláusula referente al pago en mi contrato. La entendía. No estaba intentando comprarme una casa de ladrillo en el Upper East Side. Tengo veintisiete años. Solo quería tener mi propia casa. Era como un tipo agitando el dedo delante de alguien más pequeño que él para que no me moviera de mi sitio.

—¿Y esto fue antes de que se publicaran sus memorias? —quiere aclarar Jesse, apoyando la mejilla rosada en su diminuta palma de la mano.

Asiento con la cabeza.

—Y pensé lo que probablemente estés pensando tú aho-

43

ra: está estresada. Hasta el momento solo ha escrito ficción y ahora va a revelar un montón de cosas sobre su vida. Mi intención era dejarlo pasar. Pero entonces… —Suspiro. Hasta ahora no he dicho ninguna mentira. Pero ya no hay marcha atrás—. Quiso que le diera un ejemplar por adelantado de su libro a Rihanna. Quería que lo compartiera en sus redes sociales y pensaba que Rihanna debería interpretarla a ella si el libro era un éxito y querían hacer una película.

—Sería un gran papel para Rihanna —dice Jesse.

—Si Rihanna fuese cinco años mayor y se alisara el pelo a muerte y vistiera como una presentadora del telediario local, entonces sí, quizá.

—Oh, vamos —se burla Jesse, pensando que es que estoy celosa.

—Sé reconocerlo cuando alguien triunfa. No es que su vida no dé para una historia increíble. Sí que da. Es increíble. Por lo que pasó, cómo sobrevivió y la valentía que demuestra al contarlo cuando a las mujeres negras generalmente no se las cree o no se las escucha cuando denuncian un abuso. Pero esa no es la cuestión. La cuestión es que Rihanna vino a una clase y yo no me sentía cómoda mandándole un *mail* así, a bote pronto, para meterle por los ojos el libro de mi compañera de programa. Es ruin. Pensé que, como amiga mía que era, Stephanie me entendería. Pero ella no lo veía así. Creía que mi ego estaba fuera de control y que no quería hacerlo. Después de todo lo que ella había hecho por mí, se lo debía. Cuando fue ella quien insistió para que me mudara a su casa. Las dos veces. Obviamente, se lo agradezco mucho —me llevo la mano al corazón para demostrar cuánto significó para mí su hospitalidad—, pero nunca se lo pedí. Es como si solo me hubiera ayudado para poder decirme que le debía una.

—No habría sido apropiado —añade Kelly, saliendo en mi defensa con sentido común—. Apoyamos a Stephanie, pero estamos intentando establecer una relación entre el equipo de Rihanna y SPOKE y no queremos que parezca que nos estamos aprovechando de su generosidad. Las reservas de las clases subieron un doscientos por ciento el día después de que aquellas fotos suyas salieran en *People* y cualquier favor que le pidamos tiene que ser estratégico.

—Y, si se me permite añadir algo —digo, levantando una mano como si todo lo demás fuera irrelevante excepto esto—, el libro ha salido y ha sido un exitazo, y Stephanie ha conseguido que la directora nominada a los Óscar se haya comprometido a hacer la peli. Le va muy bien.

—¿La has llamado para felicitarla? —pregunta Jesse.

—¿Me ha llamado ella a mí para felicitarme por la expansión del negocio?

—Muy bien —dice Jesse—. No hagas nada todavía. Dejemos que la primera confrontación sea delante de las cámaras.

Aparece Hank con una tabla de madera en la palma de la mano. La deja en el centro de la mesa y se mantiene inclinado para hablarle al oído a Kelly, en privado pero no en voz baja:

—Su hija pregunta si lleva un cargador en el bolso.

Jesse detiene la mano con un trozo de salchichón a medio camino entre la tabla y la boca.

—¿Tu hija?

—Eh, sí —dice Kelly mientras revuelve el contenido del bolso de marca imposible de pronunciar que mi novia le ha prestado también para la ocasión—. La niñera me ha fallado en el último momento, por desgracia. Está esperando en el coche… está bien.

—¿No estás casada? —pregunta Jesse, y Kelly sacude la cabeza como si quisiera cambiar de tema lo antes posible.

Y entonces lo noto: el brillo calculador en los ojos de Jesse. Me percato, con un ligero desmayo, de que Kelly no ha perdido puntos por tener una hija sin estar casada. Los ha ganado. Me giro hacia mi hermana y la miro a través de la lente de Jesse: madre soltera, luchando para criar a su hija y hacerse un nombre. Elocuente, da bien en cámara. Y eso no es lo mejor: lo mejor está sentado en nuestro viejo coche sin batería en el teléfono. Poco más de cinco metros —o la distancia que haya del camino de entrada hasta la mesa de pícnic— es lo que separa a Kelly de conseguir el trabajo. Porque cuando Jesse vea que Layla es negra, caerá a sus pies. Es terrible pensar eso, pero no quita que sea así. Para Jesse Barnes no hay nada más atrayente que la tensión entre lo convencional y lo no convencional. Kelly, una mujer de quien esperarías que llevara un anillo de

45

diamantes en el dedo y un monovolumen lleno de pequeños futbolistas en ciernes, decidió en cambio traer al mundo a una niña mulata —ella sola—, y eso encarna dicha tensión de la forma más original y emocionante posible. Ahora lo veo claro. Lo que no sé es cómo no lo había visto antes.

—¿Sola? —Jesse frunce el ceño—. ¿Y por qué no la traes?

Necesito decir algo. Intentar mantener a Layla alejada de Jesse.

—Tiene el móvil. —Pongo los ojos en blanco, en plan bonachón, como si eso fuera lo único que se necesita para sobrevivir en el mundo hoy en día.

—Sin batería —me recuerda Jesse. Mira el reloj—. Es hora de comer. ¿Tendrá hambre?

—Hay donuts en el coche —digo, demasiado deprisa.

Kelly se vuelve hacia mí con una expresión de curiosidad en el rostro. Hace unos minutos estaba restregándole a Jesse por la cara la existencia de Layla y ahora no quiero que la vea ni la oiga. Sé que se pregunta por qué.

—Los donuts no son comida —dice Jesse.

—Le puedo hacer un sándwich de queso —se ofrece Hank.

—Le encanta el sándwich de queso, ¿verdad, Brett?

Kelly me dedica una sonrisa por la que la pienso rajar luego. Se ha percatado de mi ansiedad: tiene que haber una razón por la que estoy intentando a toda costa que Jesse no vea a Layla, una razón que pueda beneficiarla. «El mayor defecto de mi hermana es que me conoce demasiado bien», pienso mientras la observo levantarse para ir al coche a soltar a Layla en garras de Jesse.

—Lo siento —le digo a Jesse.

—No lo sientas —replica—. Tu hermana es adorable. ¿Cuántos años tiene?

Pienso a toda pastilla.

—Cumple treinta y dos en febrero.

Jesse se echa a reír.

—Para eso quedan casi seis meses.

Oigo a Kelly y a Layla acercándose por detrás, pero no me giro. Me quedo en la posición en la que estoy y observo cómo aflora el deleite en el rostro de Jesse al encenderse su último interruptor *millennial*.

—Esta es Layla —dice Kelly—. Le hace mucha ilusión conocerte. Es muy fan tuya.

—Admiro todo lo que haces por las mujeres —le dice Layla a Jesse a la vez que le estrecha la mano con firmeza, como yo le he enseñado.

Jesse aúlla de risa. Finge frotarse la mano cuando Layla la suelta, como si se la hubiera estrechado con tanta fuerza que le hubiese hecho daño.

Kelly se está iluminando, despacio, como uno de esos estimuladores matutinos diseñados para despertarte con suavidad. Levanta las manos, como diciendo: «Esto es lo que hay con Layla». La perfección hecha niña.

—Layla tiene doce años para veinticinco. ¿Sabes que abrió una tienda *online* para vender productos fabricados por las mujeres y los niños imazighen? Se niega a quedarse con un porcentaje, pero se las ha apañado para ganar dinero con las publicaciones que tienen anunciantes.

—¡Estás criando a la próxima generación de *Afortunadas*! —grita Jesse.

Yo no puedo ni hablar.

Kelly pone la mano sobre los rizos de su hija, por si Jesse no se ha fijado en lo bonitos que son. Como si fuera un agente inmobiliario enseñando una propiedad nueva y exclusiva... «Si cree que la cocina está bien, espere a ver el baño principal.»

—Es muy especial.

—Y muy estilosa. Mírala, con su Mansur Gavriel. —La pronunciación de Jesse es agresivamente francesa.

—Me lo regaló Brett —dice Layla. Parece una pequeña modelo en su día de descanso con el bolso colgando junto a sus caderas estrechas.

Es cierto que lo hice. Y también es cierto que Kelly intentó obligarla a devolverlo. Fue un tira y afloja que duró casi una semana en la que ni Layla ni yo hablamos apenas con Kelly hasta que, al final, explotó cuando le pregunté por qué solo llevaba un pendiente aquel día. «Porque estoy cansada y harta [sic] de que me ataquéis las dos. Se puede quedar con el puto peor bolso de quinientos dólares que he visto en mi vida. ¡Tiene rayajos por todas partes!»

Se supone que tiene que rasparse y gastarse para parecer

47

usado y molón, pero pensé que mejor no iba a decirle eso en aquel momento. La única forma de que Kelly se tranquilice es dejarla fluir.

—Quedará estupendo en la tele —dice Jesse.

Mi sobrina y mi hermana también se quedan sin habla mientras intentan digerir lo que acaba de decir Jesse para ver si lo han entendido bien.

—¿Cómo? —Layla sonríe. Tiene un hueco entre los incisivos delanteros, como Lauren Hutton, lo suficiente para darle un punto de carácter a su cara angelical—. ¿Quieres decir que yo también saldría en el programa?

—¿Te gustaría? —pregunta Jesse.

Layla mira a Jesse durante unos segundos sin salir de su asombro. Luego silba tan fuerte que un perro ladra en la calle. Se tapa la boca y la sonrisa hace que los ojos se le conviertan en dos rayas.

Kelly le hace un gesto para que se calle, entre risas.

—¿En serio, así sin más?

—¿Serían Layla y Kelly? —pregunto yo, una pregunta estúpida fruto de la conmoción.

—Este es el ejemplo perfecto de cómo conseguir más directivas —dice Jesse con esa voz de arenga que siempre me resulta tan inspiradora—. Hace un rato he leído que los negocios familiares son los que tienen a más mujeres en puestos de liderazgo. Vosotras tres representáis un nuevo camino para el progreso que creo que sería muy beneficioso que vieran nuestros telespectadores. —Jesse parece pararse a pensar algo—. Por supuesto, respetamos la ley laboral que regula el trabajo infantil, así que necesitamos el permiso no solo de Kelly, sino también de su padre. ¿Sería un problema?

—Mi padre es nigeriano y vive en Marruecos —dice Layla con una mirada acusatoria dirigida a Kelly.

A Jesse se le nubla la expresión.

—¿Y eso significa que sería un problema?

Kelly le frota la espalda a Layla en un intento de consolarla.

—Eso es todo lo que sabemos de él, desgraciadamente. No sé su nombre completo y cuando me di cuenta de que estaba embarazada ya estaba de vuelta en Estados Unidos y no tenía forma de ponerme en contacto con él.

—Vaya —le dice Jesse a Layla—, lo siento, Layla. Pero eso nos facilita bastante las cosas.

—¿No deberíamos hablar con Lisa de esto? —intento, patética. Un último cartucho para tratar parar este tren antes de que abandone la estación.

Jesse manda lejos la autoridad de Lisa con el dorso de la mano.

—El programa se ha hecho demasiado estricto en la definición de lo que es una Afortunada. Somos un cardumen, no un banco de peces. —Mete las manos entre las rodillas y se dirige a Layla como si tuviera cinco años y no doce—. ¿Sabes cuál es la diferencia entre un cardumen y un banco?

—Mmm… —Layla piensa—. ¿Que en un banco de peces nadan todos en la misma dirección?

¿Cómo coño sabe eso? Ni yo sé eso, o al menos no de forma tan sucinta.

—¡Eso es! —exclama Jesse—. Un banco de peces nada en la misma dirección, en cambio un cardumen de peces es un grupo que permanece unido por razones sociales. El grupo tiene que ser coherente a nivel social, pero no sería televisión de calidad si todas nadarais en la misma dirección. Así que… —Pone las manos sobre los muslos, como preparándose para salir en una carrera—. Vamos a respetar el proceso. Os grabaremos a las dos. Lo mandaremos a la red, os presentaré a Lisa, que es nuestra productora ejecutiva, por si no lo sabéis.

Es como si el objetivo de una cámara se estuviera encogiendo, estrechando, aislando lentamente el terror en mi rostro. Siempre me había preocupado que Kelly era demasiado inteligente y estaba demasiado preparada para la grandeza como para estar a mi sombra. Solo era una cuestión de tiempo hasta que la vencieran la apatía y el aburrimiento, hasta que Layla no fuera suficiente, hasta que hiciera un movimiento para conseguir el primer puesto. Ha empezado. Ha vuelto. Esto se va a poner feo.

49

2

Stephanie

«El general que gana la batalla hace muchos cálculos.» En mi caso solo tengo dos entre manos, y están delante de mí, uno junto al otro en mi armario personalizado de roble blanco aserrado en grieta: las botas de Yves-Saint-Laurent o las zapatillas de deporte con plataforma que todo el mundo lleva ahora. No me va mucho la fiebre de la *sprezzatura* que ha poseído a la mayoría de las mujeres en Nueva York; cuidan hasta el último detalle para que parezca que van desaliñadas. Cuando me mudé aquí, hace doce años, las mujeres llevaban bailarinas en el metro y los tacones del trabajo asomaban por el borde de la bolsa de tela de Goyard. Las zapatillas de deporte eran solo para hacer deporte, no para combinarlas con vestidos cóctel y Chanel, ni para la Semana de la Moda de Nueva York y tomar unos martinis en Bemelmans. A veces, incluso en Madison —incluso en el Eighties— me siento como la última mohicana. Ya nadie se arregla.

Valoro las botas con la preocupación de que transmitan que me va demasiado bien, lo cual es cierto. Cuando tu libro autobiográfico sobre tu novio maltratador de la adolescencia está entre los tres más vendidos de los últimos cuatro meses sin que nada haga pensar que va a bajar de ahí, ha sido elegido para el club de lectura de Oprah y es el próximo proyecto personal de un director nominado a un Óscar, estás en el momento perfecto para agachar la cabeza. La gente prefiere que las mujeres tremendamente exitosas no tengamos «ni idea de cómo hemos llegado hasta aquí», nos definamos como afortunadas, dichosas, agradecidas. Cojo los cordones decorativos de las zapatillas con un dedo y sopeso su mensaje. Las zapatillas me dejan, literalmente, al nivel de los demás. Y la gente reacciona ante las mujeres cercanas, ¿no? Eso es en parte lo que al público le gustaba de Brett, es en parte lo que a mí me gustaba de ella, por lo menos al principio. Saco la otra zapatilla de su percha a medida. Mejor enseñar que decir. La base de lo que hago.

El partido de los Rangers pierde el sonido mientras bajo las escaleras hasta el salón. Tenemos escaleras en nuestra casa de ladrillo de antes de la guerra en el Upper East Side. Esto no es solo un hecho arquitectónico, es reconfortante, algo que Brett señaló para animarme hace dos años, cuando se publicó mi tercer libro y fue un fracaso. «Tienes escaleras en casa —dijo Brett—. A la mierda. No puedes triunfar en todo.» Me emociono cada vez que piso estas escaleras. Vince siempre está amenazando con arreglarlas —o más bien con usar mi dinero para pagar a alguien que las arregle—, pero yo saboreo sus chirridos y sus quejidos, recordatorios audibles de mi poder adquisitivo. Esta es una de las pocas ocasiones en las que me permito disociar, pensar en que ya nunca estaré a merced de Lynn, de Creative and Marketing Staffing Pros, crac, porque empecé a escribir mi blog en la hora de la comida, crac, y en el rato en el que había menos trabajo, y se hizo lo suficientemente popular como para conseguir un contrato editorial de alrededor de medio millón de dólares. Ya nunca tendré que meter siete dólares en la cuenta, crac, para poder llegar al mínimo de veinte y poder sacar del cajero, crac. Porque he vendido más de tres millones de ejemplares de mis primeros dos libros y voy camino de superar esa cifra con mis memorias, que han sido muy bien acogidas en el número dominical de *Review*, sin un respiro. Por fin. Desdeñaron mi trilogía de ficción sobre dos personas que se querían mucho pero se hacían daño. Luego está el millón de dólares que Warner Bros me ha dado por mis derechos biográficos y el otro medio que me van a pagar por adaptar el guion. Crac. Crac. Los dos últimos peldaños suenan absurdos, como una bruja abriendo la puerta de una casa encantada con una risa-chillido. Vince me mira desde su sillón azul marino preferido. El azul marino es el único color que permito en esta casa.

Vince parece confundido al verme.

—¿No vas a ir?

Son las zapatillas. Mi madre llevaba zapatos de tacón hasta cuando iba en albornoz, y eso es lo que me enseñó.

—Sí que voy a ir —digo mientras me dejo caer en su regazo—. ¿Parezco una pordiosera?

—¡Uf! —Hace una mueca y se retuerce un poco—. Espera, espera. —Me hace girar sobre él—. Así está mejor. —Deja escapar un suspiro de alivio.

—Gracias —le espeto, hundiéndole los nudillos en el bíceps, que aún dista mucho de estar duro a pesar de que estoy pagando al entrenador de Hugh Jackman tres veces por semana.

—¡Eh, auuu! —Se agarra el hombro y sus labios forman una «o» de asombro. ¿Quién va a querer hacerle daño a Vince?

—No me has contestado.

—¿A qué?

—Que si parezco una pordiosera.

Vince se aparta el pelo de los ojos. Entre él y Brett, a veces me gustaría pegarles las manos a los costados con Superglue.

—Pero una pordiosera muy sexi.

—¿En serio? —Me miro los pies con el ceño fruncido—. Solo quería estar cómoda.

—Solo tienes que llamarla, cariño —le dice Vince a la pantalla del televisor, levantando la copa de vino de la mesa auxiliar con encimera de mármol. Huele a crianza.

—¿Ese es el de 2005? —pregunto con la voz un punto agudo de más. No sé mucho de vino, pero sé que tuve que cancelarle el crédito de la tarjeta a Vince después de que una subasta *online* de vinos de crianza acabara en una cosa obscena.

Vince enseguida devuelve la copa a la mesa y su mano se pierde en su pelo otra vez.

—No. 2011 o algo igual de cutre. —Me aprieta el costado y, con voz sugerente, dice—: Pues podrías quedarte. —Baja un poco la mano. Aprieta otra vez—. Y podríamos abrir ese.

Lo alejo con una risita.

—No puedo. Tengo que verlas.

Vince levanta las manos. Lo ha intentado.

—Te espero levantado.

Frunce los labios manchados.

Es un beso casto —últimamente, siempre lo es— pero, cuando me inclino, me llega el olor de su vieja camiseta de los

Rutgers y no puedo evitar sentirme satisfecha. El olor corporal es el aroma de la devoción en nuestro matrimonio. Vince no hará nada raro oliendo así. Es sincero cuando dice que me esperará levantado. Mi marido nunca es tan fiel como cuando tiene que estirar el cuello para mirarme.

Jen y Lauren ya están sentadas cuando llego a L'Artusi, lo cual no sería especialmente reseñable si no fuera porque vamos a cenar en la ciudad de Nueva York, donde ningún restaurante te permite sentarte hasta que estén todos los comensales. Una norma pensada para mantener a raya todos tus delirios de grandeza, imagino. ¿Has visto *Hamilton*, la original —¡con Leslie Odom Jr.!—, y llevas los mocasines de Gucci que están agotados en todas partes hasta el próximo otoño? Por favor, avísenos cuando hayan llegado todos los comensales.

La fama no ayuda. He visto a Larry David recorriendo el pasillo de Fred's y cómo le decían a Julianne Moore que tendría que esperar una hora y cuarto para una mesa en el Meatball Shop original, antes de que la expansión del Upper East Side le robara su mística *kitsch*. Así que es una verdadera sorpresa que cuando llego Jen y Lauren ya estén sentadas, y es una verdadera pena que no tenga nada que ver con el programa, sino con la madre de Jen Greenberg. Yvette Greenberg no es famosa, es una causa.

Me avergüenzo de ir en zapatillas mientras sigo a la camarera por el restaurante. A estas alturas ya estoy acostumbrada a que la gente me mire; antes era algo que me ponía un poco a la defensiva porque siempre pensaba que me miraban boquiabiertos por otros motivos. Ninguna mujer en Nueva York habría reconocido que leía mis libros hasta este año. El último grito es abrir a Didion o a Wallace en el metro, tanto como el *look* despeinado o los vaqueros que asexualizan el culo. Por cierto, ¿qué onda con eso?

Subimos las escaleras hasta una mesa en un rincón, donde Lauren Bunn y Jen Greenberg están sentadas hombro con hombro, mirándome como dos colegialas en el autobús de ruta. Me quedo sin respiración al descubrir que me han dejado el asiento del extremo. Entre los famosos, es obligatorio sen-

53

tarse de espaldas al restaurante para que nadie pueda hacerte una foto mientras bebes vino con un ojo cerrado y vendérsela a *In Touch* para que la publique bajo el titular «Esta estrella del *reality* necesita una cura de desintoxicación». Cuando las Afortunadas cenamos juntas siempre se monta una contienda pasivo-agresiva por el asiento del extremo, y este casi siempre acaba hundido bajo el peso del culo enorme de Brett. Que me lo hayan dejado a mí va a ser un momento crítico de nuestra historia. Eso no es una silla: es un trono.

Lauren se levanta en cuanto me ve.

—¡Estrella del rock! —grita, de la misma forma que los ciudadanos de Salem gritaban «bruja» en el siglo XVII. «¡Bruja! ¡Bruja!» Me echa los brazos al cuello y me fijo en la copa de martini vacía por encima de su hombro. Jen levanta dos dedos. Es la segunda. Tenemos que ser rápidas.

Se aparta y me agarra por los hombros.

—¡Eres una estrella del rock! —Sus cejas micropigmentadas de 250 dólares se juntan al estudiarme de cerca—. Si hasta estás distinta. —Me da unas palmaditas por la espalda hasta acabar en el trasero, donde también aprieta y menea con la expresión platónica de un médico haciendo un chequeo rutinario—. Sí, distinta.

—Vale, vale. —Me río y me zafo de sus manos. «Soy rubia y todo lo hipersexualizo», ese es el rollo de Lauren—. Lo que sí es distinto es esto. —Levanto la suela septuagenaria de mi zapatilla.

Lauren abre la mano sobre el pecho y le sale un ramalazo pueblerino.

—¡Quién te ha visto y quién te ve!

Jen no se levanta ni me baila el agua, pero me ofrece una excusa para mi retraso.

—¿Mucho tráfico? —pregunta mientras me siento y extiendo la servilleta sobre mi regazo.

—La autovía FDR era una locura —le digo, aunque no es cierto. Llegar tarde es como el asiento del extremo. Llegar tarde es un músculo flexionándose.

Aparece el camarero con un brazo doblado tras la espalda.

—Un Monfalletto Barolo —dice Lauren, antes de que nos salude siquiera.

—Excelente elección —dice, inclinando levemente la cabeza ante Lauren. Ella le mira el culo mientras se aleja.

—Ni siquiera es guapo —protesta Jen. Sus ojos marrones no se entrecierran, están entrecerrados de por sí. «Jen parece la hermanastra cabreada de una princesa Disney», escribió un crítico televisivo en Twitter.

—No me gustan los guapos. —Lauren cierra los labios sobre el palillo de su copa y remueve la aceituna con los dientes—. No tienes que preocuparte por mí en lo referente a tu marido, Steph.

—Muy bonito —bromea Jen.

Lauren abre la boca.

—He dicho que Vince es demasiado guapo para mí. ¡Es un cumplido! —Me tranquiliza con una sombra mínima de miedo en la mirada—. Es un cumplido.

No sonrío, pero hago un chiste.

—¿Hay una opción en SADIE para las mujeres a las que les gustan los feos? —Lauren es la creadora (aunque ya no es CEO) de una web de citas que es, según con quién hables, todo un desafío al *statu quo* o el capricho de una niña rica.

Se me ocurre una frase inteligente.

—Perfil «por los suelos» —sugiero, y me siento graciosa cuando la risa escandalosa de Lauren hace que se interrumpa la conversación en la mesa de al lado. La graciosa siempre ha sido Brett. Ahora solo hace falta un mínimo intento de decir algo chistoso, un pequeño milagro teniendo en cuenta que en la última reunión me tocó el asiento del fondo.

El camarero vuelve con tres bonitas copas de vino de cristal soplado. No se lo impido cuando me pone una delante, y Lauren se da cuenta, eufórica.

—¡Va a beber! —le dice a Jen, con el orgullo momentáneo de una mujer trivial que acaba de llamar a toda la familia para decirles que «el niño ya anda», algo que todos han hecho en un momento u otro desde que el mundo es mundo. No bebo mucho ni me gustan los niños. Para ambas cosas tengo mis razones.

—A diferencia de ti —dice Jen, seca—, ella tiene algo que celebrar.

Ha sido un comentario mezquino, pero Lauren se ríe. Al fin y al cabo, es la rubia tonta.

55

El camarero aparece de nuevo y echa en la copa de Lauren un poquito de vino para que lo pruebe. Deja el corcho junto a su tenedor para que lo pueda valorar; parece un dedo pulgar manchado de sangre.

—Excelente —concluye Lauren, echándoselo todo al gaznate sin saborearlo demasiado.

—Así está bien —le digo al camarero con un discreto gesto de asombro mientras me sirve. Él endereza la botella y seca el cuello con una servilleta blanca.

—Por la cuarta temporada —dice Lauren, alzando la copa—. Y por la puñetera directora nominada a un Óscar.

—Baja la voz, loca —digo mientras hago chocar mi copa suavemente contra la de Jen, a la espera de que alguien me señale con el dedo, cosa que no ocurre. La regla número dos de las *Afortunadas de Nueva York* es que nadie está chalada, como una cabra ni mal de la cabeza, nadie es demasiado sensible ni se está tomando las cosas a pecho. Nadie exagera. «Loca» y sus derivados son palabras y expresiones que se han usado durante siglos para denostar a las mujeres. El asiento del extremo y una bula para decir «loca». Amigas, ya no estoy al final del sofá en las reuniones, que es el paso previo a la expulsión.

Miro a los ojos a Jen, primero, y luego a Lauren.

—Tengo que decir una cosa.

—¡Que hable! —Lauren da un puñetazo en la mesa—. ¡Que hable!

—No, en serio —digo sin reírme, y la sonrisa desaparece del rostro de Lauren en un veloz gesto de obediencia. Pongo las manos abiertas sobre la mesa y me tomo un momento para pensar antes de hablar—. Tengo que decir que estoy realmente conmovida por vuestro apoyo. Sobre todo porque sé que nosotras tres nunca hemos estado demasiado unidas. —Mi expresión trasluce arrepentimiento. «Dejé que Brett me pusiera en contra de vosotras, y ahora veo el error de mi lealtad… Perdonadme»—. Estos últimos meses han sido agotadores y estimulantes a partes iguales. Nunca pensé que podría hablar así de mi pasado, y sigo sorprendida no solo por las personas que han estado ahí para mí, sino también por las que no.

Hago una pausa y me fijo en que Jen lleva las uñas pintadas. Jen lleva las uñas pintadas y ha cambiado sus gafas de montura gruesa de Moscot Mensch por unas lentillas y, con toda probabilidad, se ha puesto tetas. El estilismo más sexi es, obviamente, un mensaje para la persona que le rompió el corazón la temporada pasada: «Esto es lo que te estás perdiendo». No tenemos ni idea de quién es él, ni siquiera de si es un hombre. Jen se negó a dar detalles en la reunión y solo nos dijo que había habido alguien «especial», pero insistió en que había terminado en buenos términos, todo esto con lágrimas de agonía en sus ojos pequeños. En los tres años que hace que la conozco, Jen ha sido especialmente reservada acerca de su vida privada, lo cual enfurece a Brett, que lo cuenta siempre todo. Pero yo siempre pensé que la cuestión no era tanto que no quisiera contar como que no tuviera nada que contar. Más de una vez me he preguntado si Jen no sería virgen antes de que llegara esta persona «especial». Hay algo intocable en ella de forma inherente, pero está preparada por si llega alguien con ganas de intentarlo. La brusquedad es un mecanismo de defensa obvio que le permite poder rechazarte ella primero.

Por supuesto, los telespectadores se sorprenderían al oírme describir a nuestra diosa en la tierra como alguien brusco. Delante de las cámaras es muy distinta, todo el día citando tópicos espirituales y ensalzando las virtudes del veganismo y la medicina natural, un estilo de vida que ha convertido en su sustento. Jen vende paquetes de superhierbas y adaptógenos por diecisiete dólares en sus puestos de zumo en el centro, que aparecen a menudo en las *stories* de Instagram de Gwyneth Paltrow y Busy Philipps. El año pasado abrió un restaurante vegano en la esquina de Broome y Orchard que tiene a tanta gente guapa dispuesta a esperar una hora para probar sus boniatos fritos en freidora sin aceite que está planeando abrir otros dos locales en el Upper West Side y en Venice, además de publicar un libro de recetas y montar un servicio de comida a domicilio a nivel nacional. No obstante, a su madre le gustaría que se pareciera un poco más a Brett.

Lauren chasca la lengua.

—No puedo creer que Brett no te haya llamado todavía.

Jen aparta los ojos de sus cutículas cortadas el tiempo suficiente para compartir una mirada significativa.

—¿Qué? —pregunta Lauren al darse cuenta. Jen se con-

57

centra en alinear sus cubiertos e ignora la pregunta—. ¿Qué? —repite Lauren.

—No sé nada de Brett —digo—. Pero he hablado con Lisa hace poco. —Exhalo, como si lo que me dispongo a decir no fuera a ser fácil de escuchar—. Me ha dicho que van a tomar un nuevo rumbo con la nueva Afortunada.

—Vale... ¿y? —Parece que Lauren tuviera un peso atado a la mandíbula y todo en su expresión tira hacia abajo y más abajo.

—Van a meter a la hermana de Brett y a su sobrina para sustituir a Hayley.

Lauren me mira como si le hubieran saltado los plomos.

—¿La hermana de Brett y la sobrina de Brett?

Asiento con la cabeza.

—Pero... —Lauren se lleva los dedos a las sientes con un leve quejido, como si procesar toda esta información le resultara doloroso—. ¿Cuántos años tiene la sobrina?

—Doce —dice Jen, impasible.

Lauren parece a punto de echarse a llorar. Tiene la cara cada vez más roja, la respiración entrecortada y acelerada, y espera desesperadamente a que una de nosotras diga algo que la haga sentirse mejor.

—No lo entiendo —dice por fin—. ¿Va a ser concursante?

—Será como una amiga de las concursantes. Es su hermana quien es concursante.

—¿Y tiene una hija de doce años? —grazna Lauren—. ¿Cuántos años tiene ella?

—Nuestra edad —digo.

—Treinta y uno —aclara Jen, despiadada. Yo cumplí los treinta y uno hace ya unos años.

—¿Está casada? —pregunta Lauren con los ojos cerrados, como si no se atreviera a mirar hasta saber que está a salvo.

—No —respondo—. No está casada.

Lauren abre los ojos con un suspiro triste y resignado. La noticia no es fantástica, pero es tolerable. Probablemente a Lauren le gustaría estar casada y tener un bebé y dos niñeras feas, pero la jefa no quiere niños; por consiguiente, a ninguna de nosotras nos está permitido quererlos. Hace unos años empecé a darme cuenta de que tanto las madres como las no madres están obsesionadas con las mujeres treintañeras sin hijos, y más en particular con las mujeres treintañeras casadas sin hijos. Qué suerte la mía. Es un poco como vivir en un estado oscilante y que te registren como independiente. Los dos partidos hacen campaña para que me ponga de su lado. Las promesas de las madres, en plan: «Yo tampoco tengo instinto maternal, pero cuando son los tuyos los quieres mucho». Las no madres que se enfurecen con los psicólogos y los médicos que intentan convertir su reticencia a tener hijos en una patología. Ninguno de los partidos cree tener nada en común con el otro, lo que hace aún más cómico lo mucho que tienen en común. Está en la naturaleza humana querer que validen tus decisiones. Te sientes mejor contigo misma y con tu vida cuando los demás toman las mismas decisiones que tú. Por suerte para mí, no tengo ningún problema en validar esta decisión particular de Jesse. Convierte mi desprecio por los niños en una patología todo lo que quieras, porque no pienso tenerlos.

—Pero ni siquiera vive en la ciudad —continúo. He oído que la están instalando en casa de Brett, y ella se va a vivir con su nueva novia.

—¿Como si fuera parte del guion?

—No, como… Van a fingir que su hermana siempre ha vivido ahí. Nadie ha visto todavía el piso de Brett, así que no habrá lugar a confusión.

—¿Quién es? —pregunta Lauren—. ¿Tú la conoces?

—Solo la he visto un par de veces. Pero básicamente se encarga del día a día en SPOKE para que Brett pueda hacer el trabajo sucio de copresentar la cuarta hora del programa *Today* cuando Hoda se va de vacaciones.

Se hace un silencio amargo. Ninguna hemos superado el hecho de que no nos lo propusieran a nosotras.

—Bueno —concede Lauren—. Entiendo lo de la hermana. Supongo. Pero ¿qué pinta la sobrina en el programa?

—Ahora estás haciendo la pregunta correcta —le digo. Nos traen una cesta de pan a la mesa y, por costumbre, todas estiramos la mano para coger un trozo. Regla número tres de las Afortunadas: comemos hidratos. Estamos por encima de todo el rollo de las dietas y hacemos deporte por salud, no para perder peso. Aunque luego te mueras de hambre entre tomas, como Lauren, o tengas ortorexia, como Jen, comemos a dos carrillos delante de las cámaras (o siempre, si eres Brett y has encontrado la forma de sacarles rédito a tus cartucheras). Jesse cree que ya hemos visto a demasiadas mujeres blancas hetero vendiendo tés para conseguir un vientre plano en Instagram. No comer está pasado de moda.

—La sobrina es negra —digo.

Lauren deja caer la mandíbula.

—¿La hermana es negra?

Tengo la boca llena, pero sacudo la cabeza.

—¿Entonces? ¿La sobrina es adoptada?

Sacudo la cabeza otra vez, incapaz de dilucidar mientras mastico. Soy la única que al final ha cogido de verdad el trozo de pan. Jen y Lauren se han dado cuenta de que no hay cámaras cerca y han devuelto las manos vacías al regazo para olisqueárselas después.

—¡Deja de obligarme a hacer preguntas, me cago en la mar!

Trago la comida y le cuento lo que sé. La información que conseguí gracias a la productora ejecutiva cuya adicción a Net-a-Porter azuzo sin vergüenza alguna todas las navidades: que en la cuarta temporada ya no seré la única persona de contacto en el programa. Me sentí completamente desamparada cuando me enteré, y pensé que tenía que hacer algo. Algo que me hiciera mejor, más fuerte, irreemplazable. Pero aparte de los planes que ya había puesto en marcha, no se me ocurría nada más, así que llamé a Sally Hershberger y reservé para peinarme a última hora, si bien mi pelo siempre está perfecto y no iba a ningún sitio. Alguna gente nos tragamos lo que sentimos; otros lo pasamos por un chorro de aire caliente y un peine redondo. Me senté en la silla giratoria de cuero con la peluquera en prácticas, la única que estaba disponible avisando con tan poco tiempo, y busqué a Layla Courtney en Instagram.

Por supuesto que he coincidido con Layla Courtney en unas cuantas ocasiones. Una chica callada, alta, con el pelo mojado y recogido en un moño alto, y no me impresionó demasiado. ¿Qué ha visto Lisa en ella? ¿Qué ha visto Jesse? No había ninguna Layla Courtney en Instagram, así que probé a buscar a la madre. Me puse a bajar por la lista de todas las variaciones posibles de Kelly Courtney, pero solo una tenía la palabra SPOKE en el *nick* y aparecía con una niña mulata en la foto de perfil. Me sentí como si estuviera comiendo hormigas rojas al repasar sus fotos. Kelly y Layla en la costa de Jersey; Kelly y Layla en la graduación de sexto curso el año anterior; el gran «anuncio» de Kelly, con noventa y seis *likes,* para que siguieran a Layla en @ souk_SPOKE, donde iba a vender la cerámica y las alfombras de pacotilla hechas a mano por las mujeres imazighen, que ahora tienen la oportunidad de adquirir destrezas y ganarse la vida gracias a SPOKE. Una búsqueda rápida en Google de la palabra *souk* me reveló que significa «mercado» en bereber. Una palabra horrible para un *nick* de Instagram, puesto que no llamaba nada la atención, pero aun así me mareé cuando pinché en el nombre y vi que la cuenta de Layla ya tenía 11.000 seguidores, y que casi todas las fotos en las que Layla lucía los productos con su pelo afro estaban plagadas de comentarios del tipo «qué niña tan guapa, una belleza natural, @ICManagement la tenéis en vuestro radar?». Miré mi reflejo en el espejo, y es que no hay un espejo tan honesto como el de una peluquería. Mi pelo estaba suave y liso, con un poco de movimiento en las puntas, tal y como lo he llevado los veinte últimos años. Incluso con los tratamientos de alisamiento, nadie me llamó nunca guapa cuando tenía la edad de esa mocosa, y lo era.

¿Por qué estoy tan indignada? ¿Cómo puedo sentirme remotamente amenazada por una niña negra de doce años con rizos naturales? La diversidad es uno de los pilares del programa. Pero Jesse, la emperatriz reinante de los *realities,* nunca habría abierto esa puerta si no hubiera dinero detrás. Los anunciantes están desesperados por captar espectadores jóvenes, y la diversidad (¿o ahora se llama inclusión? Mejor aún: ¿a quién le importa?) es de vital importancia para los *millennials.* Para nosotros, supongo que podría decir. Yo entro en el saco de los *millennials* por los pelos, y esa es también parte de la razón por la que pensé que no volvería después del último reencuentro. Nadie sobrevive en el programa pasados los treinta y cuatro.

He conseguido retrasar lo inevitable un año más, y ahora no puedo evitar sentir que se está pergeñando mi sustitución. Porque Jesse no abrió la puerta a las mujeres sin representación en los medios de comunicación, más bien hizo una grie-

61

ta. Lo justo para permitirnos a Brett y a mí pasar al otro lado durante un plazo breve de tiempo. En un programa de entre cuatro y cinco concursantes, que hubiera más de una lesbiana lo convertiría en un programa de lesbianas, y si hubiera más de una «mujer de color» se convertiría en un programa étnico, y entonces los anunciantes empezarían a preocuparse por estar alienando a la audiencia. Eso no es diversidad, es una cortina de humo, y por eso me sentó como una patada en el estómago averiguar no solo que mi propuesta para cubrir el puesto de Hayley había sido desestimada (todas nos apresuramos a intentar meter a nuestras amigas cuando se va una Afortunada), sino que la nueva Afortunada cumplía un requisito que hasta ahora solo yo podía cumplir. Pensad en cada una de nosotras como un adorno de una pulsera de dijes. Yo soy el candado, Brett es el corazón, Jen es la zapatilla de ballet y Lauren, la mariquita. Lo que necesitábamos era una mujer trans, no otro candado.

—¿No estás cabreada? —sisea Lauren, estirando la mano hacia su copa para percatarse de que está vacía. Finge que en realidad iba a coger el pan, arranca un trozo pequeño y lo deja en el plato—. Yo estaría muy cabreada si fuese tú.

Siento una punzada de gratitud hacia la mujer a quien había dado por perdida como una rubia borracha. No les he contado a las Afortunadas que me siento como una casilla que Jesse tuvo que marcar para que no la destriparan en *Jezebel*, porque Brett, que es quien debería entenderlo, está totalmente obnubilada por Jesse, y Lauren y Jen no podrían empatizar ni por asomo. Jen llamó la atención de los productores por su madre y Lauren no debería estar en el programa. Es una de esas rubias de Hitchcock, de una familia con su propio tope. Pero ha conseguido dominar el estilo arreglado pero informal y bebe demasiado y habla de sexo a voz en grito y es muy difícil encontrar a una sola mujer en la ciudad que no tenga su *app* de citas en el móvil. Se llama Lauren Bunn y los telespectadores la llaman Lauren Fun, y eso la ha mantenido a flote, eso y su disposición para entrar a matar en cuanto Lisa toca el silbato. Es la adorable asesina a sueldo del programa; en realidad, es indispensable.

Pero entonces Lauren cacarea:

—Tu amiga debe de estar decepcionada. —Y me doy cuenta

de que quería decir que tendría que estar enfadada porque mi propuesta ha sido descartada, y que en parte eso le encanta.

Precisamente hay dos eras en la vida de una Afortunada: la era de los disparos y la era de matar. Cuando aún no ha pasado ni una semana desde que terminamos, meses antes de grabar la reunión, los productores tienen la obligación de preguntar a cada una de las Afortunadas si tenemos alguna amiga a quien queramos proponer para la siguiente temporada del programa. No sabemos quién va a seguir ni quién está en el degolladero, aunque la disposición en el sofá en la reunión, unas semanas después, suele ser una pista. Cuanto más cerca estés de Jesse, mejor posicionada estás. En la última reunión, que grabamos un mes antes de que se publicaran mis memorias y me volviera a alzar con el podio, me senté al final del sofá por primera vez. La única Afortunada que ha estado donde yo estaba y pidió volver es Lauren, y yo no estoy dispuesta a hacerme un baño de vapor vaginal delante de las cámaras ni a posar desnuda en un valiente esfuerzo por salvar el pellejo, algunas de las lindezas que Lauren ha hecho en un solo episodio.

Pero. Hay otra opción además de humillarte por las risas. Los productores siempre están intentando revolucionar a la compañía, por eso el proceso de *casting* vuelve a empezar en el preciso momento en el que se apagan los micros de petaca. Es una regla no escrita que, si consigues que los productores se interesen por una mujer, les gusta y la incluyen en el programa, tú consigues una prórroga. Los productores no van a meter a una Afortunada nueva a menos que tenga algún tipo de relación con el grupo. Esto no es *Gran Hermano*, donde se junta a un montón de extraños y se espera a que lleguen los embarazos no deseados y las puñaladas por la espalda. El programa funciona mejor cuando el grupo tiene un pasado en común, alianzas, rencillas. En el preciso instante en el que se termina de rodar, una Afortunada se pone a hacer campaña para estar en la siguiente temporada sin preocuparse lo más mínimo de que pueda ser a costa de una de sus actuales compañeras. Si tienes la suerte de que entre la persona que propones, tienes un beneficio extra: la lealtad eterna de esta. Nunca se traiciona a la Afortunada que te trajo.

A Lauren la metió Jen, en la segunda temporada, así que

63

mientras las dos sigan en el programa, le tendrá que caer bien quien le caiga bien a Jen y enemistarse con quien ella se enemiste. Está muy cansada de la situación, y sé que estaba pujando por su querida Yalie, la inventora de las bragas para la regla, para que sustituyera a Hayley y poder así mangonear ella a alguien por una vez. Espero que tengas más suerte la próxima temporada, Lauren.

El camarero vuelve y nos pregunta si ya estamos listas para pedir.

Lauren y yo guardamos silencio educadamente mientras Jen le explica que es amiga del chef y que ya lo llamó antes para que le preparara una sopa de calabaza sin lactosa.

—Dios, no. —Lauren se ríe cuando el camarero nos pregunta si nosotras también tenemos alguna restricción alimentaria—. Yo quiero lenguado, hamachi, champiñones y bucatini.

—Que sean dos de champiñones —digo yo.

El camarero sonríe, encantado con nosotras y consigo mismo.

—Mi plato preferido de toda la carta.

—Está casada —gruñe Lauren con descaro.

—¿Y usted? —le pregunta el camarero.

Lauren le enseña el dedo sin anillo.

—Santo dios —murmura Jen. No sabemos cuánto tiempo lleva Jen sin sexo, pero seguro que tendríamos que expresarlo en años caninos.

El camarero se dispone a rellenarme la copa y se da cuenta de que la botella está vacía. Pregunta si deseamos otra del mismo vino. Lauren hace un círculo en el aire con el dedo, formando un minitornado: «otra ronda». Jen me da una patada por debajo de la mesa. Ahora, antes de que esté demasiado borracha para acordarse después.

Cojo otro trozo de pan.

—Oye, Laur, no creas que quiero que te dé un síncope, pero aún hay más.

—No me lo digas —exclama, apartando el platillo del pan—. Brett está más delgada que yo.

Jen apoya la ocurrencia con una risotada. Siempre le ha molestado que la metan en el saco de la «industria del bienestar» junto a una mujer que considera la bollería como uno de los principales grupos de alimentos. Asimismo, Brett ha llamado la atención a Jen por su estrecha y elitista definición de lo saludable, que se reduce a un único concepto: estar delgada. No hay nada de saludable en una mujer que pesa lo mismo que cuando estaba en quinto curso, ni en una mujer que casi nunca come nada sólido y que está tan desnutrida que no consigue que el pelo le crezca más allá de la orejas. Son palabras de Brett, no mías, aunque me pregunto qué diría si viese a Jen ahora, con su nueva figura exuberante. «No hay nada de saludable en una mujer que cambia de aspecto para agradar a un hombre», probablemente.

—Es sobre el viaje —le digo a Lauren.

El Viaje. Todas las temporadas, los productores buscan una semana de referente para juntar a todas las mujeres, sin importar dónde nos encontremos en nuestro ciclo de amor y odio entre nosotras. La primera temporada fue algo tranquilo y económico: fuimos a la casa de Jen en los Hamptons para celebrar la apertura de su puesto de zumos en el parking de Ditch Plains. La segunda temporada fuimos la auténtica revelación gracias a las incesantes maratones de la red los domingos por la tarde, así que pudimos permitirnos algo más a lo grande y viajamos a París para el lanzamiento del tercer libro de mi saga de ficción. (Los parisinos nunca han considerado obscenos mis libros.) La última temporada, a Los Ángeles a los premios GLAAD. El programa estaba nominado a Mejor Reality Show —algo que todas consideramos una nominación para Brett— y también había una nominación en la categoría de Mejor Programa de Debate del programa de *60 minutos* que dedicaron a Brett y a todo lo que estaba haciendo para ayudar a allanar el camino a otras emprendedoras jóvenes y lesbianas.

Hasta ahora, la Afortunada alrededor de la cual gira el viaje es la que resulta más favorecida a manos del editor y la que consigue más cuota de pantalla para su producto. Y, hasta ahora, todas hemos tenido nuestro momento. Lauren no es una de las originales como Jen, Brett y yo —no lleva el anillo con la inscripción PA—, pero lleva con nosotras desde la segunda temporada. Esta, todas supusimos que le tocaría a ella.

Con toda la compasión que consigo reunir, digo:

—Lisa me ha dicho que querían planificar un viaje a Marruecos en junio.

—¿Marruecos? —susurra Lauren con tono de derrota silenciosa.

—Al parecer, SPOKE va a lanzar una línea de bicicletas eléctricas —dice Jen. Su rostro menudo esboza una mueca de disgusto—. Porque lo que las mujeres como Brett necesitan es un cacharro para hacer ejercicio que reduzca lo que se mueven a lo largo del día.

Para ser justos, las bicicletas eléctricas no son para mujeres como Brett. Son para mujeres que se mueven demasiado a lo largo del día para ir a la escuela y ganarse la vida. Odio que incluso una parte silenciosa de mí aún se ponga del lado de Brett después de lo que ha pasado.

—La buena noticia es que todavía no han reservado el viaje —digo mientras expulso el devastador recuerdo de mi mente—. Si expresamos nuestro desacuerdo, podemos persuadirlos. Pero debemos actuar rápido y estar unidas en esto. Lisa me dijo que Jesse está muy preocupada por que en la primera temporada después de las elecciones presentemos a las mujeres de la forma más magnánima posible.

—Ya veo —resopla Lauren—, y revertir los roles sexistas en el flirteo no es magnánimo, ¿no?

—No tan magnánimo como evitar que violen a niñas africanas de doce años —replica Jen.

—Pero ¿y quiénes son estas niñas africanas de doce años que Brett evita que violen? —quiere saber Lauren—. En serio, ¿tiene datos fehacientes para demostrarlo? ¿Alguna vez hemos hablado con alguna? ¿Cómo sabemos que es verdad?

Yo asiento con la cabeza, entusiasta. Mi plan es cabrearla y luego hacer mi propuesta.

—Total, que el programa ahora es *El show de Brett* —dice Lauren. Su voz ofendida se alza sobre el bullicio del restaurante—. O *El show de SPOKE*, o lo que sea. Todo gira alrededor de su puta familia y de su negocio y tiene viaje dos años seguidos.

—Es lo que tiene jugar en el mismo equipo que tu jefa —dice Jen, esgrimiendo una acusación de la que yo solía defender a Brett hasta que me di cuenta de que en realidad se ha beneficiado totalmente de ser igual de diferente que Jesse. En nuestro ecosistema, Brett es sin duda la más privilegiada del grupo, y sus ventajas van más allá de una cuestión de edición. Jesse ha dejado claro y cristalino que el programa funciona como un subproducto del éxito que ya tenemos. Si puede mejorar lo que ya hemos conseguido solas, estupendo, pero no está ahí para ayudar a sentar las bases. En otras palabras: nosotras atraemos al programa; el programa no nos atrae a nosotras. Esta es la razón por la que las Afortunadas recibimos el miserable sueldo de cinco mil dólares (brutos) al año por aproximadamente ciento veinte días de trabajo. Se supone que no necesitamos el dinero, y la mayoría no lo necesitamos, pero a mí me cuesta digerir la hipocresía de Jesse arremetiendo contra la brecha salarial en el *New York Times* cuando les paga a sus trabajadoras menos del salario mínimo interprofesional. Mientras tanto, ella medra en la escala empresarial en la red a medida que el programa gana popularidad, haciéndose más y más rica a nuestras espaldas mientras que de nosotras se espera que demos las gracias por estar constantemente expuestas. Hayley se hartó, sobre todo después de que uno de los coordinadores de producción sugiriera que Brett había seguido el consejo de Jesse, había pedido más dinero y lo había conseguido. Admiro que Hayley se atreviera a pelear sola, pero también sabía que era una misión suicida. Jesse solo vería ingratitud en el intento de negociación salarial, y al final terminarían echándola. Y así fue, por supuesto. A menos que seas Brett Courtney, el programa no recompensa a las mujeres difíciles.

Brett es el ojito derecho de la profesora y, por irónico que parezca, una de sus quejas sobre Jen era que recibía un trato preferente por parte de su madre. Dos personas tan parecidas que se repelen por completo. Las dos son agotadoramente predicadoras cuando se trata de vender su negocio. Las dos son unas sabelotodo y unas engreídas, creen que su opinión es siempre la correcta y si no haces las cosas a su manera eres una imbécil que probablemente enfermará de cáncer pronto. Y otra cosa que tienen en común, algo que no había descubierto hasta hace poco, es que ambas son dos personas totalmente distintas fuera de cámara y cuando estamos rodando. Aunque esto se podría decir de todas; no es fácil mantener intacta la línea divisoria entre quiénes somos en el programa y quiénes somos en realidad, hacer el trabajo sucio y diario de arrancar las malas hierbas y podar la maleza. Pero no todas vamos por ahí dán-

67

donoslas de que somos la misma persona en la vida real y ante las cámaras, algo que Brett ha dicho tantas veces que podría hacerse otro de sus horrendos tatuajes con la frasecita. La realidad es que Brett se ha convertido en la persona que es ante las cámaras, que tiene metástasis de televisión. La auténtica Brett está ahí, en alguna parte —alguna vez he tenido que vérmelas con ella—, pero es la matrioshka más pequeña de todas.

Lauren gimotea.

—¿Qué vamos a hacer con ella?

Lanzo otra mirada rápida a Jen. Ella asiente: «Adelante».

—Le he mandado a Lisa mi agenda de los próximos meses —le digo—. Tengo la gira del libro, el cumpleaños de Vince y unas cuantas cosas más en el calendario, y le he dejado claro que os invitaré a vosotras dos y quizás a la nueva, si no es Kelly, claro, pero nada más.

—Crees que no deberíamos rodar con Doña Perfecta —deduce Lauren con un resoplido—. Eso estaría muy bien.

—Simplemente creo que tenemos que ir a lo nuestro y que ella vaya a lo suyo —digo, intentando no darle mucha importancia. Esto no es un pacto de sangre. No tenemos que recurrir a las armas. La forma más efectiva de destruir a alguien en el programa es aislarla, despojarla del drama, de las conexiones importantes, de la gran y poderosa trama. En nuestro mundo, el arma más afilada es una sonrisa cortés.

Me parece que Lauren aún no está convencida.

Me quedo pensativa un momento.

—Me he debatido entre contarte esto o no —digo, y es verdad. Esperaba que mi argumento fuera lo suficientemente sólido sin llegar a esto.

Lauren habla al volumen que le confieren dos martinis y dos copas de vino.

—Cuéntamelo de una puta vez.

Rehúyo mirarla a los ojos. Estoy segura de que se dará cuenta de que miento si lo hago.

—¿Te acuerdas de lo que salió en *Page Six*? Lo de...

—Sé a lo que te refieres —dice Lauren. Levanto la mirada y veo que se ha puesto roja. Ha habido varias alusiones en el *Post* al tema de Lauren y la bebida, pero solo esa le salió tan cara.

—Fue Brett quien lo filtró —digo casi en un susurro.

Lauren pestañea, atónita.

—No me enteré hasta después de la reunión —me apresuro a decir—. No sabía qué hacer. Brett y yo todavía éramos amigas y me afloró cierto sentimiento de lealtad...

Lauren levanta la mano.

—¿Por qué me lo estás contando ahora?

Miro de nuevo a Jen. ¿Tan obvias somos?

—Esto afecta a tu negocio, Laur. Afecta a tu dinero.

—No —repite Lauren con tono paciente—. ¿Por qué me estás contando esto?

Jen y yo nos miramos de un extremo a otro de la mesa y negociamos telepáticamente quién debe contestarle. Jen no creía que fuera necesario decirle a Lauren que Brett fue quien envió a los editores el vídeo de Lauren borracha haciéndole una felación a una *baguette* en Balthazar. Sé que Brett tiene un contacto en *Page Six* y sé que yo no lo hice, y Jen y Lauren van a una. ¿Quién pudo hacerlo si no? Lauren estuvo al borde de la histeria durante la reunión, exigiendo saber quién difundió el vídeo que le valió el veto de por vida en el sitio adonde más le gustaba «ir de *brunch*» y que su padre contratara a un CEO con experiencia que en la práctica dejase a Lauren sin poder de decisión en la empresa.

Jen cree que decirle a Lauren que no ruede con Brett es suficiente para que Lauren no ruede con Brett. Ella metió a Lauren en el grupo y eso conlleva una servidumbre incondicional. Pero a Lauren le cae bien Brett, aunque se suponga que no debe caerle bien, y no puedo fingir que no lo entiendo. Durante un tiempo, no solo me caía bien Brett, sino que la quería.

Decido ser yo quien lo diga.

—¿Qué tal si no bebieras esta temporada? —le sugiero a Lauren—. Convierte tu sobriedad en una línea de guion. Creo que Jen y yo te apoyaríamos mucho. Y la verdad es que Brett no lo haría.

Heme aquí, pintándoselo todo bonito a Lauren, porque necesito que se comprometa con el motín. Necesito que Brett se vaya. Todas lo necesitamos.

—Desintoxicar mi imagen —dice Lauren con tono petulante.

—¡Eso es! —respondo, entusiasta, como si fuera la presentadora de un concurso y ella fuera la concursante que ha acertado la respuesta correcta a una pregunta.

Lauren cruza los brazos con gesto huraño.

—Nuestro público es proletario. La gente en Nueva York bebe. Es normal. Soy normal.

Sus ojos fluctúan hasta mi copa de Barolo sin terminar. No se atrevería a decirlo... «Eres tú la que no eres normal.» A nuestra edad, en este mundo, no va desencaminada. Que yo beba en cantidades tan escasas la hace a ella mucho más del montón que a mí.

Lauren suspira y se ahueca el pelo desde la raíz de una forma que cree que le da volumen a lo Brigitte Bardot pero que en realidad hace que parezca que se ha frotado un globo por la cabeza.

—Vale. Diré que no bebo. Lo diré. Pero pienso seguir bebiendo.

—Eso imaginábamos. —Jen se encoge de hombros.

—Que te den, Greenberg —dice Lauren con una sonrisa. Levanta su copa y parece gustarle más la idea—. Por una temporada abstemia.

Yo levanto la mía y me río ante la ironía buscada del brindis, aliviada de que todas se hayan subido al barco tan convencidas.

—Por una temporada abstemia.

«¿Qué tipo de narcisista se apunta a un *reality show*?» es una pregunta que surge a menudo en Twitter. No hay caracteres suficientes para plasmar la magia de Jesse Barnes cuando te baila el agua. Y a mí al principio me la bailó a base de bien. Citaba frases enteras de mis novelas mientras cenábamos en Le Bernardin. Hizo un donativo de veinticinco mil dólares en mi nombre a mi fundación benéfica preferida, que concede becas de escritura creativa a niñas desfavorecidas. Fiestas de después de la emisión de *Saturday Night Live*, asientos de palco para que Vince fuera a ver a los Yankees, entradas en primera fila para un concierto de Madonna y pases para el *backstage* donde pude charlar con la mismísima Madonna. Y, mientras tanto, Jesse me doraba la píldora y me aseguraba que este no era un *reality* de los que ve mi madre. Es un programa de mujeres que se llevan bien, de mujeres que se apoyan las unas a las otras, de mujeres que tienen éxito, de mujeres que no necesitan a los hombres. Me engañó por completo.

Creo que Jesse decía algunas de aquellas cosas en serio. Creo que, hasta cierto punto, estaba convencida de que iba a estar al frente de un nuevo tipo de *reality show*, dado que vivimos en la era del empoderamiento de la mujer. Beyoncé acababa de dejar caer en el escenario un micrófono dorado delante de la palabra «feminista». Ya no era una palabra que tuvieras que evitar cuando te preguntaban si lo eras. Pero se estrenó la primera temporada y los índices de audiencia fueron tan tristes que estuvieron a punto de cancelar el programa.

La temporada dos fue diferente desde el primer momento. Nos pusieron a una productora ejecutiva nueva, Lisa, que encontró maquiavélicas formas de ponernos en contra. Nos peleamos. Nos aliamos. Nos convertimos en un auténtico bombazo. En muchas ocasiones he querido irme, pero no lo he hecho, y no es porque sea narcisista. Es porque ninguna Afortunada sobrevive a la expulsión del sofá. Jesse se encarga de que así sea. Dejan de llegarte invitaciones a actos feministas, los actores famosos que en su día contestaron a tus correos de felicitación por el Óscar dejan de hacerlo, tus empresas cierran y la única revista que quiere sacarte en portada es *The Learning Annex*, que va sobre educación. Es lo que le está pasando a Hayley. Cometí el error de mandarle un mensaje preguntándole si la vería en la fiesta anual de Halloween de Jesse, a la que siempre va la flor y nata del momento, y en lugar de decirme que sí me acribilló a excusas tan obvias que daban vergüenza ajena. «Estoy teniendo problemas con el correo últimamente. Será la luna. O eso dice mi asistente. Ni siquiera he podido mirar el *mail* en una temporada. Probablemente esté en la bandeja de entrada. ¿Dónde es, por si acaso? ¿Cuándo? ¿Quieres que nos tomemos algo antes?» Uf, me supo fatal por ella. Sé exactamente cómo se sentía. Es una sensación que solo puede entender una mujer, como los dolores menstruales. No tiene nombre pero debería. La sensación de estar siendo traicionada por otra mujer.

Sé que no puedo conservar mi sitio en el sofá para siempre. Pero no pienso dejar que sea la mano de Brett la que me empuje.

71

3

Brett

$\mathcal{M}$i padre cree que es una etapa. Mi «lesbianismo».

Una vez le presenté a una novia. El Día de Acción de Gracias, hace dos años, en San Diego, donde se mudó después de que muriera mamá. Se ha vuelto a casar, con una vegetariana de nombre Susan. Susan y mi padre trataron a mi ex como si fuera mi mejor amiga de la universidad que no tuviera adónde ir para la celebración familiar porque sus padres se estaban divorciando. Nos pusieron a todas —Layla, Kelly, Sarah y yo— en la habitación de invitados: madre e hija en la cama y las bolleras en un colchón hinchable. Hay una tercera habitación en la casa de San Diego, pero es el «despacho» de papá y tiene que mandar correos «por la mañana muy temprano».

No es difícil imaginar cómo se lo habría tomado mi madre si estuviera viva. Al principio no habría dicho gran cosa, asumiendo la norma parental de que la mejor forma de castigar a tus hijos cuando «se portan mal» es ignorándolos. Entre el pelo granate, el pelo verde, el pelo morado, los tatuajes, los *piercings* y una breve temporada aficionada a la brujería después de alquilar *Jóvenes y brujas* en el videoclub y quedarme con la cinta, conseguí que me ignoraran mucho durante la adolescencia. Pero no me cabe la menor duda de que habría participado en el desfile del orgullo en cuanto empezó a irme bien al ver que mi lesbianismo era intrínseco a mi fama. Y le habría encantado Arch, mi novia, abogada del Sindicato Estadounidense por las Libertades Civiles. Podía haber sido una comunista florida con una clara atracción sexual por los mangos, que mi madre habría sacado la crema buena de Clinique cada vez que la llevara a casa.

Mi madre no fue a la universidad y, aunque de vez en cuando ayudaba en las tiendas del barrio cuando nos hacía falta dinero o ella sentía que necesitaba hacer algo, nunca trabajó. Alcanzó la mayoría de edad en una época en la que estaba igual de bien visto socialmente que una mujer se casara a los veintiún años y tuviera el primer hijo a los veintitrés como que fuera a la universidad y ganara un sueldo. Creo que no tuvo la confianza en sí misma como para continuar con su educación, el camino que realmente llevaba en la sangre. Así que siempre estaba un poco a la defensiva con lo de ser madre joven, y se le metió en la cabeza que si conseguía criar a una candidata a Mensa, la Asociación Internacional de Superdotados, de alguna forma eso elevaría su estatus a los ojos de las feministas de la segunda ola.

Persiguió premios para Kelly antes incluso de que empezara a caminar: envió su foto a concursos de bebés de Gerber y la apuntó a certámenes de belleza. Cuando yo nací, cuatro años después, había invertido ya tanto tiempo, dinero y esperanzas en Kelly que se vio en la tesitura de tomar una decisión: dividir los esfuerzos y arriesgarse a verse con dos hijas medianamente dotadas o jugárselo todo a la que ya prometía. Kelly había conseguido una mención de honor en el concurso de Gerber de 1986, así que decidió jugárselo todo al rojo.

Me vibra el teléfono en la mano mientras la línea R entra en la estación de la calle Veintiocho y pilla un poco de cobertura. Miro la pantalla: Kelly. Pregunta cuánto me queda. La reunión de producción ha empezado hace dieciocho minutos, pero nuestro sistema de reservas se cayó hace veinte minutos durante la clase de «Levanta y Aguanta», así que he estado una hora y media al teléfono con el servicio técnico. Ni siquiera he podido ducharme, todavía llevo las mallas sudadas. «Diez minutos —le digo—. ¿Hay comida?»

Me resulta difícil imaginar cómo habría reaccionado mamá ante el cambio radical de Kelly. Y Layla, ¿qué tipo de abuela habría sido para Layla? Algo me dice que no habría sido de las que hacen galletas y cuentan cuentos antes de dormir, al menos no en aquellos primeros años. Ahora que Layla es mayor y ha demostrado interés en SPOKE, se habría ablandado. Pero no sé si habría perdonado a Kelly el hecho de hacerla sentir que había apostado al caballo equivocado.

Kelly estaba en su segundo año en Dartmouth, de beca de estudios en Marruecos, cuando a mamá le dio el segundo infarto. Yo tenía quince años y estaba en el sótano fingiendo hacer un trabajo de clase, aunque en realidad estaba chateando en un canal de sexo. Kelly fue quien me descubrió aquello. Una vez olvidó cerrar la sesión y, cuando abrí el navegador, descubrí su *nick*, PrttynPink85, y que sus ambiciones no se limitaban al colegio. Me quedé anonadada, sobre todo porque, aunque en nuestra casa nunca hubo normas, Kelly no salía con chicos. Asumíamos que le interesaba más la genética microbiana o lo que carajo estudiaran en la clase avanzada de Química que los chicos. Mi hermana fue al baile de fin de curso con su mejor amiga, Mags, y volvió pronto a casa con una bolsa grasienta del McDonald's. Si echo la vista atrás, ahora veo que Kelly simplemente hacía lo que le decían. Nuestra madre nos dejó muy claro que el instituto servía para entrar en una universidad de élite, no para jugar al fútbol ni para divertirse. Así que mi hermana se fue a su universidad de la Ivy League virgen y frustrada con un cuerpazo y una enciclopedia de conocimiento gracias a sus devaneos digitales. No debería habernos sorprendido su fase de desenfreno sexual en Marrakech dos años después.

El segundo infarto de mi madre no fue grave, igual que el primero. Insistió en que Kelly se quedara en Marruecos. Dos días después se levantó para ir al baño y una embolia pulmonar se la llevó mientras se lavaba las manos. Se habría sentido aliviada de saber que ocurrió después de subirse las bragas... mi madre siempre estuvo obedientemente avergonzada de su culo. En cierto modo me alegro de que lo estuviera, porque mi inclinación fue siempre hacer y ser lo contrario de lo que ella esperase de mí. Sentirte a gusto con tu cuerpo es difícil. La rebelión adolescente llega con reservas.

Mi padre y yo llamamos a Kelly para darle la terrible noticia, y luego volvimos a llamarla... y otra vez... y otra vez. Las semanas antes de la muerte de mamá, se había vuelto cada vez más difícil dar con ella, aunque mis padres la habían mandado allí con el plan de llamadas internacionales más caro que ofrecía AT&T. Le dejamos mensajes diciendo que teníamos que hablar con ella urgentemente. Debió de notarlo en nuestras voces, porque no nos devolvió la llamada. No nos devolvió la llamada.

Conseguimos ponernos en contacto con su profesor, que nos dijo que Kelly llevaba dos días sin ir a clase. Para la mayoría de los estudiantes esto no tendría la menor importancia, pero se trataba de Kelly... ¡Que llamen a la guardia nacional! A través de su compañera de piso, conseguimos averiguar su paradero: estaba en el piso del DJ del abrevadero estadounidense, que respondía al nombre de Fad. Simplemente Fad. Mi padre y yo tuvimos que aplazar el funeral y volar hasta Marruecos para arrancar a mi hermana la mojigata de los brazos de un hombre de treinta y dos años que llevaba unas gafas de sol amarillas diminutas y collares de conchas blancas. Fad no era marroquí, sino que había emigrado desde Nigeria cuando era niño, y eso es todo lo que Kelly sabe de él. Yo he decidido que en otra vida, una vida en la que no se vistiera como un presentador viejo de la MTV de vacaciones, Fad-sin-apellido debió de haber inventado la vacuna de la polio y quizá también el café en frío. Porque, si no, ¿de dónde ha salido Layla?

Debería darle las gracias a Fad no solo por mi sobrina, sino también por embaucar a mi hermana. De no haberlo hecho, yo nunca habría tenido ninguna razón para ir a Marruecos y la idea de Spoke nunca habría surgido. Así que parece en cierto modo irrelevante lo que mi madre pudiera pensar de nuestras vidas ahora. Porque nada habría salido como lo ha hecho si ella no hubiese muerto y Kelly no hubiera abandonado el primer puesto.

El tren entra traqueteando en la estación de la calle Veintitrés. Miro el teléfono. Ya llego tarde, así que ¿qué más dan cinco minutos más para acercarme corriendo a la Tercera Avenida a por un *bagel*? Las probabilidades de que haya algo rico para comer en la reunión de producción son muy bajas. Solo queda un mes para empezar a rodar, esas zorras están ya de operación bikini.

Solo la mitad de las sillas en la sala de reuniones están ocupadas, pero aun así el equipo ha formado un círculo completo alrededor de la mesa dejando huecos libres. Kelly tiene dos sitios vacíos a su derecha y tres a la izquierda. Está esforzándose por que parezca que no le importa que nadie quiera sentarse a su lado, pero yo huelo perfectamente cuánto le molesta en realidad. En serio, cuando mi hermana está estresada desprende olor a chucrut.

Lisa, la productora ejecutiva, está en su sitio. Al verme, suelta el móvil y corta a una productora de exteriores que estaba hablándole. Se dice que a las mujeres se las interrumpe cinco veces más que a los hombres en las reuniones. Me pregunto hasta qué punto se incrementa esa estadística cuando Lisa Griffin está presente.

—Hombre, aquí está doña Mi-tiempo-vale-más-que-el-vuestro. Veinte millones en el banco y no puede permitirse un puto Rolex.

Son 23,4 millones y están en una sociedad limitada, pero no corrijo a Lisa. Lisa podría desayunarme... si desayunara, claro está. Hace dos años empezó a tomar los batidos de proteínas de Jen y a bailar con pesas de un kilo en Tracy Anderson. Ahora siempre lleva pantalones de cuero y es más pequeña y más mala que nunca. Le da rabia que sea amiga de Jesse, y estoy segura de que cree que he sido yo quien la ha convencido para meter a Kelly en el programa. Si ella supiera.

—Lo siento muchísimo —digo mientras me saco el bolso de bandolera por la cabeza y me deslizo entre la pared y la mesa hasta una silla junto a Kelly—. Hemos tenido un problema técnico grave en el centro esta mañana.

—Gracias por encargarte —me dice Kelly, como si le hubiera hecho un favor enorme por atender un asunto que afectaba a «mi» empresa. Algo me obliga a mirarla dos veces, y no es el hecho de que se haya esforzado más de la cuenta poniéndose unas sandalias de tacón con pulsera y una camiseta con los hombros al aire mientras Lauren y Jen la miran desde el otro lado de la mesa como si acabaran de levantarse de la cama, en vaqueros y bebiendo sendas latas de agua de coco de La Croix. Monstruos. ¿A quién le gusta el coco? No consigo decidir si me siento avergonzada o justificada por el atuendo de Kelly; parece que va a su tercera cita con un tío. («Esta no es tu liga. Te lo dije.») No sé si tenemos que hablar de contratar a un estilista o si mejor debería callarme.

Lo decidiré luego, porque ahora lo que más me agobia es darme cuenta de que Stephanie llega aún más tarde que yo.

No debería —no debería—, pero me enfurezco. Stephanie era famosa en las primeras temporadas por retrasar el rodaje porque no le gustaba cómo tenía el pelo o porque empezábamos a las diez pero a ella no le apetecía estar allí a las diez. La temporada pasada se reformó después de que los espectadores le pusieran el apodo de Stephanie *la Muerma* y se quejaran en Twitter y en Instagram de que se había vuelto aburrida, de que parecía demasiado «producida». La Muerma tiene a un equipo del glamur a su cargo —peluquero, maquillador, estilista personal— que le prepara un *lookbook* todas las temporadas. Todo apuesta por mantener la imagen de la Muerma como una mujer que va a tope en la vida, en el amor y en la industria inmobiliaria. Mientras tanto, la auténtica Stephanie desdeña a los lectores que disfrutan de sus libros azucarados, vive un matrimonio atravesado por las infidelidades, lleva tomando antidepresivos desde la adolescencia y consiguió que su madre le regalara por su boda la entrada para comprar su casa de ladrillo. El público no conectaba con ella porque nunca lleva un solo pelo fuera de su sitio. Hace falta un poquito de imperfección para que la gente sienta que hay un ser humano debajo de todas las capas, pero ella nunca ha sido capaz de enseñar su rostro de verdad. Si hasta obligó a su agente a negociar en su contrato que producción no pudiera grabar la fachada de su casa por motivos «de seguridad». En realidad se avergüenza de vivir al lado de una lavandería. Pero esa casa habría costado muchos millones más de no ser así, muchos más de los que habría costado si estuviera una avenida más al oeste de la Primera. Como ya he dicho, es muy difícil ser rico en Nueva York, incluso para Stephanie Simmons.

El hecho de que haya vuelto a las andadas con la impuntualidad significa que está tranquila con respecto a su contrato. ¿La habrán renovado por dos temporadas más? Nadie firma una renovación por dos temporadas, pero no llegas tarde a menos que puedas permitirte llegar tarde, por eso estoy tan agobiada por el hecho de haber tenido que entretenerme tanto esta mañana. No quiero que parezca que me aprovecho del favoritismo obvio de Jesse. Sí, sé que es innegable, pero mato si alguien sugiere que es porque las dos somos lesbianas. ¿No será que Jesse y yo somos las únicas que podemos decir que nos hemos hecho a nosotras mismas? Vale que Jen no venga de nadar en dinero como Lauren y Steph, pero creció en el Soho y le ha ido muy bien gracias a su madre.

Oh, y por si acaso Stephanie os ha vendido la moto de que viene de la pobreza y que apenas llegaba al salario mínimo cuando llegó a Nueva York —le encanta contar esta historia—, yo os diré la verdad que ella omite por conveniencia. Su madre le pagaba el alquiler del estudio en la calle Setenta y seis con la Tercera y le daba una paga de doscientos cincuenta dólares a la semana. Vale que de vez en cuando no haya podido gastar dinero a espuertas, salir a cenar tan a menudo como habría querido o comprarse un capricho, pero nunca ha sido el puto Fievel.

Me siento y dejo el bolso sobre la mesa mientras rebusco el *bagel* con crema de queso y tomate, mi preferido de toda la vida en Pick A Bagel.

—Bonito Chloé —dice Lauren, artera. Se gira a Jen con una mueca triunfante, como si acabase de demostrar algo por ella.

Arch me estuvo persiguiendo para que «invirtiera» en un «bolso en condiciones» y, como yo no me lo compraba, terminó por hacerse cargo ella misma. ¿Qué tipo de asesoramiento financiero de mierda inculcamos a las mujeres que hasta mi novia, que ha estudiado en Harvard, lo tiene interiorizado? Invertir significa aportar dinero a algo que te va a devolver un rédito. A menos que el precio de este bolso incluyera algún tipo de plan de pensiones, estoy segura de que Arch no ha invertido en nada. Simplemente ha comprado una cosa.

—Gracias —contesto—. Es un regalo de mi novia.

—Bonita novia, entonces. —Lauren me guiña el ojo, traviesa.

—Siento llegar tarde —repito, pero esta vez me dirijo a Lauren y a Jen. Están visiblemente cabreadas. Aunque la Arpía Verde siempre está cabreada por algo.

—El sistema de reservas se cayó justo cuando estaba saliendo por la puerta.

—Ya sé cómo son esas cosas —dice Lauren con desidia, no en un acto de generosidad, sino para reforzar la pantomima de que ella también se encarga de esas cosas en SADIE.

Lauren tuvo una idea estupenda —una *app* de ligar donde son las mujeres quienes establecen el contacto—, pero nunca la habría llevado a buen puerto si su padre no la hubiese provisto de un colchón gigantesco y una nutrida junta de asesores empresariales. Lauren nunca ha sido nada más que la cara de SADIE. Una cara bonita, vale, pero últimamente le está haciendo más mal que bien.

Inclino la cabeza hacia Jen, que ahora está analizando mi corte de pelo.

—Me gusta el pelo largo, Greenberg.

Hace tres meses que no me encuentro cara a cara con la Arpía Verde, lo cual no es nada fuera de lo normal, y no porque nos «odiemos». En todo caso, producción prefiere que mantengamos las distancias entre una temporada y otra. Quieren que estemos frescas cuando nos veamos; no quieren que las alianzas fluctúen cuando las cámaras no estén ahí para grabarlo. Ayuda a dinamizar la trama que lo retomemos todo donde lo dejamos en la temporada anterior.

—¿Y *moi*? —pregunta Lauren, pasándose la palma de la mano por el pelo, que lleva recogido en una trenza de corona. ¿Sabíais que cada catorce segundos una mujer en Nueva York sucumbe a las trenzas de corona? Es una «trenzepidemia»—. Me cardé en Gemma anoche.

—Adorable —le digo—. Parece que tienes mi edad. —Lauren ladra un «¡ja!» y se pone a mandar un mensaje.

Normalmente me llevo bien con Lauren. ¡Es Lauren Fun! ¿Cómo no llevarte bien con ella? Siempre nos hemos tratado como dos amigas de una amiga que se entienden excepcionalmente bien cuando se ven, que tienen el número la una de la otra pero solo para comunicarse cuestiones logísticas. «¿A qué hora era la cena de cumpleaños de [nombre de la amiga en común]?» Creo que es ridículo que esté sentenciada a la servidumbre esclava solo porque Jen la metiera en el programa... Se conocen de pasar las vacaciones de verano en Amagansett (mátame, camión). Pero la verdad es que tampoco me interesa que Lauren sea mi amiga de verdad. Me molesta la gente que no es honesta consigo misma, y Lauren encaja en esa categoría, con un chupito de tequila en cada mano y gritando: «¡Otra, otra!». Podría decirse que Steph sufre de la misma desgracia, pero Steph sí es honesta consigo misma. A quien miente es al resto del mundo, lo cual no es necesariamente una crítica. Solo creo que podría ser un poco más estratégica con las mentiras que dice.

Jen le hace su famoso bizqueo a la productora ejecutiva.

—Lisa, tengo que estar en el East Side a la una para otra reunión.

Jen siempre tiene cara de estar preguntándose por qué tiene que hablar con la gente. Hay algo en ella que es básicamente infollable. Supongo que es guapa —esto es la tele, no podemos ser cardos—, pero su belleza es anémica. Es como un lienzo blancuzco sobre el que ha aplicado toda la paleta «bohemia extravagante», con un buen surtido de andrajos de encaje manchados de té. Quizá sea de ahí de donde viene su falta de atractivo, de que no tiene ni idea de quién es ni de qué representa. Todo en ella es imitación, un disfraz de niña *hippie,* y todo por dinero y éxito en lugar de realización y placer.

Hasta la nueva sofisticación de Jen parece un movimiento bien pensado sobre el tablero de ajedrez. Se rumorea que Jen ha pasado por chapa y pintura para reavivar la relación con la persona que pasó su corazón por la minipimer justo antes de la última reunión. El tercer botón de su camisa de lino está desabrochado. Pícara, descarada. Pero no hay forma de saberlo a ciencia cierta, principalmente porque Jen se niega a hablar de su vida privada. Es algo que me saca de mis casillas. ¡Estamos en un *reality show*! Hemos firmado un contrato por el que nos comprometemos a compartir todos los aspectos de nuestras vidas, incluso las rupturas humillantes. Yo tuve que aguantar que Sarah me dejara dos veces, una en la vida real y otra cuando se emitió, pero Jen se las ha ingeniado para irse de rositas. Quiere la promoción y la adoración que conlleva salir en la tele sin tener que hacer ningún sacrificio.

—Ahora que estamos todas —Lisa dobla la barbilla y mira hacia abajo—, vamos a empezar.

Kelly coge el dosier de producción y estira la columna.

¿Ahora que estamos todas? Miro hacia la puerta.

—¿Steph se ha perdido en una de sus doscientas habitaciones?

La productora de exteriores se ríe.

—Steph no viene. —A Jen parece agradarle decírmelo. ¿Desde cuándo llama Jen Steph a Stephanie?

—¿Que no viene? —Paseo la mirada por la estancia en busca de alguien que esté tan patidifuso como yo. Nunca antes una Afortunada había faltado a la reunión general de producción.

—Está en Chicago con Sam —se ofrece a aclarar Lauren, muy atenta a mi reacción, pues sabe que estoy en mi derecho de entrar en pánico. Sam es nuestro operador de cámara, lo que significa que Stephanie está rodando antes de tiempo, ella sola. Una no rueda antes de tiempo y sola a menos que el programa piense que tu línea de guion es relevante para la temporada. Nadie quiso rodar conmigo, antes de tiempo y sola, cuando supervisamos las pruebas de los monitores de yoga.

Me niego a dejar ver que me preocupa, pero joder si me preocupa.

—¿Y por qué no dejamos la reunión para cuando vuelva? —le pregunto a Lisa.

—Porque —contesta Lisa— todas sois unas zorras ocupadísimas y cuatro de cinco no está tan mal. —Coge el dosier de producción y pasa la página—. Citas destacadas...

Todo el mundo dirige la atención al dosier que tiene delante. Intento concentrarme yo también, pero lo único que veo son números y palabras en lugar de fechas y lugares. Detecto movimiento y levanto la mirada justo a tiempo para ver a Lauren inclinándose hacia Jen y susurrándole algo al oído, con los dedos sobre los labios para contener una risita. Jen consigue sonreír sin generar un cortocircuito.

Cuesta creer que el primer episodio de *Afortunadas* empezara con Jen y conmigo comprando vestidos de segunda mano en Reformation, unas horas antes de la fiesta de inauguración de su segundo local de La Teoría Verde. Por aquel entonces éramos algo parecido a amigas, pero nos enfrentamos en cuanto nos dimos cuenta de que la definición de salud de cada una amenazaba de forma inherente el modelo de negocio de la otra, porque para ella era «estar delgada» y para mí, «cómete el dónut». En realidad esa es la raíz de todos nuestros problemas —esa y el asco absoluto que le produce a ella mi cuerpo—, aunque a Jen le gusta contar que yo «le robé a su madre». No es culpa mía que Yvette esté decepcionada con Jen por haber elegido un camino en la vida que hace menguar a las mujeres.

81

—Habíamos hablado de organizar una clase para recaudar dinero para la campaña de Lacey Rzeszowski —está diciendo Kelly, y de pronto me doy cuenta de que me está mirando de forma insistente. Hemos discutido proyectos de negocio para aceptar los resultados de las elecciones.

Me aclaro la garganta.

—¿Lacey…?

—Rzeszowski —me ayuda Kelly—. Lo hablamos, ¿te acuerdas? Es una de las doscientas mujeres que se presentan a un cargo público por primera vez este año. Aspira a un escaño en el gobierno de Nueva Jersey.

Me he quedado en blanco. La Arpía Verde aprovecha la oportunidad.

—Pues yo estoy en proceso de diseñar una línea limitada de zumos que llamaré Clintonics —dice Jen con los ojos entrecerrados como siempre.

Lisa se da golpecitos con el bolígrafo en la frente durante unos segundos, intentando entender lo que Jen acaba de decir.

—Oh, dios mío —dice cuando lo pilla—. Clintonics. Desternillante. —Totalmente desternillante. No se está riendo.

Lauren asiente con la cabeza. «¡Sí! ¡Sí! ¡Sí!» Su energía suele fluctuar, según lo que se haya tomado ese día.

—Y se supone que son buenos para la voz, ¿verdad, J?

—Son un concentrado de lo que en la cultura Ayurveda llamamos «las especias picantes» —explica Jen en un tono que me pide que me prepare para el aburrimiento mortal—. Tradicionalmente, la canela, el cardamomo y el clavo se utilizan juntos para proporcionar un aporte diverso de antioxidantes que ayudan a potenciar la inmunidad, pero el tulsi es la nueva superespecia: la comunidad homeopática ha descubierto que ayuda a fortalecer los pulmones y la garganta. A fortalecer nuestra voz de mujer.

Se oyen murmullos por la habitación comentando lo inteligente y lo «oportuno» que es esto. Yo solo pienso en que ahora entiendo que ese hombre la dejara. Los pedos de Jen deben de oler a muerte.

—Podríamos venderlos a la entrada de SPOKE —sugiere Kelly, vacilante, porque sabe que tenemos una política muy estricta en cuanto a ofrecer comida o bebida a nuestras clientas.

Yo defiendo que SPOKE no debería influir en la dieta de las mujeres. Eso ya les pasa en el resto de sitios a los que van.

—Hace falta un permiso para la venta fuera del local, y es un infierno conseguirlo —dice Jen—. Además, a tu chica no le van los zumos.

—A mí me encantan. —Kelly se encoge de hombros y me fijo mejor en ella. Ha perdido peso. Son solo unos kilos, y no me había dado cuenta con las rebecas que lleva habitualmente, pero con esa camiseta ceñida de Forever 21 parece una tabla de planchar.

Jen enarca las cejas, divertida, y no puedo culparla. Si la hermana de Jen estuviera aquí dándome coba a mí, yo también me divertiría.

—Pensadlo —dice Lisa, y se humedece la yema del dedo antes de pasar la página—. Hablemos de Marruecos.

Ahora es mi turno de enderezarme en la silla. Hablemos.

—Estuve hablando con uno de mis inversores anoche. Nos financia el viaje. Lo que necesitemos: viaje, alojamiento, transporte. Está todo cubierto.

—¿Está soltero? —Lauren hace un barrido de pestañas.

—Atrás —dice Lisa—. Es Greenberg la que tiene necesidad imperiosa de una dosis urgente de P.

Jen adquiere un tono rojo subido.

—Guau, Laur. —Cruzo los brazos y la fulmino con la mirada—. Es totalmente sexista que asumas que mi inversor es un hombre—. Un silencio incómodo cae sobre la habitación, y dejo que todos se empapen bien de él durante un buen rato—. Es coña. —Estiro los brazos por encima de la cabeza con un bostezo perezoso—. Es un viejo blanco de Texas.

Todo el mundo se ríe menos Jen.

—¿Podemos centrarnos, por favor? —chilla Lisa. Lisa frisa los cincuenta, pero tiene la voz de un niño cantor de once años, y eso la hace aún más terrorífica. Hay algo profundamente chungo en que te digan que estás a punto de volverte tan irrelevante que ni tus nietos recordarán tu nombre y que quien te lo diga sea una mujer que habla como Pinocho; eso fue lo que Lisa le dijo a Hayley cuando fuimos a Anguilla para rodar su nueva línea de bañadores reductores. No sabes lo que es la vida hasta que Lisa te ha gritado en un lugar exótico.

83

Lisa pasa la página de su dosier de producción de un manotazo.

—Marruecos —dice, impaciente—. Estamos pensando en la última semana de junio. Empezamos a rodar el uno de junio, así que hay tiempo suficiente para que todas os metáis en faena, arregléis vuestras mierdas —me señala a mí con el bolígrafo— y os juntéis para una gran escapada humanitaria. Hasta donde sé, empezaremos el viaje en Marrakech y luego iremos a uno de esos pueblos de las montañas.

Kelly levanta la mano como si estuviera en el colegio. Lisa le da la palabra, siguiéndole la corriente.

—¿Sí, señorita Courtney?

—Layla se escribe cartas con una chica de un pueblo llamado Aguergour. Es una de nuestras mejores vendedoras en la tienda. He pensado que sería un buen momento para que se conocieran en persona.

Se hace el silencio a su alrededor, y el mío es el más intenso. Es la primera vez que oigo hablar de esta amiga por carta de Layla. Kelly aprende rápido. Siempre lo ha hecho.

Tiene que ser Jen la que diga:

—Eso suena a momento potente. —Pero continúa hablando—: Lo que pasa es que yo no creo que pueda ir. Los centros de salud recomiendan ponerse la vacuna de la hepatitis A para Marruecos, y los laboratorios que la fabrican están en la lista de empresas que hacen ensayos con animales según el PETA. Usan crías de conejo. —Le tiembla la barbilla.

Lisa levanta la mano para callarme, aunque no he hablado.

—¿En serio?

Jen hunde el dedo en un bote de vaselina sin parabenos, sulfatos ni ftalatos y se la aplica en los labios. Se ha recuperado rápido... de estar al borde de las lágrimas por las crías de conejo a ponerse mona.

—Pero que yo no pueda ir no significa que no sea una gran idea. —Me sonríe como si no tuviera que hidratarse los labios solo para conseguir esbozar el gesto.

Ahora es Lauren quien levanta la mano.

—Odio poner problemas yo también —dice—, pero estamos desarrollando la *app* de la nueva versión de SADIE, la que está adaptada a la comunidad LGTBQ. A mi jefe le preocupa que viaje a un país donde se condena a los gays y a las lesbianas por su orientación sexual.

Lisa se pasa el bolígrafo del pulgar al índice y del índice al corazón, mirando a Lauren con intensidad.

—¿No has estado de vacaciones en Dubái?

Lauren mete el dedo en el bote de vaselina de Jen.

—Una noche. —Aprieta los labios para extenderse la vaselina—. No hay vuelo directo a las Maldivas.

Resoplo.

—¿Y qué tal van en las Maldivas con los derechos de los gays y las lesbianas?

Lauren deja caer la mandíbula y abre y cierra la boca brillante varias veces hasta que unas pocas neuronas sobrias chocan unas contra otras.

—¡He leído que tu inversor celebró la boda de su hija en Bedminster, en el club de golf de Trump! —grita, completamente fuera de contexto. Un productor de campo le tapa la boca con el dosier de producción, horrorizado, y yo tengo la tentación de hacer lo mismo. Lo que acaba de decir es cierto, pero Lauren nunca había ido a por mí antes. Un escalofrío de dos dedos me recorre la columna vertebral. ¿Qué está pasando aquí?

—¡A ver! ¡A ver! —Lisa gorjea de una forma que hace que Kelly baje la cabeza y se meta un dedo en la oreja—. Basta. Que todo el mundo marque del 23 de junio al 2 de julio en el calendario. Encontraremos un destino que le vaya bien a todo el grupo.

—Lisa —balbuceo—, yo tengo que ir a Marruecos este verano.

Lisa frunce los labios, disgustada por mi desesperación.

—Ya lo arreglaremos, Brett.

Espera a que Jen y Lauren vuelvan a centrarse en el dosier de producción. «¿Y estas?», gesticula, señalándolas con la cabeza. Yo me encojo de hombros de forma exagerada para demostrar que estoy igual de desconcertada que ella. Lisa pone los ojos en blanco y gesticula un «puta vida», primero porque tiene casi cincuenta años y no sabe que ya nadie dice eso, y segundo porque mis problemas son los problemas de Jesse, que son sus problemas. Siempre ha sido así. Pero ¿por qué esta vez parece distinto?

4

Stephanie

—*Una* vez oí una voz que me decía, clara como el agua, al oído: «colgante». La voz era tan nítida que pegué un salto de la cama, donde estaba tumbada bocabajo, leyendo a toda velocidad el ejemplar de *Reviviendo a Ofelia* que le había robado a mi madre de la mesilla de noche. Tenía doce años y quería saber todo lo que los chicos quieren hacerles a las chicas y que las chicas no quieren que les hagan, y no podía imaginar por qué una chica podía quejarse. Tenía una fantasía vergonzosa e inexplorada: que me encerraran en una habitación en una fiesta y me forzaran, que me desearan tanto. Que me quisieran. Cuando eres adoptada, estás dispuesta a que te inflijan cualquier tipo de dolor con tal de que te quieran.

»Me levanté de un salto porque me asusté, no porque esperase ver a nadie en mi habitación anunciándose a sí mismo como "colgante". La voz no tenía género, era incorpórea, era mecánica y clara, como la voz del GPS de un coche que aún no existiera. Hacía poco que había visto a escondidas un capítulo del magacín de entrevistas *Sally Jessy Raphael* donde esta recibía a adolescentes con esquizofrenia, de los que oyen voces. No con todos los tipos de esquizofrenia se oyen voces, según supe más tarde. El corazón me latía desbocado en el pecho porque sabía (lo sabía) que aquello tenía que ver con mi madre. Y no la madre que leía cómo evitar que su hija preadolescente se convirtiera en víctima de desórdenes alimenticios, agresiones sexuales, intentos de suicidio o una autoestima abrumadoramente baja. La misma que se había convertido en víctima de todo eso cuando tenía mi edad. No mi madre legal, en la habitación grande dos habitaciones grandes más allá de mi habitación grande en Summit, Nueva Jersey. Mi madre biológica. En algún lugar de Pensilvania.

»Me adoptó una de esas familias que me habría hecho pasar por hija suya y habría mantenido la adopción en oscuro secreto de no ser porque saltaba a la vista. Mi madre era de piel clara y ojos azules, no levantaba más de metro y medio ni llegaba a los cuarenta y cinco kilos el día después de Acción de Gracias. Era mayor, también, demasiado mayor incluso para las inyecciones hormonales y las FIV.

»Cuando cumplí doce años ya le sacaba media cabeza y diez kilos, ya era toda caderas y pechos incipientes. Desarrollé un complejo enorme cada vez que tenía que subirme a su Mercedes por las noches: estaba convencida de que la gente iba a pensar que me disponía a robarle el coche a una ancianita. Empecé a sonreír y a reírme a carcajadas siempre que me acercaba a la portezuela del copiloto, para parecer lo menos amenazante posible. "¿De qué te ríes?", me preguntaba mi madre, y yo me inventaba que acababa de acordarme de algo gracioso que me había pasado aquel día. Aquello se convirtió en una ocurrencia tan habitual que me gané la reputación de soñadora y despreocupada, y hasta tenía un apodo: Tontistephanie.

»Mi madre venía de una familia con dinero y yo vi los beneficios en cajones llenos de jerséis de cachemira de colores pastel y pulseras de David Yurman para adornar mis muñecas. Me hice innumerables y caros tratamientos para alisarme el pelo y, cuando cumplí dieciséis años, mi madre y Bruce, el hombre con el que se casó dos años después de que yo llegara a su vida, me dejaron en la entrada de casa un BMW con un lazo rojo. Me sentía estúpidamente avergonzada al volante, como si en cualquier momento un agente de policía pudiera pararme y detenerme por robo de vehículo. No podía soportar la idea de que algo así me pasara delante de Ashley, Jenna y Caitlin, los tres nombres más blancos jamás plasmados en una partida de nacimiento (junto con Stephanie, claro). Fingía que no me gustaba conducir y era famosa por dejarles las llaves a mis amigas, que adoraban mi BMW azul y se peleaban por ver quién llevaba a Stephanie del colegio a casa.

»Tenía un montón de amigos. Iba a un colegio católico mixto donde los chicos llevaban corbata y las chicas, faldas de cua-

87

dros. Era una estrella del hockey sobre hierba y, al igual que el hecho de ser rica, el atletismo era en sí mismo una moneda de cambio. Nunca me faltaban los planes, las invitaciones a fiestas o las citas para el baile de fin de curso (aunque siempre eran con el pringado gordo y gracioso del equipo de lacrosse), pero yo no me permitía disfrutar de nada de aquello. La popularidad, las noches en el Château Simmons, todo parecía un periodo de prueba indefinido. Como si cada año volvieran a evaluarme: ¿nos gusta? ¿Nos la quedamos?

Bebo un sorbo de agua. Me raspan las cuerdas vocales de todas las veces que he leído este pasaje. Alguien entre el público lo confunde con emoción y emite un suave «ohh».

—Así que no se lo conté a nadie —continúo leyendo—, ni a Ashley, ni a Jenna, ni a Caitlin, ni a mi madre adoptiva ni a Bruce, ni siquiera al pringado gordo y gracioso con el que a veces me desahogaba ante unas cervezas acerca de nuestro mutuo y aterrador sentimiento de desplazamiento... No le conté a nadie que había empezado el proceso de búsqueda de mi madre biológica. No quería llamar más la atención sobre el hecho de que mi constitución era diferente ni arriesgarme a que mi madre sintiera que no era suficiente madre para mí. Mucha gente adoptada declara que quiere conocer a sus padres biológicos porque no consigue desprenderse del sentimiento de desarraigo, o porque quiere encontrarle un sentido a sus orígenes, o sencillamente porque tiene curiosidad por saber de dónde viene. Mi motivación no tenía nada que ver con todo eso. Estaba consternada. Sabía que tenía algo malo, y quería saber si era tan malo como para que mi madre pudiera decidir cancelar el periodo gratuito de prueba sin suscribirse.

»Mi adopción fue una adopción cerrada, algo que supongo que significaba algo en los años ochenta, cuando realizaron la entrega. Antaño, cuando emprendí mi búsqueda, Internet no era lo que es hoy en día, pero se podía pagar para conseguir un informe de antecedentes si tenías un nombre. Y yo lo tenía. A los siete años, un día que volvía del cine con mi madre, la criada había dejado un mensaje: Sheila Lott, 12:47. No me acordaría de no ser porque mi madre se puso lívida cuando me sugirió que me fuera a mi habitación a leer un rato. Se pasó toda la tarde al teléfono, y hubo momentos en que su terror reptó por las escaleras dobles de casa y me interrumpió mientras leía por enésima vez *Beezus and Ramona*. Tuve que aprenderme un número de teléfono de casa nuevo después de aquello y lo único que sabía es que había sido por culpa de Sheila Lott.

»Había noventa y siete Sheilas Lott en Foundit.com, treinta y nueve una vez que hube eliminado a todas las de más de cuarenta años, y diecisiete cuando me centré en las que vivían en la costa este. A 24,95 dólares el informe, me habría salido por 424,15 dólares cargados en la tarjeta de crédito del pringado (yo se lo devolvía en metálico) de no ser porque la encontré al noveno intento.

»Supe que era mi madre en cuanto se cargó la imagen. Teníamos los mismos ojos entrecerrados, las mismas frentes suaves de concha. Si hubiese salido sonriendo en la foto policial, estoy segura de que le habrían salido los mismos hoyuelos que a mí a los lados de la boca, los mismos que llevaron a un chico de mi colegio a asegurarme que era más guapa que la mayoría de chicas blancas que conocía. Tenía treinta y dos años, treinta y cinco menos que mi madre, lo que suponía que me había tenido a los quince. La habían arrestado dos veces por tenencia de drogas. Venía una dirección en Doylestown. Dos semanas más tarde, le dije a mi madre adoptiva que iba a ayudar a preparar el baile de primavera en el colegio y crucé la frontera interestatal en mi BMW azul. No encontré a mi madre aquel día (me costó tres intentos más hasta que lo conseguí), pero sí encontré a A. J. O, para ser más exactos en aras de la precisión autobiográfica, A. J. me encontró a mí. Cinco semanas después, me puso un ojo morado por primera vez.

Cierro *Zona de evacuación*.

—Gracias.

El auditorio Cindy Pritzker en la biblioteca Harold Washington rompe en aplausos. Los aplausos que suscita la lectura de mis memorias son diferentes de los que arrancaba con cualquiera de los libros de *Ella y él*. Aquellas lecturas provocaban una reacción más dinámica, plagada de «guaus» y «ups», a los que yo siempre hacía oídos sordos. Sí, a menudo escogía los pasajes más ligeros de los libros, las escenas de sexo que no empezaban ni terminaban con cierta violencia que no se sabe muy bien si es violencia. Pero, en conjunto, mi trilogía indagaba en temas importantes y planteaba preguntas incómodas acerca de la identidad, la raza, el poder y la culpabilidad personal en la naturaleza cíclica del abuso y el trauma. Pero hasta que no admití mi propio lugar en ese ciclo, la gente no me concedió el respeto que siempre supe que merecía. Ahora que lo tengo, no puedo dejar de preguntarme por qué para que se tome en serio el trabajo de una mujer esta tiene que sangrar primero. ¿Por qué me apresuré tanto en abrirme una vena?

—Nena —dice Vince, con los brazos y la boca abiertos de par en par, de esa forma que parece decir «no me creo lo lista que eres». Podría inclinarse sobre la mesa para darme un beso, pero da la vuelta y se coloca a mi izquierda, de modo que queda perfectamente en plano de la cámara portátil Canon 5D que usan en los viajes en solitario. Los productores dejaron fuera varios planos míos en la primera temporada, en la manifestación por la muerte a manos de la policía de Eric Garner. «Demasiado polarizador», oí decir a Jesse. Tres años después, ahora que todo el mundo apoya la causa Black Lives Matter, Jesse manda a un equipo entero a documentar a los centenares de mujeres negras que vienen a oírme denunciar una realidad que muchas de ellas llevan décadas denunciando: la violencia sexual contra nosotras ha sido ignorada durante mucho tiempo. A Jesse no le importo yo. No le importamos nosotras. Para ella, solo somos la última moda.

Mi editora, Gwen, se aparta de la vista del cámara, aunque antes ha estado plantada junto a la mesa de firmas, lista para echar a cualquier lector que se atreva a entretenerse más tiempo del que me lleva firmar el ejemplar y decir «Muchas gracias por tu apoyo».

Levanto la barbilla y beso a mi marido en la boca por primera vez en varias semanas. Una de las preguntas más frecuentes que me hacen desde que publiqué las memorias es cómo se siente Vince, si le molesta que haya revelado que la pareja ficticia de mi trilogía está basada en mi primera relación.

«Mi marido y yo no tenemos secretos en nuestro matrimonio. Él ya lo sabía.» Eso es lo que Gwen me hizo ensayar a modo de respuesta. Y luego hizo que Vince ensayara por su parte: «Mi mujer y yo no tenemos secretos en nuestro matrimonio...».

Vince no suele acompañarme en las presentaciones del libro —y, por razones en las que no entraré ahora, lo prefiero—, pero puedes estar seguro de que aparecerá si hay cámaras cerca, y la razón es el éxito por ósmosis. Toda la gloria sin el mínimo esfuerzo. Gwen se refiere a él como «el escalón humano»; lo repite desde que empezamos con los viajes y tiene toda la razón. Consigue que Stephanie te firme el libro y hazte un selfi con Vince, justo a la derecha de la mesa. Ni siquiera las que aplauden de corazón pueden resistirse a subir una foto a Instagram con mi marido, quien a sus treinta y dos años debería estar perdiendo pelo.

La cola desaparece por la puerta, «y llega hasta la entrada», me susurra Gwen, y hay dos guardias de seguridad controlando el acceso. Nadie puede entrar en la sala sin comprar un libro. Tengo mi bolígrafo de Caran d'Ache listo para firmar. Gwen le hace un gesto a la primera persona de la cola para que se acerque. No creo que tenga ni veinticinco años y lleva una rebeca amarillo chillón que se le abre en el pecho y deja ver un sujetador rosa que hace juego con el potingue neón que lleva en los labios. Unas marcas oscuras de acné le motean la mandíbula y... ¿está...? Sí. Ya está llorando. Noto esa sensación en el estómago, como si fuera un túnel profundo y quizás interminable, como si la tristeza tuviera un lugar en mi interior para atravesarme durante toda mi vida.

—Oh, cariño —digo, y me pongo de pie para darle un abrazo. Ya aprendí la lección al principio de la gira del libro: nada de blusas de seda. Las mujeres me las destrozaban.

—Quiero dejarle —solloza en mi hombro.

Aj. Es una de esas. Una de las que aún aguantan con la esperanza de que la cosa mejore. Podría tejer la colcha menos reconfortante del mundo con las cosas que me han confesado apoyadas en mi hombro: Soy tonta. Nadie lo sabe. Mi madre dice que no es nada comparado con lo que mi padre le hacía a ella. Debería dar las gracias. Tiene trabajo. Estoy dramatizando. No tengo adónde ir. No tengo a nadie. No es tan grave. No es tan grave. Las mujeres negras tienen el triple de probabilidades de morir a manos de un maltratador que las blancas. Es inadmisible que nuestro gobierno no haga nada más por nosotras. Una de las cosas que voy a proponerle a la directora de

91

cine cuando me reúna con ella en unos meses es la posibilidad de poner en marcha una iniciativa específica para ayudar a las mujeres negras a liberarse de sus parejas violentas. He pensado en hacer que coincida con el estreno de la película.

Me aparto y le doy una palmadita en el hombro.

—Conseguiremos que te ayuden, ¿vale?

Le hago un gesto a Gwen, que tiene en su poder un arsenal de números de albergues para mujeres en Chicago y algunos teléfonos de emergencia a nivel nacional. No llamará a ninguno. O quizá lo haga pero él la mate de todas formas. Mientras Gwen le da las tarjetas, garabateo «No estás sola, sí que es grave, te mereces dejarlo» en el libro que le han obligado a comprar para entrar en esta sala.

Una mujer menuda es la siguiente en acercarse. Estamos casi en junio, pero está embutida en un jersey grueso de invierno, lo que significa o bien que es friolera o bien que está cubierta de moratones. No sonríe mientras me tiende el libro y me dice que se llama Justine.

—Conocí a tu madre —espera para decirme cuando he terminado de firmar.

De repente, la cola deja de existir. No hay nadie más en la sala excepto yo y esta mujer que conoció a mi madre. Estaba preparada para algo así en las firmas de Nueva York, Nueva Jersey y Filadelfia, parientes lejanos molestos por que haya aireado los trapos sucios de nuestra familia, negacionistas con documentos e informes policiales que no se incluyeron en aquel informe de antecedentes. Pero aquí, en Chicago, delante de las cámaras, estoy completamente indefensa y a merced de esta señora frágil, friolera o puede que maltratada. Justine parece rondar los setenta años, con lo que no puede ser de la quinta de mi madre. Si mi madre biológica estuviera viva, estaría a punto de cumplir cincuenta. Me veo obligada a reunir una cantidad considerable de valor para preguntar:

—¿De qué la conocía?

Justine asiente con la cabeza, tan solo bajando lentamente el mentón, como si ya hubiese conseguido captar mi atención.

—Me crie con su madre. —Con el dedo índice hace el gesto de un pequeño salto, yéndose una generación atrás, y las pulseras de oro en sus muñecas entonan un tintineo de acompañamiento—. Tu abuela. Tu abuela era una mujer buena. —Hace un ruido para reforzar esto último—. Hizo todo lo posible por ayudar a Sheila. Tratamientos de desintoxicación. Médicos. Un programa en California una vez. Y Sheila tampoco era mala persona. Pero tenía problemas con el alcohol y con los hombres. Tu abuela también. Con los hombres, quiero decir. Muchas los teníamos entonces. —Justine mantiene el mentón en un ángulo alto y fuerte, pero una lágrima se desliza por su mejilla.

Saco un pañuelo de papel de la caja que tengo sobre la mesa. Esto también lo aprendí en la gira del último libro: ten siempre pañuelos a mano.

—¿Qué le pasó?

Justine se suena la nariz en silencio, dobla el pañuelo por la mitad y se toma su tiempo para guardarlo en el bolso. Cuando vuelve a mirarme, tiene los ojos claros y secos.

—Murió. Este verano hará doce años. Habría sentido mucho que te pasara todo esto. Llevabas en la sangre que te pasara algo así. Pero habría estado orgullosa —le tiembla la voz un momento en esta palabra— de que encontraras una manera de romper el ciclo. —Justine se recompone con una inspiración profunda, su lenguaje corporal se arma de valor ante mí—. Solo me gustaría que tuvieras el valor de ir a presentar tus respetos a St. Mark's.

Noto un bloqueo en el pecho al intentar respirar, como si llevara uno de esos baberos que te ponen en el dentista. En el libro cuento cómo me quedé al otro lado de la calle, enfrente de la iglesia donde se celebró el funeral de mi madre, observando a la exigua congregación a la entrada y a la salida. No había suficiente gente. Se habrían percatado de mi presencia. Tendría que haber explicado quién era.

Pero no es eso lo que me deja sin respiración. Es la mención de St. Mark's en particular. Y ahora solo quiero que esta mujer se marche. Necesito que se vaya. Hablo con un punto de rotundidad en la voz.

—Gracias por venir hoy, Justine.

—Muy bien —dice, con una sonrisa que significa que lo ha entendido. Se afloja un tornillo en la rueda. Me pregunto cuánto tiempo me queda hasta que se caigan todos.

5

Brett

—¿*B*asura?

Arch levanta un ejemplar ajado de *Emprender un negocio para Dummies.*

Me estiro para coger el libro y lo aprieto contra el pecho.

—Nunca —digo, aferrando la cubierta amarilla y negra con un sentimentalismo exacerbado—. No puedo tirar esto nunca.

—¿Vas a aferrarte a él hasta que te lo leas por fin? —bromea Kelly mientras abre una bolsa de basura en mi cocina.

—Eh —digo, dejando el libro con cuidado en el montón que no voy a tirar—, que tampoco tengo que mudarme.

—Entonces ¿con quién vas a rodar? —Kelly frunce los labios con insolencia antes de dirigirse hacia el cuarto de la basura, al final del pasillo.

—¿Y con quién vas a rodar tú? —le grito sin mucha convicción. La puerta rebota por culpa del pestillo roto, como aturdida.

Arch levanta la mirada; está sentada en el suelo con las piernas cruzadas, rodeada de cartas viejas, películas en DVD, cables de alimentación y tarjetas de cumpleaños con felicitaciones atrasadas de mi padre y de Susan. El pelo negro le cae por encima del hombro en una trenza larga y se enrolla la punta en el dedo con una leve sonrisa. Arch es hija única y por eso le divierte muchísimo la capacidad que tiene Kelly para irritarme con una facilidad pasmosa.

—Ah, esto lo puedes tirar.

Le doy una patada a un ejemplar viejo de *Ella y él: una novela*, de Stephanie Simmons. La revista *People* promete lo siguiente en la portada: «El libro más ardiente que puedes meter en la bolsa de la playa este verano». Stephanie odiaba que redujeran sus libros a lecturas veraniegas. Según ella, eran más sesudos, exploraban los matices entre los negros de clase trabajadora y los de clase media, y cómo se ponían de manifiesto en una relación romántica. El *New York Times* no estaba de acuerdo. No reseñaron ninguno de los tres libros de la saga, que relataba la apasionada y casi abusiva relación entre una chica de instituto de diecisiete años y un chico de la misma edad, joven promesa del fútbol, de un barrio pobre. Como *Cincuenta sombras de Grey* pero con personajes negros y escrito de forma que no supone el menor reto para el intelecto.

—¿Puedo leerlo? —pregunta Layla, saliendo de la habitación con unos pendientes míos en las orejas.

—Cuando cumplas treinta y cinco —le digo.

Arch abre el libro.

—Pero si está dedicado —dice. Lee la dedicatoria moviendo los labios en silencio. Se queda inmóvil un momento y luego me mira extrañada.

—¿Qué pone? —pregunto, agachándome a su lado para leerlo. «Para el amor de mi vida. ¡Lo siento, Vince!» Según la fecha, lo escribió el 21-3-15—. Guau —digo.

No estaba preparada para la tirantez ardiente que noto en la garganta, esa sensación de que tienes el corazón atragantado. No puedo creer que solo hayan pasado dos años entre esta dedicatoria y lo que nos contó Lisa ayer.

—Esto no te va a gustar nada —me dijo Lisa, con un tono alegre.

Stephanie, de vuelta de su gira de presentación del libro, ha tenido una reunión de producción privada con Lisa. Ella tampoco va a poder ir a Marruecos. La Organización Mundial de la Salud ha lanzado una alerta del virus del zika que afecta al norte de África y, bueno, quien quiera entender, que entienda.

Tuve que apretar el teléfono con fuerza para evitar que me resbalara de la mano sudorosa.

—¿Está embarazada? —Desde que conozco a Stephanie, ha sido inflexible con este tema: los hijos son para las mujeres que no tienen otro camino a la gloria.

—Ella y Vince están pensándoselo.

—¡Venga, no me jodas!

—Pero rodaremos tu viaje a Marruecos de todas formas —dijo Lisa, que de pronto había puesto el manos libres. Pude oír sus dedos en el teclado. Noté cómo se echaba atrás, como si mi géiser de emociones la hubiese repelido al otro extremo del campo de batalla.

—Si voy sola no es lo mismo —dije, intentando mantener un tono de voz sostenido. Lisa responde con frialdad a las emociones—. Lo sabes de sobra.

Si voy sola, el viaje y todas las mujeres imazighen que merecen visibilidad se verán reducidos a uno o a lo sumo dos segmentos en un único capítulo. Serán tratadas como relleno entre una escena de Stephanie y Vince fingiendo que aún se acuestan juntos y Lauren pidiendo su tercer vino en una comida.

—Mira. —Lisa suspiró—. Todas creen que ya tuviste tu turno el año pasado con el viaje a Los Ángeles. Le toca a otra.

—¿El viaje a Los Ángeles? —repetí, incrédula—. Ese viaje fue de todo el grupo. Era para el programa. No tenía nada que ver con SPOKE.

—Lo sé.

—Cuando fuimos a París, fue por el libro de Stephanie. Cuando fuimos a los Hamptons, por el puesto de zumos de Jen. Cuando fuimos a Anguilla, fue por Hayley y su...

—Espera un segundo.

Quitó el manos libres y oí una conversación apagada entre Lisa y nadie.

—Brett, tengo que cogerlo. Es de la red.

—Claro. —Sé reconocer perfectamente la típica artimaña para librarte de una llamada incómoda cuando me la hacen.

—Todo saldrá bien —dijo Lisa. Pero luego dejó de escribir—. Quizá deberías hablar con Stephanie. Es ella quien las ha convencido para no rodar contigo.

Sentí que el corazón se me caía a los pies. Solo hay una razón por la que Stephanie haría algo así, y no es algo que vaya a perdonarme.

No intenté hablar con ella. No podía. Pero sí había alguien que me escucharía, que podía ayudarme, así que la llamé y le pregunté si podíamos vernos pronto, donde y cuando ella quisiera, pero pronto.

—Es una coña —le digo a Arch, que me mira suspicaz, con la uña roja señalando la dedicatoria de Stephanie: «Para el amor de mi vida».

—Entonces ¿por qué te pones colorada? —pregunta Arch, señalándome con el dedo.

Le arranco el libro de las manos y lo llevo hasta la cocina, donde lo tiro al cubo del reciclaje. Me fijo en la bolsa de basura donde estamos tirando las especias viejas, el rábano picante y la mostaza, la salsa picante y la mermelada de uva, justo cuando Kelly vuelve del cuarto de la basura. Veo una oportunidad de distraer a Arch de lo que sea que esté pensando para mirarme así y le tiro la bolsa abierta a Kelly a la cara.

—¡Brett! —chilla, doblándose con una arcada histérica. Layla se suma a mi risa hiriente. Kelly es tan valiosa a veces. Se recompone, me agarra del pelo y me arrastra por el suelo.

—¡Me rindo! —grito cuando noto como si llevara un gorro de baño hecho de agujas de acero frío—. ¡Me rindo!

Pero, cuando Kelly me suelta (tonta que es, porque sabe de sobra que entre nosotras no se estila el juego limpio), le pego una patada en la espinilla tan fuerte que Arch gime de dolor ajeno. Kelly se desploma al suelo con un sonido gutural, pero es solo una treta para poder encaramarse encima de mí, poniéndome bocarriba e inmovilizándome el torso con las rodillas.

—¡Lo siento! —grito, más que reír. Kelly tiene la cara roja y respira con dificultad—. ¡Ay, no! ¡Lo siento, de verdad! —Kelly se inclina sobre mí con los labios fruncidos, con un hilillo de saliva que se estira, se alarga, cuelga a pocos centímetros de mi cara—. ¡Layla! —Muevo la cabeza a un lado y a otro—. ¡Socorro!

—¡Vale ya! —grita Layla—. ¡Mamá, basta! ¡Déjala!

Mira a su alrededor en busca de algo que tirarle a Kelly, hasta que ve un par de calcetines enrollados en la cesta de la colada. ¡Pum! Golpea con ellos la parte trasera de la cabeza de Kelly y es como si accionara un interruptor. Kelly se endereza con el hilo de baba pegado a la barbilla.

—No me gusta nada que hagáis eso —dice Layla, al borde de las lágrimas. Arch se pone de pie, se coloca detrás de Layla y le pasa una mano bajo la barbilla, mirándonos furiosa. «Ya os vale.»

97

—Venga, solo estábamos haciendo el tonto —le asegura Kelly a Layla. Al ponerse de pie, hace un gesto de dolor. Me mira… Me toca tranquilizarla.

—¡En realidad no nos hemos hecho nada, Layls! —le digo, aunque el latido que noto en el cuero cabelludo y la forma en que Kelly apoya todo el peso en la pierna izquierda sugieren lo contrario. Miro el reloj del microondas—. ¡Ahhh! He quedado con la señorita Greenberg en un rato. Layls, ¿quieres ayudarme a decidir qué me pongo? Vamos a un sitio elegante. —Le tiendo la mano. Ella me deja plantada unos segundos, enfadada por haberla asustado antes—. Por favor… —Hago un puchero. Con un suspiro, Layla entrelaza sus dedos largos con los míos y nos encaminamos a mi habitación. Que ahora es la habitación de Kelly.

Yvette Greenberg está sentada entre un ejecutivo de la vieja escuela y una rubia tejana en la cripta dorada de Bemelmans, vestida con unos pantalones negros anchos fluidos, una americana blanca y unas gafas rojas que se quita en cuanto me ve para decirme lo feliz que se me ve. Se humedece el dedo pulgar para limpiar la marca de pintalabios que me ha dejado en la mejilla izquierda y, por un momento, mi madre sigue viva.

El camarero retira el cuenco triple de plata de la barra.

—Le rellenamos esto y se lo llevamos a su mesa, señorita Greenberg.

«Gracias, Tommy», articula Yvette sin emitir sonido alguno.

—No puedo creer que haya conseguido que vengas hasta aquí —me dice Yvette mientras se sienta enfrente de mí y agita unos dedos elegantes en dirección al pianista detrás de mí. Él musita su nombre al micrófono y ella apoya el brazo en el respaldo de la silla riéndose cuando la aplauden brevemente. El momento de gloria me parece en parte un poco mío también. No hay nada como ser Yvette Linden Greenberg, pero estar con ella tampoco está mal.

Yvette se tapa la boca con la mano.

—Y pensar que estos cabrones se negaban a servirme en los ochenta…

—No te creo.

—Por eso ahora soy parroquiana. No hay que huir de los sitios donde te discriminan, querida. Hay que ocuparlos. —Se reclina hacia atrás, fundiéndose con su silla, un derroche descarado de lino y resistencia—. Me lo dijo Nelson Mandela.

—¿Estás segura de que no fue Lennon?

Yvette se ríe, encantada de verme impresionada. Y esa es una de las dos mil setecientas razones por las que la adoro. No practica la falsa modestia, como a la mayoría de las mujeres les han enseñado a hacer. Una vez le dije en un *email* que tenía mucha suerte de tenerla en mi vida y ella se puso como una loca y perdió la capacidad de puntuar. NO TIENES SUERTE BRETT!!!! TIENES TALENTO ERES BRILLANTE Y FUERTE Y YO BUSCO A MUJERES BRILLANTES Y CON TALENTO Y POR ESO ESTOY EN TU VIDA. Me emocioné tanto que lo imprimí y lo pegué por detrás de mi ordenador en la central de SPOKE.

Aparece el camarero con la mano en el estómago y me pregunta qué quiero tomar. Señalo la copa de Yvette y ella levanta dos dedos.

—Tanqueray con tónica.

El pianista entona una canción de Paul McCartney e Yvette apoya los codos en la mesa.

—¿Cómo estás?

Me agarra de la mano. Las arrugas que rodean sus ojos grises son largas y finas, parecen los bigotes de un gato. Hacen que parezca que siempre sonríe, a pesar de las hendiduras menos discretas que tiene entre las cejas y las pesadas bolsas bajo los ojos. El resultado final es alguien que ha visto muchas cosas pero conserva un prudente optimismo acerca de la condición humana. Yvette saltó a la fama cuando posó vestida de azafata en los setenta para la revista *Esquire* y denunció el abyecto sexismo y la misoginia que impregnaban la profesión. También dio la coincidencia de que tiene unos pómulos de escándalo, y el *New York Post* le puso el apodo de «la feminazi cañón».

Está erróneamente considerada un símbolo del movimiento feminista, más que nada porque Yvette es una activista transversal y lucha contra la opresión en todas sus formas: racial, sexual, religiosa, de género, etcétera, etcétera. Protestó contra el *apartheid* en Sudáfrica y organizó el primer Séder —un importante ritual judío— solo para mujeres en Nueva York.

99

Coprodujo un documental ganador de un Óscar sobre las violaciones constitucionales de la pena de muerte y fundó una organización sin ánimo de lucro para jóvenes LGTBQ en peligro. Fue asesora de la huelga de transporte público en 2005 y una vez se planteó seriamente adoptarme. Si los extraterrestres invadieran nuestro planeta algún día, les pondría a Yvette como ejemplo de por qué deben mantener viva a la raza humana.

Pongo una sonrisa de enchochada.

—Tengo que contarte una cosa.

Yvette emite un gritito ahogado.

—¡Cuéntame!

Hago una pausa de efecto.

—Nos vamos a vivir juntas.

—¡Ay! —grita Yvette—. Ay, lo sabía. Lo sabía desde el momento en que la vi. Es especial, Brett. Y tú eres especial. —Se lleva la mano a uno de sus prominentes pómulos, como si se le acabara de ocurrir una idea emocionante—. ¿Crees que os casaréis?

—Yvette. Echa el freno, por favor.

—¿Por qué? Deberíais casaros. Todo el mundo cree que soy antimatrimonio porque nunca me he casado, pero es que nunca encontré a la persona adecuada. O quizá —se aprieta la parte inferior del mentón con coquetería— será que encontré demasiadas personas adecuadas.

Me río. La lista de conquistas de Yvette podría ser la lista de invitados de Studio 54 en sus tiempos de gloria.

—Pero te lo has pasado muy bien.

—Me lo sigo pasando muy bien. Quizás ahora mejor que nunca. —La canción termina e Yvette grita—: ¡Toca *Satisfaction*! ¡Necesito un poco de Mick!

Casi me pierdo el momento en que guiña un ojo.

—En cualquier caso —dice Yvette—, lo mejor será que esperes. Si os comprometierais, Jesse intentaría mercantilizarlo para el programa. Seguramente te propondría hacer algún tipo de *spin-off* horrible. —Deja escapar un resoplido de desdén.

—Eso es algo que tendría que considerar —murmuro, evasiva.

Nos traen las copas, con un chorro de zumo de lima y espuma por arriba, exactamente como las prepara Yvette en casa. Brindamos en el centro de la mesa.

—Por la mejor medicina que hay.

No se refiere a la ginebra. A veces me pregunto si la frigidez de Jen es una rebelión contra la rotunda positividad sexual de su madre.

Yvette se lleva la copa a los labios y se ríe.

—Mi hija se moriría de vergüenza si dijera algo así delante de ella. Me han dicho que la has visto hace poco.

Junta las cejas. Solo tienen dos posiciones: juntas o separadas, preocupadas o ahorrando energía. Nada la sorprende lo suficiente como para enarcarlas o hacer nada más con ellas, aunque se me ocurren varias cosas con las que intentarlo.

—Se la ve muy bien —le digo a Yvette con honestidad.

Es complicado ser amiga de la madre de alguien a quien ninguna de las dos tenemos demasiado aprecio. Mi política es la siguiente: le tengo respeto a Jen pero no necesariamente al mensaje que su negocio transmite a las mujeres. Mi posición es mucho más indulgente que la que ha adoptado Yvette. En cualquier caso, mi amistad con Yvette se basa en la decepción que le produce la profesión que ha elegido su hija y en el giro positivo que yo le he dado a la misma. Le recuerdo lo impresionante que es que Jen dirija una empresa multimillonaria y que los inversores no hayan sentido la necesidad de meter ni un solo cromosoma Y para engrasar la máquina. «Es una pasada, Yvette. Algo de lo que estar muy orgullosa», le digo siempre, y a veces me pregunto si no fingirá incluso un poco su desdén. Para obligarme a buscar cosas que admiro en Jen.

—Le va muy bien —dice Yvette—. Profesionalmente, quiero decir. Pero estoy preocupada por ella. Sé que quiere encontrar a alguien, casarse y tener hijos. Es como si el programa la hubiera alejado de todo eso.

El pianista mantiene la última nota de *Tupelo Honey* e Yvette se arranca a aplaudir en plan mandón, tanto que el resto de la gente deja las copas en la mesa y la imita. Mi corazón late al ritmo del aplauso mientras me preparo para decir lo que he venido a decir.

—Yvette, esto es raro. Pero creo que Jesse está intentando hacerme daño.

Me mira, al parecer sinceramente afligida por mí.

—¿Y cómo está haciendo eso?

Los ojos se me ponen llorosos porque, por un momento, pienso que voy a contárselo todo. La verdad. Si alguien puede entenderlo, sería ella.

Los ojos grises y dulces de Yvette se dulcifican aún más.

—¡Mi niña querida! ¿Qué ha pasado?

Cambio de opinión enseguida. No puedo arriesgarme a que Yvette no vuelva a mirarme así nunca más, no vuelva a llamarme «mi niña querida».

—Tiene que ver con el programa.

Chasquea la lengua como diciendo: a ver. Al principio, ella era un personaje recurrente, pero se despidió educadamente cuando el programa dio un giro en la segunda temporada, la temporada en que nuestros principios fueron cuesta abajo y nuestra valoración cuesta arriba. Cree que estamos contribuyendo a una cultura que pinta la amistad entre mujeres como algo lleno de malicia, conspiración y mentiras en lugar de derribar ese estereotipo, que era el propósito original del programa. La entiendo, pero, desgraciadamente, a nadie le interesa ver a un puñado de mujeres llevándose bien. Jesse dice que, como primer *reality show* feminista, nos toca adaptar el programa al populacho. Dice que es lo mismo que yo he hecho con SPOKE: ayudar a las mujeres del Tercer Mundo a costa de cobrarles veintisiete dólares a las del primer mundo por escuchar a Lady Gaga y pedalear a ninguna parte. Quizás algún día vivamos en un mundo donde se acoja con los brazos abiertos a cinco mujeres independientes de éxito que no hagan más que ayudarse unas a otras. Hasta entonces, vamos a tener que ponernos la zancadilla de vez en cuando.

—Ya sabes que te conté que este año me tocaba a mí planificar el viaje —le digo— y que quería llevarlas a todas a Marruecos y presentarles a las mujeres que están sacándole tanto partido a las bicis.

—Es maravilloso —Yvette deja una pajita de cóctel junto al pie de su copa— cuando el programa consigue ser lo que de verdad es.

—Pero es que no vamos a ir.

—No entiendo —me dice Yvette, levantando una mano, confundida—. ¿Por qué no?

Le cuento la versión simplificada: me peleé con Stephanie y

las demás parecen haber elegido bando —el suyo— y ahora seguramente no vayamos a Marruecos. Me siento completamente engañada y abandonada por las demás cuando todo lo que he hecho hasta ahora ha sido apoyarlas y, lo que es aún peor, he engañado a mis inversores. Les vendí que Spoke saldría mucho en el programa esta temporada y ahora me preocupa que sientan que los he tangado.

—Te diré lo que pienso —empieza Yvette cuando he terminado mi perorata—. Lo primero, respira. Respira hondo y recuerda que haga lo que haga el programa con el viaje a Marruecos, eso no quita todo lo bueno que vas a aportar cuando vayas allí.

Hace una pausa y me doy cuenta de que de verdad quiere que respire. Inspiro profundamente y la miro, expectante. No dice nada, así que inspiro de nuevo.

—Dicho esto —prosigue Yvette, satisfecha—, no creo en eso de quedarse como un pasmarote y dejar que los demás te pisoteen. Stephanie tiene una personalidad muy dominante y no creo que siempre use ese poder para hacer el bien. Casi todas las mujeres pueden soportar la adversidad, pero si quieres poner a prueba el carácter de alguien, dale poder. Lo dijo Lincoln.

—¿También conociste a Lincoln?

—Así de vieja soy, sí. Y era un gran hombre. —Separa las manos unos treinta centímetros, escudriña la distancia y añade un centímetro más—. El más grande.

—¡Yvette! —me río.

—Bien. ¿Ves? Te estás riendo. No muriéndote. —Sigue el ritmo de la música con la cabeza mientras piensa un instante—. Creo que Jen y tú tenéis que veros. Sin Lauren. Sin Stephanie. Sin Jesse y, por favor, sin Lisa. —Yvette hace un mohín—. Sé que Jen y tú no os habéis llevado muy bien nunca, pero ella sabe lo que es tener mucho que perder. Creo que puedes recurrir a ella.

Lo que ha dicho me resulta algo extraño (lo de que Jen sabe lo que es tener mucho que perder), pero no ahondo en el tema. Ya le he pedido muchas cosas.

—No creo que quiera quedar conmigo —digo.

Yvette hace «mmm» y levanta el dedo como siempre que se le ocurre una idea.

103

—¿Qué te parece esto? Estaremos en casa la semana que viene. ¿Por qué no te vienes una noche? Será una cosa tranquila. Privada. Ni siquiera has visto la reforma todavía.

Jen e Yvette le dieron a su casa de campo de finales del siglo XIX un lavado de cara intensivo en primavera. He oído que el ayuntamiento de East Hampton no está demasiado contento, así que debe de ser espectacular.

—Ajá. —Lo sopeso—. Supongo que podría sumar algo de trabajo al asunto. Ya sabes que estamos montando un centro de yoga temporal en Montauk. Ahora están reformando la antigua ferretería.

—Que sea por trabajo o que no sea por trabajo, pero ven, Brett. No necesitas una excusa para quedarte en mi casa. Eres como de la familia.

Yvette me pasa los nudillos por la mejilla con afecto. ¿Me seguiría queriendo como a una hija si supiera la verdad? Bajo el mentón y doy un sorbo largo a mi pajita de cóctel. Sí que lo haría. Estoy segura. No es tan terrible lo que pasó.

¿O es el Tanqueray, que me hace mentirme a mí misma?

6

Stephanie

Puedo oír la botella de Sancerre vacía en la risa de Lauren desde la entrada. Llamo a la puerta de Jen con los nudillos, lo que provoca una ráfaga de ladridos seguida de un «chitón» de Jen.

—¡Almendra, no! —exclama Jen mientras abre la puerta.

Lleva uno de esos enormes vestidos de tela de saco de arpillera en la talla XS que últimamente son la prueba del algodón de la delgadez: ¿puedes ponerte una lona del tamaño del sur de Manhattan y no parecer obesa? Enhorabuena, estás delgada. Sujeta a un cruce de pastor alemán con labrador por el collar y lleva el pelo castaño más largo que la última vez que la vi... ¿Se habrá puesto extensiones?

Anacardo y Pecana, el bulldog francés y el teckel de Jen, se enroscan en mis tobillos mientras entro en su megaapartamento. Tiene el termostato tan bajo que cualquiera diría que los muebles son perecederos. No deja de sorprenderme que Jen, que nació y se crio en un *loft* mugriento en el Soho, viva en uno de esos rascacielos de lujo de cristal y acero que se alzan sobre Bowery. Con puertas de madera blanda lacada, servicio de limpieza incluido y conexiones para tecnología inteligente, el lugar tiene el mismo encanto que el hotel de un aeropuerto, lo que hace aún más extraña la elaborada decoración. Kilims de colores recubren los suelos de madera sintética y una hilera de cestos de mimbre decora una pared sin molduras de techo. Si vas a vivir en un espacio que no existía antes de la administración Obama, vete a Mitchell Gold + Bob Williams y compra cojines con estampados geométricos griegos plateados y una mesita de café acrílica y métete en el papel. En lugar de eso, es como si

Jen hubiera cogido un cuadro renacentista del Met y lo hubiera colgado en una sala del MoMA. Ni siquiera parece que quiera a sus perros. Brett dijo una vez que los adoptaba por los *likes* de Instagram, lo cual me hizo mucha gracia, y me da pena. Odio lo poco que me río ahora que no tengo cerca a Brett.

Lauren está descalza en la cocina sirviendo una copa de vino que resulta ser para mí. Hace un año, le habría dado un sorbo y luego me habría escabullido al baño para tirarla por el lavabo y que ninguna me diera la plasta. Hace un año tomaba sesenta miligramos de Cymbalta.

—¡Bienvenida! ¿Qué tal la gira del libro? —me saluda—. Tenemos un montón de cosas que contarte. ¡Oh! —exclama, mirándome los pies—. ¡Llevo las mismas alpargatas de Chanel! Bueno, llevaba. Alguien —le saca la lengua a Jen y noto al instante que la tiene blanca— me dijo que las dejara en la puerta.

—Oh —digo, mirando a Jen—. Puedo quitármelas si quieres.

Es una oferta débil. No me apetece nada desatar los lazos de los tobillos.

—Cuando seas capaz de parar a la segunda copa de vino y no tenga que preocuparme porque pises a mis perros, te dejaré andar calzada por mi casa —replica Jen, lo que me hace sentirme cómoda de inmediato. Siguen sumisas, incluso después de haber visto a Brett en la reunión de producción. Las alianzas por estos lares suelen durar lo mismo que un caramelo a la puerta de un colegio.

—¡Solo me he tomado una copa de vino! —protesta Lauren. Se mete la mano en el sujetador y saca una bolsita de plástico como las que ponen con los botones extra en los abrigos. La abre y mete un dedo dentro. Eso explica la lengua blanca—. Es por la coca.

Cojo mi vino y me deslizo en una silla *cantilever* tapizada en cuero marrón antes de que Lauren pueda preguntarme si quiero y, cuando decline como siempre hago, haga un puchero y me diga que soy «un rollo». Estaba un poco nerviosa por venir aquí… Es como *Animal House* fuera de cámara, y las demás siempre me están dando el coñazo porque no me termino el vino. Que soy una estirada, que soy una obsesiva. Que tengo que dejarme llevar, aprender a fluir (mira que no sé qué significa eso). Lo que no entienden es que yo llevo la adicción en la sangre, y que pago un precio muy caro por pegarme una fiesta. Ellas tienen resaca; yo tengo impulsos suicidas.

—¿Celebramos algo? —pregunto, llevándome la copa de vino a los labios con cautela. La cantidad que voy a beber dependerá de la respuesta que reciba.

—Creo que sí —dice Lauren, que se reúne conmigo en la zona de los sofás, a pocos pasos de la cocina. En *House Hunters*, todo el mundo apuesta por los espacios abiertos. En Nueva York, no queda otra.

Lauren se deja caer en el sofá de terciopelo verde con un codo apoyado en el respaldo para mantener la copa de vino a la altura de los labios todo el tiempo. Lleva unos pantalones de chándal rojos con dos rayas a los lados y una camiseta de tirantes blanca de cachemir; una «L» de diamantes del tamaño de una pintura de cera le cuelga de una oreja. Tiene una pinta absurda, pero todo el mundo sigue adulando de forma rutinaria su estilo atrevido mientras Internet se mofa de mi ropa de presentadora de telediario. «¿Por qué Stephanie va siempre vestida como Kate Middleton cuando visita un hospital de niños con cáncer?», preguntaron una vez en la revista *New York*. He hablado con mi estilista acerca de actualizar un poco mi estilo esta temporada, y supongo que es buena señal que Lauren y yo llevemos el mismo calzado.

Jen deja una tabla de quesos sobre la mesita baja, aunque llamarla tabla de quesos es una ofensa al brie.

—Paté de champiñones y aceitunas —dice Jen, señalando una masa marrón harinosa rodeada de unos trozos de alpiste que supongo que sustituyen a las galletitas saladas. Hace unos años, Jen publicaba un diario dietético en Vogue.com donde hacía una crónica de su alimentación de zumbados. Solo bebía batidos de polen de abejas y cafés en polvo hasta las tres de la tarde, y solo entonces se permitía un puñado de nueces activadas. Aquello se hizo superviral y, entre los 579 comentarios que suscitó el artículo, apareció por primera vez el mote de Jen, «la Arpía Verde». Aunque fue Brett quien lo hizo nuestro.

—Y sí que celebramos algo, por cierto —dice Jen, sentándose sin coger nada de comida—. Porque esa cerdita no irá a Marruecos.

Sonríe con suficiencia y gira el tapón de su zumo Brill. Jen bautiza sus zumos, polvos y pociones en función de las características que el cliente quiera mejorar. Una antigua asistente de Saluté me dijo una vez —y me lo juró por Prada— que había visto una búsqueda en Urban Dictionary de la palabra «brill» en la pantalla del ordenador de Jesse. «Brill» es la abreviatura de *brilliant* en la jerga británica, el equivalente de *cool* en Estados Unidos, es decir, guay, genial. En mi opinión, Jesse no tiene derecho a peinarse con cresta ni a llevar esos zapatones *creepers* horrendos de Stella McCartney si tiene que consultar el Urban Dictionary para saber cómo habla la gente joven. No tiene derecho a tratar a las concursantes que han convertido su programa en un éxito como si fueran miembros de Parchís ni a jubilarnos a la tierna edad de treinta y cuatro años. Eso no es nada *brill*.

Jen inclina la cabeza hacia atrás y se lleva el zumo a los labios. Las mangas de su vestido se abren como la capa de un mago, dejando un agujero ovalado por el que se le ve perfectamente un pecho. Definitivamente, se ha puesto tetas. El pensamiento me asalta antes de que pueda razonarlo: «Tengo que contárselo a Brett». Solíamos dejarnos miguitas de cotilleos sobre las demás la una a los pies de la otra, igual que los gatos se dejan cadáveres de roedores. Noto una punzada de tristeza por lo que fue, pero enseguida desaparece.

—Contádmelo todo —jadeo.

—Empecemos por la hermana. —Lauren abre mucho los ojos, pestañea y los vuelve a abrir.

—¿Tú la has visto alguna vez? —quiere saber Jen.

—Unas cuantas veces —contesto, y decido ser generosa—. Pero no la recuerdo tan terrible.

Una de las mejores cosas de mi posición actual es que puedo ser generosa y aun así experimentar la liberación catártica de hablar mal de mis adversarias, porque todas las que están por debajo de mí están dispuestas a hacerlo por mí.

—Vale —dice Lauren, dando un saltito en el asiento—. ¿Te acuerdas de aquellas sandalias de tacón de Stuart Weitzman que todo el mundo llevaba hace dos años?

—Todo el mundo menos yo —dice Jen con una risa autocomplaciente—. Soy demasiado hippie para poder andar con eso.

«Pero no eres tan hippie para ponerte silicona.»

—Bueno, la hermana tampoco podía andar con ellas. Parecía que era la primera vez que se ponía tacones. Y estoy segura de que eran las de imitación de Steve Madden —dice Lauren con un escalofrío—. De charol.

—Y no te olvides de la camiseta con los hombros al aire —apostilla Jen.

Lauren se gira hacia mí.

—Era como la típica que se pone la primera en la cola en Starbucks el día del Pumpkin Spice Latte, ¿sabes?

Asiento con la cabeza: «No me digas más».

—¿Y qué llevaba la Pasota, un chándal de setecientos dólares? —pregunto.

Poco después de que «la Arpía Verde» entrara en el idiolecto de las Afortunadas, una fan de Jen en Twitter (que todas creemos que era Jen con una cuenta falsa) arremetió con un mote para Brett que rozaba la perfección miltoniana: la Pasota, que hace referencia a su aparente desdén infinito por todo. A Brett le encanta jactarse de que pasa de la moda. Que tiene cosas más nobles en las que pensar que la moda. Que no tiene dinero para la moda. Vale que todo eso fuera cierto en su día. Pero yo tuve veintitrés años y una frente tersa sin inyecciones de bótox y no voy por ahí diciendo cosas que ya no son ciertas y restregándoselas en la cara a la gente.

—Brett —Jen dice su nombre con mofa—. Brett llegó cuarenta minutos tarde…

—Venga, mujer —la reprende Lauren—. Fueron veinte.

—¡Eran las diez y seis cuando entró! —se ríe Jen.

—Menuda hipócrita —digo, al recordar a Brett diciendo siempre que yo había llegado tarde dos veces en la primera temporada, y solo porque el arrogante del maquillador no tenía base de ningún tono más oscuro que «Miel» en su kit y tuve que volver a maquillarme yo sola. Todo el mundo cree que soy una pija porque he contratado a mi propio equipo de estilistas, pero me gustaría ver cómo responderían ellas si producción les pusiera a un mecánico de coches para peinarlas y maquillarlas. Así de mal provisto estaba aquel tipo para enfrentarse a la cara de una mujer negra.

—La verdad es que tuvo no sé qué problema con el sistema

de reservas de la empresa —dice Lauren. Pecana salta en el sofá a su lado y Lauren se inclina a acariciarla, pero antes de que lo haga Jen la echa del sofá con la palma de la mano.

—¡Te tengo dicho que no te subas al sofá Minotti! —vocifera Jen. De repente, un espray se materializa en su mano y vaporiza a la perra para que se vaya a la cocina. Lauren me mira enarcando las cejas, silenciosamente consternada, mientras Jen forcejea con una valla de seguridad para bebés intentando colocarla entre la pared y la isla para encerrar a Pecana, que no para de aullar. Anacardo se ha escondido detrás de la mesita de café hecha una bola temblorosa, pero es culpable por asociación. Jen la agarra de las patas, la saca de debajo de la mesa y la arroja por encima de la valla junto a Pecana. Cae sobre el lomo con un chillido. Almendra ladra por solidaridad.

—¡A callar, Almendra! —Jen lo rocía en el morro, consiguiendo en efecto callarlo. Pulveriza unas cuantas veces más para asegurarse.

—Te juro que a su sistema de reservas no le pasaba nada —dice Jen, reanudando la conversación como si no la hubiera interrumpido para aterrorizar a conciencia a tres perros rescatados indefensos.

Lauren y yo nos quedamos sin habla unos instantes. Miro por encima del hombro para comprobar que Anacardo aún respira. Lauren carraspea.

—Bueno —dice—. Iba en *leggings*.

—¿Por qué va siempre en *leggings*? —gruñe Jen—. Seguro que por eso su hermana está tan delgada. ¿Cómo vas a comer viendo toda esa carne fofa? —Se pone pálida.

—Guau.

Me río, aunque estoy emocionada de que sea Jen quien lo diga. Estoy cansada de tener que fingir que Brett es una especie de heroína de guerra por no tener espacio entre los muslos. Es como si fuera más feminista que las demás solo porque está dispuesta a exhibir las partes más antiestéticas de su cuerpo con un *crop top*. Aunque supongo que tengo todas las de perder en esa batalla. Nunca me he definido como feminista.

—Su hermana está buenísima. —Lauren se lleva otro dedo empolvado de blanco a la fosa nasal y esnifa—. En plan cutre y vulgar, pero lo está.

Ya he oído suficiente de la hermana de Brett, por muy vulgar que sea y buenísima que esté.

—¿Cómo fue la conversación sobre Marruecos?

Jen y Lauren intercambian amplias sonrisas.

—Dios mío, ojalá hubieras estado —dice Jen—. Se puso insoportable, venga a presumir de que sus inversores iban a costear todo el viaje.

—Jen empezó a decir —Lauren pone los ojos muy redondos y la voz melosa—: «Seguro que lo de Marruecos va a ser superpotente, Brett. Ojalá pudiera ir». —Se ríe—. La cara que se le quedó a Brett en cuanto se dio cuenta de que ya no era la niña mimada. Todo lo que te cuente es poco.

—¿Y Lisa os dijo algo después? —pregunto.

Jen y Lauren se miran entre ellas y luego a mí, sacudiendo las cabezas.

—¿Por? —pregunta Jen.

Remuevo el vino en mi copa, sorprendida al comprobar que no queda mucho que remover.

—Cuando me reuní con Lisa y le dije por qué no podía ir a Marruecos, me preguntó directamente si nos habíamos puesto de acuerdo para no rodar con Brett.

—¿No se creyó tu excusa? —Jen se hurga en una cutícula. ¿Por qué las mujeres fingen fascinación por sus uñas cuando están intentando aparentar que no les molesta algo que en realidad les molesta?

El espacio entre mis vértebras se agranda de forma imperceptible.

—¿Por qué no iba a creérsela?

—Quiero decir… —Jen mira a Lauren y luego otra vez a mí—. ¿De verdad estás intentando quedarte embarazada?

No me gusta que sugiera que no es creíble que Vince y yo podamos querer tener un bebé. Conozco a mi marido, pero me lo curro mucho para que nadie más lo conozca.

—No sé cómo voy a estar dentro de unos años.

—O sea, que no lo estáis intentando… —A Jen se le apaga la voz. Es raro tener esta conversación con alguien que en realidad no es mi amiga.

—Pronto —digo. La misma mentirijilla que llevo un año diciéndole a Vince.

La base de la uña de Jen se pone roja; se mete el dedo en la boca y se lo chupa. Interesante. Siempre había asumido que Jen, como Brett y como yo, no tenía instinto maternal. Está claro que Lauren sí, pero por ahora ha elegido el programa en lugar de la unidad familiar tradicional. Por lo menos Lauren es bobalicona. Me la imagino disfrutando la tarea mecánica de entretener a una criatura con el cráneo enorme. Pero Jen es tan fría, tan irritable... ¿qué parte de tener un hijo puede resultarle atractiva?

Os diré qué es lo que no me resulta atractivo a mí. La mera idea de la maternidad me hace sentir como si tuviera una soga al cuello. Otro par de manos tirándome de la falda, una vocecita diciendo con su media lengua: «¿Y yo qué?». Un bebé es una carga emocional y yo ya estoy suficientemente cargada en lo tocante a las emociones. Me pasé la infancia a merced de la ansiedad de mi madre, fingiendo que no tenía importancia ser uno de los tres alumnos negros de mi clase. Me he pasado mi matrimonio manteniendo emocional y económicamente la vaga ambición de mi marido de ser el próximo Ryan Gosling. Me he pasado la vida siendo la que estaba preparada de más, la que se arreglaba de más, casi siempre sobria e inapetente por elección, porque sé que si un día me salto un semáforo en rojo podrían sacarme esposada y a rastras de un cochazo que no sería mío.

—¿Te dijo algo Lisa de la fiesta de SADIE? —pregunta Lauren, cambiando de tema por Jen. Qué buen fichaje, esta Lauren.

Asiento. Al comienzo de cada temporada, tiene que haber un evento donde se reúnan todas las Afortunadas. Lauren ha alquilado la suite principal del hotel Greenwich para celebrar el lanzamiento de SADIEq, una versión de su *app* que traslada la experiencia a la comunidad *queer*. La temática es una fiesta de pijamas sexi. Ah, queridos, a las Afortunadas les encantan las fiestas temáticas.

—Creo que es inteligente —digo.

—Es que es inteligente. —Lauren estira aún más la sonrisa—. Me he gastado un ojo de la cara en un estudio que demuestra que en las relaciones entre mujeres no hay siempre una que tome la iniciativa de forma clara en las etapas iniciales del cortejo. Las mujeres son mucho más igualitarias en las citas, por eso lo que diferencia a SADIEq de SADIE es que siempre hay que quedar en persona.

Asiento con la cabeza, fingiendo que es eso a lo que me refería, a que su nueva iniciativa de negocio es lo que es muy inteligente.

—Eso es muy inteligente. Y también que la primera reunión de grupo sea en tu evento. Si fuera el mío o el de Jen y no invitáramos a Brett, todo el mundo diría que somos malísimas. Pero como eres tú, que eres como Suiza, el mensaje es muy claro: el problema es Brett, no nosotras.

Lauren hace girar su inicial de diamantes entre el dedo pulgar y el índice, con el ceño fruncido.

—Sí, pero quiero dejar muy claro que la razón por la que no invito a Brett es porque fue ella quien mandó el vídeo a *Page Six*. No quiero que parezca que me posiciono con Jen. Ni contigo. Quiero que todo el mundo sepa que tengo mis propios problemas con ella.

Todas tenemos nuestras críticas en Twitter. La de Lauren es que es la concursante más maleable. A las demás no se nos manipula con tanta facilidad. Sería como intentar romper un ladrillo contra otro ladrillo. Somos fuertes, pero ninguna más fuerte que las demás.

—No nos cabe la menor duda de que lo dejarás claro, Laur —dice Jen, con un bufido cómplice. «Mi pequeña pitbull», llama Lisa a Lauren con cariño. Y es verdad que la han entrenado para ir a la yugular. No os dejéis engañar por los aires de zorrilla adorable… cuando a Lauren le dicen que muerda algo, aprieta con fuerza hasta que deja de sentir un latido.

—¿Se habló algo del tema de la compensación? —pregunto, a sabiendas de que si se habló, fue lo primero. Estoy buscando la forma de quejarme de que Brett estuviera en posición de pedir más dinero y lo haya hecho.

—Llevaba un bolso de Chloé —me informa Lauren.

—Yo he oído que ha negociado una cifra con cinco ceros —añade Jen.

Aferro la copa con más fuerza.

—¿Por capítulo?

Jen resopla.

—Por toda la temporada. Me echaría a la calle a protestar si fuera por capítulo. No es tanto dinero, después de impuestos.

Se encoge de hombros, tratando de no parecer molesta, pero a todas nos molesta. Yo sigo diciendo que no es por el dinero, sino por principios, pero estoy empezando a darme cuenta de que sí es por el dinero, y mucho. Cinco mil dólares por ciento veinte días de trabajo no es solo un delito, es despreciable cuando la paridad salarial es uno de tus argumentos más fuertes en los programas matutinos de debate.

—¿Visteis a Jesse en *Morning Joe* la semana pasada? —pregunto.

—¿El día que estuvo hablando del tema de los cuidados y de todo el trabajo emocional que las mujeres hacen gratis? —Jen pone los ojos en blanco.

De un modo perfecta y espontáneamente armonioso, las tres repetimos al unísono el eslogan hueco de Jesse:

—Las mujeres necesitan su dinero.

Estallamos en carcajadas, y me sorprende —me sorprende y me agrada— sentir un cariño auténtico por estas dos mujeres. Nunca habría hablado mal de Jesse con Brett cuando éramos amigas, sobre todo porque el discurso ambiguo de Jesse es aplicable a todo el mundo menos a ella.

Los perros empiezan a ladrar cuando una llave gira en la cerradura. Yvette entra dando tumbos por la puerta, cargada con dos bolsas de comida.

Lleva la punta del pie izquierdo al talón del derecho y saca un pie de su zapato. Yvette Greenberg tiene que descalzarse para entrar en casa de Jen y yo no. Quiero que ese sea mi epitafio.

—¡Mamá! —grita Jen, apresurándose a ayudarla. Lauren y yo vamos detrás de ella.

—¡No soy una inválida! —Yvette gira el cuerpo con las bolsas aún en brazos y nos da la espalda. Su camisa está dividida entre los omóplatos por una línea de sudor—. Puedo apañármelas. Seguid con el vino. Es la hora de comer.

—¿Quiere una copa, señorita Greenberg? —le ofrece Lauren.

—De aquí me voy directa a entrenar, si no te diría que sí.

A Jen se le oscurece la expresión. El único entrenamiento que sigue Yvette es en SPOKE.

—Creía que venías mañana —sisea Jen, siguiendo a su madre por encima de la valla de seguridad de la cocina.

—No —dice Yvette, dejando las bolsas en la encimera; Pecana y Anacardo saltan alrededor de sus rodillas—. Mañana me voy al este.

—Pero hoy vienen las limpiadoras.

Yvette emite un gemido al recordar algo.

—La jornada de puertas abiertas.

—Sí. La jornada de puertas abiertas. El sábado. Te lo he dicho cinco veces, Yvette —le espeta Jen con una intensidad mordaz que hace que Lauren y yo dirijamos la atención a nuestros teléfonos y desviemos la mirada por respeto a Yvette. Porque qué humillante que tu hija te hable así delante de sus amigas, que te idolatran desde niñas. Qué humillante que este icono superfeminista se vea ahora en una situación en la que no le queda otra que tragar. Yvette está arruinada y le hace recados a Jen a cambio de algo de dinero, ahora que las conferencias en Sarah Lawrence no están tan bien pagadas como antes.

En su día, la casa de Amagansett fue el colchón de Yvette. Pero legalmente pertenece a Jen. El padre de esta, con quien Yvette nunca consideró casarse, la dejó a nombre de Jen cuando murió hace veinte años, y ella se ha pasado el invierno entero supervisando una carísima y agotadora reforma. El mes pasado, con el consiguiente disgusto devastador para Yvette, Jen puso la casa a la venta por 3,1 millones de dólares. Estoy segura de que Brett tiene una opinión menos indulgente sobre por qué Jen ha decidido vender la casa en la que pasó su infancia, pero yo creo que Jen se asegurará de darle a su madre algo del dinero de la venta.

Yvette dirige a su hija una mirada larga y dura. Pecana ladra y le salta a las rodillas.

—Hola, preciosas. Sí. —Las acaricia mientras le lamen la cara—. Hola, hola.

—Les estás dando refuerzo positivo —se queja Jen, echando chispas por los ojos.

—¿Por ser adorables? —se ríe Yvette.

—Estaban subiéndose a los muebles.

Yvette se incorpora con un suspiro y se sacude los pelos

115

de los pantalones de vestir. «Pantalones de vestir» es exactamente lo que lleva Yvette. Se viste como Mary Tyler Moore en una manifestación en los setenta, hasta las gafas redondas rojas, por si alguien olvida quién es y por lo que luchó entonces. Ha hecho mucho bien, lo reconozco, pero para mí el sistema de fe de Yvette es ridículamente miope. Sobre todo la idea de que triunfaremos como mujeres cuando empecemos a celebrar nuestras diferencias en lugar de fingir que no están ahí. Qué fácil es decir eso cuando eres una judía atractiva que ha nacido y vivido en el Upper West Side y ha estudiado en Barnard. ¿Qué diferencias ha tenido que celebrar ella en su vida?

Por no mencionar lo cruel que me parece que Yvette se haya encariñado con Brett de manera tan llamativa, hasta el punto de ofrecerse a adoptarla en la segunda temporada. Yvette y Jen siempre han tenido una relación tensa. Cuando era amiga de Brett pude oír la versión de Yvette, que es que sus desesperados intentos de conectar con su hija no hacen más que alejarla de ella. Ahora que conozco más a Jen lo veo de otra forma. Yvette está tristemente decepcionada de la forma que ha elegido Jen de ganarse la vida, «abusando» de las inseguridades físicas de las mujeres al amparo del bienestar. Pero aquí tenemos a Jen, con casa en propiedad en Manhattan, especulando en los Hamptons, dueña de un negocio con sede en ambas costas, y todo con tan solo treinta años. Yvette tiene mucho por lo que estar orgullosa de su hija, pero no quiere estarlo. Lo que quiere es que Jen se parezca a ella. Cómo se atreve a decirnos a las mujeres que celebremos nuestras diferencias si ni siquiera es capaz de aceptar a su propia hija tal y como es.

—Saldré el sábado. —La voz de Yvette es hiriente—. Así no te molesto. —Estira la mano hacia las bolsas de comida con una sonrisa pícara—. ¿Quieres que te guarde la compra, querida?

Jen agarra la muñeca de su madre con una mano para detenerla.

—¿Cuánto te debo?

—Ciento treinta. Habrían sido noventa si me hubieras dejado ir a Gristedes, pero... —Yvette deja la frase a medias, pasa por encima de la valla de seguridad y se reúne con nosotras en la zona de estar—. ¿He interrumpido la asamblea? —pregunta mientras coge una galletita salada. Da un bocadito de prueba y suelta un «oh» cuando se le deshace en la mano.

—Estábamos hablando del viaje de este año, señorita Greenberg —dice Lauren, muy educada, con la esperanza de que esta vez la invite a llamarla Yvette, por favor, querida.

—Siento que no vaya a salir lo de Marruecos —dice Yvette, y Lauren se apaga un poco.

—Que nosotras no podamos ir no significa que no pueda ir ella —dice Jen, que reaparece y le mete un fajo de billetes en el bolsillo a su madre—. Ni siquiera tiene que ir sola —añade, con la voz cada vez más aguda por lo cómico de la situación—. Tiene a su hermana y a su sobrina para que se aprovechen de su éxito.

Yvette sacude la cabeza en señal de desaprobación por el tono de su hija.

—Creo que deberíais darle una oportunidad a Brett. Tiene muchas cosas que celebrar esta temporada y sé que le duele no poder compartirlo con sus amigas.

—¡No más que a nosotras! —suelta Jen.

—Bueno... —Yvette aprieta los labios, dolida—. Puede ser. No lo sé. —Se abanica con la mano, aún sudando—. Yo no soy quién para decir nada.

Todas nos miramos, muertas de curiosidad. ¿Qué es lo que Yvette no es quién para decir? Pero no nos atrevemos a preguntar. Preguntar significaría que nos importa. Me miro las uñas instintivamente.

Yvette apoya el codo en el respaldo del sofá.

—¿Ya habéis conocido a la hermana de Brett?

—Kelly estuvo en la reunión de producción —dice Lauren. Nota con un respingo de júbilo que mi copa está vacía. Antes de que pueda levantarse a coger la botella de vino de la cocina, Jen ya está detrás de mí y me rellena la copa hasta arriba.

—¿Creéis que será una buena incorporación al grupo? —pregunta Yvette.

—Es madre —argumenta Lauren en lugar de decir que no.

—Yo soy madre —replica Yvette—. No dejéis que Jesse os convenza de que tener hijos no es feminista. Todas rondáis esa edad en la que tienes que empezar a preguntarte qué es lo que quieres.

117

Se alza un coro de mentiras piadosas sobre nuestras edades: treinta, veintinueve, treinta y dos y medio.

Yvette suspira, pellizca la tela bajo sus brazos y la sacude, intentando airearla.

—Bueno, sea como fuere, espero que seáis amables con ella. Creo que pensáis que es más interesante poneros la zancadilla unas a otras, pero os prometo que ya sois lo suficientemente interesantes de por sí.

Jen echa la cabeza para atrás y cierra los ojos de pura exasperación, y no la culpo. A Yvette le gusta actuar como si hubiera dejado el programa por principios, cuando lo que ocurrió en realidad fue que amenazó con irse si no le daban más dinero y Jesse no se tragó el farol. No sé por qué Yvette se empeña en hacer como que todo esto no pasó. Va de adalid de la igualdad de género y luego quiere que el mundo crea que valora más su integridad que su bolsillo. La integridad no es más que la piedra con la que te golpeas la cabeza cuando pierdes poder. Lo último que el mundo necesita es otra mujer con principios: lo que necesitamos son mujeres con dinero. Las mujeres con dinero tienen flexibilidad, y no hay nada más peligroso que una mujer que pueda doblarse hasta donde quiera.

Jen gruñe.

—Fuimos amables con ella, Yvette.

Esta se gira para mirar a Jen.

—Entonces ¿le has contestado?

La pregunta me hace sobresaltarme.

—¿Contestar a quién?

Yvette contesta a pesar de las protestas de Jen para que no lo haga.

—La hermana de Brett escribió a Jen para invitarla a un té. Le dijo que admiraba cómo ha «escalado su producto». —Yvette lanza una mirada a su hija—. Eso fue lo que dijo, ¿verdad, querida?

Jen pone los ojos en blanco, pero asiente.

—No vas a quedar con ella, ¿no? —Dejo el vino sobre la mesa. He estado saboreándolo hasta ahora.

—¿Por qué no iba a hacerlo? —me pregunta Yvette con el tono amable e irritante de un psicólogo animándote a volver a estudiar una noción preconcebida que es a todas luces falsa.

Junto los omóplatos con fuerza. Mira que puede llegar a ser hipócrita, esta mujer.

—Porque —digo muy despacio, como si Yvette fuera una retrasada a quien le costara seguir la conversación— Jen y Brett no se llevan bien y probablemente a Brett le dolería que Jen se hiciera amiga de su hermana.

Yvette también endereza la postura. Y dice algo sorprendente:

—Lo dudo mucho. Con todo lo que Brett hace para que el mundo sea mejor, no creo que tenga tiempo para preocuparse por nimiedades como esa.

Lauren se mete una galletita salada en la boca y nos mira, divertida.

—Ya le dije que no podía aceptar —dice Jen mientras cierra de un portazo un armario de la cocina, consiguiendo sobresaltarnos a ambas.

Yvette me sonríe como diciendo que espera que sea feliz (por supuesto que lo soy) y se enrolla la manga de la camisa de lino. Jen ha heredado la querencia de su madre por el lino y la ginebra.

—¡Oh! —exclama—. Tengo que irme si quiero llegar a la clase de las doce y media. —Se encamina a la puerta y se deja caer en el sillón de mimbre de la entrada para calzarse—. Portaos bien, chicas. —Se pone de pie y junta las palmas de las manos, como si hiciera falta un milagro divino para que eso ocurra—. El mundo entero os está viendo.

Yvette nos ha desanimado, la verdad, así que nos separamos después de que se haya ido. Hay poco más de un kilómetro hasta la estación de Canal Street y la ciudad es una pecera húmeda y plomiza, pero aun así decido ir andando en lugar de coger un UberBlack, como acostumbro. No estoy del humor habitual. Tengo la sensación de estar somnolienta y frenética al mismo tiempo, tengo ganas y a la vez miedo de que arranque la nueva temporada, y a todo eso se suma el correo que me ha llegado a la bandeja de entrada mientras estaba en casa de Jen. Leo y releo el mensaje de mi investigador privado mientras camino. No me doy cuenta de que estoy recubierta por una película de

119

sudor hasta que bajo las escaleras del metro, deslizo la tarjeta por el torno y paso por delante de tres misioneros cristianos silenciosos que no hacen nada para evangelizarme.

John Gowan, de Spy Eye Inq., ha respondido a mi último misil fruto del pánico, confirmando que el funeral de mi madre fue en St. Matthews, como relato en el libro, y no en St. Mark's, como dijo la amiga de mi abuela en Chicago. Levanto la mirada del teléfono de golpe: el túnel me escupe aire caliente en la cara. Piso la línea amarilla y me asomo para comprobar si la corriente la provoca la línea exprés o la local. Siempre se nota antes de verlo.

El suelo borbotea bajo mis pies, y una ráfaga de faros hace que los turistas se precipiten hacia atrás, a diferencia de las cucarachas, que, acostumbradas, no se mueven del sitio. Yo también me quedo donde estoy, como hago siempre que cojo el metro, que no es muy a menudo, notando una millonésima del impacto del tren cuando se precipita en la estación. Primero es un golpe de aire, el pelo se separa de la cabeza; el vestido, si llevas, se levanta y revela tu ropa interior; pero, en cuanto pasa la confrontación inicial, es más como un tirón, una invitación. Algo que casi podrías imaginarte aceptando.

Ajá. Por primera vez en mucho tiempo, puede que esté un poco borracha.

7

Brett

¿Qué te parece que tu hermana se lleve a Jen Greenberg de tarde de chicas?

El mensaje de Lisa me deja helada. Lo leo otra vez con un escalofrío como los que te dan cuando tienes gripe. Lo de «que se lleve» significa que la «tarde de chicas» con Jen ya ha tenido lugar. Estuve con Kelly ayer, y tengo que verla en el almacén de Long Island para la reunión trimestral de la junta de asesores dentro de una hora. ¿Tendrá pensado contármelo?

—Por favor —dice Arch, desapareciendo detrás de la puerta del frigorífico—, nada de teléfono esta mañana. Lo prometimos.

Vuelve a aparecer con un recipiente de leche. Leche de verdad. Leche de la que puede hacer que te crezca un tercer brazo en la frente, con hormonas, y grasa, y bisfenol de la jarra de plástico que Arch ha comprado en la tienda de la esquina por 2,99 dólares junto con una hogaza de pan de Pepperidge Farm y un poco de melón ya cortado. ¡Melón! Si hasta podría comer gominolas para desayunar. No lo entendéis; las mujeres como Arch son una especie en peligro de extinción en una ciudad donde un paquete de leche de almendras en polvo se considera un gran desayuno según un blog dietético de la revista *Grub Street*. Es una de las razones por las que sigo adelante con esto.

Mi teléfono vibra con otro mensaje de Lisa. *Jen la ha invitado a la fiesta de pijamas sexi de Lauren*

Y otro más. *Mira a ver si Kelly puede conseguirte una invitación. LOL.*

Te estoy hablando en serio, BRETT.

Necesito teneros a todas juntas en la misma habitación.

Nadie quiere verte pedaleando sola en una bici estática durante toda la puta temporada. Eso es ABURRIDO.
NI SIQUIERA JESSE.

Levanto el pulgar para responder, pero Arch me arranca el teléfono de las manos.

—Los platos —me ordena, amorosa, cuando empiezo a protestar—, a la izquierda de la cocina.

Hace nueve días que Kelly y Layla se mudaron a mi antiguo apartamento y yo me mudé al piso de una habitación de Arch en el Upper West Side, y, como Arch me recordó anoche, hace nueve días que no follamos. «Esto está hecho un desastre. Mis cosas están por todas partes. Estoy estresada con lo de Marruecos.» (No creáis que me rindo tan fácilmente.) Todas las noches nos metemos en StreetEasy y buscamos pisos de dos habitaciones en edificios con ascensor cerca del despacho de Arch en la zona oeste y entre seis mil quinientos y siete mil dólares al mes. He conseguido un capital de 23,4 millones de dólares y sigo sin poder permitirme comprar una casa en esta ciudad.

Coloco los platos en la encimera y Arch pone una tostada en cada uno mientras se chupa un dedo que se ha quemado. Miramos el desayuno y luego nos miramos la una a la otra con la nariz arrugada. Las tostadas son del color del corazón de Jen Greenberg. Negras, por si no había quedado claro.

—Tengo una hora antes de reunir a un padre encarcelado con su hijo recién nacido por primera vez —dice Arch.

—Yo tengo cincuenta y cinco minutos antes de probar una bicicleta electrónica que ayudará a niñas de doce años a huir de sus potenciales violadores.

Es nuestro juego favorito. ¿Quién hará más por la humanidad hoy?

Arch estampa una jarra de Smucker's sobre la encimera con resolución estoica.

—Hidratos quemados, pues. El desayuno de los campeones.

Llevamos los platos hasta el salón y nos acomodamos. Arch estira sus piernas desproporcionadamente largas —los muslos son normales, pero las tibias podrían estar en el Museo de Historia Natural— y pone los pies en mi regazo. Tiene unos tobillos delgados y angulosos, como patas de cangrejo, sin carne ninguna, y lleva las uñas del mismo tono de rojo del logo de SPOKE. Esto lo ha hecho para atraerme, pero ha conseguido el efecto contrario. «Eres demasiado para mí», pensé, culpable, cuando llegó a casa con el papel todavía entre los dedos de los pies.

—¿Sabías que Kelly y Jen Greenberg quedan? —le pregunto a Arch.

Ella se sacude una miga del labio superior con la parte interior del nudillo, inconsciente de que tiene polvillo negro en las comisuras de la boca.

—¿Me lo preguntas o me lo cuentas?

—Te lo pregunto.

Arch y Kelly son amigas, lo que debería hacerme feliz. Que la persona que quieres encaje bien con tu familia es todo lo que la gente espera de la vida. En lugar de eso, a mí me pone nerviosa, incluso paranoica. «¿De qué habéis hablado?», pregunto cuando viene de quedar con ella, con tono ligero y el corazón a toda pastilla, por miedo a que las dos se pongan en mi contra igual que hacemos Layla y yo con Kelly a veces. Puede que me dé miedo que si Arch pasa demasiado tiempo con Kelly se dé cuenta de la poca conexión intelectual que tenemos en realidad. Puede. Puede.

—Si lo supiera, te lo habría contado —dice Arch, para mi tranquilidad. Ahora ya puedo quejarme.

—¡Es que vaya mierda, ¿no?! —exclamo.

Arch se recoge el pelo largo en lo alto de la cabeza mientras sujeta un coletero entre los dientes. Me doy cuenta de la diferencia de edad cuando se recoge el pelo. Nueve años. A veces no es nada, y otras veces lo es todo.

—Está intentando conocer a su nueva compañera de trabajo —dice, mientras la goma elástica sube y baja en su boca—. Sabe que no te llevas bien con Jen, seguro que por eso no se atrevía a decírtelo. —Levanta un hombro, incapaz de ver el delito—. No le metas caña, Brett. Se siente de lado. Solo quiere encajar.

—Bueno, pues ya ha conseguido que la inviten a la fiesta de Lauren. Está encajando muy bien.

Los eventos grupales es donde pasa todo: el drama, las lágrimas, las reconciliaciones. Si no vas a los eventos grupales, estás muerta. Lisa es un monstruo pero tiene razón. Nadie quiere

123

verme pedaleando sola en una bicicleta estática durante toda la temporada. NI SIQUIERA JESSE. Una premonición vertiginosa me golpea de repente en la cabeza: el nombre de Kelly en los créditos de apertura de la próxima temporada, pero no el mío. Probablemente su eslogan sería: «Estoy criando a la próxima generación de *Afortunadas*». Dejo la tostada quemada sobre la mesita, intacta.

Arch me clava el pulgar del pie, todo huesos, en el muslo.

—Eh. Hoy vas a casa de Yvette para hacer las paces con Jen. Quizá te invite una vez que hayáis limado las asperezas.

Primero vamos a probar las bicicletas con los miembros de la junta de asesores y luego iré a casa de Yvette. Allí, con el culo bien apretado, le tenderé una rama de olivo a la Arpía Verde. Las aceitunas son veganas, ¿no?

Arch mira la hora en el reloj de la televisión.

—¿Quieres ducharte tú primero?

—Dúchate tú —digo, quitándome sus pies de encima y levantándome para coger el móvil de la cocina. Enseguida me doy cuenta de que Arch lo ha escondido. Me llevo los puños a las caderas y Arch se ríe.

—Te prometo que te diré dónde está en cuanto te duches.

En el baño, abro el grifo y me siento en el váter mientras se calienta el agua, sin saber muy bien qué hacer con las manos sin una pantalla con la que enredar. Tiro de la cadena y me meto debajo del chorro de la ducha aunque la temperatura aún se asemeja a la de un té olvidado. No descarto que Arch intente sorprenderme entrando aquí, y no me apetece nada.

Me embadurno el pelo de acondicionador —el secreto de mi precioso pelo es que me lo lavo poco— y estiro el brazo para coger la cuchilla. Algo pequeño y brillante rebota contra el suelo de baldosas con un sonido metálico y yo me quedo muy quieta, notando cada uno de los chorritos de la alcachofa de la ducha. Con el dedo gordo del pie, toco eso que Arch quería que encontrara, con miedo, como si fueran a salirle dientes y morderme. Comparado con mi anillo de las Primeras Afortunadas, el que ha elegido Arch es más ancho, más robusto, algo que podría haberse puesto mi padre. Me doy cuenta de que Arch no sabe en absoluto lo que quiero... a esta bollera le habría encantado un diamante. La tristeza me corta como un papel. Deprisa, sin ser fatal, despiadada.

Giro el grifo sin afeitarme. Si me afeito, Arch sabrá que he encontrado el anillo y no he... ¿Qué? ¿Chillado? ¿Llorado? ¿Que no lo he subido a Instagram? Quizá pensara que iba a entrar, quitarse la camiseta y darle uso por fin a esta ducha *spa* del tamaño de un Smart... Cierro el agua y prácticamente me grapo la toalla al cuerpo.

—¿B? —dice Arch cuando oye abrirse la puerta del baño.

—¡Un segundo! —grito, apresurándome hasta la habitación. Abro el cajón de la ropa interior y rebusco dentro.

Arch dice algo más, pero no la oigo bien.

—¡Un segundo! —repito. Mis nudillos se topan con la cajita de terciopelo.

En el salón, Arch está de rodillas en el sofá, como una suricata escudriñando a su alrededor en busca de depredadores, con los ojos oscuros y asustados. Tengo la piel caliente de la ducha y fría de sudor. Estoy muerta de nervios.

—¿Qué haces? —me pregunta Arch, nerviosa, cuando ve que tengo el brazo detrás de la espalda.

Cojo aire por la nariz y exhalo por la boca, tal y como les recordamos a las alumnas que hagan en clase. «Déjate llevar. Sea lo que sea lo que te retiene, olvídalo y déjate llevar.» Le tiendo la mano a Arch.

—Creía que nunca me lo pedirías. Así que iba a hacerlo yo.

Arch abre la boca al ver el anillo de diamantes que compré la semana pasada en 1stdibs después de mandarle el enlace a Yvette y que me diera su aprobación. *Es precioso. Soy TAN feliz por ti, mi niña querida.*

Arch salta del sofá y se dirige hacia mí. Me aparta el pelo mojado de la cara y baja sus labios hacia los míos. El miedo se me enrosca en las costillas cuando cierro los ojos y le devuelvo el beso, al pensar en lo delgada que será la sonrisa de Stephanie cuando se entere de esto.

Estoy intentando concentrarme en lo que dice el ingeniero jefe, pero Kelly le ha copiado a Lauren la trenza de corona que

125

llevaba el otro día y su feminidad de mujer blanca y soltera me distrae. Cuando hemos llegado, Sharon Sonhorn, a quien Kelly ha traído en avión desde Alabama —en primera clase— ha exclamado con ese acento tan dulce y tan sureño que parece absolutamente forzado:

—Pero ¡si estás ideal!

Nuestro consejo de asesores cuenta con ocho miembros, cinco hombres y tres mujeres, con edades comprendidas entre los treinta y cinco y los setenta y dos años. Viven en Nueva York, Texas, Alabama, Boston, Los Ángeles y Londres. Tenemos a una persona negra, a otra asiática y a otra homosexual. Dos de ellos tienen cero experiencia en la industria del bienestar y otros tres no tienen ninguna en el mundo del B-corp. Kelly lo montó basándose en un artículo que leyó en Forbes.com que decía que las juntas de asesores debían representar la diversidad en el mejor sentido de la palabra. No quieres pagar a un puñado de hombres y mujeres por su tiempo para que solo digan que «sí». Quieres gente que te ponga retos, que te ofrezca una perspectiva distinta, que te pida constantemente que vuelvas a analizar tu visión de las cosas. «Esto es dinero bien invertido», me recuerda siempre, cuando veo lo que cuesta traer a alguien a Nueva York en un vuelo en primera clase solo para oír que mis ideas son una mierda.

—Escuchad —dice Seth, el ingeniero jefe, accionando un interruptor en la bicicleta eléctrica.

Tenía el modelo tapado con una lona beis cuando entró la junta, lo que le dio la oportunidad de destaparla como si estuviéramos en un espectáculo de magia. Si hasta dijo «¡tachán!». A pesar de lo enfadada que estoy con Kelly —por quedar con Jen a mis espaldas, por que la hayan invitado a la fiesta de Lauren, por esa puta trenza—, intercambiamos una mirada. Seth es la persona más amable y más molesta que conocemos.

Bromas aparte, mi bicicleta nueva bien se merece un destape y un estúpido «¡tachán!» proveniente de un hombre de mediana edad. «Rematadamente bonita —dijo nuestro asesor londinense—. Yo quiero una para mí.» Y todo el mundo soltó una carcajada, porque imaginarse a John Tellmun recorriendo Notting Hill Gate en esta bicicleta rojo brillante con asiento de cuero rosa empolvado y el manillar rosa da para comedia británica.

—No oigo nada —dice Layla con la oreja apuntando al suelo. Estas bicicletas las van a usar niñas a partir de nueve años, así que Kelly pensó que sería un gesto bonito de cara a la junta que pudieran ver que una niña de doce años puede manejarlas de forma sencilla y segura.

Seth señala a Layla, «ding, ding, ding».

—¡La señorita ha ganado un Toyota Camry de 2016! —Layla parece confundida y Seth carraspea, avergonzado de que su broma no se haya entendido—. Los modelos eléctricos suenan como si estuvieran apagados aunque estén encendidos, así que siempre tienes que comprobar el interruptor antes de montar, ¿vale, Layla?

Kelly se apresura a ajustar el cierre del casco bajo la barbilla de su hija. Layla me superó este año, lo cual no es nada reseñable, pero ya es casi tan alta como Kelly, que me saca varios centímetros. No recuerdo que Fad fuera especialmente alto, pero quizá sus padres o sus hermanos fuesen altos. Nunca lo sabremos.

—Mamá —gruñe Layla, pero levanta la barbilla y deja que Kelly maniobre con el cierre.

Sharon emite un sonido que expresa lo ideal que cree que es todo esto: la trenza de Kelly, la sobreprotección de Kelly, el consentimiento por parte de Layla de la sobreprotección de Kelly, todo. Sharon también tiene una hija preadolescente, como Kelly. Sharon tiene casi cincuenta años, a diferencia de Kelly.

Layla pasa la pierna por encima del sillín rosa.

—Pero mira qué piernas tan delgadas —le dice Sharon en voz baja a Kelly, y Kelly sonríe—. Y esa piel. Es como café con leche. Podría salir en *Vogue*.

La sonrisa de Kelly se gripa como un motor.

—¡No tan rápido! —le advierte a Layla.

—Puede ir hasta a 65 kilómetros por hora.

Layla pone los ojos en blanco dirigiéndose a mí, la única persona en la sala que puede entender el punto al que llega la tontería de Kelly.

—Si atropellas a alguien a 65 kilómetros por hora, lo matas —dice Kelly, imitando el tono mohíno de Layla para dejarle claro que esto no es algo que pueda tomarse a la ligera.

127

Observamos a Layla mientras pedalea en el prototipo de SPOKElectrict hasta el fondo del almacén. La bicicleta emite un zumbido suave que se amplifica por las paredes de cemento. Yo gateo más rápido.

—La mía habría arrancado la puerta de sus goznes yendo todo lo rápido que pudiera solo para fastidiarme —le dice Sharon a Kelly—. Eres una madre de primera, cariño.

Antes me parecía una chorrada cuando alguien elogiaba a una mujer como madre. No creía que hiciera falta talento para ser una buena madre... Con no pegarles y llevarlos al dentista de vez en cuando, *voilà!* Ya eres una buena madre. Quererlos no cuesta demasiado. Hasta las madres que pegan a sus hijos los quieren. Luego Kelly tuvo a Layla y me di cuenta de lo equivocada que estaba. Porque el primer año con Layla, las dotes de Kelly como madre fueron cuestionables en el mejor de los casos y negligentes en el peor.

¿Sabíais que mi padre concertó dos citas para que Kelly *esmamortara* a petición suya? Acababa de salir la peli de *Lío embarazoso* y no podía dejar de decir *esmamorto*. «¡Alto ahí! —le decía a Kelly cuando íbamos a la clínica—. ¡Es la hora del *esmamorto!*» Luego hacía una especie de baile del pollo. Por aquel entonces era una gilipollas redomada, pero ser una gilipollas redomada es un efecto secundario de tener quince años (Layla será la excepción que confirme la regla, claro). En realidad es que no sabía cómo decirle de forma apropiada a Kelly que aquello no era el fin del mundo. No era el fin del mundo que se le hubiera ido un poco de las manos al salir del alcance de la mirada vigilante de mamá y no era el fin del mundo que no hubiese tomado medidas y no era el fin del mundo que se sometiera a un procedimiento médico legal y seguro que los seres humanos llevan poniendo en práctica desde hace miles de años en todas las sociedades imaginables.

Quería que Kelly se sintiera mejor, sí, pero mi motivación no era completamente altruista. Mi madre acababa de morirse y, aunque nuestra relación había sido complicada, era mi madre, y aún la quería. Nuestras vidas estaban del revés y, en cierto modo, creía que si Kelly volvía a la universidad, acababa la carrera y acababa siendo radióloga, como nuestra madre siempre tuvo planeado, todo volvería a la normalidad. A lo de siempre. No importaba que lo de siempre no fuera lo que más me interesara, porque lo de siempre significaba que Kelly era la que triunfaba, la guapa, la estrella. Pero era lo cómodo, y siempre tendemos a lo cómodo, incluso cuando nos duele profundamente.

Kelly tenía que *esmamortar* para que todo volviera a lo de siempre, pero no consiguió franquear las puertas de la clínica. «Esto es lo que quiero», declaró en el aparcamiento en dos ocasiones distintas, con un suspiro nada convincente. Luego llegó Layla y fue como si le rompiera las piernas a Kelly en lugar del canal de parto. Layla lloraba y lloraba por su toma de las dos de la mañana como si la estuvieran torturando y Kelly se quedaba tumbada en la cama con los ojos cerrados, fingiendo dormir. A mi padre y a mí no nos quedaba otra que turnarnos, y eso hacíamos, compensando como pudimos aquellos primeros meses. «Kelly necesita descansar —me dijo mi padre—. Necesita recuperarse.» Nunca estuve muy segura de qué pensaba él que Kelly necesitaba recuperarse, pero estaba claro que aquello era el shock de su nueva vida. Al principio, me enfadaba por tener que despertarme en mitad de mi fase REM casi todas las noches. Pero, tras unas semanas, empecé a querer tener a Layla solo para mí, que nadie interrumpiera ni acelerara nuestro tiempo juntas. Aquellos puñitos diminutos se elevaban por encima de su cabeza, enfurecidos, mientras yo le metía la tetina del biberón en la boca... «¡¿Esto es lo que necesito?!» Sus deditos estirándose, sus párpados cayendo, levantándose, cayendo, levantándose otra vez para comprobar que seguía allí, a su lado, y cayendo de nuevo en cuanto se daba cuenta de que sí, de que aquello era lo que necesitaba.

Dicen que el primer año es crítico en el desarrollo del vínculo de apego, y creo que por eso Layla y yo estamos tan unidas. Kelly se perdió algunos de aquellos momentos tan especiales, y nunca los podrá tener ya porque estaba descansando, recuperándose. Mi hermana siempre ha necesitado que alguien estuviera esperándola con la siguiente vida preparada, como un abrigo en el que meter los brazos. Médico, madre, jefa (en su cabeza)... Todos estos títulos se los han impuesto más que buscarlos ella. El mayor fallo de mi hermana es que es una emprendedora sin visión. Supongo que yo tengo el problema contrario.

Los periodistas *millennials* siempre me preguntan de dón-

129

de saqué la idea de SPOKE con una especie de contrición en la voz. Lo entiendo. Es difícil preocuparse por las cosas que no te impactan en el plano personal, y creo que eso es lo que la plantilla de *Bustle* quiere preguntarme en realidad, pero sienten que no pueden: ¿por qué me preocupo tanto por un montón de mujeres a las que no conozco, que están pasando por algo por lo que yo no he pasado nunca? ¿Cómo puedo ser tan abnegada? ¿Son malas personas ellos por no poder ser tan abnegados?

La verdad es que la idea de SPOKE no surgió de ninguna abnegación. Después de que mi padre y yo fuésemos al piso de Fad a por Kelly, nuestra siguiente parada fue el hospital. Parecía que estaba bien, al menos físicamente, pero queríamos asegurarnos. Me quedé en la sala de espera leyendo una revista francesa. De pronto, la puerta se abrió y entraron dos hermanas; una de ellas no mucho mayor de lo que es Layla ahora. Hablaron con la enfermera de la recepción en un francés suave y les dieron una serie de formularios para que los rellenaran. Se sentaron a mi derecha. La mayor tenía los papeles en el regazo. Juntas, señalaban las palabras en las hojas de papel y discutían en un idioma que ahora sé que no era francés ni árabe. Después de unos minutos, la hermana mayor se dirigió a mí.

—Hola —dijo, haciendo un círculo con la mano. Sonó más bien como «hala».

Levanté la mirada y vi a la hermana mayor tendiéndome el lápiz.

—¿Puedes ayudar? —preguntó, titubeante.

Mi padre se inclinó hacia mí.

—Creo que no saben leer.

Estiré las manos, haciendo el gesto de escribir, con la cabeza inclinada en un ángulo de cuarenta y cinco grados. La hermana mayor asintió con la cabeza. «Sí, escribe tú.» La pequeña se miraba el regazo, impasible. Me corrí un asiento hacia ellas.

Los formularios estaban en árabe, francés e inglés. Tardamos quince minutos de señas y traducción forzada solo para llegar a la parte donde se pregunta la razón de la visita médica.

—Mi hija —dijo la hermana mayor, y me costó un segundo darme cuenta de que en realidad no eran hermanas—. Tiene que ir al pozo. Tres hombres han hecho daño. Hemos visto médico para no estar embarazada.

—Santo dios —murmuró mi padre a tres asientos de distancia.

Observé a la hija, que seguía con la mirada fija en el regazo y la mandíbula apretada con furia.

—¿Violado? —pregunté en un susurro—. ¿Quieres decir que la han violado?

—Hemos visto médico.

—Lo siento. ¿Ya habéis visto a un médico?

La mujer asintió, nerviosa y frustrada. Me había entendido mal, igual que yo a ella. Más tarde, me enteré de que el presente perfecto es un tiempo verbal que resulta confuso para los hablantes de árabe. Muchos usan el presente perfecto tanto para relatar cosas que ya han ocurrido como otras que aún no. En este caso, la niña había ido al pozo a por agua y había sido violada por tres hombres. Ver al médico y comprobar que no estuviera embarazada era lo que querían hacer a continuación.

Kelly no tenía que esperar para que la viera el médico, lo único que le pasaba era que tenía mal gusto con los hombres. Subí con la madre a entregar los formularios a la enfermera francesa, le expliqué la situación en inglés, como si fuera más desgarrador en inglés, como si así se fuesen a tomar medidas de forma más urgente. Pero las mujeres seguían allí esperando cuando nos fuimos una hora después con el visto bueno de Kelly (era demasiado pronto para que el resultado de la prueba de embarazo diera positivo). Recuerdo que en el taxi de vuelta al hotel pensé: «En todo el mundo la gente se preocupa más por una chica como Kelly que por una como la que acabo de conocer».

131

Así que no, no soy una abnegada. Me he entregado a una causa totalmente egoísta: ayudar a chicas como yo, que no son como Kelly. Es hora de que vayamos nosotras por delante.

Layla hace un cambio de sentido en la zona de las estanterías metálicas, al fondo del almacén. Viene hacia nosotros: solo vemos el casco y una sonrisa insegura. Gira el manillar hacia atrás y acelera los últimos metros hasta que Kelly empieza a graznar.

Layla aparca la bici y se baja de un salto entre aplausos y ovaciones exageradas de la junta, como si acabara de clasificarse para los Juegos Olímpicos. Hace una reverencia lenta y enseguida se pone del color del zumo Potencia de Jen (remolacha + zanahoria + chía) cuando el aplauso se intensifica.

—Mamá, ni siquiera he llegado al límite de la velocidad —dice mientras se desabrocha el casco y lo deposita en los brazos de Kelly.

Seth nos manda callar.

—Antes de que nos emocionemos demasiado —dice— tengo que enseñarles algo.

Se monta en la bici, quita la pata de cabra con el talón, pone las manos en el manillar y lo aprieta. La bicicleta sale disparada hacia delante con violencia.

—¡Guau! —Seth grita como un tonto y vuelve a accionar el manillar, con lo que solo consigue ir más deprisa. Frena de golpe a pocos centímetros de una furgoneta de reparto y nos mira sin resuello.

—La mayoría de las bicicletas eléctricas chirrían cuando van muy deprisa —dice Seth, mientras pedalea de vuelta adonde estamos—. Pero todas tienen una cosa en común: no hacen ruido cuando están aparcadas, estén encendidas —Seth acciona el interruptor— o apagadas.

Kelly me mira.

—¿Eso es un problema?

—Definitivamente, lo es —dice Seth—. Layla lo ha demostrado perfectamente.

—¿Yo qué he hecho? —pregunta Layla, preocupada, pasando de sentirse bien a sentirse abatida en un segundo preadolescente.

Se rasca un granito en la mejilla. Cuando veníamos de camino, la he oído grabando una *story* de Instagram contando los productos de maquillaje que había usado para taparse ese mismo grano. En lugar de usar las redes sociales para transmitir a sus seguidores que sus vidas no están a la altura de la suya, Layla intenta convencer a las chicas de su edad de que todo lo que les pasa —los granos, la vergüenza, el malestar— es completamente normal. Que están en esto juntas. Ya tiene casi 30.000 seguidores y todavía no hemos empezado a rodar.

—No has hecho nada mal —la tranquiliza Seth—. El problema está en el diseño. Como la bicicleta deja de sonar cuando la aparcas, es fácil que el conductor se olvide de apagarla. La siguiente persona que vaya a usarla la cogerá, intuitivamente, por el manillar. —Seth demuestra cómo agarra todo el mundo una bici por el manillar—. Pero, gracias al diseño del acelerador en el manillar, el nuevo conductor, sin saberlo, estará acelerando la bicicleta, lo cual es peligroso no solo para él, sino para cualquiera que pueda pasar por delante. Un niño, por ejemplo. Y claro, ante esto, lo normal es que el conductor se asuste y pierda el equilibrio, y su reacción natural sea hacer esto —Seth agarra el manillar aún más fuerte—, que lo que hace es acelerar aún más. —Seth separa las piernas y se cruza de brazos. Este fallo técnico le hace sentirse útil.

—¿Y hay alguna solución para esto? —pregunta Kelly.

Seth rodea su puesto de trabajo, revuelve entre varios artilugios y levanta un aparatito negro.

—Sí. Esto, señoras y señores —se gira a izquierda y derecha para que todo el mundo pueda verlo bien—, es un acelerador de gatillo. Se coloca en el extremo del manillar y así es mucho más difícil accionarlo por error.

—Pues venga, ponedlos —digo con impaciencia.

Seth dirige la barbilla hacia Kelly.

—Para eso necesitaría que tu hermana me diera más holgura en el presupuesto para los materiales.

Me giro hacia Kelly con la boca abierta por la indignación. ¿Ha traído a seis de los ocho miembros de la junta en primera clase a Nueva York y no tenemos presupuesto para equipar nuestras bicicletas de forma segura?

—¿Habéis calculado el retorno de la inversión con los aceleradores de gatillo? —me pregunta Sharon.

El almacén se queda en silencio, como si fuera el noveno miembro de la junta, esperando también mi respuesta. Son unos instantes brutales. Siento como si estuviera teniendo uno de esos sueños tan estresantes, una pesadilla, de esas en las que estás otra vez en el colegio, a punto de hacer los exámenes finales, y te das cuenta, entre el escalofrío y la náusea, de que no has ido a clase en todo el semestre. Porque no tengo ni puta idea de cuál es el retorno de inversión incluyendo los aceleradores de gatillo.

—Disminuye del tres al uno por ciento —dice Kelly. Bendita (y maldita) sea—. Eso haría los costes prohibitivos. Nos encantaría modificar la promesa que hacemos a las ciclistas, pero «por cada diecisiete clases enviaremos una bicicleta

133

a una familia amazigh necesitada» no tiene el mismo tirón.
—Sharon chasquea la lengua.

—Ya. —Kelly suspira.

—¿De dónde más podemos sacar beneficio? —se pregunta
Sharon—. En mi centro de entrenamiento cobran por las toallas.

Kelly asiente con un vigoroso «ajá».

—Zapatillas para montar en bici. Botellas de agua. Algo encontraremos, estoy segura.

—Por favor —dice Sharon—. No me sentiría bien si dejá-
semos a una niña usar la bici en este estado.

Me fijo por primera vez en que el cuello de Sharon es de
un color distinto a su mandíbula. Resulta muy poco atractivo.

—Cueste lo que cueste —afirmo con el mismo tono firme
que mi hermana—, haremos las cosas bien.

—Bueno —Sharon se ríe, mirando divertida a Kelly—,
cueste lo que cueste, no. He ahí la dificultad, ¿no?

Noto que me arden las orejas. Sé que debería esforzarme
más en entender la parte financiera de mi negocio. Pero cada
vez que le pido a Kelly que me explique las cifras y los pro-
nósticos, la contabilidad y las nóminas, acabo bizca, aburrida y
superada por la frustración. Cuesta mucho trabajo entenderlo,
y no es que me asusten las cosas que cuestan trabajo, es que
ya he trabajado mucho y creo que no debería tener que hacer
esto también. Fui yo quien tuvo la idea original de SPOKE; fui
yo quien ganó el concurso de emprendedoras. Fui yo quien se
hizo un hueco en el tercer *reality show* más popular entre la
difícil franja de diecinueve a cuarenta y nueve años de los martes por la noche. Soy yo a quien llaman gorda pero se niega a
sucumbir al método Whole30. Soy yo quien da esperanzas a la
juventud LGTBQ en peligro. Yo ya he hecho mi parte.

A veces, de broma, cuando no entiendo algo de las cuentas,
algo que Kelly necesita que entienda, me dejo caer en el primer
sillón que pillo y me llevo el dorso de la mano a la frente como
una dama victoriana con la tensión baja, y suspiro: «Yo solo soy
la estrella». Pero hay un poso de verdad en la pantomima. ¡Yo soy
la estrella! No todo el mundo puede ser una estrella, igual que no
todo el mundo puede cuadrar las cuentas. Pero mira por dónde,
Kelly, con el pelo recogido en una trenza hípster de *blogger*, ha

firmado un contrato para estar en la cuarta temporada de mi programa, con lo que hace lo que yo puedo hacer y también lo que no. Ella también es la estrella. ¿Dónde me deja eso?

Fuera huele a una mezcla de pis de perro y gasolina. Estamos a mediados de mayo; hace calor como si fuera julio. Kelly me pregunta si podemos hablar antes de subirnos al coche. Las voy a dejar a ella y a Layla en la estación de tren para que vuelvan a Manhattan y yo me llevo el coche de Kelly a casa de Yvette, a los Hamptons.

«Ahora es cuando me va a decir que ha quedado con Jen y va a intentar explicármelo», pienso, y preparo el enfado y el resentimiento y, sí, la paranoia de que Kelly va a volver a eclipsarme en la vida.

En lugar de eso, Kelly me mira fijamente un buen rato, como si fuese yo quien tuviera que decirle algo a ella.

—¿Qué? —le pregunto por fin.

—¿En serio no vas a contármelo?

Kelly sacude la cabeza mientras se presiona el labio superior con la punta de la lengua con una mezcla de disgusto y decepción.

No puede ser lo del compromiso. Le he pedido a Arch si no le importaba que no me pusiera el anillo todavía. Quería darle la noticia a Kelly a mi ritmo, a mi manera. Sabía que se lo iba a tomar mal. Ya le pareció que irme a vivir con Arch después de tan solo tres meses era ir demasiado deprisa.

Además, sea lo que sea lo que cree que no le he contado, lo que ella no me ha contado a mí es aún peor. Ella también vio cómo Jen declaraba estar «seriamente preocupada por mis órganos», vio su gesto condescendiente con el ceño fruncido mientras observaba un plano que me mostraba dando una clase en SPOKE con un top. «La talla de la cintura está directamente ligada a las enfermedades cardíacas», añadió. No entiendo cómo ese cuello de palo de chupachups es capaz de sostener una cabeza tan llena de prejuicios e información errónea. ¿Sabéis lo que está directamente ligado a la longevidad? La cantidad de amigos que una tiene, y aun así no voy por ahí insinuando que Jen morirá joven porque es una gilipollas insu-

135

frible que nadie quiere cerca. Jen ha encontrado tantas formas de llamarme gorda sin decir la palabra «gorda» que deberían darle un premio. Quiero que quede claro que no me duele que me llamen gorda; para mí eso no es un insulto. «Gorda» no es quien soy, nadie puede definirse por su peso. Pero, en el mundo de Jen, «gorda» es la abominación de la feminidad, y me duele saber que alguien está intentando hacerme daño llamándome lo que ella cree que es lo peor que se puede ser como mujer en nuestra cultura, que para ella es cualquier cosa que esté unos kilos por encima del peso pluma.

—¿Y en serio tú no vas a contarme que has quedado con Jen? —le pregunto a Kelly—. ¿Y en serio has quedado con ella? ¿A mis espaldas? ¿Después de todo lo que me dijo?

La mirada de cabreo de Kelly se apaga.

—¿Cómo lo sabes?

—¿Quién lo sabe? Además de Jen, obviamente.

—Rachel —contesta. Rachel es una de las productoras de exteriores.

Mi risa rezuma placer. Después de la debacle del retorno de inversión, me encanta ser yo la que sabe de qué habla.

—Déjame que te dé un consejo, Kel —le digo, bajando la voz mientras echo un vistazo al coche, donde Layla está sentada en la parte de atrás con la puerta abierta para que entre el aire. Oigo retazos de *stories* de Instagram que no parecen lo suficientemente interesantes para ser escuchadas enteras: media palabra, un trocito de una canción, unos ladridos—. Los productores de exteriores son como *strippers* de lujo. Se les da muy bien conseguir que les abras tu corazón y se les da muy bien fingir que les importa. Pero el trabajo de Rachel es correr a contarle a Lisa cualquier cosa que le cuentes, y el trabajo de Lisa es contárselo a todo el mundo a continuación.

Kelly asiente con la cabeza, despacio, con frivolidad. Cuando Kelly se pone santurrona conmigo, me convenzo más que nunca de que sería capaz de cometer un asesinato en tercer grado. No es solo que quiera borrarle esa mirada de cordero degollado; quiero aniquilarla.

—Ya, me imaginé que era así como funcionaba cuando Lisa me escribió para preguntarme qué me parecía lo de que fueras a casarte.

La cabeza de Layla aparece por la puerta de atrás del coche.

—¿Vas a casarte? —exclama. A continuación empieza a chillar, pataleando con los pies en el suelo, emocionada—. ¿Puedo ser dama de honor? ¿Porfa, porfa, porfa?

Así que lo sabe. Supongo que podría haberme currado una respuesta más estratégica a la ráfaga de mensajes de Lisa de antes. Pero, después de que Arch y yo nos pidiésemos matrimonio mutuamente, no pude contenerme. *¿Qué te parece que tu hermana se lleve a Jen Greenberg de tarde de chicas?*, me escribió, y yo le contesté: *Pues me importa una p. mierda porque voy a casarme!!!* Pero la verdad es que no es cierto. Lo que me parece es que me sienta como si alguien me metiera la mano por dentro, le diera la vuelta al estómago, tirara todos mis órganos al suelo y me pisoteara el bazo. Y por la cara de Kelly, creo que lo sabe perfectamente.

Como todas las casas de los Hamptons, la moderna casa de madera de tres —¡ah, no, que ahora son cuatro!— habitaciones parece un lugar de culto. Aquí es donde se crio Jen Greenberg, así que sería un culto en el que tomaría ponche sin azúcares añadidos y con una pizca de arsénico. Hay algo en la Arpía Verde que es terrorífico por naturaleza.

La reforma que hicieron el pasado invierno incluyó tirar tabiques para añadir una cuarta habitación, además de construir una piscina infinita de agua salada, alicatar la cocina en mármol de Carrara de veta gris, que debería haber sido el segundo aviso para Yvette, después de que dijera en televisión que la reformaba para que fuera más cómoda para su madre. Lo que ocurre con el mármol de Carrara de veta gris es que puede parecer atractivo, puede ser lo último en las webs de diseño de interiores, pero no es recomendable para gente que usa la cocina para cocinar, porque se mancha, se raya y se astilla como la manicura cuando no la dejas secarse del todo. (Fuente: Stephanie Simmons. A mí, cuando oí la palabra «Carrara», me entró antojo de helado.) Cualquiera podría pensar que Jen Greenberg, la millonaria de los *smoothies* de *kale*, sería más partidaria de elegir encimeras de cuarzo… no son tan impresionantes, pero sí mucho más duraderas. Pero es que Jen Greenberg nunca se ha planteado usar esa cocina para convertir su no-comida en comida. En lugar de eso, su intención era reformarla, aumentar el valor de mercado y vendérsela a un pajillero adicto a la HGTV por la friolera de 3,1 millones de dólares.

Jen puede hacer lo que quiera con la casa desde un punto de vista legal. Desde un punto de vista ético, deberían multarla por todo lo que pudieran. No ha dejado que Yvette tenga la más mínima palabra en la decisión de vender a pesar de que, durante los últimos veintitantos años, es Yvette quien ha pagado todos los impuestos y gastos de la casa, se ha hecho cargo del jardín, de las goteras y de las obstrucciones. Ha cambiado el tejado, los electrodomésticos y los muebles cutres por unos preciosos sofás y sillas de lino gris. Ella enseñó a Jen a nadar en el mar al final de la carretera, ha preparado catorce pavos de tofu en salmuera en el diminuto horno y ha compartido gintonics en el porche trasero con sir Paul McCartney. El edificio puede ser de Jen, pero la casa siempre fue de Yvette. Está absolutamente destrozada ante la perspectiva de perderla.

Aparco el coche de Kelly delante del cartel rojo chillón de SE VENDE, junto al arce japonés en flor que Yvette plantó en memoria de su madre. El camino de entrada está desierto. Las Greenberg comparten una vieja ranchera Volvo azul, aunque Jen «se está pensando» comprarse un Tesla.

El cielo está más blanco que gris, el sol ilumina las nubes por detrás. Lleva toda la mañana lloviendo a ratos, he tenido que venir con las ventanillas subidas. En el coche de Kelly el aire acondicionado no funciona desde que Obama ganó las elecciones en su segunda legislatura, y la parte trasera de mi vestido de tela de camiseta está empapada en sudor. Los dedos de los pies se me deslizan dentro de las zapatillas mientras me acerco a la puerta principal y llamo. Espero. Nada.

Miro el teléfono. Las 12.47. Yvette me dijo que llegara a las 12.30 justas, algo que me resultó un poco quisquilloso y bastante raro en ella, pero me imaginé que era porque quería que llegara antes que Jen. Ella lleva aquí dos días, intentando disfrutar de un poco de paz y tranquilidad antes de las visitas de los compradores el fin de semana. Espero hasta que mi teléfono marca las 12.48 para volver a llamar. Nada.

Curvo las manos alrededor de los ojos y aprieto la nariz

contra las ventanas que flanquean la puerta principal. Jesús. La casa ahora es una fiebre de pelo tibetano: una alfombra de pelo blanco, unas sillas de pelo blanco, unos cojines de pelo blanco en el sofá de lino blanco (este no es de pelo, gracias a dios). Toda esta decoración mullida la completan unos suelos fríos de piedra blanca. Jen eligió piedra caliza, recuerdo que me dijo Yvette. Resbala cuando está mojado... Perfecto para una casa en la playa con piscina. «Me temo que alguien se acabará rompiendo la cabeza», me confió Yvette.

Mi suspiro empaña la ventana, y la seco con el hombro mientras busco el móvil en el bolso.

—Hola —dice Yvette al tercer tono. Siempre dice «hola» igual, con un tono aterciopelado, como si intentara ser neutro y profundamente íntimo al mismo tiempo.

—Holi —digo—. Soy Brett.

Hay una pausa.

—Cielo, ¿todo bien? —me pregunta.

—Eh... sí. —Me río—. ¿Dónde estás?

Hay otra pausa.

—¿Cómo?

—Comiendo. —Mato a un mosquito aplastándolo contra mi muslo. Me pregunto si Stephanie evitará venir a los Hamptons este verano por lo del zika. Lo dudo mucho—. Me dijiste que viniera a las doce y media. —Espero un poco para que se acuerde, pero sin éxito—. Pues... aquí estoy.

—¿Dónde?

—¡Yvette! —grito, exasperada—. ¡En la casa de Amagansett!

Yvette murmura algo para sí misma que no alcanzo a entender.

—Creía que habíamos dicho el domingo —se disculpa. Me la imagino estrechando los ojos mirando el calendario de «Escritorios ficticios de mujeres célebres» que le regalé las navidades pasadas, por la página en la que sale Mary Shelley con una copa de vino blanco junto a su pluma—. ¿Es domingo?

Me asalta una punzada de miedo cuando me doy cuenta de que Yvette no está siendo excéntrica, lo que pasa es que tiene casi setenta años y problemas de memoria.

—No, es viernes —digo con dulzura—. Dijimos el viernes.

—Cielo, me hago mayor. —Yvette se ríe—. No voy hasta mañana. Jen iba a ir esta tarde para enseñar la casa a un agente inmobiliario. Debo de haberme liado con los días.

Cierro los ojos y exhalo con fuerza. Estoy tirada en los Hamptons y la única que puede salvarme es la Arpía Verde.

—Me siento fatal —dice Yvette, aunque no parece que se sienta fatal. Más bien parece como si estuviera depilándose las cejas o cualquier otra actividad banal pero satisfactoria, como si la hubiera interrumpido en un momento agradable y productivo—. Jen llegará enseguida. ¿Por qué no la esperas?

Una hilera de gotas de lluvia refresca mi cuero cabelludo.

—Está a punto de caer una buena.

—No digo fuera. La llave está debajo de la piedra del segundo macetero de la parte de atrás. Entra en la casa. Hazte algo de comer. A Jen tenían que llevarle un pedido de FreshDirect a las doce y media. —De forma descuidada que no parece descuidada en absoluto, me pregunta—: ¿Ha llegado?

FreshDirect. No me imaginaba que Jen fuera tan provinciana. Recorro el patio delantero con la mirada, que se está mojando por la lluvia en cuestión de segundos, pero no veo ningún pedido.

—Nada. No. Ahora sí que está cayendo.

—Mmm. —Yvette parece preocupada—. Deben de haberlo dejado en la puerta trasera. ¿Puedes ir a mirar?

—Yvette, lo siento mucho, pero no voy a quedarme. No me siento cómoda aquí si no estás tú.

—¿Puedes al menos meter la comida en la casa para que no se estropee?

Dejo caer el brazo, cierro los ojos y respiro hondo para tranquilizarme. Vuelvo a llevarme el teléfono a la oreja y fuerzo una sonrisa para que resuene en mi voz.

—Claro.

Descorro el pestillo de la verja y camino en paralelo a la casa. Veo la piscina nueva. La lona está cubierta de hojas y bichos muertos y un vaso de cartón solitario.

—El pedido está aquí detrás —le digo mientras doblo la esquina y diviso las cajas de cartón de FreshDirect, mojadas por la lluvia, apiladas en dos alturas junto a las puertas dobles del patio que han sustituido a la puerta corredera con la pantalla que siempre se quedaba atascada. La lluvia casi ha borrado la tinta de la nota pegada en la caja de arriba: «Hemos llamado dos veces, lo hemos dejado aquí según nos indicaron».

—¡Estupendo! —exclama Yvette—. Bueno, coge lo que quieras...

—Me compraré algo en Mary's Marvelous de camino...

—Pero ¡si ahí te cobran quince dólares por una ensalada!

—Pues menos mal que no como ensalada. —Encuentro la llave y la meto en la cerradura—. Te dejo. Necesito las dos manos.

—¡Me salvas la vida! —me dice Yvette—. Gracias. Siento muchísimo lo de hoy. Pero no te arrepentirás de esto.

—Gracias, Yvette —contesto, pero me quedo un instante pensando en lo último qué ha dicho. ¿De qué no voy a arrepentirme?

Oigo un coche cuyos neumáticos chirrían en el camino de guijarros y me preparo, pensando que es Jen, pero el vehículo prosigue su camino. Cada uno de los pliegues de mi cuerpo está húmedo por el sudor, y el resto está empezando a empaparse por la lluvia. Decido que ese es el único temor que necesito... No puedo estar aquí cuando llegue Jen. Podríamos morirnos de incomodidad las dos.

Me agacho y acomodo una de las cajas sobre mis antebrazos. No he dado ni un paso cuando el fondo, mojado por la lluvia, cede como en uno de esos anuncios donde te enseñan lo que les pasa a las servilletas de papel de mala calidad cuando las pruebas con demasiado detergente azul. La compra de Jen se desparrama por todas partes: sobre mis zapatillas, por mis piernas desnudas y por el suelo nuevo de madera de roble encalada del porche. Maldita. Sea.

Piso el césped y me seco los pies en la hierba mojada como un perro, dejando un rastro de algo amarillo. «Huevo. Qué asco.» Tardo un momento en unir los puntos porque, a diferencia de Jen, no soy una masoquista en un estado voluntario de hambre supina para cumplir con el ideal de belleza que manda el patriarcado. Como huevos para desayunar, le echo leche al café y queso a los sándwiches y, oh, dios mío, beicon. Eso es un paquete de beicon sin curar y su jugo rosa está escurriéndose por el porche nuevo. Es como un puzle puesto del revés sobre la mesa: hasta que no tienes todo delante de las narices no eres capaz de empezar a encajar las piezas. El pelo largo y saludable de Jen. Los dos kilos que ha engordado.

Oigo que se acerca otro coche y espero, inmóvil, mientras el viejo motor zumba hacia mí. Cae una cuerda de agua, como si alguien hubiese cogido una nube y la hubiese escurrido sobre mi cabeza, pero no me pongo a cubierto. La puerta del coche se cierra y Jen grita, nerviosa y sin esperanza:

—¿Yvette? —El corazón me late como un martillo; el suyo debe de hacer lo propio. Sabe que el coche de la entrada es mío.

Oigo abrirse la verja, oigo los pasos cuidadosos de Jen por el suelo resbaladizo. Tengo que apartar la mirada cuando me ve. No puedo soportar verla tan vulnerable y desprotegida. Me he ganado todos y cada uno de los sentimientos de antipatía que tengo por Jen después de cómo habló de mí delante de todo el país. Me merezco sentirme traicionada al descubrir que la vegana más mojigata de Estados Unidos ha estado pidiendo beicon porInternet como si fuera contrabando. Es beicon de pavo. Pero aun así. No tiene derecho a ponerse trágica y hacerme sentir mal, a conseguir casi que sienta empatía por ella.

Me concentro en limpiarme los zapatos en el césped y hablo como si tal cosa.

—Creo que ha sido por la lluvia. Las cajas se han abierto por abajo cuando las he cogido. —Enseguida añado—: Yvette me ha dicho que las metiera dentro.

No levanto la vista hasta que oigo que Jen mete la llave en la cerradura. Desaparece en el interior. La puerta se cierra lenta pero firme detrás de ella. Por un momento, creo que Jen se va a quedar dentro hasta que me vaya, quizás el resto de su vida, para no tener que enfrentarse nunca a las consecuencias de esto. No es tan mala estrategia.

Pero, unos minutos después, Jen vuelve con una toalla de playa al hombro y unas bolsas de basura de plástico verde. Me tiende la toalla y agita una de las bolsas para abrirla. Va cogiendo uno a uno los alimentos, los examina para evaluar los daños y, o bien los aparta o los tira. No sé qué hacer aparte de ayudarla.

—Aunque no lo parezca, creo que esto está en condiciones —digo, levantando una cuña de queso brie envuelta.

Jen extiende la mano, regia, como si yo fuera un cazador que le trae el corazón de una reina belicosa. Dejo el trozo de queso en la palma de su mano con una profunda reverencia, siguiéndole el rollo. La situación es incómoda, pero intento actuar como si no fuera para tanto, lo cual soy consciente de que hace honor a mi mote. Jen arroja el brie en la bolsa de basura, con fuerza, sin molestarse en examinarlo. Pues nada.

—Tenía amenorrea —dice con tono tenso.

—No sé qué...

—No he tenido la regla en cuatro años. —Jen me corta sin levantar la voz—. Mis hormonas estaban fuera de combate. No puedes tener las hormonas fuera de combate cuando estás intentando congelar tus óvulos para poder tener un bebé algún día, que es algo que me gustaría. Mi médico me sugirió que introdujera el pescado en mi dieta. Es algo temporal, solo hasta que me estabilice.

Observo los productos que hay en el porche. No veo ni un solo trozo de salmón, pero sí lácteos y trozos grasientos de patas de animales suficientes para varios días. No puedo evitar sentirme un poquito traicionada. «¿Ves? Tu idea de lo saludable no es saludable.»

—Me alegro por ti, Jen —digo—. No se es una mujer fuerte por negar el hambre. Se es una mujer fuerte por plantarse frente a las expectativas de la sociedad con respecto al aspecto que deberíamos...

—¿Te ha mandado Yvette? —pregunta Jen antes de que pueda decir «tener».

Levanto un hombro en una no-respuesta vaga, porque no quiero traicionar a Yvette, que a todas luces quería que descubriese el romance ilícito de Jen con la carne en el desayuno y ponerla en evidencia. Jen cierra la bolsa de basura tirando de las tiras con el ceño fruncido.

—Está más enfadada de lo que creía por que venda la casa. O será que sencillamente me odia.

Lanza un cartón de café instantáneo de avellana a una bolsa de basura, pero se sale y vuelve a ella a modo de represalia.

—Tu madre no te odia, Jen. Odia que sufras y te prives de cosas por una causa injusta. Odia que te veas como un cuerpo antes que como una persona. Solo quiere que seas...

—Conseguiré que Lauren te invite a la fiesta. No será difícil. Que Steph ruede contigo va a ser más jodido. —Jen tiene

143

los ojos brillantes y no pestañea. Aparta la mirada y traga saliva con dificultad—. Lo intentaré.

«Va a llorar», pienso. De hecho, creo que murmuro un «gracias» para que no llore. No puedo pensar en algo que me apetezca menos que abrazar a una Jen Greenberg emocionalmente afectada. Me pincharía con las espinas, fijo.

Ya sé que, sobre el papel, esto parece un soborno, y que los sobornos son medidas a las que solo recurre la gente deshonesta y despreciable, pero no es para tanto. (También sé que «no es para tanto» es algo que solo dice la gente deshonesta y despreciable.) Pero, en serio, ¡no es para tanto! Mis inversores esperan al menos tres capítulos del viaje a Marruecos con posicionamiento comercial gratuito de las bicis eléctricas. He participado alegremente en todos los demás viajes grupales para las demás mujeres, que son mayores y más estables que yo y están mejor posicionadas. Llegué puntual al aeropuerto para el viaje de Greenberg, con una sonrisa en la puta cara, a la mañana siguiente de que me dijera que «la fuerza de voluntad es un músculo que puede ejercitarse» cuando pedí más pan en la cena. He estado ahí para estas mujeres. He soltado mis «ohs» y mis «ahs» al ver sus apartamentos caros y sin ratas. He leído sus libros de cuatrocientas páginas y me he bebido sus zumos con grumos y me he descargado sus *apps* de ligar cuando no estaba en una relación para ayudar a elevar el número de usuarios. Las he apoyado para que se hicieran más ricas, más famosas y más importantes. Ahora estoy probando un poco de las mieles de ese éxito yo y ellas no lo soportan. Se han aliado para que me quede en mi sitio.

Así que este soborno, que ni siquiera ha sido idea mía, no es para tanto y punto. En todo caso, es un cambio de rumbo. Es lo correcto. Aun así, me ofrezco a tirar la bolsa con la comida estropeada en el contenedor que hay al final de la calle de Jen de camino a casa. Un pequeño acto de penitencia. Porque, si soy honesta de verdad conmigo misma, sí que puede que sea un poquito para tanto. Puede que sí sea un poquito despreciable. Pero todavía no estoy preparada para ser tan honesta.

144

8

Kelly: la entrevista

Actualidad

—*D*e no ser por ti, Jen y Brett nunca se habrían reconciliado —me dice Jesse a modo de cumplido, lo que me lleva a darle las gracias de forma casi involuntaria.

La estufa de gas está echando aire muy caliente detrás de nosotras y las luces me abrasan las córneas. El efecto es similar al de las clases de yoga que acabamos de incorporar a los servicios de SPOKE; el calor te permite concentrarte mucho más en las asanas. Jesse y yo ya hemos calentado. Estamos metidas de lleno en nuestra historia.

—No sé a ti —prosigue Jesse—, pero a mí me consuela un poco saber que Brett dejó este mundo estando en paz con todas las mujeres. Cuando conocimos a Brett y a Jen, eran amigas, y una de las mayores alegrías que yo me he llevado esta temporada (y han sido muchas a pesar de cómo ha terminado) ha sido ver a estas dos mujeres tan fuertes superar sus diferencias y volver a apoyarse mutuamente. Parecía que para ti era importante que tu hermana y Jen se dieran una tregua… ¿Por qué?

Una tregua. ¿Eso es lo que fue? Llevamos una o dos horas aquí y noto el cerebro fundido y viscoso. Ojalá alguien abriera una ventana, pero las han sellado con las cortinas negras portátiles que siempre llevan. Bebo un sorbo del agua caliente que está sobre la mesa que hay entre la silla de Jesse y la mía y me concentro en la palabra «tregua». Cuando Brett me contó lo que había pasado, se cuidó mucho de llamarlo así —un trato—, aunque a mí me parecía más bien un soborno que Jen tuviera que convencer a las demás para rodar con Brett a cambio de que esta le guardara el secreto.

Yo no propicié la reconciliación, pero supongo que así es como quieren venderlo desde producción. Ahora veo todo el juego que les da la materia prima de las cosas que suceden. Sí que jugué mis cartas para canjearme la amistad de Jen, después de todo. Y no solo porque admirase cómo había «escalado su producto» (que también), sino porque era a todas luces obvio que Brett no me quería en el programa —su programa, como ella lo llamaba— y tenía que hacer algo para meterme en la trama. Hacerme amiga de la archienemiga de mi hermana era la típica traición bíblica que te garantiza una segunda temporada.

—Siempre he admirado a Jen —digo, y es cierto. Las admiraba a todas. Brett trataba a sus compañeras del concurso como a Barbies viejas con las que se había cansado de jugar. Yo era la niña infeliz que saltaba para que me dieran sus juguetes usados por Navidad—. Quería conocerlas a todas por mí misma —continúo—. Abordé esta experiencia con la mente abierta. No quería estar influenciada por las relaciones de Brett con las demás Afortunadas.

Esto también es cierto. Quería ser yo misma, independiente de mi hermana, porque no creía que pudiera contar con ella. Esa es la dolorosa pero nada sorprendente verdad acerca de mi hermana. Poco a poco, con el paso de los años, Brett se había apropiado del concepto de SPOKE. Aunque éramos socias al cincuenta por ciento, ella usaba el posesivo cuando hablaba de la empresa… SPOKE era suyo, la idea era suya, el capital inicial era suyo.

Brett nunca pasó por alto el hecho de que yo solo invirtiera 2.000 dólares en SPOKE cuando empezamos. Daba a entender que había sido una tacaña o que no había creído en la marca. Pero eso es lo que se espera de los amigos y la familia en las primeras fases de un negocio emergente. No te arruinas por una empresa nueva. Eso sería una estrategia poco recomendable y temeraria para cualquiera, mucho más para una madre soltera. Brett lo habría sabido si se hubiese preocupado por informarse mínimamente de qué hacía falta para constituir SPOKE. Y oye, por lo menos yo pude extender un cheque… Brett había despilfarrado su parte de la herencia de mi madre a una velocidad de vértigo.

Al final, me benefició que Brett se centrara más en el mensaje de SPOKE que en los entresijos de cómo montar SPOKE. Antes de poner mis míseros 2.000 dólares, me gasté la mitad de eso en un abogado que me ayudara a redactar un contrato societario en el que figurara como cofundadora. Le sugerí a Brett que contratara a un abogado para leerlo antes de firmarlo y aceptar mi cheque, pero ella no tenía los recursos necesarios y, además, no se iba molestar en hacer eso.

Mi hermana es muy buena en lo que a ideas y ventas se refiere, pero hay muchos aspectos nada creativos y nada sociables de crear una empresa. Tienes que escribir un plan de negocio, escribir una declaración de objetivos (lo cual hice y Brett ridiculizó sin piedad), asegurar la financiación, registrar el nombre de la empresa, rellenar el acta de constitución de la empresa, organizar los libros de cuentas y los impuestos. Todo lo que no es divertido. Brett pasaba de mí cada vez que intentaba llegar a un acuerdo relativo a la contabilidad con ella. No quiso escucharme cuando le dije que teníamos que diversificar nuestra fuente de ingresos si queríamos enviarles a las mujeres imazighen las bicicletas eléctricas, que cuestan casi el doble de fabricar que las de primera generación. Redacté un análisis detallado con esquemas y gráficos y visuales que la mente única pero tendente a la distracción de mi hermana pudiera comprender, intenté que entendiera que si los costes operativos se incrementaban, nuestros beneficios debían aumentar también. Los centros de yoga tienen márgenes operativos bajos y un índice de éxito alto en la ciudad de Nueva York, lo que significa que atraen a suficientes clientes para cubrir los gastos fijos y variables derivados del alquiler y las contrataciones.

«Ah, vale, yoga», fue su respuesta a mi presentación minuciosamente documentada y pensada al respecto. «Ah, vale, pues sin aceleradores de gatillo», fue su respuesta cuando le dije que si queríamos mejorar las bicicletas beta con aceleradores de gatillo no estarían listas a tiempo para el viaje a Marruecos. No estaba pidiéndole a Brett que decidiera entre darles a las mujeres bicicletas con aceleradores de gatillo o no darles nada, estaba sugiriendo que aplazáramos el viaje a Marruecos hasta que pudiéramos proporcionarles a esas mujeres y a esas niñas un producto seguro y rigurosamente equipado. Pero cuando se lo

147

dije, echó la mandíbula hacia delante de forma que los dientes de abajo sobresalían más que los de arriba, la misma expresión que ponía mi madre cuando le decías algo que no quería oír (prefiero dar español que latín, estoy pensando en cambiarme de carrera a Historia del Arte, me han invitado al baile de fin de curso). «Pues haz un pedido urgente.» Brett había suspirado, irritada, como si esta solución tan obvia no fuera lo primero que se me había ocurrido a mí. Cuando intenté explicarle que lo había intentado pero que la fábrica a la que pagábamos para cubrir las necesidades de nuestra pequeña remesa no tenía mano de obra suficiente, se llevó la mano a la frente e hizo su paripé de damisela en apuros. «No puedo encargarme de esto. ¡Yo soy la estrella!»

Era gracioso cuando lo decía al principio, hasta que nuestros roles se definieron: yo me encargaría del trabajo sucio y no tendría ninguno de los beneficios de ser la estrella, como el programa, el contrato para el libro y las charlas a 30.000 dólares. Me daba igual, y estaba sin blanca... algo que Brett siguió fingiendo estar mucho tiempo después de dejar de estarlo, porque no había pensado en cómo gestionar esta nueva dimensión de su imagen. No era rica, no como las demás mujeres, aún no, pero podía permitirse regalarle a Layla un bolso tipo saca de Mansur Gavriel. Que quede claro que no estaba enfadada con Brett por haberle comprado aquel bolso a Layla, estaba enfadada por el momento en que lo hizo. Layla había desactivado a mis espaldas la *app* que uso para limitar el tiempo que pasa delante de la pantalla tan solo unas semanas antes, y el bolso parecía una oportunidad perdida para conseguir que se portara bien. ¿Por qué no podía haber sido una zanahoria con la que la motiváramos para que sacara mejores notas? O, aún mejor, ¿por qué no podía haber guardado esos quinientos dólares para el viaje a Nigeria para el que llevo ahorrando desde que Layla cumplió ocho años? La hostilidad que me demuestra Layla por no conocer a su padre es natural y está justificada. Puesto que no puedo dárselo a él, lo mínimo que puedo hacer es ayudarla a forjar un vínculo con su país de origen.

Brett siempre describe a Layla como una niña perfecta, un ángel, un regalo del cielo que no nos merecemos. No solo eso no es cierto, sino que no me gustaría que fuese cierto. Estoy orgullosa de que no sea cierto. Estoy orgullosa de que mi hija me dijera entre dientes que me odia cuando le confisqué el móvil durante una semana. Estoy orgullosa de que peleara conmigo con uñas y dientes cuando le dije que el señor Gavriel se iba a quedar en su caja de Barneys hasta que mejorase sus notas (y se asegurara de recordarme, una vez más, lo mucho que la avergüenzo). Estas son cosas que yo nunca hice de niña porque tenía un miedo cerval ante la posibilidad de disgustar a mi madre. En realidad, cuando pienso en mi infancia, hay una única emoción que destaca con fuerza sobre las demás: el temor. Me demostraban que me querían cuando cumplía las normas, y que no cuando no lo hacía, y temía esas veces en las que no me portaba bien. Los niños deben ser disciplinados, pero no deben sentir que no los quieren.

Los niños deben decirles a sus padres que los odian, deben gruñir cuando sus madres hacen chistes malos. Deben dar portazos y ponerte al límite y romper las normas. Los adolescentes sanos utilizan a sus padres para entrenar su capacidad de discutir, para aprender a ser asertivos, para luchar por la libertad y la autonomía. Los adolescentes sanos que saben que los quieren pase lo que pase no tienen miedo de usar su voz. Por quienes hay que preocuparse es por las niñas buenas y calladitas que hacen todo lo que mami dice sin quejarse ni cuestionar nada. Yo lo sé de sobra. Fui una de esas niñas buenas y calladitas. Era la hija obediente, la que nunca cuestionaba nada, y me admiraba la forma en la que Brett pasaba olímpica y absolutamente de las normas. Ahora sé que era porque ella tampoco se sentía querida, porque creía que no tenía nada más que perder si decepcionaba a mi madre... aunque seguramente se lo pasara bien. Me mata saber que Brett creció sintiéndose tan abandonada, pero en parte la envidio, porque desarrolló un tipo de resistencia que yo no tenía cuando murió nuestra madre. Sin sus normas, sin su desaprobación militante como mi Estrella Polar, perdí el rumbo. Y por eso, como le gusta decir a Brett, «descarrilé un poquillo».

Cuando me enteré de que estaba embarazada, tuve una sensación extrañísima de *déjà-vu*. «Ya he estado aquí antes —pensé—, esto ya lo he hecho. Pero ¿cuándo?» Tardé años de terapia en hacer la conexión, en encontrar las palabras adecua-

149

das para explicar la curiosa combinación de comodidad y fatiga que sentí al sostener aquel Predictor en la mano cinco semanas después de volver de Marruecos. Al final, di con ello. En lo referente a ser madre, sentí el mismo tipo de meta impuesta que sentía con respecto a ser radióloga. No me veía como ninguna de las dos cosas, pero estaban ahí para mí como una concha del tamaño perfecto donde deslizar mi cuerpo de crustáceo ermitaño desnudo. Era como si solo tuviera dos opciones: ser radióloga o ser madre, y ser radióloga me apetecía un poquito menos que ser madre. Podía hacerlo, y lo haría excelentemente bien, aunque primero tenía que hacerme a la idea. Hubo un periodo de adaptación, peliagudo pero corto, en el que no podía creer lo que había hecho. No podía mirar a la cara a Layla en la quietud de la noche, sin nadie alrededor, no podía enfrentarme al peso de la decisión titánica que había tomado. Me aterrorizaba estar tan a solas con ella. Me aterrorizaba también verbalizar esa sensación con mi padre o con Brett, porque es terrible y nada natural que tu hija recién nacida te provoque una sensación así. Así que me quedaba tumbada en la cama con los ojos cerrados y haciendo oídos sordos al llanto de mi hija que Brett conseguía detener, mientras me decía a mí misma que al ignorarla la estaba protegiendo.

No me arrepiento de mi decisión de tener a Layla. Incluso cuando se comporta como un monstruo poseído por las hormonas, el amor animal que siento por ella funciona como una red. Atrapa los pensamientos crueles que salen de mi cerebro («¡Le daría una bofetada! ¿Cómo sería la vida si hubiera esmamortado? Le daría una puta bofetada») y protege mi corazón de los impactos. Layla es mi mayor logro, que es algo que las mujeres solían poder decir sin tener que entrar en el programa de protección de testigos. Porque Layla no es solo un feliz accidente ni una compensación del karma por una vida pasada en la que hice el bien; Layla es el producto de un trabajo duro y agotador que hicieron por mí. Es el resultado directo de mi determinación de no convertirme en mi madre. Es la excelencia que hay en mí; es lo que hay de mi madre en mí; es exactamente la persona en quien no quiero que se convierta Layla.

Mi parte del dinero que mi madre nos dejó en herencia la invertí bien: en los activos de inversión correctos, en la educación de Layla y en mi propio cuidado. Busqué un buen psicólogo que me derivó a otro psicólogo aún mejor, especializado en crianza intercultural, quien me enseñó que ser madre soltera de una niña mestiza no es lo mismo que ser madre soltera. Aprendí a separar el amor de la soberbia. Aprendí que estoy destinada a hacer que mi hija se sienta menos querida si va a una universidad estatal en lugar de a Dartmouth y, mientras no pueda cambiar ese instinto, al menos puedo aprender a reconocerlo y elegir no seguirlo. Tomé apuntes sobre cómo educar en la disciplina con compasión. Apunté a Layla a clases de baile, a clases de música, a clases de equitación, a natación y a la liguilla de fútbol y, cuando quiso dejar todas estas extraescolares, no me dejé llevar por el pánico (en apariencia) ni la obligué a seguir. Le dije que podía dejar lo que quisiera siempre y cuando lo intentara y se tomara su tiempo para pensar qué deporte u otra actividad quería probar a continuación. Cuando una mujer amazigh nos envió unos tapetes de lana tejidos como agradecimiento por su bicicleta, fue a Layla a quien se le ocurrió la idea de abrir una tienda *online* de productos bereberes, y ella misma desarrolló el concepto, de principio a fin. Se ha ganado su puesto de coordinadora de la tienda *online* y, sobre todo, es una niña feliz (casi siempre) y sana (lo que compensa las veces que no es feliz). No intenta cumplir las expectativas de nadie en cuanto a su vida más que las suyas propias.

151

Estoy inmensamente orgullosa de mí misma por haber criado a una adolescente con carácter y con pasión, aunque esto nunca se lo diría a Brett. Es un triunfo que aprecio demasiado para arriesgarme a que lo desdeñe o a que insista en que ella lo tuvo mucho más difícil que yo de niña porque era la gorda, la tonta, la oveja negra. Brett lo mira todo a través de una lente binaria: si para ella era malo, para mí tenía que ser bueno.

Siempre soy la primera en decir que mi hermana no lo tuvo fácil cuando era niña. Nuestra madre le falló una y otra vez. Pero eso conformó el carácter de Brett. Se vio obligada a hacerse una idea de futuro de su vida y de cómo quería que fuera, porque nadie más iba a hacerlo por ella. Por eso ella es la estrella y yo no soy más que la Chantal Kreviazuk del mundo del B-corp. ¿Sabéis quién es Chantal Kreviazuk? No pasa nada. No esperaba que lo supierais, y he ahí la cuestión. Chantal

Kreviazuk es una compositora y pianista clásica que ha escrito canciones para estrellas como Kelly Clarkson, Avril Lavigne, Christina Aguilera y Drake. Mientras tanto, ha sacado unos cuantos discos, intentando hacerse un nombre. Uno tuvo un éxito moderado en Canadá.

Yo soy la que ha escrito las canciones, así que me merezco algo de reconocimiento, y no solo en Canadá. Soy la contable, la embajadora, la jefa de personal, el departamento de recursos humanos, la conserje, la publicista y la recepcionista de SPOKE. Soy como un pato moviendo las patas palmeadas con furia por debajo del agua para que la Pasota pueda aparentar que se desliza por el lago sin ningún esfuerzo. Es cierto que Brett era el mejor rostro para la empresa. Tengo que reconocer los logros de mi hermana: ella fue quien puso de moda la autenticidad e ideó una forma de monetizarla. Nadie compra ya la historia de la chica guapa y esquelética. Quieren la historia de la chica también guapa pero rellenita y tatuada a la que acosaron e hicieron sentir como un bicho raro porque le gustaban las chicas. La chica que no tuvo otra opción que echarle coraje y valor y buscarse las habichuelas. Estas son las historias que queremos oír hoy en día, por eso Brett exageró un pelín la suya.

—¿Quieres saber lo que pienso? —me pregunta Jesse, y yo asiento antes incluso de darme cuenta de que estoy asintiendo. Me siento como el muñeco de un ventrílocuo—. El patriarcado sobrevivirá mientras las mujeres se enfrenten unas a otras. Para el modo de vida de un hombre es una amenaza que las mujeres se unan, que pongan en jaque el *statu quo* y que empiecen a resistirse a él de forma inevitable. De eso iba esta temporada. Mujeres fuertes por sí solas que se estaban haciendo más fuertes juntas. Y eso les daba un miedo que te cagas.

¿Qué significa ser una mujer fuerte? He estado pensando mucho en esto últimamente y he decidido que tiene que ver con responsabilizarte de tus actos, incluso cuando sientes que no tenías otra opción, porque siempre tienes otra opción. En las reuniones, las mujeres siempre hablaban de reconocerlo. Has hecho esto. Tú has hecho esto otro. «¡Reconócelo!», entonan, una y otra vez, hasta que te han grabado la frase a fuego. «Vale. ¡Vale! Sí, borré tu *app* para liberar espacio en el teléfono. ¡Lo reconozco!»

Reconocerlo es mejor que disculparse, mejor que compensarlo, mejor que una promesa vacua de que cambiarás. Porque que te obliguen a reconocerlo demuestra que entiendes lo lejos que has orbitado de un sentido común y decente del ridículo. Y cuanto más tiempo pasas en un *reality show*, más esquivo se vuelve el sentido del ridículo, lo que aumenta su valor intrínseco. Pero un dato poco conocido de lo que supone reconocerlo es que no es solo una victoria para el destinatario de la frase. Esa frase también funciona como el amarre de acero trenzado de un astronauta: evita que te alejes flotando y te pierdas en el olvido.

Nadie excepto Jesse sabe que tengo algo que reconocer ahora mismo, pero lo tengo. Lo que estamos contando que pasó no es lo que pasó. Todo el mundo cree que Vince mató a mi hermana, pero no lo hizo. Esta es una ficción que Jesse me ha pedido que represente, vale, pero yo he asumido mi papel. Quiero que la gente se crea nuestra historia. En parte porque sé que a Brett le habría gustado que así fuera. En parte porque, si alguien averigua alguna vez lo que pasó en realidad, tendría que desaparecer durante once años. He buscado los casos de otras personas que han obstaculizado la investigación de un asesinato en el estado de Nueva York y he hecho la media de las condenas que cumplieron.

Por último, y espero que no sea lo más importante, quiero que la gente se crea nuestra historia porque estaba cansada de mantenerme a la sombra mientras el foco iluminaba a mi hermana sola.

Ya está. Lo he reconocido.

153

SEGUNDA PARTE

Rodaje: junio-julio de 2017

9

Stephanie

Suena el timbre y me asalta el pánico. Estoy arriba, en mi habitación, y me están maquillando para la fiesta de pijamas sexis de Lauren. Tengo una política muy estricta que evita las cámaras recién levantada o cuando me estoy preparando. No me siento cómoda apareciendo en la televisión nacional si no estoy perfecta. Lisa y Jess me encerrarían y tirarían la llave a la basura por esto. Las mujeres seguras de sí mismas son las que molan.

—¿Vince? —llamo cuando el timbre suena una segunda vez. No contesta lo suficientemente rápido y me veo obligada a levantar la voz—. ¡¿Vince?!

Por toda respuesta, pone la televisión en silencio. Lo oigo arrastrarse hasta la puerta con pesadez… Oh, qué molestia tener que abrir la puerta en mitad de una reposición de *Top Gear*. Se oyen murmullos que intento distinguir sin éxito.

—¿Quién es? —grito, apartando de un manotazo a mi maquillador. Si es alguien con una cámara, me pienso encerrar en el baño. No les está permitido seguirte hasta el baño. El baño es como la ONU: generalmente se acepta como terreno infranqueable, incluso en periodo de guerra.

Quienquiera que haya llamado a la puerta ahora está en las escaleras. Me levanto de un salto de la silla del tocador justo cuando Jen aparece en el umbral de la puerta de mi dormitorio con la cara contraída.

—¡Es Greenberg! —anuncia Vince, con bastante retraso—. ¡Y lleva una batamanta de franela!

Jen y yo nos miramos de forma que parece que nos estuviéramos midiendo. Su eterno ceño fruncido muta en algo aún peor cuando observa mi rostro. Es el gesto de una persona que acaba de pillar a su jefe yendo al baño: está mortificada, siente lástima. Jason, mi maquillador, acaba de terminar de prepararme para la base. Lo que significa que mi piel está desnuda, cuarteada y grasienta por los sérums y las prebases. No llevo mis pestañas postizas, lo que significa que no tengo pestañas. A los veintipocos años, iba todos los meses a hacerme las extensiones de pestañas a un pequeño salón de belleza en el segundo piso de un edificio en Herald Square, hasta que un día, la esteticista me mandó de vuelta a mi casa después de decirme: «Es que no queda nada». No podía continuar con los tratamientos de buena fe hasta que dejara que me crecieran las pestañas otra vez, por mucho que estuviera dispuesta a pagarle. Eso fue hace seis años y todavía sigo esperando.

Jen no lleva una batamanta de franela exactamente, sino un pijama de seda a cuadros rojo oscuro y verde. Para un tío, eso es una batamanta de franela. Para Jen Greenberg, es poner toda la carne en el asador. Reprimo un suspiro. No tengo paciencia con la gente que se niega a ayudarse a sí misma. No me importa lo mona que digan las Fug Girls que está, tiene que saber que no va a recuperar a ese tío —o a esta tía— vestida como un niño pequeño en Nochebuena.

—Lo siento —dice Jen, dándole vueltas a su anillo de las Primeras Afortunadas en el dedo índice. Está inquieta; está nerviosa por algo—. No quería pillarte así, pero tengo que hablar contigo antes de que vayamos y no quería decírtelo por mensaje.

De Hayley aprendimos a no dejar huella en el ámbito digital y a jugar sucio en el cara a cara.

—Ohhh. —Vince se apoya contra el marco de la puerta y se relame los labios en forma de corazón—. ¿Escándalo en la casa de la sororidad?

Jason resopla porque mi marido está bueno.

—Vince —digo con dulzura—, ¿puedes bajar a servirnos algo de beber?

Vince se pone las manos detrás de la espalda.

—¿Tinto o blanco, *ma chérie*?

—Agua —digo, a la vez que Jen dice «blanco». Esboza una gran sonrisa, no porque le parezca gracioso, sino porque no quiere presentarse en la fiesta de Lauren con los dientes morados, ella que se vende como abstemia y frugívora.

—Tengo un truco para eso —dice Jason mientras me aplica la base de maquillaje.

—Bueno —rectifico—, para mí… también… blanco.

¿Por qué no? Mi eterna batalla contra la depresión (¿por qué lo llaman batalla cuando es siempre una masacre?) lleva el tiempo suficiente en periodo de alto el fuego, no tengo por qué seguir negándome una inocente copa de vino. Y no es que quiera tomar prestada la forma de pensar de Lauren Fun, pero esta noche es una ocasión especial. Es el primer evento grupal de la temporada, una noche clave, y Brett no va a estar. Acabo de recibir la noticia de mi editor de que soy la primera mujer en figurar cuatro veces seguidas en la lista de los libros más vendidos del *New York Times*. En unas semanas me voy a Los Ángeles a cenar con la directora nominada a los Óscar. Cuando hay cosas que celebrar, hay que celebrarlas.

Vince pasa de camarero a soldado con un saludo militar. Al menos él es inconsistente.

—Un, dos, tres, cuatro —entona mientras baja las escaleras para cumplir su misión.

—No sé cómo puedes vivir con eso —dice Jen en un sorprendente arranque de insubordinación. Aparta una pila de libros de un reposapiés y se sienta sin que nadie la invite.

—Yo sí. —Jason hace una caída de pestañas y decido que es hora de subirle el sueldo.

—Tendrías competencia —le digo, intentando no mover la boca mientras me pinta los labios de *nude*. Hoy tocan ojos ahumados. Labios neutros—. A los gays les encanta Vince.

Jen deja escapar una risa vacilante y se lleva las rodillas al pecho. Jen siempre está reordenando sus extremidades y adoptando posturas imposibles, como diciendo: «¡Miradme! ¡Soy un espíritu tan libre y poco convencional que ni siquiera puedo sentarme como las personas normales!». Os reto a encontrar una sola foto de Jen Greenberg en Internet donde no esté retorcida sobre sí misma como un niño de cinco años con ganas de ir al baño.

—¿Quieres que te lo cuente o no? —pregunta—. Es sobre Brett.

Me muero por oírlo. Noto que las costillas me asfixian el estómago, pero no quiero que Jen crea que Brett tiene otro efecto en mí que no sea la mera irritación.

—¿Quién? —suelto. Jason deja escapar una risita disimulada.

—¿Sabéis que ha contratado a mi ex de peluquero esta temporada? —pregunta Jason mientras me pone un pañuelo de papel entre los labios—. Aprieta.

—Es una artista del fraude —digo entre dientes mientras Jason hace una bola con la silueta de mis labios. En temporadas pasadas, Brett se jactaba de dejarse secar el pelo al aire.

—Va a casarse. —Jen suelta la bomba, impaciente por mi intento de demostrar que no merece la pena oír nada sobre Brett, sea lo que sea.

Jason habla mientras blande la brocha, creyendo que aún estoy de humor para bromas.

—Esa zorra es más codiciosa aún de lo que yo pensaba.

¿Que Brett va a casarse? Los últimos ocho meses se reproducen ante mí. Brett y yo en el departamento de lencería de Bloomingdale's porque acababa de volver a mudarse a mi casa y yo no podía creerme que todavía llevara esa camiseta de Dartmouth talla XL comida por las polillas para dormir. Rihanna había dado una clase en su centro. Había salido en el *Vogue*. Ya era hora de comprarse un pijama en condiciones.

Brett acompañándome a hacerme una colposcopia a la consulta de mi ginecólogo porque mi cuerpo no había eliminado por sí solo el virus del papiloma humano y tenían que asegurarse de que no tuviera una cepa cancerígena. Estaba muy nerviosa y Brett consiguió convencer a la recepcionista, luego a la enfermera y por último al propio ginecólogo de que la dejaran acompañarme mientras me realizaban el terriblemente incómodo procedimiento. Me apretó la mano fría y sudada mientras el médico extraía una muestra del tejido del cuello del útero y hacía bromas de mal gusto como que no molas hasta que no has tenido VPH. Las mujeres que tienen VPH son las mujeres que han vivido.

Brett y yo viendo de nuevo la primera temporada del programa en mi cama, con las manos metidas en el mismo cuenco de Skinny Pop, maravilladas porque solo hacía tres años y éramos auténticos bebés de mejillas sonrosadas, y nos expresábamos con mucha más suavidad. «Será que estábamos nerviosas», teorizó Brett, y yo estuve de acuerdo aunque ahora pienso otra cosa. Ahora creo que todas éramos más suaves entonces.

El salto temporal por nuestra amistad hace que la saliva sobre mi lengua escasee y amargue. Tengo ganas de vomitar. Creo que podría llorar. Soy dolorosamente consciente de que estoy aquí sentada con la cara grasienta y menos pestañas que un feto de cuatro meses de gestación, de que la persona que más quería en mi vida se ha convertido en una extraña, y una extraña cruel, de que la gente está empezando a preguntar abiertamente cómo puedo vivir con ese hombre tan molesto de abajo. Trago saliva e intento desesperadamente sonar hastiada e impersonal.

—Vamos, que como ninguna queríamos rodar con ella, ha tenido que inventarse su propia línea de guion. —Asiento—. Ya veo.

Jen se encoge de hombros sin más. Menuda imitación barata de una amiga —de Brett— ha resultado ser.

—Según Yvette, no es una farsa. Son «almas gemelas». —Su voz es un calco de la de su madre.

—Ajá. —La risa es ronca. Brett quiere casarse tanto como yo quiero tener un hijo: mucho, siempre y cuando un equipo de televisión esté dispuesto a grabarlo—. Me sorprende enterarme por ti y no por *Page Six*.

—Yvette dice que está esperando hasta que se lo cuenten a los padres de Arch para hacerlo público.

—Y aun así —digo, descompuesta—, lo sabe Yvette. Y ahora tú. Y yo. —Miro a Jen durante un rato largo, dejando que los hechos hablen por sí solos—. Además, ¿cuánto tiempo llevan juntas?

—Lo suficiente —dice Jen, encajando el talón en su entrepierna de cuadros.

De repente me enfurezco al ver lo que ha decidido ponerse para la fiesta de pijamas de Lauren. «¿Eso es lo más sexi que tienes? —me gustaría preguntarle—. No me extraña que tengas telarañas entre las piernas.»

—No tanto —digo, con la voz ligera como una pluma. No pienso dejar que Jen vea lo mucho que me ha dolido la noticia—. Unos tres meses.

—Más bien seis.

—Jen —replico, con un tono estridente que ya no consigo suavizar—, hace seis meses yo estaba en Miami intentando ayudarla a superar su ruptura son Sarah.

—Vale, pues tres meses. Qué más da. —Jen se estremece,

como si los detalles de la vida romántica de Brett le dieran asco—. No me importa.

Se oye un crujido y ambas miramos hacia la puerta. Es Vince, que sube las escaleras.

—¿Y cuándo va a lanzar un *spin-off* para la red? «Brett se lleva la perra gorda.»

Jen tensa la cara.

—¿No sería más bien al revés?

Me da vergüenza, pero oír a Jen metiéndose con Brett por algo tan pueril como su peso me tranquiliza un poco. «Sigue de tu lado. Sigue despreciando a la misma persona a la que tú desprecias.»

—Así que os odiáis de verdad, ¿eh? —dice Jason mientras da un paso atrás y examina cómo le ha quedado el maquillaje de ojos—. No estaba seguro de si sería un paripé para el programa.

Le dirijo una mirada afilada y sorprendida.

—¿Creías que nos lo habíamos inventado?

—¿Quiénes se odian? —quiere saber Vince, que aparece por la puerta con tres copas de vino, la mía con una pajita por el pintalabios.

Vince nunca es un marido más atento y cariñoso que cuando rodamos. Nada de ropa interior con la entrepierna descubierta ni nata montada en los pezones, el rodaje es el afrodisíaco de nuestro matrimonio. En algún momento, Vince decidió que sostenerme el bolso en la alfombra roja era también estar en la alfombra roja, y eso le bastaba.

—¿Quién va a ser? —pregunto yo mientras él me deja el vino delante. Observo que ha elegido las copas que sus amigos nos regalaron por nuestra boda, grabadas con las iniciales VSDM: Vince y Stephanie DeMarco, asumiendo, como es natural, que me moriría de ganas de adoptar el apellido del holgazán de mi marido.

—Venga, chicas —nos regaña Vince—, dejad de meteros con Brett.

Una cosa buena que voy a decir sobre el sinvergüenza con el que me casé es que se mantiene al margen de los rifirrafes. Hemos tenido parejas que han intentado entrometerse cuando las Afortunadas se peleaban y han soltado parrafadas buenistas en aras de la camaradería que después de pasar por postedición han quedado como alardes de *mansplaining* de manual. He visto a Afortunadas hundirse por mucho menos, así que le dejé claro a Vince que su opinión no importa pero sí cuenta, y que podría costarnos todo.

—Entonces puedes ser tú quien la felicite por su compromiso cuando la veas esta noche —dice Jen, y de pronto me doy cuenta de la jugada que se ha marcado. A lo que ha venido es a decirme que al final Brett está invitada a la fiesta de Lauren. Que la alianza se ha roto.

Vince tropieza y derrama el vino de Jen en la alfombra de seda.

—¿Va a casarse? —Deja la copa sobre mi tocador y se va a buscar una toalla—. No jodas —dice desde el baño—. ¿Con esa... con la misma mujer? ¿Cómo se llama?

—Arch —dice Jen.

—¿Arch? —repite Vince con tono brusco, apareciendo por la puerta del baño con un rollo de papel higiénico en las manos.

—Usa una toalla de manos —le ordeno, y dirijo el mentón hacia la copa que ha dejado en mi tocador—. ¡Y pon un posavasos debajo de eso!

—Bienvenido a Nueva York, Vince —le suelta Jen mientras él vuelve a desaparecer en el baño—. Tenemos gente de un montón de culturas distintas. Y, obviamente, la salvadora de las niñas africanas no iba a casarse con una granjera rubia de Ohio.

—Tendrías que habérmelo dicho antes —le digo a Jen a la vez que le hago un gesto a Jason para que desista de intentar aplicar rímel en las pestañas falsas que me ha pegado a los párpados—. Acabo de malgastar unas pestañas de cincuenta dólares.

—¿No vas a venir? —pregunta Jen, incrédula.

—Nena —implora Vince, de pie en la puerta del baño con cara de perrito abandonado. Hace semanas que se compró un pijama de satén de Hugh Hefner para esta noche, con sus iniciales bordadas por setenta y cinco dólares extra.

—Dije que no iba a rodar con ella —le recuerdo a Jen, fría como el hielo—. Y yo cumplo mi palabra, no como otras.

Jason vuelve a meter el cepillo del rímel en el bote en señal de consenso.

—Muy bien, Steph. —Jen deja su copa en el tocador... «¡Pon un posavasos, animal!», estoy a punto de chillar—. Pues va a conseguir ella el plano bueno, lo sabes, ¿no? Se va a Marruecos a ayudar a víctimas de violación analfabetas y está preparando su boda con la Amal Clooney lesbiana. Yvette quería que supiéramos que teníamos la oportunidad de arreglar las cosas con ella antes de que nos lo contara. Si no, ¿sabes lo que va a parecer? Que somos un hatajo de zorras malvadas y calculadoras que han cambiado de estrategia cuando hemos visto que Brett iba a ser la favorita esta temporada porque se casa. ¿Y sabes qué? A la gente imbécil le gusta que las gordas se casen. Les da esperanza a sus pequeños corazones con las arterias taponadas.

Vince la mira boquiabierto y horrorizado.

—Jesús, Jen.

Jen lo fulmina con una mirada aniquiladora, pero tiene la cara colorada de vergüenza.

—Siempre es la favorita —murmuro, y sueno tan petulante que no me soporto.

—Escúchate —dice Jen, y me sorprende ver que casi se le rompe la voz. ¿Está a punto de llorar? La miro con incredulidad muda mientras ella se pasa la palma de la mano por la cara. ¿Qué le pasa hoy?—. Jesse se va a enfadar si no vas. ¿Sabes lo que van a hacerte en la sala de edición?

Jen no se equivoca, desgraciadamente, y es que una característica más que fiable de la humanidad es que nos alegramos mucho más por la gente enamorada que por la que está en la franja de impuestos más alta. Quizá porque necesitamos vernos reflejadas en nuestras heroínas, y el modesto logro de encontrar una pareja y tener hijos es algo al alcance de la mayor parte de la población media, sin contar a la Arpía Verde. A nuestra audiencia en concreto lo que más le gusta es ver a gente poco convencional cediendo a las tradiciones convencionales. Por eso Vince y yo éramos tan populares al principio, y por eso Jesse va a darle una oportunidad a Kelly y a su familia mestiza, con la esperanza de un ataque racista como el del anuncio de Cheerios, seguido de una defensa como la del anuncio de Cheerios.

—Chicas, relax —dice Vince con atrevimiento. Hace falta una armadura para usar la palabra «relax» al dirigirse a dos mujeres que entre las dos suman una inversión neta que él no podría alcanzar ni en sus mejores sueños, pero mi marido no es de los que van por la vida eludiendo el peligro—. Os estáis tomando esto demasiado a pecho. Solo tenéis que decirle a Brett que os alegráis por ella y pasar del tema.

Sin esperar respuesta por mi parte, Vince se quita la camiseta y busca la parte de arriba de su pijama. El entrenador de Equinox está haciendo un trabajo abismal para domar la panza de Vince, por lo que veo. Jason finge que no mira; esos labios con forma de corazón y esa mandíbula fuerte recubierta por la barba de tres días lo compensan todo.

La primera vez que vi a Vince era camarero en un acto promocional de una maquinilla de afeitar para mujeres. Una amiga de la facultad trabajaba para la agencia de publicidad que representaba a Gillette y me llevó como su acompañante. El evento era en un almacén sin ventanas en el distrito de los teatros, y recuerdo exactamente lo que llevaba puesto: un vestido cruzado de DVF y unos Manolo Blahnik de piel en color *nude*. Yo tenía veintiséis años y él, veinticuatro, dos infinitos años de diferencia. Era un aspirante a actor cuyo papel más importante hasta la fecha había sido comerse una hamburguesa en un anuncio de Hellman's. El pelo negro le caía sobre los ojos claros cada vez que bajaba la cabeza para mezclar una remesa del cóctel del evento, que era el Hairy Navel —como el Fuzzy Navel pero con melocotón (una especie de cóctel «peludo», ja, ja)—, y todas las mujeres de la sala estaban imaginándose cómo sería tenerlo encima de ellas, con ese pelo metiéndosele en los ojos. Todavía me tiemblan las rodillas cuando me acuerdo de cómo, al final de la noche, me hizo señas para que me acercara para poder gritarme al oído (la acústica era terrible en el almacén sin ventanas):

—Tu novio es imbécil.

Puse una expresión dudosa en un intento de seguirle el rollo.

—Pero si se licenció en Derecho en Harvard, primero de su promoción. —Mi novio no se había licenciado en Derecho en Harvard ni había sido el primero de su promoción. No tenía novio.

—Imposible —dijo Vince mientras secaba una copa mojada con un trapo—. Nadie tan inteligente sería tan tonto de perderte de vista un segundo.

Puse los ojos en blanco haciendo un esfuerzo enorme pero, por dentro, estaba dando saltos mientras gritaba: «¡No pares! ¡Sigue intentándolo!».

—En serio —añadió Vince, echándose el trapo al hombro y quedándose muy quieto para asegurarse de poder mirarme de arriba abajo—. Eres ridículamente guapa.

¿Sabéis lo que me entraron ganas de decir en aquel momento? Me entraron ganas de decir: «Ya lo sé». Durante toda mi vida, la gente me ha hecho cumplidos por mi aspecto, pero nada de lo que me decían parecía sincero. «Tiene una sonrisa bonita», oí decir a una amiga de mi madre cuando yo tenía once años. ¿Qué significa tener una sonrisa bonita? Hitler tenía una sonrisa bonita. A veces, las niñas de mi colegio hacían un comentario acerca de mi piel, aunque yo sabía que nunca se cambiarían por mí: por ejemplo, qué suerte no tener que preocuparme por que el «bronceado» se me fuera en invierno. Luego estaban los tíos que me veneraban y me decían que estaba buena, con un fervor tan lascivo que quería irme a casa a ducharme. Yo me miraba en el espejo, perpleja por que nadie más pudiera verlo. No solo tengo una sonrisa o una piel bonita. No estoy buena. Soy guapa. Ridículamente guapa.

Que me crea guapa —y con talento, debo añadir— no significa que tenga menos arraigadas las inseguridades. En todo caso, es como echar sal en la herida abierta que supone ir por la vida sin que nadie repare en ti. Pero, durante cinco minutos, un martes por la noche en un almacén sin ventanas en el distrito de los teatros, sentí que alguien reparaba en mí, alguien que encima era ridículamente guapo, él también, y eso era importante. Porque cuando andábamos por la calle agarrados de la mano, Vince era mi salvoconducto. «Oh —pensaba la gente, dando un respingo al percatarse de lo atractivo que era Vince sin necesidad de reflexionar y sopesarlo—. Está con ella. Ella también debe de ser guapa. A ver... ¡Guau! Es muy guapa.» Por eso estoy con Vince.

La verdad es que al principio estábamos bien. Hay una foto nuestra de Nochevieja, pillados en pleno beso entre la multitud ebria, sin darnos cuenta de que el objetivo nos estaba enfocando (qué tiempos aquellos, ¿eh?). Vince me sujetaba la cara con las manos y me mordía el labio inferior. La pasión distorsionaba nuestros rostros, nos hacía parecer atormentados y privados de alguna necesidad básica. «¡Dios mío!», grité cuando vi la foto en Facebook, cerré el portátil y me tapé la cara, mortificada. Algo tan íntimo y primario no debería ser público.

El sexo era sencillo, constante y tórrido. Lo que hace más duro aún el hecho de que ahora no follemos... al menos no el uno con el otro. ¿Sabéis que las parejas que pierden a un hijo rara vez consiguen seguir juntas? Es un recuerdo demasiado terrible de la vida que se ha perdido seguir con la persona que te ayudó a crearla. El sexo es el bebé muerto de mi matrimonio. Me rompe el corazón mirar a Vince y recordar lo que he perdido. No escaparemos de la debacle marital del *reality*. La pregunta es cuándo. ¿Cuándo?

—Eres muy buena amiga por venir a contarnos esto, Greenberg —dice Vince, y a continuación se pone delante de mí y se echa un poco de mi loción capilar en el pelo grueso y ondulado. Por unos instantes, con el culo plano de Vince en la cara, al menos no tengo que ver el reflejo de mi dolor en el espejo.

Digan lo que digan, sé que Vince me quiso, antes de que fuera rica y famosa. Me iré a la tumba sabiendo que alguien me vio una vez como soy en realidad y no salió corriendo espantado. No creo que Brett pueda decir lo mismo.

Las puertas de la terraza de la planta baja de la suite están abiertas, la noche de junio es como una bañera en la que te despiertas con suerte de no haberte ahogado. Fuera, los farolillos iluminan las pérgolas cuajadas de glicinias y las pizzas amasadas a mano de Franny's se doran en el horno de leña. Bueno, esa habría sido la escena si el Greenwich Hotel hubiera accedido a firmar la autorización y Franny's no se hubiera bajado del tren al descubrir que tenían que hacer las pizzas en un horno convencional. Como consecuencia, estamos en la barra dorada de un hotel de cuatro estrellas en Midtown, y a cada siete pasos nos ponen en la cara una bandeja de tartar de atún demasiado salado.

Jen y yo intercambiamos cumplidos rígidos sobre la decoración porque ya nos han puesto los micros, con lo que los cámaras oyen todo lo que decimos aunque no nos apunten todavía. «Muy bonito», dice Jen con una expresión mitad mueca, mitad sonrisa. Mi contribución: «Nunca vengo a esta zona de la ciudad».

Natural Selection, la agencia de producción contratada por la red, nos provee con tres equipos de grabación que rotan entre las cinco para rodar en casa de cada una, pero en los eventos grupales está el equipo al completo. En la pequeña terraza de cemento, en diagonal a una tercera barra, se han hecho un hueco dos de los equipos. Entre el operador de cámara, el técnico de luces, el auxiliar y Lisa, parecen un enorme alienígena errante persiguiendo a su presa en un cuadrado de luz. Lisa me ve y levanta el brazo, agitándolo en el aire con movimientos cortos y frenéticos.

Me paro delante de nuestra productora ejecutiva y ella guiña los ojos ante mí, atrapa la cola de una *pashmina* de Canal Street que lleva una ayudante de producción.

—¿Y si…? —Estira el brazo para darme un toquecito en los labios con el pañuelo, aún en el cuello de la boquiabierta ayudante de producción. Me escabullo antes de que consiga tocarme. Lisa y Jesse odian que me maquille tanto.

—¿Qué es esto? —Miro detrás de ella y me alivia ver que solo están grabando a Lauren.

—Lauren intentando convencernos en vano de que ya no bebe —dice Lisa. A mi lado, dándose toquecitos en la frente con toallitas de papel, Vince resopla.

—¿Cuántas copas de *prosecco* le has pillado bebiéndose a escondidas en el baño? —le pregunta Lisa a la ayudante de producción, que se está enrollando el pañuelo en el cuello de nuevo.

—¿Cuatro? —aventura.

Lisa me pone cuatro dedos a pocos centímetros de la cara. Le bajo la mano con suavidad.

—Cuatro copas de *prosecco*. Lo pillo.

—Que no te dé reparo desmontarle el numerito. —Se acerca a mí y me da una palmadita en la espalda, y enseguida nota el micro de petaca entre mis omóplatos—. Bien.

—¿Está Brett…?

Sacudo una pelusa imaginaria del hombro de Vince, como diciendo: «Estoy preguntando por Brett pero me preocupa mucho más preparar a mi marido para las cámaras». Es perverso, pero estoy deseando ver a mi ex mejor amiga. Es como cuando un criminal encuentra motivos para volver a la escena del crimen. No sé qué significa eso desde un punto de vista psicológico, y yo no soy la criminal aquí, pero os diré que lo que espero sacar de un encuentro con Brett es reconocimiento. Quiero oír a Brett decir que estaba en mi derecho de intentar poner al resto de las mujeres en su contra. Se las ha apañado para seguir siendo relevante al proponerle matrimonio a una mujer a la que conoce desde hace cinco minutos y, vale, lo hace para protegerse. Pero puesto que tengo que verla esta noche aquí, al menos espero que lo reconozca. Sabe de sobra lo que hizo.

Lisa me dedica una sonrisa de bruja.

—Ah, sí, Brett está aquí. —Me empuja con suavidad—. No te preocupes, te encontraremos —añade, hablándome al oído. Vince se dispone a dar un paso adelante también, pero Lisa baja el brazo delante del pecho de mi marido como si fuera la barra de seguridad de una atracción—. Ahora no, Hungry Hippo.

La boquita de Vince se abre. Se ha dejado una porción grasienta entre las cejas con las toallitas de papel.

—Vale, Lisa —murmura entre dientes. Observa la sala, intentando decidir su próximo movimiento—. Voy a por una copa —me dice, y se desabrocha otro botón de la camisa del pijama para todas las mujeres que han venido aquí a conocer a otras mujeres.

—¡Tráeme un vodka con tónica! —le grita Lisa—. Vamos —me susurra al oído, esta vez con un empujón firme—. Cuatro copas de *prosecco*. Luego me das las gracias.

Lauren va ataviada con un *bustier* de encaje y unos pantalones de chándal con varias vueltas en las caderas, unos *mules* de pelo rosa, y la verdad es que está increíble. Suspira cuando ve el casto modelito a cuadros de Jen.

—Ay, Greenberg.

—Voy cómoda —replica Jen.

—Cómoda no te va a follar nadie —asevera Lauren, con el vigor de alguien que ha bebido demasiado para disfrutar del sexo en cualquier caso—. Cómoda no vas a superar lo de ese gilipollas.

Su cabreo es abrupto y vergonzoso. Lauren se da cuenta y se ríe, fingiendo que bromeaba. Me sube la adrenalina y se me eriza el vello de los antebrazos. Entre el compromiso de Brett, la disposición repentina de Jen a rodar con ella y el comentario de Lisa de que puedo darle las gracias más tarde, no hace falta ser una vieja estrella de los *reality shows* para darse cuenta de que las cosas van de culo y cuesta abajo.

—Fiuuuuu —le dice Jen a Lauren, con una exhalación larga y depuradora, mientras le hace un gesto a Lauren para que haga lo mismo—. Respiramos hondo. Tu energía es demasiado poderosa para desperdiciarla enfadándote.

«Tu energía es demasiado poderosa para desperdiciarla enfadándote»... Uf. Antes no podía admitir esto porque estaba demasiado desesperada por verle el lado bueno a Jen después de perder a Brett, pero Greenberg patenta ciertas frases antes de que empiece la temporada, y luego encarga tazas y sudaderas con sus inspiradores proverbios para venderlas en su perfil de Instagram cuando se emite el capítulo. Me descubro deseando tener una copa en la mano para poder soportar el nivel de sus chuminadas etéricas. Es una sensación nueva para mí. Nunca he entendido a esa gente que dice que necesita una copa después de una semana muy larga o cuando les ha pasado algo estresante. Yo preferiría un poco de queso bien oloroso o un masaje en el Mandarin. Que desee un cóctel lo suficientemente cargado para que me lloren los ojos debería ser una señal —¡lárgate ahora que todavía puedes!—, pero yo no creo en las señales.

Lauren hace una exhalación rápida y enérgica para darle gusto a Jen, y luego mueve la puntera de la zapatilla en dirección a mí (casi pierde el equilibro en el proceso).

—Tú sí que estás cañón —dice, evaluándome de pies a cabeza—. Me gusta tu salto de cama.

—Gracias, es de Stella...

—¿Sabes? Lo que más admiro de ti es que no te sientes en la obligación de ser monjil solo porque te violaran hace años. —Su tono está desprovisto de cualquier rastro de admiración.

—¿Eso es lo que más admiras de mí? —pregunto con sorna.

Lauren eructa sin hacer ruido, enviándome cierto olor a hambre.

—Entre otras cosas —responde.

—Bueno, gracias, supongo. —Miro a Jen enarcando las cejas, y ella mira a Lauren como si estuviera decepcionada con ella... pero no enfadada—. Pero yo no soy víctima de violación, sino de violencia de género.

—Lo mismo me da... —dice Lauren bostezando sin disimulo. Mueve una mano en lugar de completar el dicho: «que me da lo mismo»—. Pero ¿sabes qué? Es difícil. Porque me caes bien, pero no puedo confiar una mierda en ti por todas las mentiras que sueltas por la boca.

Bienvenidos al mundo de los *reality shows*, donde la duplicidad no solo se aplaude, sino que es una habilidad para la supervivencia. La última vez que vi a Lauren, me decía «sí, bwana» a todo. La última vez que vi a Jen, estaba maltratando a un perro rescatado de manos de gente que lo maltrataba. Ahora Lauren es mi enemiga y Jen es paz, amor y luz.

—¿Por qué no discutimos esto en otro momento en el que estés más fresca? —le digo a Lauren en voz baja. Es una oferta para salvar mi pellejo (he dicho tantas mentiras que prefiero discutirlo cuando esté preparada para saber de cuál de ellas vamos a hablar) y el suyo (le has dicho a todo el mundo que no bebes, pero yo sé cuántos *proseccos* te has tomado esta noche).

—Estoy fresca como una lechuga. —Lauren abre mucho los ojos, como si eso fuera la prueba irrefutable de que podría conducir un vehículo en movimiento—. Y quiero saber por qué me dijiste que Brett envió el video a *Page Six* si no fue ella.

Si no estuviera delante de las cámaras, suspiraría de alivio. Decirle a Lauren que Brett fue la responsable de que eso saliera en la prensa es la menor de mis mentiras.

—No te dije que fuera Brett. Te dije que sospechaba que había sido Brett porque sé que tiene un contacto allí.

—¡Y tú también! —me espeta Lauren.

—¡Y tú!

Unas cuantas lesbianas vestidas de pijamas de poliéster importado imitando a satén dejan de hablar para mirarnos. Buen material de archivo.

—¿Por qué no vamos al pasillo para hablar en privado? —sugiere Jen, y llevo en esto el tiempo suficiente para ser capaz de traducir esto: Brett nos está esperando en el pasillo.

Me cuadro. Creía que estaba preparada para vérmelas con Brett, pero ahora que se presenta la ocasión, me doy cuenta de que no, y no creo que lo esté nunca. No debería ser yo quien me disculpara con ella, lo cual tendré que hacer si la veo esta noche.

—Yo estoy bien aquí.

—Claro —murmura Lauren—. No es tu evento el que estás arruinando.

Dejo escapar una risita exasperada.

—¡Has empezado tú!

—Vamos a…

171

Jen nos pone una mano en la espalda a cada una y da un paso hacia las puertas, como nuestra líder espiritual, obligándonos a seguirla. Al principio me resisto, pero cuando entramos veo algo en el rincón más alejado que me hace participar activamente en la procesión. Es mi marido, sentado en un sillón junto a la chimenea, demasiado cerca de otra mujer.

Entrecierro los ojos y me doy cuenta de que la mujer es Kelly, que lleva un salto de cama blanco que podría haber venido perfectamente con el disfraz de enfermera sexi de una tienda de Halloween. Vince inclina la cabeza y le dice algo al oído. Kelly le pone la mano en el pecho y lo aparta con una sonrisa amable. El corazón me late en las orejas cuando miro atrás, hacia Lisa, temerosa de que le diga a Marc, el director de fotografía, que gire el objetivo hacia el sinvergüenza de mi marido, pero todo el mundo está demasiado pendiente de la inminente confrontación entre Brett y yo para darse cuenta. «Una cosa menos de la que preocuparme», pienso, aliviada por un momento; pero luego miro a Jen por el rabillo del ojo y me doy cuenta de que ella también ha visto lo que yo he visto. Genial. Sencillamente genial.

172

Brett está junto a los ascensores. Lleva el pijama de seda que le compré el año pasado. Esto no es una coincidencia. Los pantalones están arrugados y, si me acerco lo suficiente como para olerla, estoy segura de que descubriré que necesitan desesperadamente pasar por la tintorería, y eso también es una estrategia. Quiere que sepa que se ha puesto el pijama, que ha estado pensando en mí. El equipo nos rodea y espera a ver quién de las dos habla primero.

—No quiero discutir contigo —empieza bien. Es un motín. Eso es exactamente lo que ha venido a hacer.

Me río con crudeza en su cara.

—¿Y para qué has venido si no, Brett?

—La he invitado yo —interviene Lauren con regocijo. Está encantada de ser el ave herida en el centro de todo este drama—. Es mi fiesta. Puedo invitar a quien quiera. No necesito que me des permiso, Steph.

Jen le coge la mano a Lauren y se la aprieta contra el corazón.

—Laur —dice, con voz profunda y ronca—. Recuerda lo

que dijimos. Habla desde la vulnerabilidad, no desde la venganza.

—Dios mío de las galletas veganas sin gluten —dice Brett, poniendo los ojos en blanco a la cámara.

Cuando rodamos la primera temporada, Lisa nos grabó a fuego que no debíamos mirar nunca a cámara (salvo en el confesionario, claro). Pero cuando se emitió la temporada uno no solo descubrimos que Brett había pasado olímpicamente de esa norma, sino que a los telespectadores les encantaba, y hasta la nombraron la Jim Halpert del programa. Brett es incapaz de ver esa comunicación privada como lo que es, lo que supone una traición a sus compañeras de programa. Mirar a cámara en momentos como este es como una risa enlatada. Es decirle a la audiencia: «Sí, me estoy riendo de ellas con vosotros».

—¿Queréis que haga de mediadora? —le pregunta Jen a Brett, dejando de lado la inflexión del Dalái Lama.

Algo ocurre entre ellas, algo imperceptible para cualquiera que no seamos nosotras. «Se han visto después de que estuviésemos en casa de Jen —me doy cuenta—. Tienen un trato. La que está contra las cuerdas esta noche soy yo.» Me tomo un momento para hacerme una composición de lugar... ¿Tienen algo contra mí? ¿Habrán forjado una alianza? A toda prisa, decido que mi mejor opción es mostrar remordimiento.

—Lauren —empiezo, girándome hacia ella con las manos juntas a modo de plegaria—. De verdad que pensaba que Brett estaba detrás de lo de *Page Six*. No era una mentira. Si Brett dice que no fue ella, pues no lo fue, y siento haber generado tanta confusión. Venga, ¿volvemos ahí dentro a celebrar este nuevo, importante y necesario capítulo de SADIE? —Importante. Necesario. Esas son las cosas que cualquier Afortunada quiere creer de sí misma.

Lauren se pasa una mano por el pelo rubio, atusándoselo. «Va a sacarle todo el jugo a este conflicto —me digo, desanimada—. ¿Cómo ha podido volverse todo en mi contra tan rápido? ¿Cómo es posible que sea yo la que se esté disculpando?»

—No me creo que pensaras eso —insiste Lauren—. Creo que me lo dijiste para que me pusiera de tu parte y librara tus batallas por ti.

Intento desarmarla con una sonrisa.

—Laur, vamos, me conoces. Sé librar mis propias batallas sola.

—O a lo mejor estabas intentando distraer a todo el mundo de tus problemas matrimoniales.

Arquea una ceja vagamente, pero el truco no consigue borrar el arrepentimiento de su cara. Sabe que ha ido demasiado lejos al meter a Vince en esto.

—Laur —la reprende Brett, con tono desaprobatorio, y la ceja vuelve a su sitio. Es oficial. Brett es quien maneja los hilos ahora.

«Gracias, Lisa», pienso al acordarme de lo que me contó antes.

—No sabes lo que dices —le espeto a Lauren—. ¿No serán las cuatro copas de *prosecco* que te has tomado a escondidas aunque le digas a todo el mundo que ya no bebes?

Lauren cree que me embiste, pero es más una inclinación triste y lenta. Se golpea la espinilla en el banco que hay entre los ascensores, y se dobla sobre sí misma aullando. Jen la coge del brazo y la ayuda a levantarse, y entonces es cuando lo veo. El cardenal. La marca de la aguja. Lauren se ha puesto las vacunas para Marruecos.

—Madura —dice Lauren, agarrándose la espinilla con la mano—. Eres demasiado vieja para ir de niña mala.

Por encima del hombro de Brett, los labios de Lisa forman una «o» grotesca.

—¡Steph! —Brett me grita, suplicante, mientras salgo corriendo de allí con el equipo número dos pisándome los talones por el pasillo. Se acabó. No puedo más. Se acabó.

No veo a Vince y, con los cámaras siguiéndome sin descanso, no me arriesgo a buscar a Kelly por si acaso me lleva hasta Vince. Lo último que necesito es una línea de guion en la que mi marido se zumbe a la nueva Afortunada. Y lo penúltimo que necesito es que mi marido se zumbe de verdad a la nueva Afortunada. Me encamino al baño, donde al menos puedo sentarme al borde del inodoro y no preocuparme por la cara que tengo en este nuevo *reality* en el que no sé cómo soy la mala de la película.

La puerta del baño está cerrada. Trasteo con el pomo para que quienquiera que esté dentro sepa que hay cola, y unos segundos después vuelvo a hacerlo, y luego otra vez. No veo el momento de perder de vista la cámara. La puerta se abre con un «dios mío», pero la mujer balbucea una disculpa en cuanto ve quién soy. La adelanto y empujo la puerta tras de mí, pero algo se interpone en el camino antes de que consiga echar el cerrojo. Miro abajo y me encuentro con la puntera sucia de una zapatilla Golden Goose.

Brett se pone de lado y desliza el cuerpo dentro para después cerrar la puerta en el hocico largo de la cámara. Esto ya ha ocurrido antes... Marc plantado fuera del baño grabando una puerta cerrada mientras los micrófonos captan una conversación «privada». Brett me agarra por los hombros y me atrae hacia ella con los labios fruncidos. No sé si va a besarme o a escupirme.

—¡No voy a dejarte hacer esto, Steph! —Me sacude con mucho dramatismo pero con muy poca fuerza—. No puedes irte así. No puedes decidir cuándo nos hablamos y cuándo no. No soy tu puta insubordinada.

Me suelta y se lleva los dos puños a la boca; los hombros le tiemblan con una risa silenciosa. Me señala con un dedo y articula: «¡Vete! ¡Lárgate!».

Miro a Brett durante un rato largo y tenso. «Dame algo —le suplico para mí—. Dame lo que sea.» Brett pestañea y la sonrisa se desvanece de su rostro. Parece que va a decir algo —algo auténtico—, pero en lugar de eso empieza a toser de forma abrupta y violenta. Tose tan fuerte que se ahoga. Tose tan fuerte que le caen lágrimas por las mejillas.

—Se me ha ido por el camino viejo —grazna, agarrándose el cuello con una mano mientras trastea con el grifo detrás de mí con la otra. Me hace un gesto para que se lo abra yo y así pueda beber agua. Lo máximo a lo que estoy dispuesta es a hacerme a un lado para que pueda apañárselas para sobrevivir sola.

Brett se dobla por la cintura, se echa agua en la boca con las manos y bebe todo lo que puede mientras tose y escupe; tiene la nariz llena de mocos y la cara de un gratificante e impropio tono rojo. Al estar doblada sobre sí misma, tengo acceso a mi imagen completa en el espejo. Me acerco más para estudiar el trabajo que ha hecho Jason esta noche. Mi piel es un lienzo liso y perfecto que hace que resalten mis ojos oscuros. Pero, aun así, y con todo el dolor de mi corazón, tengo treinta y cuatro años.

No es la edad lo que me molesta, es que la edad ha decidido hacerse notar casi sin avisar. Siempre he parecido muy joven. Luego, en algún momento de mis treinta y tres, me miré en el espejo y vi que era mayor. Desde entonces, me he sentido arre-

175

pentida y culpable, expuesta como un fraude, como un conocido pastor evangélico al que hubieran pillado envuelto en un escándalo sexual sórdido. «Lamento mucho mi último cumpleaños y os suplico misericordia.» Llevo un tiempo merodeando la lista de los treinta menores de treinta de *Forbes*, aunque ya pasaba de la edad, pero al menos parecía estar a la altura. Luego los treinta y tres y medio llamaron a la puerta y parecieron traer con ellos el batacazo de la década de la noche a la mañana.

Todos los años, cuando pienso en mi anterior cumpleaños, anhelo volver a vivir el año. A los veintiocho era tan joven, a los veintinueve seguía siendo tan joven... ¡A los treinta era una niña! Pero los treinta y cuatro han sido distintos. Ya nunca miraré atrás y pensaré en lo joven que era a los treinta y cuatro. Estoy segura.

A veces creo que Jesse olió mi miedo a hacerme mayor, igual que los maltratadores huelen a las mujeres que han crecido necesitadas de amor. ¿Qué decía en mis memorias? «Me sentía peor que si fuera comida mojada para una termita como A. J.» Era una buena frase. Jesse, como A. J., debió de percibir mi sentido caduco de la autoestima y pensó: «Esa. Esa dejará de valorarse cuando la someta a mis juegos psicológicos, esa se lo tragará todo». Todas las Afortunadas están heridas en cierto modo. Tenemos que estarlo. ¿Por qué si no alguien se prestaría a que la rechazaran? La telerrealidad es como conducir borracho. Sabes que puede matarte, pero hay algo alegremente atractivo en participar en lo que puede ser tu propia muerte.

Brett se endereza, todavía jadeando, y se golpea el pecho con el puño.

—Uf —dice con voz ronca—. Uf. No sé cómo me ha pasado esto.

Yo sé exactamente cómo le ha pasado eso. Ha sido el subconsciente de Brett, su deseo latente de limpiarse, de sacarse algo de dentro del pecho. El ego la estaba atragantando, la estaba estrangulando de verdad, pero saber que vive en ella —la culpa— me convence de que tengo que seguir adelante con nuestro plan original, trazado hace ocho meses en mi cocina, en mi treinta y cuatro cumpleaños.

Le doy la espalda al espejo y apoyo el culo en el borde del lavabo. Necesito sentarme para hacer esto.

—Nunca te he considerado una insubordinada —digo—. Te consideraba mi amiga. —Me paso los dedos por el corazón—. Yo iría al fin del mundo para ayudar a mis amigos. Te hospedé en mi casa cuando no tenías otro sitio adonde ir, y supongo que asumí que era una garantía de que, llegado el caso de poder devolverme el favor, lo harías. Pero no lo hiciste. Tuviste la oportunidad de darle mi libro a una superfamosa, cuyo apoyo habría sido muy importante para mí, y te negaste rotundamente a ayudarme. Querías quedarte con esa relación solo para ti.

A Brett todavía le cuesta un poco respirar, pero creo notar un suspiro de alivio entre medias. Por ahora estoy siguiendo el guion. He dicho exactamente lo que planeamos que diría.

—Eso no es justo, Steph —replica, estirando hacia arriba las comisuras de la boca—. No perdías nada dejándome vivir en tu casa. —De pronto parece darse cuenta de que esta frase, que practicamos hace meses, ya no tiene sentido, porque sus labios vuelven a estirarse—. No sé —dice, mirando hacia abajo—. Quizá podría haber encontrado una forma de conseguir que le prestara atención. Al menos podría haberlo intentado. —Levanta sus grandes ojos, más grandes que nunca, y me mira—. Lo siento, Steph. Lo siento mucho.

Enarco las cejas y una válvula de mi corazón amenaza con abrirse. Porque ahora es Brett la que se está saltando el guion. El plan siempre fue que yo le pidiera perdón. Brett tenía que salir indemne de esta.

—Te echo de menos —dice Brett con voz ronca. Puede que esté siendo sincera—. Me mata no haber podido felicitarte por todos tus éxitos, que tanto te mereces. Y me mata no poder compartir contigo todo lo que me está pasando. ¿No podemos…? No sé. ¿Quedar para tomar algo? ¿Un café? Ponernos al día. Te echo de menos —repite—. Mucho.

Me quedo callada. Brett me anima con un gesto del dedo. Me toca.

—Yo también te echo de menos —me obligo a decir.

Brett se encarama al lavabo de forma que quedamos muslo con muslo, hombro con hombro, como siamesas. Pone la mano sobre la mía y noto el metal frío en dos dedos en lugar de uno.

—Ah, sí —dice, levantando la mano con una sonrisa burlona—. Estoy prometida.

El anillo es liso, de oro y demasiado ancho. El sello que yo le compré es mucho más elegante.

—Me alegro por ti, Brett —le digo, sinceramente, aunque mi lenguaje corporal es rígido. Esto no la detiene a la hora de pasarme un brazo sobre los hombros, no detiene el ataque de su tacto cálido. ¿De verdad me cree? Si me cree, está tan hundida en esta madriguera que es nuestra realidad percibida que casi me da pena. Casi.

—Podemos arreglar esto, ¿verdad? —suplica Brett—. Vamos. Ya sabes que yo siempre te apoyo. Las reinas de verdad se arreglan las coronas unas a otras.

El desdén me deja sin respiración. «¿Las reinas de verdad se arreglan las coronas unas a otras?» Este es el tipo de disparate ambiguo que se hace pasar por feminismo hoy en día. Un lema de Instagram que hace responsable a la parte menos efectiva. Los hombres pueden seguir con sus vidas, pagarles menos a las mujeres y aún menos a las mujeres negras, libres de cargas aparte de algún que otro recordatorio almibarado para que arreglen un problema que ellos han creado. Que carguemos a las mujeres con la responsabilidad de ayudarse unas a otras en una sociedad que nos empuja a una situación de competencia sistémica es la razón por la que el feminismo no triunfará nunca. No me exijáis que vaya de la mano con mis hermanas hasta que más del dos por ciento de los cargos directivos estén ocupados por mujeres, hasta que el éxito de mi hermana no garantice casi con total certeza mi fracaso. No me digáis que no soy una «reina de verdad» cuando otra mujer pesque un pez y yo esté demasiado muerta de hambre como para aplaudirla.

No digo nada de esto porque no estoy aquí para decir verdades. Estoy aquí para capitular. Brett no es la única que está actuando en aras de su supervivencia. Me dejo abrazar por esta extraña, aunque el aroma del perfume francés que yo le compré mezclado con el olor corporal de la parte de arriba del pijama que también le compré me da náuseas.

—Sí —digo—. Creo que podemos arreglarlo.

Pero, como toques mi corona, te corto un puto dedo. Pon eso en una taza y véndela.

10

Brett

*F*ue el año pasado. En el trigésimo cuarto cumpleaños de Steph. Me había vuelto a mudar a su casa por segunda vez después de romper con mi demandante exnovia. Sarah y yo nos fuimos a vivir a un rascacielos de nueva construcción en la esquina de North End y Murray que nos costaba cuatro mil quinientos dólares al mes. El piso tenía veinte metros cuadrados más que mi primer apartamento entre la calle York y la calle Sesenta y siete, con lavavajillas y vistas a un rascacielos mejor que el nuestro enfrente y sin un solo roedor ni un cajón de los cubiertos lo suficientemente grande como para meter un separador de utensilios; en Nueva York, eso es el *summum* del lujo. Sin ratas y sin espacio. Era el sitio más bonito en el que había pagado por vivir, casi tan bonito como para obligarme a fingir que la relación funcionaba, pero al final no pude soportar otra acusación ebria más de que no estaba dándolo todo. El proceso de rescindir un contrato de alquiler en Nueva York es más descorazonador que esperar para hacerte el carné de identidad, así que Sarah y yo hicimos un trato según el cual, si yo me iba del piso, solo tendría que pagar una cuarta parte del alquiler hasta que nuestro contrato venciera en otoño, tan solo unos meses después. Sarah no andaba del todo errada en lo de que yo no estaba dándolo todo, y sentí que como mínimo le debía dejarla quedarse en un apartamento que ninguna de las dos podría haber pagado sola, al menos durante unos meses. Mientras tanto, como una estadística de Pew Research de carne y hueso, me vi obligada, por razones económicas, a volver con mis padres suplentes a los veintiséis años.

Steph había dejado claro que lo único que quería por su treinta y cuatro cumpleaños era una noche tranquila en casa y el increíble *coq au vin* de Vince, lo cual era muy raro en ella. Pero más tarde, ya en los postres, reconoció la verdad, que era que no quería que quedase constancia de la celebración de cumpleaños en las redes sociales de nadie ni en la prensa. Le daba miedo recordarle a Jesse que era un año más vieja.

—Eso es… ridículo —dije yo, frenándome a tiempo antes de romper las reglas y llamarla loca.

—Eres demasiado joven para entenderlo —repuso Steph, histérica, mientras tumbaba su porción intacta de tarta del Milk Bar hacia un lado con el tenedor. Una vez me contó que la medicación que toma hace que cualquier cosa dulce le sepa a cartón.

—Ponme a prueba —le dije.

Pienso en atacar su plato, pero no quiero parecer una cerda y ya he rebañado el mío. «¿Por qué no puedes ser normal? —recuerdo la voz de mi madre—. No digo que no comas postre, digo que no hace falta comerte el tuyo y el de todos los demás.» Decidí que bajaría a hurtadillas por la noche y comería directamente de la caja. Si me la acababa, lo cual era muy probable, les diría que había visto cucarachas en la cocina y que había tirado la tarta para que no atrajera a más. El plan me tranquilizó en aquel momento.

—A ver —empezó Steph, dejando el tenedor con los dientes hacia abajo en el plato—, hay una palabra alemana, *torschlusspanik*, que literalmente significa «miedo-puerta-cerrada». ¿Os suena?

Me empujé unas gafas de culo de botella imaginarias en el puente de la nariz.

—Por supuesto.

En el otro extremo de la mesa, Vince dejó caer la cabeza con una risa muda.

—Olvidadlo.

Stephanie se reclinó más en la silla y apretó el vaso de agua contra el pecho en posición de defensa. Había vino, pero solo Vince y yo bebíamos. «Yo llevo el alcoholismo en los genes», me había dicho Steph tantas veces que empezaba a sospechar que había algo más. Como por ejemplo que Stephanie era una persona que suavizaba las aristas de la vida controlándolo todo en todo momento.

—Ah, nena. Venga.

Vince intentó coger la mano que su mujer tenía metida en la axila y se conformó con sujetarle la muñeca al ver que ella no la movía. Stephanie no sabe reírse de sí misma. La gente dice que enseguida convierto a los demás en el blanco de mis bromas, pero yo soy la primera en reírme de mí misma cuando me pongo demasiado insoportable. Stephanie no tiene esa habilidad, y hasta que me fui a vivir con ellos no me di cuenta de lo fino que tenía que hilar Vince con ella. No parecía importarle, pero luego supe que estaba agotado.

—Por favor —le supliqué—. Cuéntanoslo. Yo no fui a la universidad. ¿Cómo voy a saber lo del... *tushy... spank?*

Miré a Stephanie y luego a Vince con ojos de cordero degollado y las manos levantadas a la altura de los hombros. «¿Se dice así?» Vince intentó no reírse otra vez, pero ni siquiera Stephanie consiguió mantener el semblante serio.

—Te odio. —Se rio a su pesar.

—Pero de forma directamente proporcional a lo mucho que me quieres, ¿verdad?

181

Le robé un trocito de tarta y enseguida me arrepentí. Eso solo me daba ganas de coger el trozo entero a dos manos y comérmelo como un sándwich. Stephanie se puso a tamborilear con los dedos en su propio antebrazo, tomándose su tiempo para dejarse convencer.

—*Torschlusspanik* —dijo finalmente, mientras dejaba el vaso sobre un posavasos de mármol blanco— es la sensación, el miedo, de que el tiempo se acaba. —Se golpeó el corazón con un dedo—. Yo sufro de esto. Con este cumpleaños. Los treinta y tres han sido mi último año especial. El último año en que el éxito es algo especial. Es la edad límite a la que alguien puede llamarte niña prodigio, *wunderkid,* por seguir con la temática germana.

Carraspeé y escogí mis palabras con cuidado.

—Mmm. Vale. Sigue. —Enarqué las cejas y miré a Vince, que suspiró con desidia.

—Aún queda lo mejor —dijo señalándose la barbilla para indicarme que yo tenía merengue en la mía. Me limpié la cara con una de sus servilletas blancas de lana tejida. «Japonesas, sesenta dólares», me había dicho Stephanie cuando le dije que eran bonitas, que es algo que Stephanie siempre hace, dar el nombre de la marca y el precio cuando le haces un cumplido, como si no tuvieras ni idea de lo bonitas que son sus cosas.

Stephanie inclinó la cabeza, como armándose de paciencia para explicar un concepto muy avanzado a unos tontos muy avanzados.

—Cuando superas los hitos obvios (los quince, la niña bonita; los dieciocho, ya puedes votar; los veintidós, los dos patitos) hay un largo periodo de tiempo en el que se supone que te estás haciendo adulto. Si vas a conseguir algo excepcional en tu vida, hasta los veintisiete la sociedad no se enterará. A menos que —me silenció con una mano antes de que pudiera protestar— seas Brett Courtney, la niña prodigio del mundo del *fitness* de lujo.

—Oh, sí —dijo Vince mientras me rellenaba la copa.

—Oh, sí —asentí yo, levantándola en lo que resultó ser un brindis solitario.

Stephanie esperó a que dejara la copa en la mesa para continuar.

—Eso nos lleva hasta el club de los veintisiete, entre cuyos miembros encontramos iconos como Kurt Cobain, Janis Joplin y Amy Winehouse. El club romantiza la idea del virtuosismo joven que se pierde antes de tiempo. Luego tenemos los treinta, que es un cumpleaños total que no necesita mucha explicación. Ahí es donde empiezan todas las listas, los treinta menores de treinta más poderosos, los más influyentes, los más ricos, blablablá. Y todo el mundo dice: «Oh, dios mío, ¿solo tiene treinta años?». Ahora no me creerás, pero con treinta eres un bebé. En serio —repitió ante mi mirada escéptica—. Y luego, a los treinta y uno, es cuando las mujeres alcanzan la plenitud de la belleza, y los treinta y tres son el año de Jesucristo. El siguiente cumpleaños especial es el de los treinta y cinco, cuando la comunidad médica pasa a incluirte en la categoría de primípara añosa si te quedas embarazada.

—¿Perdona? —exploté—. ¿El año de Jesucristo?

Vince tiró su servilleta en el plato.

—Hazla entrar en razón, Brett —empezó a recoger los platos sucios—, que yo ya lo he intentado.

—Déjalo, Vince —dijo Steph.

—Es tu cumpleaños, nena. —Vince rodeó la mesa hasta la silla de Steph y le dio un beso en la coronilla—. Quédate aquí con tu amiga.

—Yo también tengo que encontrar a alguien que me cocine y que me limpie —dije, en un descarado intento de que Steph se ablandara con su marido, que reconociera todo lo que había hecho por ella durante el día, que lo apreciara. Algunos días me ponía del lado de Vince y otros del de Stephanie, según cuál de los dos necesitara que le echase una mano.

—¡Soy el hombre del milenio, Brett! —dijo Vince desde la cocina mientras abría el grifo y pasaba los dedos por debajo del chorro de agua, esperando a que se calentara—. Deberías cambiarte de acera. Cocinamos, limpiamos y doblamos los tangas en adorables triangulitos.

Vacié la botella de vino en mi copa.

—¡Genial! ¡Más rosado, hombre del milenio, por favor! —Me subí una rodilla al pecho y me volví hacia Steph—. Vale, nos habíamos quedado en el año de Jesucristo...

Steph hizo una pausa lo suficientemente larga para que dejara de sonreír.

—El año de Jesucristo —dijo Stephanie con tanta reverencia que tosí para disimular la risa— es un año con grandes precedentes históricos, puesto que es la edad con la que Dios decidió que su hijo había hecho todo lo que tenía que hacer en la Tierra. Los treinta y tres son la edad a la que te das cuenta que es ahora o nunca. Sacas tus cuatrocientos un (mil) dólares del banco para abrir una heladería en Costa Rica. Es el último año en el que eres lo suficientemente joven como para dar un giro de ciento ochenta grados a tu carrera profesional, y es el último año en el que cualquiera puede adularte por lo joven que eres si te sale bien.

—Steph —dije, cediendo a la risa—, eres una autora superventas según el *New York Times* y un estudio de Hollywood te ha pagado un pastizal para hacer películas de tus libros. Sales en un programa de televisión que ven dos millones de personas. Tienes un piso en Nueva York con escaleras y tres bolsos de Chanel...

—Y tu marido es tope guapo —añadió Vince, que apareció

183

junto a la mesa con otra botella de rosado, tan fría que sus pulgares dejaban huellas translúcidas en el vidrio escarchado.

Hice un gesto de apoyo a Vince.

—¡Y además habla como un *millennial*! ¿Acaso te puede ir mejor?

—No me puede ir mejor... ¡ese es el problema! —Deslizó un posavasos bajo la botella de rosado y secó el cerco en la mesa de roble aceitado con sus servilletas japonesas. Vince musitó un «perdón», como si hubiese habido un intercambio verbal—. He llegado a mi cima. Los treinta y cuatro no son el año de nada. Es el año en el que estás acabada. No me van a renovar para la próxima temporada. Nadie ha sobrevivido en el programa pasados los treinta y cuatro.

Vince y yo intercambiamos una mirada incrédula de extremo a extremo de la mesa. Pero luego lo pensé mejor.

—Eso no es verdad, ¿no?

Stephanie preparó los dedos para contar.

—Examinemos las pruebas. A ver... —Se agarró el dedo índice con la otra mano—. Allison Green, primera temporada, treinta y dos. —Se agarró el dedo corazón y prosiguió—: Carolyn Ebelbaum, segunda y tercera temporada, treinta y dos años. Hayley Peterson, primera, segunda y tercera temporada, treinta y tres años.

Puso los tres dedos sobre la mesa, como para dejar claro lo que acababa de exponer. Sacudí la cabeza; me negaba a creer que nada de eso hubiera sido a propósito.

—Es una coincidencia. Esto no es como poner una altura mínima en una atracción en un parque temático. No tienes que bajarte de esta atracción a los treinta y cuatro.

—Bueno, quizá no quiera arriesgarme —dijo Steph mientras doblaba su servilleta en un cuadrado tirante—. Tengo que asegurarme de que me llamen para la cuarta temporada. Tengo fe ciega en el libro nuevo y para que se venda necesito el programa.

—Prepárate —dijo Vince, que estaba otra vez en la cocina, exfoliando una sartén empapada con un estropajo metálico Brillo. El sonido del acero contra el hierro me dio dentera.

—No digas que no hasta que haya terminado, ¿vale? —me dijo Steph con el hilo de voz más suave que le había oído nunca.

184

Al otro lado de la estancia, Vince se hacía círculos alrededor de la sien, como si estuviera enrollando algodón de azúcar en un palo, mientras articulaba la palabra «loca». Durante las semanas que viví con Steph y Vince, mi empatía era como un derecho de propiedad transmisible, algo que alquilaba en función de quién de los dos estuviera siendo más cabrón con el otro. Había oído rumores sobre Vince antes de mudarme, claro —como todo el mundo—, pero decidí creer a Stephanie cuando me dijo que eran solo eso, rumores, y que ella y Vince seguían estando locamente enamorados. He pensado mucho en la diferencia entre creerla y decidir creerla, y en por qué estaba tan entusiasmada ante la oportunidad de participar en una farsa tan obvia, y es porque la idolatraba. No podía conciliar la imagen idealizada que tenía de ella con la realidad estereotípica de que no era más que otra mujer que esperaba levantada a su marido pasada la medianoche.

Yo tenía quince años y Stephanie veintitrés cuando publicó el primer libro de su trilogía de ficción. Recuerdo que se lo robaba a mi madre de la mesilla de noche cuando no estaba en casa y memorizaba el número de la página en la que me quedaba cada vez porque, si doblaba una esquinita, mi madre sabría que había estado leyendo un libro en el que había mucho sexo y ñe, ñe, ñe. En la foto de la solapa, Stephanie salía impresionante, perfecta y elegante, con los labios pintados, pendientes de diamantes y una sonrisa deslumbrante. La biografía era terriblemente cosmopolita: «Stephanie Simmons vive en el Upper East Side —¡no en Nueva York! ¡No en Manhattan! ¡En el Upper East Side!— con su adorada colección de zapatos de Jimmy Choo». ¡Qué ocurrente! ¡Qué guapa! «Stephanie Simmons es el momento en el que encontré mi vagina», dije una vez de broma a un periodista que me preguntó cómo me sentía al ser su protegida. Stephanie tuiteó el enlace a la entrevista dos veces. Le encantaba cuánto la adoraba, y esa acabó siendo la raíz de todos nuestros problemas.

Al vivir con Steph y Vince, no pude evitar darme cuenta de que yo desempeñaba un rol en la vida de Stephanie no muy distinto del que había adoptado Vince. Tenía cierta tendencia a gravitar hacia las personas que estaban por debajo de ella, y te elevaba hasta cierto punto pero nunca demasiado alto. No

185

reaccionó bien cuando empecé a acortar la distancia que había entre ambas. Se volvió demandante, agobiante, celosa. ¿Por qué no podía estar ella en la cuarta hora del programa *Today* conmigo? ¿Por qué no la podía llevar conmigo a los Premios de las Mujeres del Año de *Glamour*? A Vince podía mantenerlo a raya hasta cierto punto, pero conmigo no tenía la misma jurisdicción y empezó a demostrarme cierto rencor por ello.

Steph se aferra a que Vince la eligió antes de que el programa fuese siquiera un tic en el ojo de Jesse, pero ya había publicado dos libros antes de casarse y existía una película «basada en la novela de Stephanie Simmons». Puede que no fuese reconocible al nivel de una estrella de cine cuando conoció a Vince, pero está claro que él se fijó en su ropa, sus joyas y su piso en un edificio con portero humano en el Upper East Side y se enamoró de su nivel de vida. Sí que creo que después se enamoró de ella. Pero casarse con alguien que primero se ha prendado de lo que tienes y después de quién eres no sienta las bases para un matrimonio saludable.

Así que sí, Vince es un poco ruin por eso. Pero Stephanie tampoco está libre de culpa. Sabía dónde se metía casándose con un tipo como Vince, y aun así puso en la lista de bodas toda la cristalería de Scully & Scully, porque le gustaba la idea de tener un marido-trofeo. Y Vince es el marido-trofeo por antonomasia —aunque un poquillo fondón—, pero esto es Nueva York, no Los Ángeles, y no hay nada que esos ojos no puedan hacerte olvidar. Si hubiese estado demasiado cuadrado, los rumores habrían levantado más revuelo, pero Vince y Stephanie se cubrían el uno al otro en una especie de pacto tácito a lo Will y Jada Pinkett Smith. Ya me entendéis, ¿no?

Es difícil sentirse mal por alguno de los dos y es difícil no sentirse mal por ambos. Depende del día. Aquel día del cumpleaños de Stephanie yo estaba en el bando de Vince. Nos había tenido en palmitas desde que nos despertamos, empezando por un celestial desayuno a base de tortitas caseras con arándanos y *ricotta* que nos había servido en la cama, pero nada consiguió animar a Stephanie. Sufre de una especie de dismorfofobia en todo lo relativo a su éxito, y le deseo mucha suerte a cualquiera que intente convencerla de que su talento y su tenacidad han obtenido el reconocimiento que merecen. Vince notaba claramente mi exasperación con ella, y por eso se animó a hacer aquel gesto, a romper la regla número uno de las Afortunadas al pronunciar —en silencio— la palabra «loca». En aquel momento me cambié de bando, me puse del lado de Stephanie mientras observaba a Vince fregando las sartenes blancas de Le Creuset que su mujer le había comprado en la preciosa cocina que su mujer había pagado. Puede que esté prometida con una mujer, pero si una cosa sé sobre las relaciones hetero es que los hombres que llaman locas a las mujeres son siempre los hombres que las han empujado al borde del abismo.

—Te escucho —le dije a Steph, y la gratitud en su sonrisa me hizo apartar la mirada por vergüenza ajena. La peor parte de hacerte mayor tiene que ser pedirle ayuda a gente más joven que tú. Dios, rezo por no verme nunca en esa situación.

—¿Sabes cuál es el capítulo de un *reality* más visto de la historia?

Lo pensé un momento.

—Los debates no cuentan, ¿no?

—No cuentan.

—¿Y los de lucha libre?

—Esto estuvo a la altura de uno de lucha libre en directo.

—Joder. —Me reí, intrigada de verdad—. ¿Qué?

—*The Hills*. El primer episodio de la tercera temporada: «Sabes de sobra lo que has hecho».

Enseguida visualicé a Lauren Conrad, iluminada en rojo por las luces de West Hollywood, gritándole a Heidi Montag: «¡Ya sabes por qué estoy enfadada contigo! ¡Sabes de sobra lo que has hecho!».

—Me acuerdo —dije.

—Claro que te acuerdas. Encuentra a una mujer de menos de treinta y cinco años que no se acuerde de la pelea entre Lauren y Heidi. La pelea entre Lauren y Heidi fue épica. Igual que la pelea de Taylor Swift y Katy Perry, y la pelea de Tonya Harding y Nancy Kerrigan, y si nos remontamos atrás en el tiempo, la pelea de Bette Davis y Joan Crawford. La agresividad femenina está restringida, luego es un tabú, y por eso se valora muchísimo. ¿Sabías que las niñas tienen la misma inclinación a la violencia física que los niños, pero las enseñamos a mitigar ese instinto? —Vio el entendimiento en mi rostro y dijo—: Sí.

187

Yo estaba pensando en Kelly y en mí: mordiscos, arañazos, mechones de su pelo en mis manos, arrancados de raíz.

—Aprendemos a canalizar nuestra agresividad de forma pasiva desde muy jóvenes —se encogió de hombros, como si esto fuese algo que todo el mundo sabía—, y por eso el combate entre mujeres es un deporte que genera gran expectación. Las mujeres tenemos que ser creativas cuando nos peleamos. Somos profesionales. La gente hace cola para vernos.

—Jen y yo nos peleamos —señalé.

—Pero siempre os habéis peleado. No hay lugar para la traición cuando nunca os habéis llevado bien. Los telespectadores no quieren una pelea, quieren una traición.

—¿Y cómo les damos eso?

—Nos marcamos un Lauren y Heidi. —Estiró la mano, cogió mi copa y dio un trago enorme—. Hasta te voy a dejar ser Lauren Conrad. Yo seré la mala —dijo con esa cara de chupar limones que todos ponemos cuando bebemos algo muy frío demasiado rápido. Las estrellas son como nosotros.

La pelea, según dijo Stephanie, tenía que ser lo suficientemente seria como para que los telespectadores no nos acusaran de estar siendo mezquinas, que no nos dijeran en los comentarios de nuestros *posts* de Instagram que lo arregláramos, que ya éramos «unas señoritas». (A Stephanie, si la píldora no le provoca un infarto a los treinta y cinco años, lo hará una mujer adulta de Minnesota diciéndole cómo comportarse con el lenguaje propio de un pedófilo.) La pelea tampoco podía ser tan irreparable como para no reconciliarnos a tiempo para el viaje a Marruecos. Terminaríamos la temporada en Marruecos, me prometió. Nada de aquello tenía que ser permanente.

El quid de esta pelea seria pero no irreparable sería el siguiente: que Stephanie me había pedido que le pasara su libro a Rihanna, porque pensaba que era perfecta para interpretarla en la adaptación cinematográfica si al final tenía lugar. Yo me había negado y Stephanie se había quejado porque, después de todo lo que ella había hecho por mí, se lo debía.

—Voy a quedar como la diva negra delirante —me dijo Stephanie mirándose el regazo—. Pero —se encogió de hombros y apretó los labios—, si Jesse se entera de que nos hemos peleado, tendrá que renovarme el contrato esta temporada, para ver cómo acaba la cosa. Y prefiero que me odien durante unos meses a quedarme fuera.

—Menudo gilipollas —dije yo, refiriéndome al redactor de la revista *NY* que había empezado a llamar a Stephanie «la Muerma» en sus reseñas de la tercera temporada. Pero, de repente, como si su miedo fuese una *app* con la función de compartir, yo también lo sentí. Era muy probable que mi mayor aliada en el programa no siguiera dentro. Sus escenas habían sido un coñazo la temporada anterior. Marc había hecho la broma de programarse la dosis de Ritalin para las escenas de Stephanie, y Lissa siempre le pasaba por delante de la cara una servilleta de Starbucks y la llamaba Miss Nueva York, y no en plan amable.

Y, a veces, cuando Stephanie deja de sonreír pero las líneas de expresión a los lados de la boca siguen ahí, sí que parece que está empezando a hacerse vieja.

Se suponía que la pelea sería fuera de cámara, entre una temporada y otra, y, como los actores del método, teníamos que meternos en el papel. En cuanto mi contrato de alquiler venciera en otoño y dejara de pagarle mi parte de la renta a Sarah, podría permitirme mudarme, y entonces sería cuando cortáramos la comunicación por completo. No podíamos hacer aquello de cara a la galería, a los medios de comunicación, al resto de las concursantes, a Jesse, si luego en casa por las noches nos mandábamos *emojis* graciosos. Ya habíamos visto lo que le había pasado a Hayley cuando le piratearon el móvil, no podíamos arriesgarnos a que nadie nos pillara. Por eso no escribí ni llamé a Steph para felicitarla cuando salió el libro y fue un éxito, aunque me moría de ganas. Aun así, tampoco habría sabido qué decirle… ¿Que lo sentía? ¿Que por qué no me lo había contado? ¿Que si era verdad?

Por eso tampoco pude avisarla de la comida con Jesse y mi hermana. Quizás habría encontrado la forma de ponerme en contacto con ella si hubiese pensado que Kelly tenía más opciones que una candidata de los Verdes. Pero la verdad es que lo vi como una reunión por pena para contentar a mi hermana, lo cual fue bastante inocente por mi parte ahora que lo pienso. Cómo no iba Jesse a prendarse de mi sobrina, esa *miniinfluencer* de metro ochenta con estrellas en los ojos. Y cómo no iba

189

Steph a ver la decisión de fichar a dos miembros de mi familia como una estrategia mía para ser el centro de atención cuando la línea de guion que habíamos urdido lo reservaba para ambas. Me permití creer que fue entonces cuando la pelea se volvió de verdad para ella, aunque en el fondo sabía que no era así. En el fondo sabía de sobra lo que pasaba.

Hasta la reunión grupal de producción no me di cuenta de que la pelea había dejado de ser una farsa. Steph y yo somos las únicas que mantenemos el contacto detrás de las cámaras. Así que era normal que no hubiera visto a Lauren ni a Jen hasta la reunión de producción. Pero que Stephanie sí las hubiera visto no era normal. Y, cuando todas le dieron la espalda al viaje a Marruecos de forma simultánea, supe que aquello no tenía nada que ver con que yo me hubiese «negado» a pasarle su libro a mi clienta superfamosa.

No sé qué habría pasado si Yvette no se hubiera apiadado de mí y me hubiese revelado el pastel de la ingesta de proteínas clandestina de Jen. En cuanto hube aniquilado la alianza, pensé que tenía dos opciones. Podía desvelar el plan de Steph, pero si hacía eso tendría que admitir mi participación en él, y Jesse, cuyos innegociables son nada de blogueras de moda —excepto Leandra Medine— y nada de líneas de guion falsas, se habría puesto furiosa. O podía hacerme la tonta. Fingir que todo era parte del plan, que Stephanie no estaba intentando echarme del programa, que no me despreciaba de verdad, seguir con la reconciliación tal y como la habíamos planeado y culminar en el viaje a Marruecos. Para mi tranquilidad, Steph me siguió el rollo cuando la acorralé en el baño en la fiesta de Lauren.

Pero ahora es como si en lugar de fingir que estamos enfadadas estuviéramos fingiendo ser amigas. Ni en mis peores sueños habría imaginado que la pelea se iba a convertir en realidad y la amistad en farsa.

11

Stephanie

He quedado con Brett en Barneys para que me ayude a elegir los zapatos que he de llevar a la cena con la directora nominada a los Óscar. Releo el mensaje-recordatorio de Lisa de esta mañana: «Acuérdate de que es la primera vez que ves a Brett desde que hicisteis las paces en el baño en la fiesta de Lauren». Esta advertencia es necesaria, puesto que ella asume que nos hemos visto después de la fiesta de Lauren, que fue hace tres semanas. Y por qué no iba a asumirlo. Hemos «hecho las paces». Todo ha «vuelto a la normalidad». Voy a ir a Marruecos. Cómo me gustaría poder añadir sendos adverbios de negación a esas frases.

Lisa nos envía estos mensajes-recordatorio antes de la mayor parte de las escenas por cuestiones de coherencia cronológica: El programa no tiene guion, pero sí que está preparado. Grabamos de forma desordenada, a veces se rueda una escena en la que quedamos para tomar un café después de una bronca entre dos de las concursantes y allí «se fragua» el enfrentamiento, que luego aparecerá como posterior en vuestros televisores. Lisa siempre me escribía antes de quedar con Brett ante las cámaras («Acuérdate de que lo último de lo que hablasteis fue de la detención de Lauren») aunque hubiéramos hablado de un millón de cosas distintas desde entonces, delante y detrás de las cámaras. Empiezas a pillar el hilo a medida que el rodaje progresa, y los mensajes-recordatorio hacen las veces de titulares de las distintas líneas de guion entrecruzadas. Está claro que la reconciliación de Brett y Stephanie va a ser una de las más importantes esta temporada, justo como lo planeamos.

Desde la fiesta de Lauren, he estado esperando… algo de

ella. Si me hubiera mandado un mensaje, habría dicho que tenía que haberme llamado. Si me hubiese llamado, habría dicho que tenía que haberlo hecho en persona. No lo habría hecho bien de ninguna de las maneras, pero algo que reconociera lo que ha pasado en realidad entre nosotras ya habría sido algo.

He perdido amigos antes, pero nunca me había sentido así, como si hubiese tenido un infarto y tuviera que volver a aprender a andar, a diferenciar la mano izquierda de la derecha. Brett me robó mis instintos, me sonsacó mis vulnerabilidades al fingir que me confesaba también las suyas. Le conté los detalles más dolorosos de cosas de las que a Vince solo le he hablado por encima, sobre todo sobre mi batalla con la depresión. Odio esa palabra: «Depresión». La oigo y pienso en ese labrador negro de los anuncios, con su juguete en el hocico, gimoteando para que lo saquen, y su dueño tirado en el sofá, incapaz de levantarse. La odio porque es cierta. Cuando mi depresión está en auge, no ruge, bosteza. Me he llegado a hacer pis en la cama, despierta y sobria, porque el esfuerzo de levantarme y dar diez pasos hasta el baño me parecía una hazaña imposible. Que Brett sepa esto y más —mucho más— y que ahora la haya perdido me hace sentir como si a mis secretos les hubiesen salido patas y se hubieran largado a campar por el mundo a sus anchas, con minifalda y tacones de aguja, para atraer a todo aquel que quiera escucharlos. La amenaza de la exposición me angustia constantemente, pero el miedo siempre es secundario al dolor por la ruptura. Le abrí mi corazón a Brett. Me di la vuelta un segundo y lo desvalijó por completo.

Últimamente he estado pensando que retamos al universo al maquinar nuestra trama como lo hicimos, y que a él no le ha gustado ni un poquito (todo el mundo sabe que es un hombre). Como si un pajarito le hubiera contado nuestras insignificantes artimañas y él se hubiese mofado de nosotras: «Ah, que queréis pelearos por algo, ¿no?». Si yo no lo hubiera propuesto, si no hubiera tentado a la suerte, ¿habría pasado igualmente? «Espera un momento —me digo, sorprendida, mientras paso junto a un maniquí ataviado con tanto terciopelo que Prince se sentiría ofendido—, ¿no pensará que es culpa mía? ¿No estará esperando a que sea yo la que le diga algo a ella?» La indulgencia que me inspiraba mi examiga se marchita a medida que subo en el ascensor hasta la sección de zapatería. Eso sería típico de Brett, que en mi opinión hace tantas buenas acciones solo para redimir sus pecados.

Llego a la quinta planta y descubro que soy la primera en llegar. «No pasa nada», pienso, apaciguada por la imagen de Brett llegando sudorosa y agotada, a sabiendas de que me va a encontrar en actitud de ataque cual serpiente de cascabel. Odio que me hagan esperar. Los minutos pasan y compruebo que no solo no llega pronto, sino que llega tarde. Muy tarde. Diez minutos tarde. Diecisiete. Veintidós.

—Si no está aquí en cinco minutos, me largo —le digo a Rachel, la productora de exteriores, a la que no se le ha ocurrido ponerse otra cosa que unas chanclas de goma para pasar la mañana en Barneys. Sé que Rachel gana 38.000 dólares al año y que estoy siendo una esnob redomada, pero mi humor se agria por segundos.

—Voy a ver por dónde va —contesta Rachel mientras se aleja para llamarla.

Pero justo entonces, hablando de la reina de Roma, por la puerta asoma: Brett dobla la esquina sin rastro de agobio y vestida con una camiseta que parece cara, unos vaqueros raros, un reloj muy bonito y esas zapatillas mazacotas blancas que cuestan más que un ordenador portátil. Tiene buen aspecto, reconozco, sin aliento, se la ve joven y rica. «Pero ¿es guapa?», me descubro preguntándome, mezquina de mí. Es una chica más grande que las demás, ya no una «chica grande», como se definía en la primera temporada. Pero, ay, las adictas al Big Gulp fueron a por ella con toda la artillería en Facebook: «La media de las mujeres estadounidenses usa la talla 48. Si tú eres "grande", ¿qué somos nosotras?» (está corregido para que se entienda, tanto la ortografía como la puntuación. La conversación se desarrolló en Facebook). Me vi tentada de contestar por ella —«Lo que eres es enorme, Deb»—, pero Brett no soporta desagradar a los demás ni que no la entiendan. Respondió a todas y cada una de las lloronas de talla extragrande y se disculpó, explicándoles que en Nueva York se cotiza la delgadez y que por eso a menudo se siente «grande» en comparación con sus amigas. Les agradeció lo que le habían enseñado, que le hubiesen recordado que vivía en una auténtica burbuja de privilegio, y prometió ser más cuidadosa con la terminología que utilizaba para hablar de los cuerpos en el futuro. Qué espectacular pérdida de tiempo para todo el mundo.

No tengo ni idea de qué talla usa Brett, aunque seguro que no es ni una 48 ni una 36, que es la que uso yo, y yo soy «más grande» que Lauren y Jen juntas. Sé que está proporcionada y que tiene la piel de los muslos y del estómago —la cual he visto demasiadas veces, por cierto— impresionantemente suave, sin imperfecciones ni celulitis. Es un cuerpo más grande pero es convencional, y no hablemos de su cara, con esos ojos grandes y marrones y esa piel olivácea clara, que es adorable, eso es innegable. Podría parecer, pues, que la respuesta es obvia. «¿Es guapa? Sí.» Pero no lo veo tan claro. Quizá porque Brett se comporta de una forma que sugiere que ni siquiera ella lo cree. Va por ahí predicando a los cuatro vientos la autocompasión, que las mujeres tienen que desarrollar los caminos neuronales para llegar a hablar con amabilidad y cariño de sí mismas (yo, yo, yo), y luego se da la vuelta y se mutila la piel con esos horribles tatuajes. Y he visto cómo se alimenta. Brett comía de forma violenta cuando vivía conmigo: engullía cajas enteras de gofres congelados sin descongelar, comía extraños mejunjes de azúcar, harina y esencia de vainilla a cucharadas, como si se estuviera tomando una sopa a medianoche. No había nada de amabilidad ni de cariño en su forma de comer. Era más bien el comportamiento de una persona consumida por la vergüenza.

Brett me sonríe con timidez pero sin atisbo de disculpa. Estoy cercada por un fuerte de cajas de zapatos, con una sandalia rosa con lazo de Aquazzura en un pie y un botín de ante de Isabel Marant en el otro. Me levanto para examinar la parte inferior de mis piernas en el espejo bajo y Brett lo confunde con una invitación para darnos un abrazo. No puedo rechazarla, no con las cámaras delante. Así que, en contra de mi voluntad, la rodeo con los brazos y entierro la cara en su hombro. Mientras aspiro el intenso olor de su champú de aceite de argán y comparo, pecho contra pecho, su suave latido con el mío, acelerado como un conejo a la carrera, me pregunto con indulgencia si Brett ha engordado.

—¿Te ha costado encontrarla? —le pregunto cuando nos separamos.

194

—¿Encontrar qué?

—La sección de zapatería. Sé que hay otra en la séptima planta y tú no subes mucho por aquí.

Brett parece confundida.

—Es verdad, no mucho. Pero la he encontrado sin problema.

—O sea que simplemente llegas tarde. —Le sonrío con violencia.

Brett mira el bonito Cartier que lleva en la muñeca. Parece *vintage*. Mírala, qué moderna.

—He llegado con cinco minutos de antelación.

Por un momento, los últimos ocho meses no existen. Las dos nos giramos y fulminamos con la mirada a Rachel.

—¡A mí me dijeron a las once! —exclama ella, aunque la culpabilidad se le trasluce en la voz.

A veces, producción da horarios distintos a las concursantes para las citas. Es juego sucio, pensado para cargarnos de resentimiento antes incluso de empezar a rodar. Esperas con todo tu ego, sientes que no están respetando tu tiempo y te cabreas, con lo que ya estás lista para saltar a la yugular. Incluso cuando te das cuenta de la jugarreta, como nos acaba de pasar a nosotras, ya estás de mal humor. Seré cordial pero arisca con Brett, y todo el mundo pensará que soy una zorra por decir que la he perdonado cuando en realidad no es así, lo que dará como resultado dos minutos televisivos deliciosos.

Bueno, pues si me van a hacer quedar como una arpía, por lo menos voy a ganarme el sueldo. Rebusco en el bolso el regalo que he envuelto hace un rato para Brett. Había dudado hasta ahora mismo si dárselo o no. Esta jugada sucia de producción refuerza mi decisión.

Brett se ríe.

—¿Qué pasa?

Busca en su bolso y me tiende una cajita alargada envuelta en papel de regalo.

—Yo también tengo una cosa para ti.

Los abrimos a la vez. Mi regalo son unas gafas de sol Wayfarer rojas con la palabra SPOKE serigrafiada en letras blancas en la patilla. El de Brett es mi libro dedicado. No podíamos ser más obvias.

—Menudas perras estamos hechas.

Brett se ríe mirando directamente a la cámara. Me retracto: no podíamos ser más obvias, pero Brett sí podía. He sacado mis libros en muy pocas escenas a lo largo de estos años, porque sé que Internet no le pasa una a las mujeres que se exceden con el autobombo. A menos que seas Brett, que no es capaz de estornudar sin sonarse la nariz con un pañuelo que lleve bordada la palabra SPOKE. La Pasota siempre se las apaña para que no le digan ni mu.

—Las gafas son para el viaje a Marruecos —me dice, apretando mi libro contra el pecho con la cubierta hacia afuera—. Y yo pienso poner esto en un sitio privilegiado en mi nueva casa.

—¿Qué tal lo llevas? —le pregunto, con los ojos centelleantes de curiosidad obligatoria—. Totalmente diferente de vivir con Sarah, imagino. Ahora estás prometida. —Me río como si acabáramos de compartir una broma privada.

—Estamos las dos tan liadas que casi no nos vemos —dice Brett con tono neutro. Es una respuesta inteligente. Una respuesta de político.

—Eso no tiene por qué ser malo —replico—. Yo tengo que agradecerles a las giras de presentación de los libros que mantengan la pasión en mi matrimonio. Vince y yo no somos capaces de quitarnos las manos de encima siempre que vuelvo a casa.

Levanto una comisura de la boca en una sugerente media sonrisa. «No eres la única que tiene una relación tórrida, cielo.»

Brett se muestra visiblemente incómoda, como esperaba.

Satisfecha, vuelvo a centrarme en mis pies.

—¿Cuáles te gustan más para la cena con la directora?

—Las sandalias —dice Brett sin vacilar—. Sin duda.

—Pero ¡si son rosas y tienen un lazo! —me río—. Esa chica te está ablandando.

Brett se endereza en el sitio. No le ha gustado mi comentario. Sabía que no le gustaría.

—Yo las veo beige.

Me siento y paso la correa del tobillo por la hebilla.

—Maquillaje —digo con una sonrisita de suficiencia. Brett

es mucho más femenina de lo que quiere aparentar—. Son color maquillaje. —Levanto la vista al acercarse la dependienta—. Me llevo los botines de Isabel Marant y las sandalias de Aquazzura… pero las Aquazzura en el 38.

—¿Quiere probárselas para asegurarse de que está cómoda con ellas? —pregunta la dependienta.

—No —inclino la cabeza señalando a Brett—, pero ella sí. Brett corta el aire con las manos en un gesto de negación.

—No —dice—. Por supuesto que no.

—Por supuesto que sí —respondo con firmeza. No puedo dejar que mi libro sea mi regalo, no después de que nos hayan grabado regalándonos la una a la otra nuestro propio *merchandising*—. Es mi regalo de compromiso. Me voy otra vez de gira de presentación del libro, y luego tengo la cena en Los Ángeles, claro, y me siento fatal por no poder estar en tu…

—Me paro. La fiesta de compromiso de Brett es una sorpresa—. Quiero decir que me siento mal por no haber podido estar ahí para ti antes.

Brett me mira intrigada, pero no indaga, solo se agacha para coger la sandalia y mirar el precio en la suela. Abre la boca y la deja en el suelo otra vez.

—Cómprame una velita, mejor —dice—. Esto es demasiado.

—No digas chorradas —me burlo—. No cuestan mucho más que esos andrajos.

Enarco una ceja y señalo sus deportivas. Brett gira las punteras hacia dentro mientras Marc dirige la cámara a sus pies, como si tratara de esconder una prueba incriminatoria. Solo hay que hacer una búsqueda rápida en Google para averiguar que nuestra optimista y joven luchadora ha pagado quinientos dólares por unas zapatillas de deporte.

La dependienta vuelve con las sandalias en el número de Brett y ella, a regañadientes, se quita las zapatillas y se las prueba. Cambia por completo al subirse a los tacones de diez centímetros de mujer fatal. Es como si su aspecto al fin coincidiera con lo que sé de ella. Me esfuerzo en buscar algún insulto velado.

—¿Estás dándoles un respiro a las extremidades superiores? —pregunto al fijarme en el último tatuaje que se ha hecho

197

en el interior del pie, una palabra en otro idioma; parece árabe. En tinta roja, el color corporativo de SPOKE, por supuesto.

Brett pone los ojos en blanco.

—Por ahora, «mamá».

Guiño los ojos en un mecanismo de defensa, como si me hubiera apuntado con un puntero láser. No sé si quería señalar nuestra diferencia de edad o no, pero cómo se atreve.

—Eres una de las personas más generosas que conozco, Steph —se apresura a decir Brett al ver cómo me ha sentado la broma—. Pero no puedo aceptarlas. Aplazar lo del bebé para venir a Marruecos es más que suficiente regalo de compromiso.

Rebusco la cartera en el bolso. Se va a ir de aquí con esos zapatos aunque tenga que clavárselos en los ojos.

—Mi médico dice que ni siquiera hay zika en Marruecos ahora mismo. No es ningún sacrificio, en realidad. Además —encuentro la tarjeta color acero que quiero usar— son muy de novia. Vas a tener un montón de ocasiones para ponértelas próximamente.

La miro a los ojos. Parece el momento de la ceremonia de una boda en el que el cura dice a los invitados: «Si hay alguien que conozca algún impedimento por el que estas dos personas no puedan unirse en santo matrimonio, que hable ahora o calle para siempre».

—Todavía no me creo que vayas a tener un bebé —dice Brett.

—Todavía no me creo que vayas a casarte —replico yo sin perder la oportunidad. Nos sonreímos por puro formalismo y ambas callamos para siempre, por ahora.

12

Brett

—¿*N*ochevieja?

Salto un charco en la calle, sorteando por los pelos el borde lleno de basura. Me siento extremadamente guapa con los zapatos que me compró Steph, que solo me he puesto porque Arch me lo ha pedido muy amablemente. «Con el vestido de encaje», me ha sugerido. La última vez que Arch fue a Los Ángeles por trabajo me trajo un vestido plisado blanco roto con flores. Parece sacado directamente del armario de la Arpía Verde, pero tengo que reconocer que me queda bastante bien. Creo que habría quedado muy mono con mis zapatillas, pero ¿cómo es ese refrán tan machista? A la parienta hay que tenerla contenta.

Tengo que decir una cosa, y es que no entraba en mis planes tener unas zapatillas de deporte de quinientos dólares. Acabaron en mi poder por culpa del mal tiempo y de mis andares distraídos. Pisé un charco cuando iba a vigilar las obras del centro SPOKE del Soho una mañana, y me metí en la primera tienda que vi que tenía zapatillas en el escaparate. Ni siquiera se me pasó por la cabeza mirar el precio —¿cuánto pueden costar unas zapatillas de deporte?— y la dependienta había sido tan maja y tan amable... Solo me dijo cosas maravillosas sobre SPOKE. No quería jorobarle la comisión cuando me dio la catastrófica noticia, aunque casi me desmayo al oírla. «Te las vas a poner todos los días», me prometió al ver mi cara, así que, para amortizar el despilfarro, eso he hecho, hasta el punto de que Arch me ha pedido que las guarde en el armario de la entrada para que no apesten el dormitorio.

La verdad es que unas zapatillas de deporte de quinientos

dólares ya no me parecen un despilfarro. No puedo permitirme gastar eso todos los días, pero ¿darme un capricho lujoso de vez en cuando o comprar algo caro para la gente que quiero sin despeinarme? Sí, eso sí que puedo hacerlo. Esta temporada estoy en una categoría tributaria distinta de los años anteriores, y aún no sé cómo voy a encajar eso en mi papel de «la pobre» del grupo. Estoy orgullosa de lo lejos que he llegado, pero no quiero alienar a las mujeres que se identifican con mis dificultades financieras de antes. Como era de esperar, mis compañeras parecen decididas a levantar la liebre antes de que esté lista para gestionar la discrepancia. Quieren castigarme por su propio miedo. Nadie va a impedir que le pidan más dinero a Jesse.

—Siempre he imaginado que me casaría en otro sitio —dice Arch, apoyándose en la mano que le he ofrecido y sorteando el bordillo como una mantis religiosa. Ella también lleva sandalias de tacón, pero las suyas se atan al tobillo con dos tiras rematadas por sendas borlas.

—Podríamos pasar la Nochevieja fuera —propongo mientras miro a ambos lados antes de cruzar la calle—. ¿Anguilla?

—Es que para mi familia ya va a ser un viaje muy largo. —Arch desliza su cuerpo delgado entre dos coches aparcados—. Gracias. —Me sonríe triunfante mientras le sujeto la puerta.

—No tenemos reserva —le digo a la chica que nos recibe en L'Artusi—. ¿Tenéis sitio en la barra?

Ella hace «mmm», se golpea el puño contra el mentón y examina su tableta.

—Nos acaban de cancelar una reserva. —Da varios toques a la pantalla con el dedo, coge dos cartas y se las pone bajo el brazo—. Tenemos una mesa arriba.

Las cejas casi se me salen de la frente. ¿No vamos a esperar en L'Artusi, un sábado por la noche? ¡Toma!

Arch camina delante de mí, llevándome de la mano por el restaurante. Paso por delante de una chica a la que se le cae el cuchillo del pan al reconocerme.

—¡Brett! —me saluda, borracha—. ¡Te quiero! —Su amiga le agarra la mano, avergonzada. «Dios mío, Meredith.»

—Pásalo bien, Meredith. —Me río por encima del hombro, y Meredith aparta la mano y mira con suficiencia a su amiga, como diciendo: «¿Ves? A ella no le ha parecido mal».

—¿Y qué tal si nos casamos en algún sitio a medio camino? —grito por encima del bullicio del sábado noche mientras subo las escaleras arrastrando los pies detrás de Arch.

«No arrastres los pies, Brett», solía quejarse mi madre cada vez que entraba en la cocina preguntando qué pesadilla baja en hidratos había esa noche para cenar. Hay largos y sombríos periodos de silencio entre cada uno de los pasos de Arch. Otra razón por la que mi madre la habría querido a ella más que a mí.

Cuando llegamos al piso de arriba, Arch se detiene y espera a que la alcance. Mi primera reacción es que ha habido un error en el sistema de reservas, porque no hay ninguna mesa libre aquí arriba. De hecho, no hay mesas directamente, solo gente de pie con copas de champán en la mano. Entonces veo las cámaras y a Lisa, a los padres de Arch, a Kelly y a Layla, a Jen y a Lauren y a Vince y, lo que es más sorprendente, a Jesse, y el grito de felicitación colectivo es la última pieza del rompecabezas.

—¡Arch! —me llevo las manos a la nariz. Se me saltan las lágrimas.

—Mis padres querían darte una sorpresa —dice Arch, riéndose un poco, aunque también tiene los ojos empañados—. Ay, ven aquí.

Me coge por la muñeca y me atrae a su pecho. Todo el mundo hace «ohhh», y los padres de Arch se acercan a nosotros, con Lisa, Marc y el resto del equipo detrás.

—¿De verdad ha sido una sorpresa? —me pregunta la madre de Arch, con dulce escepticismo. Su sonrisa me hace sentirme como un zurullo caliente y cubierto de pelo. «No me merezco a tu hija», pienso mientras le echo los brazos al cuello.

—¡Totalmente! —le prometo a la doctora Chugh mientras me hundo en su cuerpo cálido y mullido como un cojín.

Así habría sido mi madre si me hubiese dejado abrazarla más. Así deberían ser todas las madres: suaves pero sólidas, con algo de peso, algo de permanencia. Arch ha heredado la estatura y las extremidades largas de Satya, su padre. No estaba segura de cómo iban a reaccionar los padres de una mujer india de primera generación ante el hecho de que su hija saliese con una estadounidense tatuada con un *piercing* en la nariz y pezones de los que un día saldrá leche, pero Arch me dijo que les presentó a sus padres a su primera novia cuando tenía veintitrés años, que ahora tiene treinta y seis y que si le había visto el culo; sí, ¿verdad? Pues que echara cuentas: ha habido muchas antes que yo.

La indecente fortuna de la familia viene por parte de Satya y la ambición femenina progresiva de la doctora Chugh, cirujana jubilada del Hospital Pediátrico Lucile Packard que esgrimió una serie de datos científicos ante su receloso marido cuando Arch salió del armario. «No hay ninguna cura médica para la homosexualidad y solo tenemos una hija», dijo la doctora Chugh, animándolo para que aceptara la situación. Se ha ofrecido a hablar con mi padre de la misma forma en que habló con Satya, pero el problema es que mi padre tiene dos hijas.

Suelto a la doctora Chugh y retrocedo para observarla mejor. Siempre lleva el mismo atuendo, día y noche, en verano y en invierno: una *blazer* oscura, unos vaqueros oscuros, mocasines burdeos o azul marino y un pañuelo de colores que empieza exactamente donde termina su melena corta y canosa.

—Muchísimas gracias —le digo—. ¿Esto lo habéis organizado vosotros?

—Propusimos hacerlo en el Per Se pero Arch dice que no es «tu estilo». —La doctora Chugh deja caer los dedos con los que ha hecho el gesto de las comillas cuando termina de hablar, aunque las palabras que quería entrecomillar estaban claras—. Es que no «molamos». —Levanta los dedos de nuevo.

—Lo que dije fue que el Per Se no molaba, mamá —dice Arch, dándole un beso en la cabeza a su madre.

Me río.

—Molas un montón, doctora Chugh. Tú también, Satya.

Me pongo de puntillas para abrazar al padre de Arch. Su abrazo es flojo, pero es un abrazo, al fin y al cabo.

—Estamos muy felices por vosotras —dice Satya. Me da una palmada en el hombro y se le enreda la mano en mi pelo. Nos reímos, incómodos, mientras deshago el enredo.

Arch apoya el codo en el hombro de su madre. Igual que Kelly, le saca una cabeza a la mujer que la trajo al mundo.

—Mis padres querían saber si hay alguna forma de convencerte de que nos casemos en Delhi.

—Nosotros nos casamos en el Roseate —dice la doctora Chugh. Se queda embelesada al recordarlo—. Fue tan bonito...

Satya asiente con la cabeza mientras observa con aprensión el pie de micrófono suspendido sobre nuestras cabezas.

—Sí que lo fue.

Arch se tapa la cara con la mano y tuerce la boca para hablarme.

—No vamos a casarnos en el Roseate.

—¿Qué has dicho? —La doctora Chugh le da una torta suave a su hija.

—¡Que lo pensaremos! —se ríe Arch—. Ups, Brett —dice al ver que la multitud se agolpa a nuestro alrededor—, creo que tienes que saludar a tus invitados.

Levanto la vista a tiempo para ver a Jesse moviéndose por la sala como una ambulancia en servicio de urgencias. Las mujeres se apartan de un salto para dejarle paso.

—¡No puedo creer que estés aquí! —grito, y ella salta a mis brazos y (¡no, ahora no!) me rodea la cintura con las piernas. Vuelvo la vista atrás a toda prisa con la esperanza de que mis futuros suegros no lo hayan visto, pero nos miran boquiabiertos. Finjo tambalearme bajo el peso de Jesse con la esperanza de que lo pille y se baje rápido.

—Era eso o tirarme de cabeza a una botella de tequila Casamigos. —Jesse pone los pies en el suelo al fin y me clava los codos en las costillas con tanta fuerza que emito un gruñido, como si acabaran de hacerme la maniobra de Heimlich—. Me rompes el corazón, tía. —Suspira y mira por encima de mi hombro. No tengo que girar la cabeza para saber que está mirando a Arch—. Si tenía que perderte, me alegro que al menos sea por alguien tan especial y, si te soy sincera, que da tan bien en cámara como Arch. —Apoya la frente contra la mía y susurra en voz alta—: Vas a conseguirme un montón de dólares publicitarios de boda con tu *spin-off* y por eso estoy inmensamente feliz por ti. —Me da un beso en la punta de la nariz—. ¿Qué te parece si llamamos al programa *Orgullo de novia*? Podríamos hacerlo coincidir con las fiestas del Orgullo.

Hago un gesto con la mano sin entusiasmo alguno.

—Ya lo pensaremos. —Se gira hacia la cámara y se dirige a Lisa—. Obviamente, esto no va a la edición final.

—¿Seguro? —contesta la voz penetrante y sarcástica de Lisa. Es imposible verla detrás de la luz cegadora del foco.

203

Jesse me pone una mano en el hombro en un gesto que parece de despedida.

—¿No te quedas?

—Es mi única noche libre del *aftershow* esta semana —dice Jesse—. Y eso, doña Novia, es trabajo. —Me obliga a dar media vuelta y me empuja hacia la multitud—. Venga, sigue pasando lista.

Me pongo la mano a modo de visera y escudriño a la multitud que ha formado un pequeño círculo a mi alrededor. Estoy buscando a Layla, pero mi mirada se topa con Lauren.

—¡Enhorabuena, preciosa! —grita mientras me echa los brazos al cuello y se derrumba contra mí. Huele a fiestón y a borrachera, y lleva unos vaqueros cortos y una remilgada camiseta blanca. No tiene mucha lógica, pero está increíble.

La Arpía Verde, en cambio, me saluda con una pinta totalmente asexual, vestida con un saco del color de una tirita vieja. Me dice que le gusta mi vestido; es lo más ruin que me ha dicho nunca.

Vince se me acerca por detrás y me da un abrazo que me hace levantar los pies del suelo.

—Steph siente muchísimo no poder estar, pero me ha pedido que le mande una foto de tus zapatos si llevabas los que ella te regaló.

Vince se saca el móvil del bolsillo y lo pone junto a mis pies. Hay un destello del *flash*; mis zapatos color maquillaje son la estrella de la noche.

—Guau, Brett —exclama Vince—. Son un poco sexis de más para ti.

—Gracias, «papá».

—Lo siento. Nunca te había visto con unos zapatos así antes.

Lauren suelta su vaso de agua (aunque eso habría que verlo) y me coge la mano izquierda entre las suyas; la balancea como si fuésemos dos colegialas jugando a la comba. Lo hace con más fuerza de lo que cree y por un momento creo que me va a dislocar el brazo.

—¿Habéis visto a la mujer con la que va a casarse? Pues claro que se siente sexi. —Se lleva mis nudillos a la nariz para examinar mi anillo de compromiso de cerca, tanto que se pone bizca—. Entonces, ¿ha sido una sorpresa?

—No. En realidad, no.

—¿No, eh? —Lauren sonríe con suficiencia—. Ese es el problema con las relaciones hoy en día. No hay misterio. No hay espontaneidad. Tienes la conversación cuando estás preparada y luego vas a Cartier y compras unas alianzas de oro clásicas.

—No deja caer mi mano, más bien la tira, como harías con un teléfono viejo al colgarlo después de una discusión acalorada—. ¿Dónde ha quedado el romanticismo? —Su voz se rompe en la última palabra, eso que tanto ansía pero finge que no.

Me río a cámara como si estuviera un poco confundida por la reacción iracunda y desesperanzada de Lauren, aunque en realidad no lo estoy. Lauren está cansada de que la encasillen por su animada y variopinta vida sexual. Se está haciendo mayor. Se está quedando sola. Pero tiene que representar un papel. Lo siento por ella.

—No, pero digo que no fue una sorpresa porque fui yo quien se lo pidió a ella.

—¿Que se lo pediste tú a ella?

Técnicamente, nos lo pedimos mutuamente, pero por la razón que sea he empezado a contar esta versión de los hechos siempre que Arch no está cerca para llevarme la contraria. Apropiarme de la decisión me ayuda a convencerme de ello. «Salta cuando estés casi listo» es una frase típica en el mundo de los negocios porque en realidad nunca se está listo de verdad para hacer algo que puede cambiarte la vida para bien o para mal.

—Sí —le doy un puñetazo a Vince en los pectorales, de broma—, no pongas esa cara de flipado.

—Es que… no sé. Ella es mayor que tú. —Vince se pasa una mano por el pelo, consternado—. Supongo que pensaba que ella era… ya sabes. El hombre de la relación.

—¿El hombre de la relación?

Miro a Lauren y a Jen, asumiendo que esta forma estereotipada de ver las relaciones les ofende tanto como a mí.

—Mmm. Mmm. —Lauren sacude la cabeza, en vehemente desacuerdo con Vince—. Arch no puede ser el hombre de la relación. Es superdelgada.

Supongo que no tendría que haber esperado una refutación iluminada de Lauren ahora que me fijo en que tiene los párpados a media asta y la mandíbula peligrosamente rígida.

205

Esta noche toca Xanax y lo que sea que haya en ese vaso y que pretende hacer pasar por agua.

Un camarero se introduce en nuestro grupo con una bandejita de plata.

—Siento interrumpirles. ¿Vieiras con limón, aceite de oliva y pimientos de Espelette?

—Que Dios te bendiga... ¿Cómo te llamas? —Arqueo las cejas, a la espera.

—Dan —contesta.

—Dan *el Dandy*. —Hago un gesto como para investirle caballero mientras atravieso una vieira con un palillo y me la meto en la boca—. No tienes que disculparte, Dandy —digo mientras mastico. Levanto un dedo, mastico, mastico, mastico y trago—. Interrúmpeme cuando quieras, Dan. Sobre todo si estoy hablando con esta gente la próxima vez que me...

Antes de que pueda terminar la frase, me atraganto con un trozo de vieira y me entra otro de esos malditos ataques de tos. Me doy golpes en el pecho con el puño mientras señalo desesperada el «vaso de agua» de Lauren, pero ella lo aparta de mi alcance.

—¡Estoy resfriada! —exclama.

Jen me mira fijamente, sin expresión en la cara y cómicamente despreocupada. Si Vince no estuviera aquí, dispuesto a ponerme su copa de vino tinto entre las manos, me habría muerto en mi propia fiesta sorpresa de compromiso. Consigo dar tres sorbos sin escupirlos.

Toso y carraspeo. Estiro la mano y me cubro el corazón con la palma. Dejo escapar un largo suspiro para recomponerme.

—Gracias, Vince —digo, mirando a Lauren.

—Acabas de prometerte —dice Lauren con un hilo de voz—. No quería que te pusieras mala. —Aspira por la nariz; dos veces.

—¡Tía Brett! —oigo desde la banda, y veo a Layla con una camiseta estampada de Zara que le regalé hace poco. Lleva el pelo más claro en las puntas que en las raíces; eso es nuevo. También es nueva la decisión de Kelly de salir de casa sin sujetador. Vince la mira para estar seguro. Dos veces.

—¿Qué es esto? —Agarro un mechón de pelo de Layla. Mi sobrina estuvo todo el año pasado pidiendo hacerse mechas californianas, pero Kelly se oponía tajantemente.

—Acompañamos a Jen a la peluquería y les sobró un poco de tinte —me explica Layla—. Es sin amoníaco ni químicos, así que mamá dijo que vale.

Se me hace un nudo en el estómago. «¿Kelly y Layla acompañaron a Jen a la peluquería? ¿Cómo no sabía yo nada de esto?»

—Layla se ha apuntado a las pruebas de lacrosse este año —añade Kelly—. Y estoy orgullosa de ella por atreverse con algo nuevo.

—¿Por qué no baloncesto? —pregunta Lauren, despistada como siempre.

—No tienes por qué contestar a eso —le dice Vince a Kelly, riéndose incómodo.

—Ya sé que no tengo que contestar a eso —le espeta Kelly. He aquí una conversación entre dos personas que se conocen mejor de lo que yo pensaba que se conocían.

Vince abre mucho los ojos e infla las mejillas, aguantando la respiración. Se mete las manos en los bolsillos y se balancea de los talones a las puntas de los pies, pensando en cómo cambiar de tema.

—Bueno. Eh… —me dice—. ¿Y la boda cuándo es?

—Todavía no tenemos fecha. Pero antes de final de año seguro. Ninguna de las dos tenemos ningún interés en pasarnos mucho tiempo organizando una boda.

Kelly hace un ruido provocativo.

—¿Qué pasa, hermanita?

—No he dicho nada —se defiende Kelly, pero no tiene que decir nada. Cree que me estoy precipitando con esto. No entiende por qué tenemos tanta prisa. El grupo se congela y todo el mundo se pone tenso y cuadra los hombros.

—Steph y yo tampoco estuvimos prometidos mucho tiempo —aporta Vince, lo cual es un comentario estúpido.

—Hombre, en ese caso… —dice Kelly, y Jen se tapa una sonrisa cruel con la mano. Su compasión por todas las criaturas vivientes no es aplicable ni a los pavos ni a mí, es evidente.

—Está aquí Layla —le recuerdo a mi hermana en voz baja.

—¿Qué quieres que diga? —suspira Kelly.

—Mmm… ¿Qué tal si me das la enhorabuena?

Kelly me dedica una mirada breve y mezquina.

—Tienes una mancha de vino en el vestido nuevo.

207

Υ

Dan *el Dandy* está tardando demasiado en traerme el agua con gas que he pedido, así que voy abajo y se la pido a uno de los camareros al fondo del restaurante. Estoy intentando quitar la mancha cuando me vibra el teléfono.

No sé dónde estás pero es tarde así que voy a llevar a Layla a casa, reza el mensaje de Kelly. *¿Nos vemos mñn en el Soho?*

Estoy a punto de contestar que estoy en la planta de abajo, pero entonces veo a Kelly y a Layla bajando las escaleras. Estoy detrás de ellas, cerca de la cocina, así que me doy cuenta antes que ellas de que Vince las sigue. Alcanza a Kelly al pasar por el mostrador de la entrada, estira la mano y le roza el codo de forma tentativa, casi como si supiera que no debería estar haciendo eso. Estoy demasiado lejos para oírles, pero veo que Kelly le señala el baño de la parte delantera del restaurante a Layla. Ella desaparece dentro, dejando solos a Vince y a Kelly.

Vince está de espaldas a mí, pero debe de estar hablando porque los labios de Kelly están inmóviles. Fruncidos pero inmóviles. Cuando por fin abre la boca, señala el pecho de Vince con el dedo, aunque no lo toca, y puedo leerle los labios porque está hablando despacio para darle énfasis, pasando por encima de las consonantes para generar el máximo impacto. «Dé-ja-lo-ya», dice, puntuando cada sílaba con el dedo.

De repente, Kelly deja caer la mano a un lado. Me ve. Balbucea una disculpa para Vince y se pone a dar golpes en la puerta del baño mientras le grita a Layla que se dé prisa. Yo me giro para darle la espalda a Vince, que da media vuelta y recorre el restaurante de vuelta hasta las escaleras. Soy lo bastante rápida para que no me vea, pero no tan rápida como para no tomar nota mental de su gesto. Está derrotado, constato, y el pánico me atraviesa el pecho. Porque si Stephanie se enterase de que su marido ha seguido a mi hermana por unas escaleras oscuras y que han tenido lo que parecía una disputa entre amantes en mitad del restaurante más *cool* del West Village, no sé lo que haría. Peor aún, no sé lo que diría.

13

Stephanie

Cuando Vince tropieza con la puerta del dormitorio, estoy despierta con los ojos cerrados. Tenemos temporadas de dormir juntos y temporadas de dormir separados. Muchas veces tiene que ver con la alergia. En primavera, cuando los niveles de polen son más altos, Vince tiende a roncar y no me deja dormir y... Bah, paso de mentir más. Solo dormimos juntos cuando estamos rodando. Es más fácil meterse en la piel de la felicidad conyugal si las broncas tienen lugar entre las mismas sábanas de lino. Cuanto más te creas tus propias mentiras, más fáciles de digerir son para el público. Eso me lo enseñó Brett.

A veces me pregunto si Vince y yo seguiríamos teniendo relaciones si yo no hubiese ganado tanto dinero. Pienso en todo el espacio de castidad que mi dinero ha generado en nuestro matrimonio. Una casa de dos plantas que nos permite pasarnos el día casi entero en plantas distintas si queremos. (Y resulta que queremos.) Un salón lo suficientemente grande para tener dos sofás, uno para cada uno si es que conseguimos ponernos de acuerdo en qué ver en la tele. Una habitación con espacio para una cama de matrimonio gigante en la que podemos dormir en diagonal, bocabajo y del revés sin siquiera rozarnos una extremidad. Ya no nos tocamos porque ya no tenemos por qué tocarnos. En nuestro primer piso, estábamos uno encima del otro. Nos acurrucábamos en el único sofá por pura necesidad y, si nos peleábamos antes de irnos a la cama, Vince no tenía la opción de encerrarse a cal y canto en la habitación de invitados. No teníamos habitación de invitados. Así que me pregunto si, en el caso de que mi éxito se hubiese estancado y que no hubiesen mejorado nuestras condiciones de vida, ¿nos habría salvado ese contacto forzoso? ¿O fue siempre un cuidado paliativo para algo que estaba enfermo desde el principio?

—¿Qué tal ha ido? —le pregunto sin abrir los ojos.

—Anda. —Tropieza, probablemente con mi maleta, que está lista para la próxima presentación del libro y la cena en Los Ángeles—. Estás despierta.

Abro los ojos y veo a Vince con el torso desnudo; tiene la barriga más prominente que de costumbre después de haber tomado demasiado champán gratis, y forcejea en su ebriedad con la hebilla del cinturón. La verdad es que la estampa no es muy sugerente que se diga. Vince nunca se ha esforzado demasiado en tener un cuerpo diez, y resulta bastante arrogante por su parte que, cada vez que me suplica que le contrate un entrenador personal, luego lo eche como si hubiese decidido que alguien con una cara como la suya no necesita también abdominales.

Se echa sobre la cama en calzoncillos y el olor pestilente que desprende llega hasta mi lado, a pesar del espacio que nos separa, que parece tan grande como una avenida de Manhattan. Si fuera un ambientador, ¿cómo lo llamaría? Brisa de Champán a Medio Metabolizar. Herpes Radiante.

—Lo hemos pasado bien, nena —dice—. Tendrías que haber venido.

Les dije a Brett y a Lisa que me iba hoy a la gira de presentación del libro, pero en realidad me voy mañana. Voy a tres ciudades de camino a Los Ángeles, donde culmina mi viaje con la importantísima cena con la directora. Siempre me compro yo los vuelos para mis viajes (producción no nos reserva en primera... Se supone que las mujeres del programa somos tan triunfadoras que ya debemos de volar en primera clase), así que nadie tiene ni idea de que estoy en Nueva York la noche de la fiesta sorpresa de compromiso de Brett.

Cuando recibí la invitación de Evite.com de Arch con letras redondas y un autoritario «¡Shhhh!», respondí con un «¡Allí estaré!» por dos. Pero, a medida que se acercaba la fecha, un cóctel especial venenoso parecía estancarse en mis glándulas. No podía soportar la idea de brindar con una copa de champán por esas dos felices mujeres, una de las cuales es un animal frío y calculador que se adapta a su entorno según le convenga.

Aplasto un puño contra la almohada, forjándome una imagen del perfil de Vince en la oscuridad brillante de la ciudad.

—¿Qué pasa, que todo el mundo ha pensado que era raro que estuvieses allí sin mí? Pensé que con que fuera uno sería suficiente. No quiero que piensen que se la tengo jurada, ya sabes. Aunque la realidad sea que sí.

Vince cierra los ojos, y no porque esté cansado.

—No, nena. Nadie piensa eso. Todos creen que habéis hecho las paces.

Esto me da pie para abordar algo que lleva meses carcomiéndome pero que no he tenido agallas para preguntar hasta ahora. ¿Vince lo sabe?

—¿Y tú crees que hemos hecho las paces? —Es una forma cobarde de preguntarlo, pero es mejor que la ignorancia obstinada que he fingido desde que Brett se marchó de casa.

Vince se toma su tiempo, elige las palabras con cuidado.

—No creo que tengas que hacer las paces con ella si no quieres —dice, lo cual no es una respuesta tan ambigua como parece. Es lo más cerca que hemos estado de la verdad en mucho tiempo. Noto el aire ácido en las fosas nasales y lágrimas en los ojos, pero mantengo la voz serena.

—Gracias. Me tranquiliza que nadie dijese nada. Creía que Lisa lo haría.

—Lisa no dijo nada. Brett no dijo nada. Jesse no dijo nada. Está todo bien. Te lo prometo.

Me siento en la cama como un resorte. Se me han pasado las ganas de llorar y el corazón me salta en la garganta como un pez.

—¡¿Estaba Jesse?!

Vince se pone un brazo sobre los ojos con un gruñido, lamentando de inmediato lo que acaba de revelarme. Sabe de sobra que Jesse solo aparece delante de las cámaras si la escena es muy importante. Jesse se reunirá conmigo en Los Ángeles... Es la primera vez que va a hacer una aparición conmigo y estoy muy orgullosa. ¿Ahora resulta que una fiesta de compromiso —la celebración del más banal de los logros vitales— está a la altura de una cena con una directora nominada a los Óscar? No puedo creer que esté diciendo esto, pero Yvette Greenberg tenía razón: el programa ha perdido el rumbo.

211

—Solo se ha quedado cinco minutos —dice Vince, intentando que no parezca tan grave como es.

—¿Dijo algo de un *spin-off* con Brett por su boda?

—Ay, nena. —Vince se pone de lado y me castiga dándome la espalda—. Solo estuvo allí dos segundos. No lo sé. Puede ser. Pero lo dudo. Esa boda no se va a celebrar.

Todavía estoy sentada en la cama, mordiéndome un pulgar, pero el pánico se va apaciguando.

—¿Eso crees?

Vince contesta con una risa breve pero confiada.

—Es todo parte del guion. Ya lo sabes.

Me saco el pulgar de la boca antes de que eche a perder la manicura para Los Ángeles, inundada de agradecimiento hacia Vince por el hecho de que vea a Brett como yo la veo: una fanfarrona sobrevalorada y sobrealimentada que ha utilizado el empoderamiento femenino en beneficio de su marca para hacerse rica y famosa. Agradecimiento y algo más: determinación para que esta farsa sea un poco menos farsa, para embarcarme en la próxima misión planeada para mantener mi relevancia. Me pego a la espalda pálida y sin vello de mi marido y le paso un brazo por las caderas estrechas.

—Bien. Gracias por representarnos esta noche. Solo me preocupaba lo que pudieran pensar por echarme atrás en el último momento. Pero no era capaz de ir.

—No te preocupes —dice Vince con la voz tan tensa como el cuerpo al notar mi mano errante. Me cuesta un poco colársela entre los muslos.

—Dios mío —exclama con la voz entrecortada—, tienes las manos heladas.

No tengo tiempo de dejar que eso me afecte. Me pongo a cuatro patas dejando que la tenacidad se imponga a la dignidad y le pongo una mano a cada lado de la cara a Vince y una rodilla a cada lado de las caderas. Él no hace nada durante unos pocos y humillantes segundos hasta que al fin separa las rodillas y se estira boca arriba, mirándome.

—Tienes que levantarte temprano —intenta.

Le beso. Su aliento es putrefacto.

Deslizo una mano por debajo del elástico de sus calzoncillos y le atrapo entre el pulgar y el índice. Tiene el pene suave y flexible, invertebrado y flácido. ¿Son imaginaciones mías o la tiene más pequeña? Le pasa al revés que a Pinocho… cada vez que miente, se le encoge.

Vince me agarra la muñeca con los dedos, me saca la mano de sus calzoncillos y la deja en el colchón con una palmadita de consolación. Durante unos instantes que se prolongan demasiado, eso es todo. Cuando estoy a punto de retirarme a mi lado de la cama, Vince cambia de opinión, me hace girar para ponerme bocarriba y espera, sin ayudarme, a que me libre de los botones del pijama. Se inclina para besarme —algo es algo—, pero es un beso húmedo y frío, con demasiados dientes delanteros, y abandonamos la pretensión de que me meta la polla, algo que no ha pasado desde que dejé la píldora hace tres meses.

Vince se frota contra mi ingle, resoplando, esforzándose obediente para conseguir una erección. Esto reaviva mi capacidad de decir guarradas, pero hay veces que una puede decir «Quiero que me folles» y que el timbre ensayado consiga el efecto contrario.

Vince se deja caer hacia atrás con un grito agudo de frustración. Se golpea las sienes en un gesto de autoflagelación digno de un cavernícola. Su respiración iracunda se suaviza hasta convertirse en un relincho tranquilizador.

—No eres tú —me asegura—. Es que he bebido demasiado esta noche. —Me acerca a su pecho escuálido, me acaricia la cabeza y me frota la espalda, como si fuera yo quien tuviera que estar disgustada, cuando a mí no me pasa nada. Debería ser yo quien lo consolara a él. «Sí, cariño, es perfectamente normal que tenga jerséis de cachemira más duros que tu polla»—. Eres preciosa —sigue diciendo como un imbécil—. Te deseo.

—Gracias, amor —le digo. Apoyo la barbilla en la mano y clavo el codo en el corazón veleidoso de mi marido—. ¿Les dices eso a todas cuando no se te levanta?

Vince ni siquiera me llama «loca» cuando me giro hacia mi lado. Ahora me toca a mí castigarle dándole la espalda. Mi inteligencia no me permite malgastar fuerzas con ningún insulto más, evidentemente. Me doy cuenta de que puedo decir lo que quiera. Puedo ser una loca.

Y

—Entonces, ¿no tiene reserva? —La camarera consulta su agenda. Es la única persona negra en el vestíbulo aparte de mí.

—No, no tengo —le digo por segunda vez—. Pero solo quería comer en la barra.

—La barra también funciona con sistema de reservas.

—¿No hay ningún sitio donde pueda comer?

La camarera levanta los ojos hacia mí. No va maquillada a excepción del pintalabios oscuro ni lleva joyas aparte de un brazalete de jade.

—Mire a ver si hay algún sitio libre.

Inclino la cabeza.

—Entonces ¿puedo comer en cualquier taburete de la barra?

—Solo si no tiene el cartel de reservado. Si lo tiene, es que hay reserva.

—Ni en el Eleven Madison lo ponen tan difícil. —Sonrío con amabilidad, quiero que entienda que estoy acostumbrada a los caprichos de los restaurantes pijos.

La camarera está increíblemente molesta.

—¿Eh?

—Está en Nueva York —explico, patética.

La muy puta se encoge de hombros. Como si Nueva York estuviera pasado de moda y el comedor de este hotel-boutique de cuatro estrellas en Phoenix fuera lo más de lo más. A primera vista, diría que da el perfil como espectadora del programa, pero está claro que no me ha reconocido. Me descubro deseando haberles dicho a los cámaras que me acompañaran a cenar (se han ido a su hotel —una cadena de tres estrellas— después de mi lectura) para que esta niñata arrogante se diera cuenta de que debería esforzarse un poco más por ser amable conmigo. No me lo tomo como nada personal. Las mujeres negras en un entorno de blancas saben que tienen que andarse con cuidado. Alinearse es un riesgo. Una negra es un soplo de aire fresco y diferente. Dos ya son un tornado, todo el mundo a cubierto.

Recuerdo mi bolso de Chanel mientras sigo las indicaciones inútiles de la camarera hasta la barra; lo ajusto de la cadena para que cuelgue contra mi hueso pélvico. En caso de duda, Chanel siempre funciona.

La barra no se ve inmediatamente al pie de las escaleras, y recorro un segundo comedor como una idiota, preguntándome si Brett habría conseguido que la acompañaran, y si habría sido por su suerte o por el color de su piel. Cuando por fin encuentro la barra, está vacía.

—¿Me puedo sentar aquí? —le pregunto al camarero mientras me encaramo a un taburete.

—¿Va a beber o a comer?

—A comer. —Lo pienso bien—. Las dos cosas.

Él sonríe de una forma que me hace sentirme estúpida por preguntar. Lleva el pelo peinado hacia atrás y la barba sin arreglar. La pajarita es rosa clarito.

—Entonces bien.

Me traen un mantelito, una carta y cubiertos, luego me ignoran durante varios minutos hasta que un hombre con la cara colorada y el traje arrugado se sienta dos taburetes más allá del mío. Enseguida obtiene toda la atención del camarero; mientras él pide un cóctel yo consigo pedir una copa de vino blanco. «¿Cómo lo quiere?», me pregunta el camarero, y yo me encojo de hombros porque no tengo ni idea, pero estoy desesperada por sentirme como me sentí aquel día en casa de Jen, como si nada pudiese volver a ir mal nunca. «Sorpréndeme», le digo, juguetona. «Pero —pregunta él, metido en su trabajo— ¿seco, afrutado, cómo?» Sopeso las opciones antes de decir que afrutado. ¿Quién quiere beber algo seco?

El camarero sirve nuestras bebidas en el orden en el que se las hemos pedido, aunque yo sé por cuando Vince era camarero que siempre hay que servir una copa de vino o una cerveza antes de ponerse a preparar un cóctel más complicado. Cuando el hombre tiene su bebida, el camarero se va al otro extremo de la barra, así que levanto la mano. Él levanta la suya con una sonrisa paciente, como diciendo: «No te preocupes, que te veo». Después de secar una ristra de copas humeantes recién salidas del lavavajillas, abre una botella de blanco afrutado para mí. Llena una copa hasta arriba y vacía el resto de la botella en una damajuana pequeña que me trae y deja a un lado guiñándome el ojo, en plan: no se lo digas a nadie.

—Disculpe. Estoy solo esta noche y no teníamos copas limpias.

Se echa un trapo al hombro y cruza los brazos. Lleva las mangas de la camisa remangadas hasta los codos; los antebrazos fornidos y venosos revelan que ha trabajado en el campo, pero el reloj le revela como un niño rico que dejó la Universidad Metodista en segundo curso para lanzar su propia línea de camisetas. Tiene los ojos cálidos, marrones jaspeados de verde. La gente en cuyo carné de conducir pone que tiene los ojos de color «avellana» siempre me ha parecido muy pedante —si son marrones, di marrones—, pero en su caso diría que es bastante preciso. ¿Qué genes hacen falta para tener un niño con unos ojos como esos? Descruzo las piernas mientras pienso en lo lejos que está Phoenix de Nueva York y en lo poco probable que este caballero de ojos no-marrones vea Saluté.

—¿Qué va a tomar, señorita? —me pregunta.

Como estoy acostumbrada a los caprichos de los restaurantes pijos, también lo estoy al mal servicio con una sonrisa, esos latigazos alternos de indignación y clemencia. En el momento en el que estás segura de que la cosa no puede ir peor, te traen una copa de vino por cortesía de la casa y el apuesto camarero te presenta sus más sinceras disculpas, señorita. Así que te colocas los anteojos y dices:

—La ensalada de remolacha y, de segundo, salmón.

—Excelente —dice el camarero, y olvida llevarse la carta cuando se aleja.

Busco el teléfono y abro el correo. La copa está caliente del lavavajillas y el vino sabe a ramo de novia; nada que ver con el refrescante elixir que me sirvieron en casa de Jen hace unas semanas. No pasa nada, mañana estaré en Los Ángeles, donde *Está todo listo para la cena con la directora nominada a los Óscar a las ocho en el Bestia. ¡Qué emoción!* Así reza el *mail* de la ayudante de mi agente de derechos audiovisuales.

Lo siguiente es un correo de Gwen, mi editora, *Re: cuestionario Stephanie Simmons*. Todos los escritores rellenan un cuestionario con una serie de datos básicos sobre ellos mismos y la obra antes de la publicación. Se distribuye por los distintos departamentos para ayudar a los planes de promoción y marketing. *Steph, necesito el cuestionario de las memorias de Stephanie Simmons mañana a primera hora. Gracias.* Leo el mensaje varias veces hasta que me acuerdo de que la ayudante de Gwen también se llama Stephanie y me doy cuenta de que ha debido de enviarme el *mail* a mí por error. Aun así, ¿por qué querrá mi cuestionario?

Oigo «¿ensalada de remolacha?» y levanto ligeramente la mano para reclamarla, pero el plato se lo ponen al hombre que está a mi derecha. Vuelvo a concentrarme en el correo. Vince me ha reenviado los datos de mi vuelo a Marrakech. Sale a las 17.47 del JFK, dentro de tres días. Hemos quedado en que nos veremos en el aeropuerto y él llevará mi maleta para Marruecos; así no tenía que meter toda la ropa para las firmas de libros, la cena con la directora y el viaje de Brett en la misma maleta. Hago una mueca. Va a ser un día agotador con tanto viaje. Pero no ir a Marruecos no es una opción, no es como no ir a la fiesta de compromiso de Brett, sobre todo ahora que he llegado a la conclusión de que es el momento perfecto para desvincularme del programa. Podríais pensar que un cambio de estrategia como este me debería dar carta blanca para librarme de todos los eventos a los que nunca iría de no ser por la presencia de las cámaras, pero al revés, estoy más obligada aún si cabe. Tengo que dejar claro que soy parte integral de esta temporada, que nadie me ha expulsado de forma gradual. Quiero dejarlo cuando esté en lo más alto, como se suele decir. Lo más alto es como Marte, un lugar hostil para la vida humana.

El caballero de mi derecha está trinchando ahora un filete pequeño y muy hecho, exactamente como lo ha pedido. Así es como lo ha llamado el camarero al indicarle a otro dónde servir el plato:

—El filete es para el caballero.

Cojo la damajuana. También está a la temperatura de una sopa caliente. No importa, me ayuda a alimentar la audaz fantasía que he estado alimentando desde que se publicaron mis memorias; *Zona de evacuación* es número uno en ventas según el *New York Times* (conseguido), soy un éxito comercial y de la crítica (conseguido) y una directora o una actriz providencial se ha comprometido a adaptar mis memorias a la gran pantalla (casi conseguido). Por supuesto, me piden que siga en el programa, pese a que tendré nada más y nada menos que treinta y cinco años la próxima temporada, pero yo declino la

217

oferta porque tengo una idea mejor. Puede que Lauren Conrad chillándole a Heidi —«¡Sabes de sobra lo que has hecho!»— sea el momento más visto de la historia de los *reality show*, pero ¿sabéis que *Las Kardashian* petó los índices de audiencia cuando las hermanas tuvieron hijos? Una línea de guion sobre la maternidad podría parecer herética, pero recordad que a nuestro público le encanta ver a mujeres poco convencionales cediendo a lo convencional.

Con esto en mente, dibujo mentalmente un *spin-off* en el que me quedo embarazada y me mudo a Los Ángeles para supervisar el rodaje de la película. Viviré en una casa con jardín y tendré una crisis de ansiedad intentando montar una cuna. Una línea de guion acerca de la ridícula discordancia entre tener un hijo y no tener instinto maternal en absoluto es un clásico de la comedia. «¿Así está bien?», me veo diciendo en el tráiler, levantando a mi bebé con el pañal puesto al revés. Seguro que Jesse querría llamarlo *Y parieron perdices*, y yo le diría que ni hablar.

—Disculpe, ¿había pedido usted salmón?

Me ponen delante un filete solitario de pescado, pero antes de que el camarero pueda dejar el plato de espinacas salteadas de guarnición en la mesa, lo detengo.

—No me han traído el entrante.

El camarero me ofrece un apático «oh».

—Perdona. —Le hago un gesto al otro camarero, y esta vez no se atreve a ponerme su sonrisa de vuelta—. No me han traído el entrante.

—No me diga. ¿En serio?

—En serio.

El camarero para a otro que pasa.

—Nathan —dice—. Esta joven había pedido una ensalada de remolacha. ¿Puedes volver a la cocina y comprobar la comanda?

Todo el mundo parece tranquilizarse con esto, y el primer camarero vuelve a intentar dejar el plato de espinacas.

—Me gustaría tomarme primero el entrante —digo con firmeza—. Y después ya el pescado.

El caballero de mi derecha deja sobre la mesa su cuchillo de la carne. Algunas personas en el comedor interrumpen su conversación para ver qué está pasando, pero yo no tengo ningún problema en defenderme sola cuando está claro que me han tratado de forma incorrecta. Es en las faltas de respeto nebulosas y sutiles donde me siento como si no hiciera pie.

—Claro. Claro —dice el camarero jefe mientras me retira el plato y lo vacía en la basura para que me quede tranquila, que no van a intentar recalentármelo y servirme el mismo filete—. Lo lamento mucho.

Desaparece detrás de la barra un momento y reaparece con la botella de vino afrutado para rellenarme la copa.

—¿Y puedo pedir una cubitera? —pregunto, sin miedo—. La copa estaba un poco caliente.

El camarero hace algo mejor aún y me cambia la copa por una nueva.

—De nuevo —dice—, lo sentimos muchísimo.

Cuando me traen la cuenta, solo me cobran una copa de vino. Dejo una propina de cincuenta dólares y algo, y agarro muy fuerte el resguardo del pago mientras dejo la servilleta sobre la barra y me agacho a coger el bolso, que cuelga de un gancho a la altura de mi rodilla. Cuando tengo la cadena dorada al hombro y estoy de pie, deslizo el recibo firmado del revés en el platillo de la cuenta. Salgo del restaurante corriendo, como si acabara de poner una bomba en una papelera, como si fuera a saltar por los aires si el camarero hace el descubrimiento antes de que me meta en el ascensor que me lleva hasta mi habitación.

Me despierta un ruido en la oscuridad, como si alguien estuviese abriendo una bolsa de basura nueva, ese sonido del plástico separándose para coger aire. Me quedo muy quieta, esperando a ver si ha sido mi cerebro estropeado el que ha producido el ruido o si es una limpiadora vaciando la papelera del pasillo. La última vez que estuve en Phoenix, hace cinco meses, en la primera gira de presentación del libro, un hombre corrió detrás de mí después de que pasara el control de seguridad.

—¿Señora? ¿Señora?

Me niego a responder cuando me llaman «señora», así que tuvo que decirlo dos veces.

—Creo que se le ha caído esto del bolso —me dijo agitando tres veces el bote de pastillas, el *shaker* más triste del mundo. Casi tropiezo al darle las gracias mientras le explicaba que tengo que cerrar mejor el bolso, que mi marido siempre anda detrás de mí para que cierre el bolso. Mi marido se moriría si me viera decirle a un desconocido que tiene razón.

El hombre se echó a reír; le brillaba la cara como si la sonrisa le hubiese estirado la piel al máximo, como se ponen las caras de los hombres cuando les dejas creer que te resultan útiles para algo.

—Es que mi mujer no puede subirse a un avión sin su Xanax. —Se despidió de mí con un gesto amable—. Buen vuelo.

—Gracias —le dije mientras se alejaba en dirección contraria, pensando en lo estupendo que era que me confundieran con una mujer tonta con un miedo tonto a volar.

El destino siguiente de la primera gira de presentación del libro, hace cinco meses, era Nashville, y allí decidí volver a «olvidarme» de cerrar el bolso antes de pasarlo por el escáner; hice lo mismo en Milwaukee y en Chicago. Podría haber tirado la receta del Cymbalta a la basura, pero eso me parecía demasiado intencionado. En realidad, llevaba unas semanas usando un cortapastillas bajo la supervisión de mi médico y, bueno, las giras para las firmas de libros son los únicos diez días del año en los que no me siento tan… apagada.

Me costó diez años confesarle a un médico que a veces oigo cosas. No voces, bueno, supongo que es una voz, pero no oigo frases. Es una palabra, a veces un nombre, a veces un sonido familiar… como una bolsa de basura abriéndose o el motor de un cortacésped.

Antes de que le contara a mi médico lo de la voz, tenía la presión arterial en 140/90. Después de que el médico me dijera que oír cosas no es sinónimo de ser esquizofrénica ni maníaco-depresiva, que cerca del trece por ciento de los adultos van a oír voces en algún momento de sus vidas y que la causa puede ser cualquier cosa, desde la pérdida de un ser querido hasta el estrés, me bajó a 100/80. Yo tenía predisposición a la depresión, eso era muy probable, pero mis síntomas eran aburridos y de libro, y se podían controlar fácilmente con sesenta miligramos diarios de Cymbalta. Ya dejé el medicamento una vez, cuando el segundo libro de mi saga de ficción vendió un millón de ejemplares y el programa estaba en todo su esplendor, el tiempo suficiente para recordar que sí que me entusiasmaba el sexo tanto como se deduce de mis libros.

El ruido no se repite, y recuerdo lo que me dijo el médico: que el éxito también es estresante. Aunque es un estrés que podría disfrutar, es un foco que ilumina cosas de las que creía haberme librado en el diván del psicólogo, pero lo que hice en realidad —¡sorpresa!— fue meterlas en el armario de los abrigos antes de que llegaran los invitados. La confirmación no consigue tranquilizarme, así que me doy la vuelta y cojo el móvil, que está cargándose en la mesilla. Son las 4.40 de la madrugada y Gwen ha contestado a mi *mail*. Leo el hilo completo dos veces.

> Yo: ¡Gwen! Creo que esto se lo querías mandar a tu ayudante, Steph. No a mí, Steph. Pero ¿por qué necesitas mi cuestionario? ¿Todo bien?

> Gwen: ¡Perdona, querida! Sí, quería enviárselo a Stephanie mi ayudante. ¿Qué tal va todo, dónde estás ahora?

Redacto una respuesta:

> En Phoenix, pero en unas horas estaré en Los Ángeles. Para la cena con la directora. Ya te contaré qué tal. Luego de allí me voy al JFK, a Heathrow y finalmente a Marrakech, al viaje. ¡Qué locura! ¡Y qué lío que tu ayudante y yo nos llamemos igual! Pero oye, tengo curiosidad, ¿por qué necesitas el cuestionario de las memorias? Ya me conoces, me preocupo por cualquier cosa. ¿Va todo bien?

Pulso «Enviar» y trago saliva, retirando la dulce película del vino malo de la cena. Vuelvo a oír el ruido y me doy cuenta de que no es la limpiadora vaciando la papelera en el pasillo y que tampoco es mi cabeza por haber dejado la medicación de golpe en algún punto de las Montañas Rocosas hace cinco meses.

—¿Qué hora es? —protesta el camarero, apartando el edredón de una patada. Su piel áspera rozando las sábanas baratas de satén, eso es lo que me ha despertado.

—Casi las cinco.

—Jesús. Vuelve a la cama.

El camarero levanta el antebrazo y se lo pone sobre los ojos para taparse de nada. La habitación está prácticamente a oscuras, aunque mis ojos se han acostumbrado a la oscuridad y puedo distinguir su muñeca desnuda. Anoche, después de que leyera la nota que le dejé junto a la cuenta (*Habitación 19. Solo estoy esta noche*), se presentó allí, se quitó su reloj bueno y lo dejó en la mesilla de noche antes de meternos en la cama; lo mismo que hacía Vince cuando todavía follábamos.

La primera vez fue en Boston en 2014, aunque pensé en lo fácil que sería salirme con la mía en el bar de un hotel en Atlanta, me lo planteé con un profesor de yoga en Los Ángeles y casi llamo al número que me pasó un taxista negro después de recogerme en el aeropuerto en Tulsa. Si echo la vista atrás, me doy cuenta de que después de viajar por todo el país para la gira de presentación del segundo libro, Boston me resultó familiar y, por ende, el último de mi serie de intentos de demostrar que era demasiado buena para encajar en cualquier caso. Al fin me sentí preparada para aquel particular reto: el programa todavía no estaba en decadencia y el libro se estaba vendiendo tan bien que estaba gastando dinero a espuertas, tanto que me había comprado un conjunto de pendientes y collar Alhambra de Van Cleef. Tenía treinta años pero aparentaba veintiséis. Salía en la tele. Si fracasaba, había un montón de cosas buenas para amortiguar el varapalo a mi autoestima.

Los hombres de Boston no eran como los hípsters de Nueva York; más bien se parecían a aquellos pijos blancos del instituto y la universidad que me decían que estaba buena pero luego les daba miedo acostarse conmigo. ¿De qué tenían miedo? ¿De que les gustara? ¿De gustarles yo? ¿De tener que llevarme a casa y explicárselo a sus madres? Al menos eso podía entenderlo, lo de no saber cómo contarle a tu madre que sales con alguien negro. Salí con varios chicos negros en la universidad y, aunque yo conocí a la familia de algunos, nunca se los presenté a la mía. Me había pasado la vida asegurándole a mi madre adoptiva que, pese a ser una de las pocas personas de raza negra en nuestro barrio, no me sentía rechazada. Me vestía igual que las chicas populares y al final yo misma acabé siendo una chica popular para demostrarle a mi madre que me sentía aceptada e integrada, para mitigar su preocupación latente acerca de mi adopción. La gente le advertía que, a pesar del privilegio que me había concedido, ella misma podía empeorar mi vida sin darse cuenta al criarme en un lugar donde siempre me sentiría fuera de lugar. En cierto modo, me preocupaba que si llevaba a casa a un chico negro, mi madre lo interpretaría como que había fracasado en el intento de crear un hogar donde yo me sintiera a gusto. Como que estaba mejor sin ella, que siempre fue su gran miedo.

Yo ya conocía a los tíos de Boston, esos cuyas familias tienen casas de veraneo en el Cabo y han estudiado en pequeñas escuelas liberales de arte. Pero solo los conocía desde la perspectiva de la compañera de clase o el amor platónico. Cuando era más joven, siempre me apresuraba a quitar el sexo de la ecuación antes de que nadie lo hiciera por mí. Es cierto que no me mostré asexual con Vince, pero él no tenía pedigrí. Puede que fuera más guapo que los chicos que me habían rechazado hasta entonces, pero era un aspirante a actor proveniente de una familia italiana de segunda generación de Long Island, por lo que siempre estaría un escalón por debajo. En su título universitario no ponía Colgate ni Hamilton, y no tenía una larga lista de exnovias rubias con pendientes de perlas grandes como adoquines. ¿A quién estaba ganando la partida? ¿A Gia, de Holbrook, que estaba terminando Enfermería? No es ningún triunfo quitarles los hombres a las Gia del mundo, un triunfo es quitárselos a las Lauren Bunn del mundo, que se acostarían con un hombre como Vince pero ¿casarse con él? Ni al borde de la inconsciencia en Las Vegas, cosa que hizo una vez, con un tipo al que conoció jugando a los dados.

El primero se llamaba Jamie. Un poco gordo. Muy alto. Era gracioso, tenía barba pero no tenía trabajo, y se estaba bebiendo una Bud Light en la barra del Mistral. Vince llevaba dos meses sin follar conmigo. Que es algo muy distinto que decir

223

que Vince y yo llevábamos dos meses sin follar. ¿Lo entendéis? A mi marido no se le ponía dura conmigo, pero sí con cualquier otra, y yo aún era muy joven. Treinta. Una niña. No podía haber terminado todo para mí. Sí, tanto Vince como yo nos hemos acostado con otras personas en nuestro matrimonio, pero yo no le pongo los cuernos. Yo subcontrato servicios.

Jamie y yo acabamos en mi hotel porque me alojaba en el Taj y quería que entendiera que él también me conocía a mí. Un tipo que sirve bloody marys de vez en cuando en el club de campo de sus padres probablemente piense que no tiene mucho en común con una mujer que parece la compinche guapa de la tía buena de su programa de televisión preferido, pero el dinero compensa esa falta de confianza. Fue un polvo cutre, ninguno nos corrimos, y cuando me desperté por la mañana lo único que quedaba de Jamie eran unas gotas solidificadas de su orina en el asiento del váter. Pero lo había conseguido, o eso creí en aquel momento. Porque ahora, pensándolo bien, me pregunto qué conseguí. ¿Follarme a un cerdo sin ambición de buena familia? ¿Mi premio era él y solo me sentía digna de él ahora que había paladeado las mieles de la fama? ¿Y qué pasa cuando eso desaparece? Porque desaparecería. O bien se volvería contra mí y duraría para siempre. Esto lo sabía cuando firmé el contrato con el programa, pero solo de forma abstracta. Igual que las campañas antitabaco que intentan disuadir a los niños de fumar con historias de terror de cáncer de pulmón, que no funcionan. No puedes preocuparte por la posibilidad de tener que hablar a través de un agujero en el cuello, es algo demasiado lejano en el tiempo. Eso es lo que pensé cuando firmé con el programa. Sí, esto se acabará, y puede que acabe mal, pero será dentro de muchos, muchos años. Siempre pensé que tendría más tiempo antes de que alguien me abriera un agujero en el cuello.

Pago para tener Internet en el avión de camino a Los Ángeles, pero al cabo de treinta minutos Gwen aún no me ha contestado, y una hora después tampoco. Me grabo varios vídeos con la cámara GoPro que me dio producción para usarla en el avión.

—De camino a la reunión con la directora nominada a un Óscar —susurro para no molestar al resto de los pasajeros de Mint, y la frase funciona como una afirmación. Gwen no me está evitando. Que haya pedido mi cuestionario no significa nada.

Gwen no me escribe hasta que he soltado los 7,95 dólares por cuarta vez.

¡¡¡La cena con la directora!!! ¡¡Tienes que contarme qué tal!! ¡No te preocupes por el cuestionario, solo quería comprobar una cosa! ¡¿Has visto el artículo del Times*?! ¡Parece que tienes doce años en la foto!* Creo que Gwen ha cubierto el cupo anual de signos de exclamación en un solo mensaje.

Por supuesto que he visto el artículo del *Times*. He visto el artículo del *Times*, el artículo de *People*, el del *Huffington Post* y el de *The Cut*, y en unos meses veré el del *Vogue* y la entrevista en *Vanity Fair*. Van a salir tantos artículos que cuando aterrizo y escucho el mensaje en el contestador de un periodista que quiere comprobar unos datos, ni siquiera presto atención al nombre del medio para el que escribe. Lo llamo y, cuando me dice que es de *The Smoking Gun*, me disculpo diciendo que no tenía la entrevista anotada en mi agenda.

—No estaba planeada —contesta él mientras paso por debajo de un cartel que reza «sala de yoga». No cabe duda, estoy en Los Ángeles—. Solo quería confirmar que su fecha de nacimiento es el 17 de octubre de 1982 y que terminó el instituto en mayo del año 2000.

Paro de andar.

—¿Por qué?

—¿Son correctas esas fechas?

—Sí, son correctas —contesto, y lo son, así que ¿por qué me arrepiento inmediatamente de mi respuesta?

—Gracias —dice, y cuelga.

Marco el número de Gwen, que está en una reunión.

—¿Puedes decirle que es urgente, por favor, Stephanie?

—Se lo diré —me promete Stephanie, diligente.

—Stephanie, ¿tú sabes por qué me han llamado de *The Smoking Gun*?

—¿Te han llamado?

La alarma en su voz hace que me dé un vuelco el estómago.

225

Estoy allí con ella, pero no puedo evitar oír el eco en la mía. Intento que parezca que no ha sido para tanto.

—Solo querían confirmar la fecha de mi cumpleaños y en qué año terminé el instituto.

—¿Y qué les has dicho?

—He confirmado las fechas. —Silencio—. Tenían las correctas.

—Le diré a Gwen que ahora te han llamado a ti —dice Stephanie.

—¿Que ahora me han llamado a mí? Pero... ¿es que os han llamado a vosotros? ¿Tiene esto algo que ver con que Gwen necesitara mi cuestionario?

—La verdad es que no estoy al tanto de todos los detalles, Stephanie —dice Stephanie con suavidad. Pero claro que lo está. Es como la recepcionista de la unidad de oncología que te dice por teléfono que no te preocupes mientras tiene delante los resultados de tus pruebas en los que pone «estadio cuatro»—. Le diré a Gwen que te llame en cuanto vuelva a su mesa, ¿vale?

226

Estoy en mi diminuta habitación que hace esquina en el Sunset Tower, donde intento mitigar mi ansiedad viendo *House Hunters*, sin éxito, cuando mi teléfono empieza a convulsionar en la mesilla de noche. Es mi agente de derechos cinematográficos, no Gwen.

—Hola —dice, y a continuación—, a ver.

La directora nominada a los Óscar tiene que irse a Chicago inesperadamente. Me envía sus más sinceras disculpas. No pasa nada, me asegura mi agente, y que encontraremos otra fecha pronto. La buena noticia es que sigo teniendo la reserva en el Bestia, y que, si sigo queriendo, podemos ir juntas. O quizá quiera ir con Jesse. Jesse. Miro al techo. Me ha mandado un mensaje hace un rato para decirme que ya había llegado y hemos deducido que está en la habitación justo encima de la mía. «Entonces me abstendré de hacer mis ejercicios de *step*», ha bromeado. La sola idea de estropear su buen humor con esta noticia me hunde más aún en el colchón.

Le agradezco a mi agente que me haya avisado y cuelgo.

No me arriesgo a preguntar si la cancelación tiene algo que ver con mi conversación con el periodista de *The Smoking Gun*. Preguntar eso sería parecido a alardear de los síntomas de una plaga de bacteria necrosante, como si solo por oírme toser pudiesen expulsarme de forma violenta del último reducto de seres humanos con vida.

Desvío la mirada del techo, consciente de que tengo que levantarme y subir a decirle a Jesse que no se moleste en ponerse las Dr. Martens buenas, pero es como si el piso de arriba estuviera tan lejos que hiciera falta el pasaporte para llegar hasta allí. Negocio con mis párpados —cinco minutos— mientras el atardecer enrojece la nube de polución sobre la 405.

Me despierta un martilleo en la puerta. La habitación está fría y en penumbra, en perfectas condiciones para el sueño, y cuando al fin consigo ponerme de pie, caminar me parece algo nuevo y complicadísimo. Jesse está al otro lado de la puerta vestida como el guaperas de una *boy band*, con un gorro de lana naranja, unos pitillo negros y una chaqueta de cuero negra, Converse negras y calcetines también negros.

—¡Steph! —Se ríe, medio regañándome—. Vamos a llegar tarde.

—Ay, Jesse. —Toqueteo la pared hasta que doy con el interruptor de la luz y lo acciono. El fogonazo deslumbrante es como si me clavaran un millón de agujas ardiendo en los ojos—. Me he quedado dormida. Lo siento muchísimo.

—Bueno… ¡pues vamos! Échate agua en la cara y súbete a esos Jimmy Choo. —Da palmas con sus manitas pequeñas—. ¡Andando! Te veo abajo. —Se aleja hacia el ascensor.

—No, Jesse, no. Espera. La cena se ha pospuesto.

No soy capaz de decir «cancelado», aunque es lo que ha pasado en realidad. Jesse se para en seco y se gira. Con el ceño fruncido vuelve a aparentar cuarenta y tantos.

—¿Para cuándo?

—No lo sé. Ha tenido que irse a Chicago inesperadamente.

Jesse echa aire por la nariz, en una única exhalación, como un toro. Hace un arco lento con la cabeza, un gesto que quiere decir «claro» sin palabras. Claro que ha cancelado la cita. Claro que esto es una pérdida de tiempo. Eres Stephanie Simmons, no Brett Courtney.

—¿Y cuándo pensabas decírmelo?

—Acabo de enterarme.

—Pero si estabas dormida.

—Bueno, me enteré hace una hora o así. Iba a decírtelo. No recuerdo haberme quedado dormida. Supongo que tengo más *jet lag* del que...

Jesse levanta una mano para callarme.

—¿Esta es tu estrategia para alargar esta línea de guion hasta la siguiente temporada?

No.

—No.

—Porque, sinceramente, Steph, el rollo del maltrato es demasiado deprimente para que tenga segunda parte.

Lo sé.

—Lo sé.

Jesse golpea el botón del ascensor con la palma de la mano.

—Todavía tenemos la reserva en el Bestia si quieres ir —intento—. Además, tengo que contarte una cosa. Una cosa que no es deprimente. —Me duele sonreír.

Jesse se quita el gorro y se pasa los dedos por el pelo corto.

—No, tengo que trabajar.

—Creo que estoy embarazada —grito al pasillo. Esas palabras son como el esprint final de una carrera, como plantar un pino; me dejan sin aire.

Jesse mira el panel que hay encima del ascensor y observa cómo se suceden los números.

—Pero no estás segura.

—Estoy supercansada. —Señalo mi aspecto desaliñado para respaldar mi teoría. A veces creo que soy demasiado ágil de mente. Me he vuelto demasiado buena en esto.

Jesse me mira como si fuera el último *cupcake* de la caja que alguien ha olvidado en la encimera de la cocina toda la noche. Estoy un poco seca, con el *frosting* aplastado. Pero ella es golosa y sigo siendo un *cupcake*.

—Avísame cuando estés segura.

Al final decide ir por las escaleras.

Υ

Me quedo dormida vestida mientras veo un capítulo de *Seinfeld* y, cuando me despierto, Kathie Lee y Hoda están bebiendo y mi móvil está vibrando. Deslizo el pulgar hacia la derecha para contestar.

—Gwen —grazno.

—¿Te he despertado? Se me había olvidado que ahí todavía es muy temprano. —Hace una pausa, el tiempo justo de enarcar las cejas—. Bueno. No tan temprano. ¿Quieres que te llame luego?

—No me llames luego —digo, esforzándome para incorporarme en la cama—. Estoy asustada. —Mi estómago grita y me acuerdo de que anoche no cené.

—No te asustes. Esto pasa todo el tiempo con los libros de no ficción.

—¿Que *The Smoking Gun* llame a los autores para confirmar sus fechas de nacimiento y el año en que acabaron el instituto?

—Normalmente lo hacen a través de la editorial. Por eso pedía tu cuestionario. Quería ser yo quien les diera esos datos para que no te llamaran a ti y no te preocuparan.

—Pero ¿qué van a hacer con esos datos?

—Ya sabes, cruzarlos para comprobar que todo coincide.

Necesito agua, es una cuestión de vida o muerte. Agarro el borde de la mesilla de noche con la mano y busco la botella de Dasani que me traje ayer del avión.

—¿Y qué pasa si no coincide?

—Son unas memorias, Steph, no una autobiografía. Si alguna de las fechas o algún dato baila, no será mayor problema y lo dejarán pasar. Como te he dicho antes, pasa todo el tiempo con los libros de no ficción. No creo que vaya a más.

La botella de Dasani está vacía. La lanzo a la otra punta de la habitación, desesperada. No quiero que nadie intente hacerme sentir mejor. Quiero que compartan conmigo la miseria; quiero que compartan la responsabilidad.

—En el cuestionario puse que el libro era ficción, Gwen.

Gwen está tanto tiempo sin hablar que me despego el teléfono de la oreja para comprobar que no se ha cortado la llamada.

229

—Lo sé —dice, por fin.

—Fuiste tú la que dijo que el impacto sería mucho mayor si lo hacíamos pasar por una historia real. Y luego, cuando yo te dije que no porque hay que ser muy ruin para mentir acerca de haber sido víctima de maltrato, tú me dijiste —aquí me marco mi mejor imitación de una blanca tonta— «bueno, ¿y si lo llamamos "no ficción creativa" en vez de memorias?». Así podría explicarle a la gente que nunca me maltrataron, sino que era una metáfora del racismo sutil que sufrí de pequeña, y que me dolió tanto como una agresión física. —Bajo la voz—. Y yo soy tan gilipollas que accedí a aquello, para mitigar aunque fuera un poquito la culpabilidad, aunque sabía que ninguna de las dos íbamos a corregir a nadie que asumiera que el maltrato había tenido lugar de verdad, y soy tan ruin que también accedí a poner que él era negro porque tú dijiste que un chico blanco en un barrio negro sería mucho más fácil de encontrar. Así que, Gwen, no vuelvas a dejarme colgada otras veinticuatro horas así nunca más. Porque, si yo me hundo, pienso hacer todo lo que esté en mi mano para que te hundas tú conmigo.

Cuelgo, sintiendo que no tenía que haberlo hecho y también que podía haberle echado otra hora entera de bronca y no me habría bastado.

Me arrastro hasta el baño, pongo un vaso bajo el grifo y me examino en el espejo mientras trago el agua con sabor a aluminio. Dios, ser humana es agotador. Ocho vasos de agua al día… Normal que tenga esta cara de mierda, la vida es tremendamente exigente hasta en el mejor de los días. Le doy la espalda al horror del espejo y vuelvo cojeando a la habitación para volver a meterme en la cama. No tengo que salir hacia el aeropuerto hasta dentro de unas horas; debería levantarme y hacer algo. Aprovechar que estoy en Los Ángeles. Dar un paseo por el campo. Meditar en lo alto de una montaña. Comerme una tortilla de clara de huevo. Sopeso cerrar las cortinas, pero las sábanas son arenas movedizas. Me hundo en el sueño mientras la fantástica luz del sol californiano me hace más vieja.

Y

Vince me está esperando en la zona de embarque de Air France en el JFK, sentado en mi maleta Rimowa extragrande de color rosa metalizado, con cara de culpabilidad, porque sabe que odio que trate mis preciosas maletas como si fueran un puf en una residencia de estudiantes. Se pasa los dedos por el pelo y sonríe como diciendo: «¡Me has pillado!».

—He intentado facturar por ti —dice—. Pero, al parecer, no se puede hacer eso por una cuestión de seguridad. —Se ríe y se aparta un mechón de pelo que no le estaba tapando los ojos.

—No te jode, pues claro que no. —Empujo rodando hacia él la maleta de mano con la que he vivido los últimos días.

Vince la para con el pie, con los morritos rosas entreabiertos. Ha estado usando mi cacao de Sugar mientras estaba fuera, lo sé.

—¿Nena?

—No se puede facturar por otra persona, Vince. Ni siquiera alguien tan terriblemente guapo como tú puede hacer algo así.

Apoyo el pie en la maleta tumbada y el bolso Fendi en una rodilla mientras aparto resguardos de billetes de avión antiguos y envoltorios de Quest Bar en busca de mi cartera. Nunca en mi vida había llevado el bolso tan desordenado. No soy de esas personas que no valora sus pertenencias. He vivido bien desde los seis meses y, en cierto modo, siempre he sabido que sería algo temporal.

Vince se agacha, de forma que su cara queda por debajo de la mía, y levanta los ojos hacia mí. El pelo le cae hacia delante y le tapa los ojos, que me escrutan con ternura. Seguro que así es como se imaginaba en los carteles de las películas en la fachada del cine Regal.

—Steph, nena. ¿Estás bien?

Ya he repasado todas mis tarjetas de crédito, todas mis tarjetas médicas y las de regalo de Sweetgreen, pero sigo sin encontrar el pasaporte. Echo la cabeza atrás, con lágrimas en los ojos.

—Nena —me dice Vince con dulzura mientras se lleva la mano al bolsillo trasero del pantalón y saca mi pasaporte—. ¿No será esto lo que estás buscando?

Olvidé el pasaporte y Vince sospechó que había olvidado el pasaporte. Miró en el cajón donde lo guardo antes de salir hacia el aeropuerto por si acaso me lo había olvidado. De pronto siento un agradecimiento inmenso hacia él y, también de pronto, pienso que es un inmenso error ir a Marruecos.

—Ven aquí. —Vince me rodea con sus brazos—. Sé que estás triste por lo de la cena con la directora. Y llevas muchas horas de viaje para el cuerpo. Estás cansada.

Encajo la barbilla en su hombro y me acuerdo del camarero: el arrepentimiento es tan vívido y peligroso como una riada, y me inunda el corazón. No me arrepiento porque quiera a Vince y haya roto nuestros votos —hace mucho que superé esa clase de arrepentimiento—, me arrepiento de haber hecho algo de forma tan descuidada, con todas las grietas que hay ya en la fachada, porque me estoy quedando sin material para sellarlas.

—Estoy cansada. —Suspiro, llorosa—. Pero también estoy asustada. —Admitir esto convierte mis lágrimas en sollozos físicos y silenciosos.

—Pero Gwen te ha dicho que no te preocuparas, ¿no? —Vince me acaricia la espalda en círculos—. Que esto pasa todo el rato con los libros de no ficción.

—No es no ficción, Vince.

La mano de Vince se queda inmóvil entre mis omóplatos. Se separa de mí. Da un paso atrás. La expresión de sus ojos es como si le hubiera dado la vuelta a su ticket-restaurante y se hubiera dado cuenta de que —ay, no, mierda— tiene fecha de caducidad. No debería sorprenderme pero, aun así, se me hace un nudo. Hubo un tiempo en que nos quisimos. Creo.

—Steph —grazna Vince, llevándose la mano a la mejilla, ejemplarmente escandalizado por si alguien nos estuviera oyendo. Siempre hay alguien oyéndonos en esta madriguera de termitas de vida que he construido con mi propia saliva y mis excrementos—. Dios mío. ¿Te lo inventaste?

Miro los ojos cándidos de mi marido; está desplegando todas las dotes interpretativas adquiridas haciendo de «chico guapo en un bar/ascensor/baño» en tantos capítulos piloto de series que nunca han salido adelante que ya he perdido la cuenta. Mi desprecio por él es sobrehumano. Podría levantarlo y lanzarlo a través de las puertas giratorias de cristal, mandarlo de vuelta al pueblo de mierda del que salió.

—Ay —digo, con desdén compasivo—, pobrecito Vince, qué inocente. Si es que no es más que otra víctima de las inadmisibles mentiras de su mujer sedienta de fama. Debes de estar asombrado. ¡En shock! Estoy segura de que así es como intentarás venderme a *TMZ* cuando cerremos el divorcio y andes buscando monedas entre los cojines del sofá. —Levanto las manos al cielo—. Gracias por convencerme antes de morirte para que me casara con separación de bienes, mamá.

Vince mira por encima del hombro. Sí, la pareja que está delante de nosotros en la cola está escuchando la conversación. Me habla en un susurro dramático:

—Pues sí que estoy en shock, Steph. ¿Has mentido acerca de ser víctima de maltrato? Es demasiado rastrero. Incluso para ti.

Rebuzno.

—Sabías perfectamente que nada era verdad a partir del capítulo cinco.

Las memorias son unas memorias durante las primera setenta páginas. Es verdad que oí una voz a los dieciséis años. Es verdad que me puse en lo peor, como hacen la mayoría de los adolescentes, y pensé que eran los primeros síntomas de una esquizofrenia galopante. Es verdad que me convencí de que, si conseguía ponerme en contacto con mi madre biológica e informarme acerca de mis antecedentes en materia de salud mental, podría, de algún modo, ser más lista que mis genes.

Unos meses después de oír mi primera voz, es verdad que pagué por un informe de antecedentes. Es verdad que a los diecisiete años reuní el coraje necesario para conducir mi BMW azul clarito hasta la casa de mi madre biológica en un banal suburbio de clase media en Filadelfia. Cuando aparqué el coche enfrente del edificio donde mi madre vivía con mi abuela, en una plaza absurdamente llamada Kensington Court, un chico más o menos de mi edad pasó junto a la ventanilla. Parecía venir de entrenar algún deporte, porque desprendía un incitador olor a hierba, a tierra y a sudor. Me apresuré a llamarlo.

El chico se detuvo. Miró mi coche con las cejas levantadas de admiración, y después me miró a mí y casi se cae de culo de la sorpresa. Supongo que no esperaba ver a una adolescente al volante.

—Estoy buscando a alguien —le dije. Leí el nombre de mi madre, escrito a boli azul en la parte superior del folio impreso de la web de MapQuest. Soy prehistórica, no lo olvidemos.

El chico puso una cara indefinible. Tenía las pestañas rizadas y bonitas, y la mandíbula muy marcada; la combinación de dureza y suavidad resultaba extremadamente atractiva. No había chicos así en las revistas que leíamos mis amigas y yo, pero si los hubiese habido, habría recortado su foto y la habría pegado en la pared, por encima del recorte de Leonardo DiCaprio bajándose el labio de abajo con el dedo. Nunca entendí la adoración desenfrenada por Leo, pero yo también la fingía por pura supervivencia.

—Aquí pone que su dirección es Kensington Court, 54. Pero esto es Kensington Court y no hay número 54.

—Esto es Kensington Square —dijo el chico—. Kensington Court está allí. —Señaló con el dedo.

—¡Qué lío! —Me reí. Era muy mono, la verdad—. Gracias.

Empecé a subir la ventanilla, pero él dio un paso adelante y me hizo un gesto para que esperara un momento.

—Espera —dijo—. La mujer que estás buscando... ¿es Sheila Lott?

Asentí con la cabeza.

—Sabes que se ha suicidado, ¿no?

Se me nubló la vista. Aferré el volante con fuerza, como las pelotas antiestrés que te dan cuando donas sangre.

—¿Cuándo? —conseguí preguntar, atónita.

—Hace unos meses. —Se encogió de hombros, como si los detalles no fuesen importantes—. Algo así.

—¿Y sabes... eh... sabes por qué?

Se rio un poco.

—Quién sabe. Estaba un poco... ya sabes... —Se hizo círculos con el dedo al lado de la oreja. Como haría Vince más tarde siempre que le preguntaba por qué se llevaba el teléfono al baño. «Estás loca», se reía.

—Entiendo —dije con voz débil—. Gracias.

Pisé el acelerador y el motor rugió. Se me había olvidado que seguía aparcada. Puse la marcha en posición de «sácame de aquí» y bajé el pie.

234

Total, que aquel chico perfectamente normal y educado, que en todo caso fue un poco insensible a la hora de hablar del suicidio, se convirtió en A. J., aunque nunca me puso una mano encima. Aunque nunca volví a verlo.

Vince me agarra por la muñeca y me atrae hacia sí.

—Puedo destruirte si quiero —dice, no muy alto, aunque la cavernosa terminal de salidas de Air France amplifica la amenaza. Sus ojos se elevan por encima de mi hombro, furtivos, y me suelta de golpe. Me giro y veo caminando hacia nosotros a Brett, a Kelly y a una chica con toda la cabeza llena de trenzas que arrastra una maleta de nailon realmente vergonzosa. Lisa y Marc las siguen pocos pasos por detrás; Marc sujeta la cámara portátil por el estabilizador como si fuera una horquilla.

—Bonjour! —Brett da un saltito—. Bonjour, amis et… —Se para en seco cuando está lo suficientemente cerca como para verme la cara llena de churretones—. Steph. ¿Estás bien?

Me seco la barbilla húmeda en el hombro.

—Estoy bien.

—Sí, ya se ve —bromea, porque no es capaz de ponerse seria en su puta vida, ni siquiera cuando las cosas son serias de verdad.

—No me jodas, Brett —gruñe Vince—. Como te metas, lo vas a lamentar.

Lisa nos mira de hito en hito, encantada de la vida.

Brett baja la cabeza y aprieta los labios en un gesto inteligente por su parte. Cobarde, pero inteligente. Kelly se pone delante de Layla como un escudo sonoro, como si la sobrina de Brett Courtney nunca hubiese oído a nadie decir «jodas».

—Bueno —dice Vince con una alegría histérica—, ¡que tengáis un viaje mágico!

Y se larga, arrastrando mi maleta con suavidad, aunque tiene los nudillos blancos de la fuerza con la que agarra el asa.

—Qué majo —bromea Brett, pero le tiembla la voz. Siento náuseas cuando miro a Lisa y la veo observando a Brett con inflexible curiosidad. ¿Sospechará algo?

Brett se gira hacia Layla y fuerza una sonrisa.

—Deberíamos ponernos en la cola para facturar, Layls.

235

Señalo el cartel que tenemos delante, donde pone «Check-In Air France Business».

—Ya estamos en la cola para facturar.

—Layla y yo volamos en turista —dice Brett, con el pecho hinchado. Le dirige una mirada veloz y santurrona a Kelly.

—Vamos a donar la diferencia con el billete de primera clase a las mujeres imazighen —explica Layla. La pequeña zorra farisea estira la mano—. Nos hemos visto antes pero no sé si te acordarás de mí. Soy Layla. Me encantan tus libros.

¡Oh! Qué adorable y qué horror. ¡Qué milagro de la ciencia! No sabía que los médicos habían conseguido trasplantar el cerebro de las mujeres de treinta años al cráneo de niñas de doce. Acepto la mano de la niña-jefa con incomodidad, aunque si algo me consuela un poco es que, al lado de su sobrina patilarga, Brett parece Shrek, solo que con el pelo más bonito. Layla es alta y delgada, pero ¿de verdad es esta la «modelo de pasarela» de la que llevo meses oyendo hablar? Tiene un grano a punto de estallarle en la barbilla y una marca de otro en la mejilla, y no lleva ni una gota de maquillaje para paliar la catástrofe. Y aun así le dicen que es guapa. Que alguien me traiga un bastón para agitarlo en el aire como buena cascarrabias; en mis tiempos, ser guapa no era suficiente.

Le aprieto la mano a Layla hasta que hace una mueca mientras pienso: «No tienes ni idea de lo que es el dolor, niñata. No tienes ni idea de por lo que he pasado yo para llegar hasta aquí. Y no quieras saber de lo que soy capaz para seguir donde estoy».

14

Brett

—*L*os débiles siempre intentan hundir a los fuertes.

—¿Eh? —grita Layla.

—Shhhh. —Me río mientras me repanchingo aún más en mi asiento, haciendo un gesto avergonzado de disculpa a los pasajeros que tengo alrededor. Le doy un golpecito a Layla en los auriculares para recordarle que en un avión se habla en voz baja. Layla nunca había viajado en avión. La gente a nuestro alrededor no parece molesta en absoluto. Algunos incluso se ríen. Porque, hasta en un vuelo nocturno a Londres en asientos que no se reclinan del todo, Layla es adorable. ¿Cómo no iba a serlo? Parece una modelo en su día de descanso, de camino a su primer desfile en la semana de la moda de Londres y, a diferencia de su madre, ha decidido volar en turista para que una mujer amazigh pueda permitirse comprar una barra de pan para sus hijos esta noche.

—Es una frase de esta película —le digo, tocando su pantalla—. Deberías verla. Va sobre la ambición femenina y hasta dónde puede llegar la gente para acabar con ella.

Layla lee la sinopsis de *Election* moviendo los labios en silencio. Musita un «ajá», intrigada, y selecciona la opción de reproducir. Gracias a Dios. La tía Brett necesita hablar un ratito de cosas de adultos con su viejo amigo Marc, que está dando pisotones en el suelo en el asiento del pasillo para hacer circular la sangre por las piernas.

—Esto es una mierda —empatizo, mientras abro una bolsa de patatas con sabor a cebolla y crema agria; le ofrezco a él primero.

Marc mete la mano en la bolsa y rebusca dentro.

—No puedo creer que no vayas en primera.

—Pues yo no puedo creer que ellas sí vayan. Vamos a conocer a algunas de las mujeres más desfavorecidas del mundo. Es como... —finjo que me explota una mano junto al cerebro— una desconexión total.

Marc resopla y se mete una patata en la boca.

—¿De verdad pensabas que la reina Simmons iba a ir en turista como los pobres? Seguro que es alérgica a los asientos de tela.

Se frota las manos y la cebolla en polvo sale disparada por el aire. Me deslizo una patata en la boca, dudando de si llamar reina a Stephanie es racista, pero sin ningunas ganas de sacar la cara por ella aunque lo sea. Ahora necesito algo de Marc. Le doy vueltas a mi anillo de las Primeras Afortunadas con los dedos pringosos de patatas, intentando decidir la forma más inteligente de abordar la conversación. Como es el director de fotografía, Marc lo ve y lo oye todo, a ambos lados del objetivo. Si hay algún rumor y alguien está dispuesto a contármelo, ese es Marc.

—Oye, Marc, ¿qué crees que pasaba antes entre Steph y Vince?

Marc suspira, decepcionado.

—¿Qué pasa? —pregunto, abriendo mucho los ojos.

—No hagas eso, Brett —dice Marc—. Si quieres tener una conversación sobre este tema, tengamos una conversación sobre este tema. Pero no finjas que no sabías por qué discutían Vince y Steph en el aeropuerto. Tú no eres así. Por eso somos amigos.

Algo que todo el mundo sabe de Marc pero no todo el mundo aprecia es que los fines de semana toca el bajo en una banda de versiones de los ochenta que se llama Super Freaks. Las otras Afortunadas se burlan de él por eso, pero lo que no saben —porque nunca se dignarían a preguntarle al resto del equipo nada sobre sus vidas— es que suelen copar el aforo del Canal Room y que el escenario se llena de chicas de veintidós años siempre que abren en el Talk House, en Amagansett. Mi ex y yo fuimos a verlos una vez, y después nos comimos unas porciones de pizza en Astro's con Marc y su novio, que toca la batería. Lo hice porque me cae bien Marc. Pero ¿y si no fuese así? ¿Habría ido detrás de él también, puesto que sé que los productores no pueden editar, ni para bien ni para mal, imágenes que no existen? La respuesta me deja helada: es probable. Seguro que sí. Así soy.

—Tienes razón —le digo—. Lo siento. Es que… No sé qué sabes. No sé qué sabe nadie. Y, bueno —miro a Layla para asegurarme de que está viendo la película y no nos escucha—, pasó algo que no debería haber pasado y no estoy muy segura de qué hacer.

Marc me sonríe con dulzura.

—Todo el mundo comete errores, Brett. No voy a quererte menos por eso. Te quiero más. —Me coge la mano y dejo que la sostenga unos minutos, sonriéndole agradecida, marinándome en mi propio hedor.

Marc estira el cuello para asegurarse de que los pasajeros que están al lado están dormidos u ocupados en otros menesteres. Una vez convencido de que tenemos intimidad, me dice en voz baja:

—Lisa no se cree que tú y Stephanie discutierais porque no le pasaras su libro a Rihanna o lo que sea que hayáis contado.

Trago saliva y noto un sabor a bilis en la garganta. Puedo potar en la bolsa de patatas si lo necesito.

—¿Y por qué cree que es?

Marc se muerde el labio y vuelve a mirar a su alrededor. Esta vez, se mete la mano en el bolsillo, saca el móvil y abre la *app* de Notas. Estoy prácticamente en su regazo mirando cómo escribe la respuesta: *Está empezando a pensar que tú y Stephanie os liasteis cuando vivías con ella y la cosa terminó mal.*

El epitafio de mi tumba se pone borroso y vuelve a enfocarse, se pone borroso y vuelve a enfocarse. Mal. Muy, muy mal. Estoy prometida. Vale que Steph y Vince tengan un matrimonio de esos en los que se dan permiso para echar una canita al aire casi todas las semanas, pero Arch no es de esas. Como alguien le vaya con este cuento, me va a dejar.

Marc abre ahora el icono de la cámara de su móvil; pasa fotos de su sobrina en la playa y puestas de sol capturadas por un experto, hasta que por fin llega a lo que parece la página de un libro. Me tiende el teléfono y yo hago zoom separando el pulgar y el índice.

239

Es la portadilla de la tercera novela de Stephanie. La que pensaba que había tirado en la limpieza de mi antiguo piso. «Para el amor de mi vida —me había puesto—. ¡Lo siento, Vince!»

—¿De dónde has sacado esto? —le pregunto a Marc, con un rugido en los oídos.

—Me la mandó Lisa. Estaba en la estantería de tu antigua casa. Donde viven ahora Kelly y... —señala a Layla con la barbilla—. Fuimos a rodar allí y Lisa lo vio. Le pareció raro que estuviera allí, así que lo abrió y, bueno, leyó eso y se puso a darle vueltas...

Le levanto un dedo a Marc: para el carro. Le hago un gesto a Layla para que se quite los cascos.

—¿Layla? —pregunto en voz baja y severa—. ¿Te acuerdas del libro de Stephanie que tiré a la bolsa para reciclar?

Layla traga saliva.

Asiento con la cabeza.

—Dime la verdad.

Se ve que a Layla le encantaría poder desaparecer.

—Tenía curiosidad —susurra, con las mejillas encendidas. Curiosidad por el sexo, claro.

Vuelvo a ponerle los cascos en las orejas mientras maldigo a mi hermana en silencio por prohibirle a Layla ver *Juego de Tronos*. Jon Nieve podría haber saciado esa curiosidad. Esto podría haberse evitado.

—Sigue —le digo a Marc, enterrando los dedos en los reposabrazos y preparándome para lo peor.

—Solo fue una luz de alarma. Esa dedicatoria. Quería estar en lo cierto. Vio el vídeo que os hice a ti y a Steph cuando quedasteis en Barneys. —Marc espera a que me acuerde—. Y se dio cuenta de que Steph sacó a relucir el tatuaje nuevo que te habías hecho en el pie.

Noto que el rostro se me contrae en un gesto de confusión.

—¿Y qué?

—Pues que hacía un mes que tú y Steph, abro comillas, habíais hecho las paces, cierro comillas, en el baño en la fiesta de Lauren, y tú te hiciste el tatuaje pocos días después. Lo grabamos, ¿te acuerdas? Eso significa que, cuando tú y Steph quedasteis en Barneys, llevabais un mes sin veros... pero ¿por qué? Si de verdad habíais arreglado las cosas, y si de verdad era por algo tan insignificante como lo que habíais contado, ¿por qué no estabais todo el rato juntas como antes? Pero la guinda del pastel fue que faltara a tu fiesta de compromiso.

—Estaba de viaje.

—No —dice Marc, para mi sorpresa—. Lisa comprobó los datos de su vuelo. Aquella noche estaba en Nueva York. Decidió no venir. ¿No será porque está enamorada de ti y habría sido demasiado doloroso para ella estar allí?

Echo la cabeza para atrás y la apoyo en el asiento; podría dormir durante varios días.

—¿Le ha contado Lisa esto a alguien ya? ¿A alguien aparte de ti?

Cierro los ojos como si estuviese pidiendo un deseo: que no lo haya hecho.

—No creo —contesta Marc, y yo abro los ojos aliviada—. Creo que está esperando a ver si su teoría tiene fundamento antes de meter a más gente en el ajo.

Suspiro, sintiendo lástima injustificada por mí misma. Llevo cuatro años esperando para llevar a todo el mundo a Marruecos y ahora esta historia del *affaire* lésbico secreto va a eclipsar todo lo bueno que venimos a hacer aquí.

—Diré también —añade Marc— que haber visto a Steph y a Vince discutiendo así ha influido. Cree que Vince lo sabe y que está cabreado. Lo cual es hipócrita hasta decir basta por su parte, después de cómo ha estado rondando a tu hermana.

—Ah, genial. —Me río sin poder evitarlo—. Así que no soy la única que se ha percatado de eso.

Después de mi fiesta de compromiso, tenía que tener una conversación seria con Kelly. «¿Ha pasado algo con Vince?», le pregunté con el cuello rígido porque me asustaba la posible respuesta. Kelly no sale con tíos. No se permitiría dedicar tanto tiempo y tanta energía a nada que no sea Layla y la empresa. De vez en cuando, tira de Tinder para follar. Esas noches normalmente me quedo yo con Layla. «¡Que tengas un buen orgasmo!», le grito cuando sale por la puerta con un vestido ajustado. Vince le habría proporcionado de mil amores ese servicio y le habría ahorrado el esfuerzo de tener que deslizar el pulgar por la pantalla. Y para Kelly, la eficiencia es lo primero.

241

Ella respondió a mi pregunta con desdén hostil. «Tienes un problema», se burló, y salió de la habitación. No dijo ni sí, ni no.

—Jesse puede llamar a este episodio «Incesto que encesto» —le musito a Marc.

Marc enarca las cejas. Nunca me había oído meterle una pulla a Jesse, pero no estoy tan locamente enamorada como para no darme cuenta de su sentido del humor, que tantas veces intenta apelar a los jóvenes y tantas veces se queda a mitad de camino. Y sus juegos de palabras en Instagram... Escalofríos.

De repente, entramos en una zona de turbulencias. Layla, pasajera novata, se queda petrificada de miedo. Le paso un brazo por los hombros, la aprieto contra mí y le digo que esto es normal, aunque parece que un tiburón tuviera la cabina del piloto entre las fauces, como si nos estuvieran lanzando hacia la muerte. Le prometo que no tiene por qué asustarse. Que he pasado por esto muchas veces. Le estoy hablando a ella pero me estoy hablando a mí misma, y nos estoy mintiendo a las dos.

242

Aterrizamos en Marrakech a mediodía y cogemos un taxi al hotel. Marc disimula los bostezos mientras intenta conservar la estabilidad con la cámara portátil en el asiento delantero. Yo voy en la primera fila de asientos del taxi monovolumen, apretujada entre mi hermana y Layla. Steph y Jen están detrás de mí, y Lauren ocupa la tercera fila con un brazo por encima de su maleta, que se ha empeñado en llevar consigo. No sé qué de los fulares de seda de su abuela. Nadie se lo ha creído. Supongo que ha investigado y sabe que en ciertos establecimientos en Marruecos a las mujeres no se les permite beber alcohol, así que ha tomado sus propias precauciones.

Les aconsejo a todos que no se duerman. Lo mejor es aguantar el día y dejar que el sueño te venza solo cuando ya no puedas más. Propongo que, cuando lleguemos al hotel, pasemos un momento por las habitaciones y nos veamos en el *hall* para dar un paseo por el barrio judío en las bicis eléctricas de SPOKE, que se enviaron al riad por adelantado para la excursión de mañana a la aldea de Aguergour, en las montañas del Bajo Atlas. Creo que puede ser un paseo agradable, y mis inversores estarán contentos del excelente emplazamiento del producto, pero además una parte de mí quiere mantener el grupo unido bajo mi paranoica vigilancia. No sé quién ha oído qué… sobre mí y Steph, sobre Kelly y Vince. Lo último que necesito es que las mujeres se separen y digan Dios sabe qué barbaridades sobre Dios sabe qué temas delante de las cámaras.

—La verdad es que quería ir a una tienda de especias —dice Jen.

Cierro los ojos un instante. Cómo no.

—El Mellah, el zoco de las especias —lee Jen en su teléfono móvil. Kelly se gira en su asiento, muy atenta.

—*Très bon* —se entromete el taxista—. *Est célèbre.*

Todas nos giramos hacia Lauren, que le pregunta:

—*Est-il ?*

Él dice algo más en francés y Lauren enarca las cejas, asintiendo, para dejar claro que lo entiende.

—Dice que ese mercado es muy famoso. Que toda la gente de aquí va. Que los turistas también, pero no es una trampa para turistas.

Jen esboza una sonrisa petulante, como si hubiera superado mi propuesta.

—Me habló de él mi profesor de yoga —dice—. Hay una mezcla de especias marroquí que se supone que mejora el sueño, lo renueva y hace que descanses más. Puede que la use para un brebaje nuevo. —Sonríe—. ¡El descanso es el nuevo trajín!

Dios.

Mío.

De mi vida.

—Creo que Steph estará de acuerdo. —Lauren se echa a reír y Steph abre los ojos al oír su nombre. Lleva un rato dormitando junto a Jen con la frente pegada a la ventanilla.

—Lo siento. —Se seca la baba con el dorso de la mano—. ¿Qué?

—Estábamos hablando de qué hacer hasta la hora de la cena —le repito—. Quería coger las bicis de SPOKE para dar un paseo por el barrio judío y probarlas al aire libre. Sois todas bienvenidas.

—¡Yo quiero montarme en esa bici otra vez! —declara Layla para que todo el mundo sepa que ya la ha probado una vez.

243

Lauren se inclina hacia delante en el asiento trasero y se dirige a mí. Ya está causando sensación en Marruecos, tanto por su pelo rubio rabioso como por sus descaradas insinuaciones. «Nadie había tratado nunca así mis maletas», le ronroneó al taxista cuando se reunió con nosotras junto al bordillo.

—Pero no hay que hacer ningún esfuerzo, ¿verdad? —Le sonríe al taxista por el espejo retrovisor—. Ya sabes que yo para hacer cardio me limito al sexo.

—Podrás ahorrar fuerzas —le digo.

—Entonces me apunto.

Me guiña el ojo, juguetona. Hace tan solo unos meses, Lauren se opuso al viaje a Marruecos, convencida de que había sido yo quien la había vendido a *Page Six*. Pero las alianzas de las Afortunadas son como los propósitos de Año Nuevo: se forjan para romperse. Incluso parece estar más suave con Steph, su nueva sospechosa, aunque su sutil provocación no tiene por qué implicar que todo esté olvidado. Podría estar mintiendo y a la espera. En cierto modo, Lauren es la más peligrosa de todas. Un mono con una pistola. Nunca sabes cuándo va a ir a por ti.

Me giro hacia Kelly, esperando que ella me apoye, que sería lo lógico. En lugar de eso, declara:

—Yo voy con Jen. Para no dejarla sola.

—Kel —le digo, molesta—, ¿no crees que deberíamos asegurarnos de que las bicis funcionan bien?

—No creo que haga falta que vayamos las dos para eso. —Pasa la mano por encima de mí y le da un golpecito en la rodilla a Layla—. Y Layls, preferiría que tú te vinieses conmigo.

—¿Por qué? —gimotea Layla.

—Porque no es lo mismo montar en bici por aquí que por el almacén. Hay tráfico y peatones, y no quiero que te hagas daño ni se lo hagas a nadie.

—Creía que las podían conducir niñas de nueve años.

Kelly me mira, pero yo me niego a hacer lo propio. Yo tampoco quiero que Layla conduzca la bici por calles ajetreadas, pero es culpa de Kelly, por suplicar encargarse ella de la responsabilidad del proceso de fabricación, por ser una tacaña y no querer poner los aceleradores de gatillo de seguridad. La próxima remesa de bicicletas llegará en otoño con un diseño más seguro, pero mientras tanto lo que tenemos son los prototipos. No es el fin del mundo, en realidad. Las primeras bicicletas eléctricas se diseñaron sin acelerador de gatillo y mucha gente las ha usado sin que se haya producido ningún incidente. Solo tenemos que dejarles claro a las mujeres de la aldea lo fácil que es acelerar sin querer, solo girando la muñeca, y que a setenta kilómetros por hora se puede matar a una persona.

—Bueno, pues cuando tengas que caminar quince kilómetros para ir a buscar agua para tu familia, te dejaré usarla, ¿vale? —le dice Kelly a Layla.

Layla recurre a mí con los ojos en blanco.

—Lo siento, nena —le digo, frunciendo los labios para que sepa que a mí también me fastidia—. Pero estoy con tu madre. —Miro por encima del hombro de Layla—. ¿Steph? ¿Tú te vienes?

Steph le habla a la ventanilla con los ojos vidriosos, arrullada por el paisaje de tierra marrón y cielo azul que vamos atravesando:

—Tengo que hacer unas llamadas cuando lleguemos al hotel.

—¿Estás segura? —le pregunto—. Es el único día que vamos a estar en Marrakech. ¿No quieres ver la ciudad?

Stephanie vuelve a cerrar los ojos.

—Es una preciosidad.

245

Cuando llegamos al hotel, siguen cayendo los golpes. Lisa nos informa, con su espeluznante voz de niña pequeña, de que ha habido cambios en la asignación de las habitaciones. Yo al final no me quedo en la suite con Kelly y Layla. Jen ocupará mi lugar, y yo dormiré con Stephanie.

—Yo, encantada. —Jen choca el hombro con el de Kelly, y yo intento reprimir la arcada.

—Y yo encantada de dormir sola. —Lauren sonríe. Observo la maleta que no ha perdido de vista ni un minuto. Claro que estás encantada.

Y claro que esto es una trampa para que Lisa pueda ver si su teoría tiene fundamento, y hay grandes probabilidades de que haya puesto un micrófono en mi habitación. Da igual porque Stephanie parece indiferente al hecho de que tengamos que dormir juntas, y a que solo haya una cama de matrimonio y tengamos que compartirla... No creo que sea una coincidencia. Cuando llegamos a la habitación, deja caer sus cosas, se quita los zapatos, los lanza a la otra punta de la habitación y se dispone a conquistar la intimidad del baño.

—Steph, espera —le digo antes de que cierre la puerta.

Se para sin volverse a mirarme. Le pongo el móvil delante de la cara para que pueda leer el mensaje sin enviar que he escrito: *Marc me ha contado que Lisa cree que NOS HEMOS ACOSTADO! Por eso nos ha puesto en la misma habitación. Puede que haya puesto un micrófono, así que será mejor que tengamos cuidado con lo que decimos.*

Stephanie lee el mensaje una y otra vez, con la cara pálida de terror. Coge mi móvil y escribe una respuesta. Me lo da y cierra la puerta del baño sin darme tiempo a leerlo. Miro la pantalla y veo que no ha usado palabras. En lugar de eso, ha puesto tres veces el mismo *emoji*, el que se lleva las manos a la cara gritando.

246

—Entonces ¿no viene? —me pregunta Lauren cuando me reúno con ella junto a los ascensores.

Sacudo la cabeza.

—Creo que está bastante cansada. Debe de tener *jet lag* del viaje desde Los Ángeles.

Las puertas del ascensor se abren y Lauren y yo esperamos pacientemente a que Marc entre primero, de espaldas, con la cámara.

—¿Está cansada? —pregunta Lauren cuando las puertas del ascensor nos han atrapado en el interior—. ¿O está triste?

Se me eriza el vello del brazo.

—¿Por qué iba a estar triste?

—No creo que se le haya escapado que Vince está coladito por alguien —me pincha Lauren, y enseguida lamento que haya dicho esto delante de la cámara—. ¿No te diste cuenta en tu fiesta de compromiso? —continúa. Estoy horrorizada—. La seguía por todas partes.

Me apoyo en la barra dorada que recorre el interior del ascensor.

—No pude ni comer en mi fiesta de compromiso. Así que no, no me di cuenta. Y además, Kelly no haría algo así.

Lauren se lleva una mano a la boca para tapar una risotada. Lleva la ropa menos práctica del mundo para montar en bici. Cuando no va a hacer ejercicio, Lauren va vestida de Nike de los pies a la cabeza, y hoy lleva un vestido largo con borlas de colorines que van a ser inmediatamente engullidas por las ruedas de la bicicleta.

La fulmino con la mirada.

—¿Qué pasa?

Lauren deja caer la barbilla al pecho con una risita exasperante.

—En ningún momento he mencionado el nombre de Kelly.

Un sudor frío me recubre la nuca.

—Sí —insisto—. Sí que lo has hecho.

—Nop. —Lauren dice la palabra tal cual, marcando la «p» final con los labios. Sonríe y se coloca la *tikka* dorada que lleva en su pelo rubio de bebé.

—Eso es indio, lo sabes, ¿no? —le digo.

—Lo sé —resopla Lauren de una forma que deja claro que no lo sabía. Levanta la barbilla mientras las puertas del ascensor se abren a la planta baja—. África está intentando mejorar las relaciones.

Sigo a nuestra autodenominada embajadora de la ONU hasta el *hall* y miro a la cámara con cara de «¿de verdad ha dicho lo que ha dicho?».

—Y, por cierto —me dice Lauren por encima del hombro—, yo tampoco haría algo así. Eso no significa que no lo haya intentado. Soy muy zorra con las normas.

Le piso sin querer a Lauren el talón de la sandalia y ella da un traspiés.

—¡Joder! —grita y, cuando bajo la mirada, me doy cuenta de que le he roto la tira del tobillo.

—Ay, Laur. Lo siento muchísimo.

—Solo tengo estas —gime, agachándose para estudiar los daños.

—De todas formas, se supone que hay que usar zapatos cerrados para pedalear.

Lauren me mira con el ceño fruncido desde el suelo de baldosas coloridas del riad y yo me río.

—Te compro unas nuevas en las curtidurías, ¿vale?

—*Américaine maladroite* —musita Lauren, poniéndose de pie.

—Te espero aquí abajo —le digo mientras vuelve cojeando hacia el ascensor. Marc se queda conmigo.

Me dejo caer en un sofá tapizado de lino color arena en el *hall* y miro el móvil, releyendo los mensajes-recordatorio de Lisa.

> RECORDATORIO: Habla con Lauren de cómo te ha sentado que Jen y Kelly se vayan juntas hoy. Sé que Jen y tú habéis hecho las paces, pero ha dicho un montón de mierdas sobre ti todos estos años. Kelly es tu HERMANA. Cómo no va a fastidiarte??

Suelto el teléfono en el regazo, me paso las manos por la cara y suspiro. Claro que me fastidia que Kelly haya caído en el hechizo de la pirata holística, pero tengo otros problemas más importantes. Como que Lauren se haya dado cuenta de la fijación de Vince por Kelly, o que Stephanie parezca a punto de salir huyendo.

Al otro lado del *hall* se forma un pequeño revuelo que llama mi atención. Kelly, Jen y Layla aparecen por debajo de una rama de olivo con un segundo equipo de cámaras. Kelly y Jen llevan puestas sendas fundas de almohada color carne que probablemente Jen haya mandado hacer con las células de su propia piel exfoliada. Empiezo a levantar la mano para llamar a Layla, pero me paro en seco al ver lo que ocurre a continuación. Kelly se percata de que Jen lleva la etiqueta del vestido por fuera, estira la mano y se la mete por dentro, rozándole la nuca. Esta, que va unos pasos por delante de mi hermana, se sobresalta al roce de los dedos de Kelly. Pero lo que veo en su rostro no es solo sobresalto, sino otra cosa que hace que la expresión le derive en una mueca clarísima: asco. Enseguida se obliga a cambiar de cara y esboza una sonrisa de agradecimiento.

Se me cae el mundo a los pies y de pronto miro con otros ojos la irritante amistad entre Jen y Kelly. «Yo, encantada»,

248

le ha dicho Jen a Kelly cuando se ha enterado de que iban a compartir habitación. ¿Y entonces por qué el roce de mi hermana la ha hecho recular de disgusto? No tiene sentido, a menos que Jen no esté encantada de pasar más tiempo con su nueva amiga, sino que le hayan dicho que tiene que pasar más tiempo con ella.

¿Y quién ha podido decirle a Jen que pase más tiempo con mi hermana? Enciendo el teléfono y vuelvo a leer los mensajes-recordatorio. Lisa. Seguro que Lisa le ha contado a Jen lo que sospecha de Vince y Kelly. Por supuesto. Lauren lo sabe, y si Lauren lo sabe, su jefa también. Observo a Jen mientras rodea el diámetro de la fuente central del *hall*, preguntándome qué dirán sus mensajes-recordatorio de Lisa: *Pregúntale a Kelly cómo se lleva con las demás. ¿Cómo va la cosa con Steph? No parece que Steph le tenga mucho cariño... ¿Por qué será?* El marido de mi mejor amiga y mi hermana la tetona... da para una trama sabrosona.

—Mira las gemelas Olsen —comenta Marc. Enfoca a Kelly y a Jen, que están saliendo ya del *hall* con sus vestidos largos y amorfos. Kelly ya no parece en absoluto la nueva. Parece que lleva aquí toda la vida. Podría llevar mi anillo.

No creía que fuese posible, pero después de volver al hotel con Lauren me siento aún peor. Por nuestra conversación mientras cruzábamos el mercado con el guía, me ha quedado claro que le han ordenado que me haga preguntas para dar forma a la trama inminente de Kelly como zorra robamaridos.

—¿Y qué pasa con el padre de Layla? —me ha preguntado Lauren mientras curioseábamos entre los puestos de babuchas de cuero, azafrán marroquí y lámparas de latón.

—No se sabe nada de él —he contestado yo con una amable inflexión que significaba que no iba a hablar más del tema.

—¿Y entonces Kelly no ha estado con nadie en los últimos... cuántos años tiene Layla?

Me tomo mi tiempo para examinar una chilaba con cuentas del color rojo corporativo de SPOKE. He preguntado cuánto vale en mi francés macarrónico. El mercader me ha contestado demasiado deprisa para entender nada.

—Dice que cuatrocientos cuarenta dírhams una, ochocientos si tu hermana quiere otra —traduce Lauren. Habla francés como una colegiala rica apestando a Patagonïa y a Van Cleef, que es lo que una vez fue. Hasta yo me doy cuenta de que su acento es una farsa.

—Qué maleducado —he bromeado, esperando un indulto.

—¿Verdad? —me ha seguido el juego Lauren—. Nosotras nunca podríamos ser hermanas.

—En todo caso, madre e hija —he dicho yo, sonriendo, y Lauren se ha quedado boquiabierta, alucinada de que haya podido decir algo así delante de las cámaras.

Hemos proseguido nuestro camino después de regatear y llevarnos los dos caftanes por setecientos sesenta dírhams, uno rojo para mí y uno blanco impoluto para Lauren.

—¿Cuántos años, entonces? —me ha preguntado Lauren.

Me he parado a admirar unas sandalias.

—¿Cuántos años qué?

Lauren me ha sonreído con paciencia mientras la cámara seguía adelante.

—Layla.

—Doce. —He levantado las sandalias—. ¿Qué te parecen estas?

—Muy monas —ha dicho Lauren sin mirarlas—. Entonces ¿Kelly ha estado con alguien en todo este tiempo?

He negociado con el vendedor antes de contestar.

—No me gusta pensar en mi hermana estando con nadie, Laur. —Me he encogido de hombros, como diciendo: «¿Kelly? ¿Desnuda? Puaj».

—Pues debe de sentirse muy sola.

Yo he vuelto a encogerme de hombros y he contado treinta dírhams.

—Debe de estar muy reprimida. No puedo ni imaginarme estar tanto tiempo sin una «p».

Le he dado el dinero al vendedor sin contestar, intentando no pensar en lo que pasó la última vez que Kelly se sintió «reprimida», precisamente aquí, en Marrakech.

Y

Cuando abro la puerta de mi habitación, la luz está apagada y la tele en silencio, aunque encendida. Están poniendo un capítulo antiguo de *Las Kardashian;* Khloe todavía tiene su cara.

Stephanie está dormida sobre una colcha marroquí color crema con lentejuelas, descalza pero con la misma ropa que ha llevado de Los Ángeles a Nueva York, y luego a Londres, y luego aquí. El esmalte rosa de las uñas de sus pies está descascarillado, y eso me hace detenerme en seco. Stephanie siempre lleva la pedicura perfecta. Se envuelve los pies en plástico para bañarse en la playa en los Hamptons, para que la arena no le estropee el esmalte. A Lisa la pone de los nervios. «Córtale los pies a la princesa en el plano», le dice siempre a Marc con su voz tan aguda que parece un silbido para perros.

El teléfono de Steph está cargándose en el suelo al lado de la cama. Compruebo la batería del mío —dieciséis por ciento— y me agacho. Cuando desenchufo su teléfono, la pantalla se ilumina el tiempo suficiente para poder leer un mensaje de Vince. *Si alguien me pregunta, pienso decir la puta verdad. No voy a volver a mentir por ti.*

El vello de la nuca se me eriza como si alguien lo hubiese invocado. Levanto la vista. Stephanie está exactamente en la misma postura en la que estaba cuando he entrado en la habitación, pero tiene los ojos abiertos de par en par y me observa.

—¡Steph! —Me caigo de culo del susto—. Perdona. ¿Puedo...? ¿Te importa? —Levanto el cable de su cargador porque la forma en la que me mira me ha incapacitado para componer frases completas.

Stephanie coge su teléfono. Echa un vistazo al mensaje de Vince y luego me mira con frialdad.

—Todo tuyo.

—Iba a ducharme —le digo, poniéndome de pie, aunque me cuesta recuperar el equilibrio. La sangre se me va toda a la cabeza y, por un momento, no veo nada. Apoyo la mano en la pared fría hasta que se me aclara la visión—. A menos que quieras ducharte tú primero.

Stephanie cierra los ojos.

—No, ve tú. —Desliza el móvil debajo de la almohada como si escondiera un arma.

Y

Las mujeres están sentadas con las piernas cruzadas sobre unos cojines de cuadrilóbulos, mirando a las cámaras, de espaldas al fuego. Cuando vine por primera vez a Marruecos con quince años —¡hace ya doce años!— me sorprendió que hiciera falta encender un fuego por las noches. Cuando pensaba en Marruecos, me imaginaba dunas naranjas interminables, onduladas al calor, hombres con turbantes y espejismos de estanques. Básicamente, la caricatura que una tonta estadounidense tiene de un país que luego se me reveló tan diverso en lo tocante a la geografía y al clima como lo es el mío. En junio, en Marrakech, el tiempo es lo que mi madre habría definido como agradable. Nada que ver con Nueva York, que ahora mismo es una fosa séptica en descomposición, llena de desgraciados y meados de perro y dos millones de bacterias formando colonias en cada centímetro cuadrado. Bendito corazón putrefacto, lo echo de menos.

Las ventanas en forma de trébol están abiertas y el viento empuja las llamas hacia el oeste. O puede que hacia el norte. Soy una inútil con la orientación, aunque no lo diría nunca en voz alta. Lisa levanta una mano a modo de pregunta; quiere saber dónde está Stephanie. Yo hago un gesto como si estuviera echándome rímel mientras uno de los técnicos de sonido me pone el micro.

Lisa pone los ojos en blanco.

—O sea, que va a tardar otras dos horas.

Extiendo las manos —¿y qué quieres que yo le haga?— y entro en el plano.

—*Salut, les filles* —digo mientras le tiro de la coleta a Layla y me encajo entre ella y Jen, que, no estoy de coña, lleva un fez rojo como si fuera el puto Aladino—. ¿Qué tal el día?

—Madre mía. Hemos caminado como quince kilómetros —dice Layla, echándose hacia delante para mojar un trozo de pan tostado en un cuenco de hummus. El fuego arranca un destello a algo que lleva en el cuello.

—Esto es nuevo —le digo, sosteniendo el colgante entre el pulgar y el índice.

—Ah, sí. —Layla baja la barbilla—. ¿Cómo se llamaba?

—Mano de Fátima —contesta Jen, y entonces me fijo en que ella también lleva una. No tengo que mirar el cuello de mi hermana para saber que han conseguido un tres por dos en el zoco.

—Se supone que evita que te pasen cosas malas —me dice Layla.

Cojo algo que parece cordero.

—¿Hay comida suficiente para ti? —le pregunto a Jen mientras despego la carne del hueso con los dientes como el primer eslabón de la cadena alimentaria que soy—. Les dije que teníamos a una vegana.

Me meto un dedo grasiento en la boca y chupo el jugo. Sí, es cordero. El cordero tiene un sabor muy característico, es puro animal. Jen entierra la cara en una taza de té y sus palabras separan el humo.

—Sí, un montón.

—¿Seguro? —pregunto, acercándome más a la mesa para examinar la cena—. ¿Qué puedes comer de aquí?

Jen señala sus insignificantes opciones porque en realidad no he llamado al hotel para avisar de que teníamos una vegana en el grupo, porque no tenemos ninguna vegana en el grupo.

—Aceitunas, zanahorias, *naan*, hummus.

—El *naan* lleva huevo y el hummus, feta —le digo.

—Eres muy amable, pero no hace falta que te preocupes por mí. —Jen pretende sonreír, pero solo enseña los dientes—. Pedí que me subieran unas brochetas de verduras a la habitación antes, así que no tengo mucha hambre. —Deja el té en la mesa baja y cruza las manos sobre las rodillas. Sus ojillos pequeños y brillantes se encienden cuando se le ocurre algo para devolvérmela—. ¿Va a venir Steph o habéis vuelto a pelearos?

—Teníamos tantas cosas que contarnos que se nos ha ido el santo al cielo —replico—. Pero seguro que baja enseguida.

Veo que Lauren establece contacto visual con Lisa por encima de mi hombro.

—A lo mejor debería ir a ver cómo está —dice. Se pone de pie, agarrada a su vaso de agua. Mucha lima lleva esa agua.

No quiero que el segundo equipo de cámaras siga a Lauren arriba y vea cómo fríe a Stephanie —¿Te has enterado de lo de tu marido y la hermana de Brett?—, así que me ofrezco a acompañarla.

253

—Brett —me dice Kelly tirándome del bajo del vestido—, es que queremos hablar contigo de una cosa.

Miro a Lauren un momento, pero ¿qué voy a hacer? No puedo estar en todas partes a la vez. A regañadientes, vuelvo a mi sitio en el suelo mientras observo a Lauren zigzagueando para salir de la sala, con el caftán rozando el suelo blanco y negro de la medina y el ayudante de cámara siguiendo el mismo camino sinuoso detrás.

—Hemos estado hablando —prosigue Kelly, colocándose el pelo detrás de la oreja y mirando a Jen para que quede claro con quién ha estado hablando— y hemos pensado que cuando volvamos podríamos organizarte una despedida de soltera en la casa de los Hamptons de Jen.

Me apunto con una costilla de cordero al pecho y miro por encima de uno de mis hombros, luego del otro, como si me resultara inconcebible que me estuviera hablando a mí.

Kelly se echa a reír ante mi pretendido asombro.

—Sí, tú. Jen me ha dicho que le gustaría disfrutar de un último fin de semana de verano antes de vender la casa.

—Y creo que es importante seguir alimentando esta buena energía entre nosotras —apostilla Jen—. Celebrar la alegría es construir muros para mantener alejada la hostilidad.

Jesús, María y José. Ambas sabemos que esto es un movimiento dirigido desde producción... Siempre hay una traca final antes del último episodio de cada temporada, un evento donde las mujeres se reúnen para besarse y hacer las paces antes de despedazarnos en el reencuentro. Fui yo quien le propuso a Lisa una despedida de soltera, pero nunca pensé que fuera a ser Jen la anfitriona.

—¿Va a haber *strippers*? ¿Chicos o chicas? —pregunta Layla, ya colorada y tapándose la boca, a la espera de la regañina de Kelly.

—Nada de *strippers*. —Kelly le pasa un brazo por los hombros a Layla y la besa en la frente, que se retuerce para zafarse. Kelly le dice bajito algo al oído a Layla y esta se queda inmóvil.

Picamos algo y hacemos comentarios tópicos sobre el tiempo, la gente y el cambio climático, y yo repaso el plan del día siguiente. Las furgonetas salen a las siete de la mañana, una para nosotras y el equipo, y otra para las bicicletas. La aldea de Aguergour está apenas a treinta kilómetros, pero como los últimos quince son un camino de tierra que bordea una peligrosa cadena montañosa, tardaremos más de una hora en llegar.

Los camareros se acercan a retirar los platos y a traernos café y té. Layla les impide que se lleven su plato. Está lleno de pan, salsas y carne que no ha tocado.

—Lo he separado para Lauren y Stephanie —dice, y el «ohhh» de Jen me habría engañado de no ser por el gesto que le vi hacer antes cuando mi hermana la tocó.

He intentado pillar a Kelly a solas antes de la cena para confiarle mis sospechas de que Jen no es su amiga, sino que forma parte de una trama basada en que Kelly se ha acostado con Vince. También esperaba sonsacarle una respuesta clara a la duda de si se ha acostado con Vince o no —porque sigo sin tenerlo claro—, pero Kelly no se ha separado de Jen desde que volvimos al hotel esta tarde, y no soy tan tonta como para poner nada de esto en un mensaje de móvil.

—¡Aquí estamos! —grita Lauren.

Cuando levanto la vista, solo está Lauren en la entrada, con el mismo vaso de agua llenísimo de lima. Pero entonces Stephanie aparece detrás de ella, con el pelo húmedo y recogido en un moño en la nuca y una cantidad sorprendente de maquillaje, incluso para ella.

—Lo siento —dice Steph, sin rastro de arrepentimiento.

Le hago sitio en mi almohadón.

—No te preocupes. Es una cena informal. Layla os ha guardado un plato.

—¡Eres un amor! —exclama Lauren.

Stephanie murmura algo que no alcanzo a oír mientras ignora el sitio que le he dejado y se sienta al lado de Kelly, enfrente de mí y de Layla.

Kelly se gira hacia ella, lo que resulta bastante agresivo dado que están sentadas hombro con hombro en el mismo almohadón rosa fucsia.

—¿Qué has dicho?

Stephanie se estira para coger una aceituna. Con voz lenta y atronadora, repite lo que acaba de decir:

—He dicho que está muy bien educada.

Kelly frunce los labios, incrédula. Yo también estoy segura de que Steph ha dicho «entrenada», no educada.

—¿Qué bebes? —Steph bebe un sorbo de mi vino—. Mmm. —Se frota los labios. Señala mi copa y le ladra al camarero que está en un rincón—. Tráeme una copa de eso.

Stephanie coge un trozo de *naan*. En lugar de arrancar un pedacito, lo dobla y se lo mete entero en la boca como si fuera un taco.

—Mmm —dice—. Gracias por no comer hidratos, Laur. Esto está divino. —Coge otro trozo de *naan*, aunque su mandíbula ya está ocupada trabajando como la de un jugador de béisbol mascando tabaco.

—Yo sí como hidratos —protesta Lauren con una risa.

—Me parto —dice Stephanie con la boca llena, enseñándonos la comida al hacerlo. Mira alrededor de la mesa con los ojos muy abiertos y desenfocados y unas briznas de especias pegadas a la espesa capa de pintalabios—. ¿Qué tal el día?

La pregunta no es fruto de la curiosidad, sino puro sarcasmo, y no requiere respuesta, así que todas nos quedamos calladas, sin saber muy bien cómo tomarnos a esta Stephanie en el cuerpo de Joan Crawford.

Carraspeo y hago un intento.

—Bien. Lauren y yo dimos un paseo en las bicis nuevas por el barrio…

Stephanie me interrumpe.

—¿Lauren, haciendo ejercicio físico que no sea follar? —Mira a Layla, se muerde el labio inferior y hace un bailecillo sexi mientras canta—: Chachachá.

Abro la boca para hacer una objeción. Stephanie me lanza una mirada que me hace cerrarla.

—Muy fina —le espeta Kelly.

—Es un viaje de adultos —le contesta Stephanie, y no le falta razón—. Si no querías exponer a tu hija al lenguaje adulto y a situaciones adultas, no haberla traído.

Layla parece lógicamente desconsolada. Le cojo la mano sobre el suelo.

—Pues yo me alegro de que hayas venido, mami —dice Lauren tirándole un beso; puede que Lauren sea un perro de presa borracho, pero por lo menos es simpática con los niños.

Se gira hacia Stephanie y le contesta—: Y, para tu información, no me importa hacer ejercicio físico cuando lo hago en una bicicleta que es como el bolso Hermès del mundo del *fitness*.

—¡Menuda forma tan rimbombante de hacer promo! —exclama Stephanie. Su tono de voz pasa de desagradable a jovial en menos tiempo del que tardo en preguntarme cuántos miligramos se habrá metido. El camarero se acerca con su vino—. Señor —le dice con formalidad mientras deja la copa delante de ella—, ¿podría ir al sótano, el espacio de almacenamiento, el sarcófago o lo que sea que usen aquí a buscar nuestras bicicletas? Las reconocerá porque son bicicletas SPOKE. Son las bicicletas más bonitas del mundo entero. Ganaron el concurso de Miss Bicicleta del condado de Omaha en 2009. Quedaron por delante de Christy Nicklebocker y eso que ella compró a todos los jueces, incluido el perdedor de ciento cuarenta kilos que estaba unido a ella en santo matrimonio.

El camarero se gira hacia mí, boquiabierto.

—¿Disculpe? —me pregunta, con la esperanza de que yo haya entendido la incoherente petición de Steph.

Todas me miran esperando a que haga algo, a que diga algo.

—Es una broma. —Me río con voz entrecortada, mirando al camarero mientras le tiendo el plato de comida que Layla había apartado para Stephanie y Lauren, para que tenga la excusa de llevárselo y alejarse de la mesa. Tengo que seguir asintiendo con la cabeza mientras se marcha: «No te preocupes, está todo bien»—. No te preocupes, que mañana serás la primera en montarte —le digo a Stephanie, desesperada por apaciguarla. «Pero espera a que el viaje termine para volverte completamente loca»—. En cuanto lleguemos a Aguergour.

—En cuanto lleguemos a Agrrr-gorrrr —repite Stephanie ridículamente concentrada—. A-grrr-gorrrr.

—Sí —contesto, fingiendo que no me he dado cuenta de que se está burlando de mí—. Allí será mejor. Tendremos más espacio para ver cuánto dan de sí las bicicletas en el campo.

Layla deja escapar un suspiro de anhelo y se gira hacia mi hermana con los ojos grandes y suplicantes.

—Si te prometo que mantendré una velocidad prudente, ¿puedo probarlas?

Stephanie se hurga una muela con la lengua para sacarse

257

un tropezón de comida mientras traslada la mirada de Layla a Kelly y de Kelly a Layla.

—Mi madre tampoco me dejaba hacer nada —dice, fijando la vista en Layla.

—Perdóname —se ríe Kelly, de mal humor—, es que estamos en Marruecos.

Stephanie se pone a cuatro patas, intentando sacar las piernas de debajo del caftán para adoptar una postura más cómoda, pero por un momento creo que va a saltar por encima de la mesa y atacar a Layla.

—Yo se lo ocultaba todo —prosigue Stephanie, mirando a Layla con lascivia, casi como un viejo verde—. Ya aprenderás. Tendrás que hacerlo porque tu madre nunca va a entender de verdad cómo es la vida para ti. Te convertirás en la niña detective Nancy Drew negrata. —Deja escapar una risita extraña—. Debería escribir una saga de libros infantiles: La Nancy Drew negrata.

—¡Eh! —exclamo, más sorprendida que enfadada. Nunca había oído a Stephanie hablar así.

—No uses esa palabra para hablar de mi hija —dice Kelly con voz temblorosa.

Layla protesta, absolutamente humillada:

—¡Mamá!

Stephanie se ríe, impávida ante el enfado general.

—A mí no tienes derecho a decirme cómo usar esa palabra, doña Madre Adolescente.

Le hago un gesto desesperado al mayordomo del riad, que lleva un rato esperando el momento de intervenir. «Ahora es el momento —dicen mis manos—. Ahora. Ahora. Ahora.»

—Señoras —dice, con las manos juntas como si estuviera rezando—, el postre está servido en la terraza del Atlas, junto con una sorpresa. —Adelanta un brazo para indicarnos el camino—. Si son tan amables.

La terraza del Atlas se llama así por sus vistas de la cordillera del Alto Atlas, con sus jebeles marrones coronados de nieve, aunque ahora son solo marrones. Me quedo junto a Layla mientras el resto de las Afortunadas se dispersan por la tranquila azotea repleta de luces titilantes. Se nota que está afectada por lo que acaba de pasar.

—Allí es donde vamos mañana —le digo, señalando la cadena montañosa. Repartidas entre las cimas y los valles están las aldeas bereberes de paja y barro donde las mujeres cantan mientras tejen alfombras de borlas y amasan el pan, celebrando la liberación del trayecto hasta el pozo para recoger agua, su emancipación.

Layla levanta su teléfono y hace una foto para una *story* de Instagram. Hace varios intentos hasta que desiste con un suspiro desanimado.

—¿Estás bien? —le pregunto.

—¿Por qué le caigo mal a Stephanie?

Tensa la boca y la gira a la izquierda, que es un gesto que hace siempre que va a llorar. Kelly y yo la grabábamos en vídeo cuando era un bebé, con la boca como una uva pequeñita en un lado de la cara y las venas de las sienes hinchadas contra la piel. Se nos oye riéndonos de fondo: «Oh, oh, allá vaaaaaaaa…».

Me apoyo en el poyete de barro de la azotea para mirarla. Bajo esas luces como de Navidad, la cara de Layla está haciendo hueco para una maravilla de grano que le va a salir en la punta de la barbilla. Marc se mueve a nuestro alrededor y nos hace una foto de perfil.

—Sentir que le caes mal a alguien duele, sobre todo si es alguien a quien puede que admires. —Giro la cabeza hasta encontrar un ángulo desde el que mirarla a los ojos—. ¿No es cierto? ¿Admiras a Steph?

—Sí que la admiro, pero creía… —Exhala con fuerza suficiente como para apagar las velas de una tarta de cumpleaños, como frustrada por no encontrar las palabras para explicarse.

—¿Qué? —le pregunto con dulzura, alargando la mano para acariciarle el pelo.

Layla se zafa de mi mano.

—Tú no lo entiendes. —Hay algo en esa palabra (tú) que nunca había oído antes, al menos no dirigido a mí.

Pestañeo, dolida. Es Kelly quien quiere a Layla pero no la entiende. Ese es mi trabajo. Eso es lo que yo hago: entender a la gente. Intento demostrarle que sí lo entiendo.

—Yo también admiraba a Stephanie y era importante para

mí caerle bien —le digo—. Pero me di cuenta de una cosa, Layls, y es que...

Layla no me deja terminar.

—Deja de decirme que lo entiendes, porque no lo entiendes. No sabes lo que es no conocer a nadie que sea como tú.

Sus palabras me caen encima como un muro de cemento erigido en una frontera ya abierta de antemano. Me duele en el alma darme cuenta de que Layla se siente así y no me lo había dicho antes. Claro que me he preocupado por ella, por el hecho de que sea una de las pocas alumnas negras de su colegio, pero a Layla no la dan de lado para nada. Es una de las chicas más populares de su clase. Todo aquel que la conoce se prenda de ella. Supongo que había asumido que agradar a los demás es lo mismo que sentirse parte de una comunidad. Nunca me había parado a pensar en lo importante que podría ser para Layla conocer a alguien como Stephanie, alguien que podría entender mejor que nadie cómo es su vida, pero que en lugar de eso siente un desagrado visceral hacia ella.

—Me siento verdaderamente estúpida por no haberme dado cuenta de que podías sentirte así —le digo, disculpándome—. Y por asumir que me lo ibas a contar así, sin más. Yo soy la adulta. Soy yo quien debería preguntarte si estás bien.

Layla se encoge de hombros sin mucho entusiasmo.

—No pasa nada. Mamá siempre me está preguntando. Resulta molesto. —Pero no parece molesta en absoluto.

Al otro lado de la terraza, desde unos bancos blancos alrededor de una mesa estrecha con una bandeja de tartaletas de fruta ácida y un cubo de hielo decorado con teselas, Lauren exclama:

—¿Una adivina? A lo mejor nos puede decir quién de vosotras, zorras, me hizo la jugada del *Post*.

—Deja ya lo del puto *Post* —ruge Steph—. Todo el mundo está hasta el coño de lo del puto *Post*.

Casi puedo oír el aire saliendo de las fosas nasales de Lauren desde el otro extremo de la terraza, pero ignoro la acalorada conversación por el bien de Layla. Voy a hacer lo que sea para animarla. La miro, abriendo mucho los ojos, como diciendo: «¿Una adivina? ¡Qué diver!».

—Vamos —le digo, tirando de ella hasta los bancos, donde

la «sorpresa» ha resultado ser una mujer rolliza de cincuenta y tantos años con un pañuelo fino y amarillo en la cabeza y que baraja unas cartas del tarot.

Mientras nos acercamos, oigo al mayordomo explicando:

—Jamilla solo habla árabe y francés, pero me han dicho que tenemos una traductora en el grupo.

Mmm, me pregunto quién le habrá dicho eso. Observo a Lisa y mi entusiasmo por la sorpresa disminuye. Hay muy poca gente en la que confíe en esta terraza ahora mismo.

Lauren levanta la mano, emocionada por tener un papel tan crucial. Se presenta a Jamilla y escucha con atención la respuesta de la mujer.

—Dice que la persona a la que le vaya a echar las cartas debe sentarse a su lado —dice Lauren.

Kelly se vuelve hacia Layla con una sonrisa optimista.

—¿Quieres ser la primera, Layls?

Sé que Kelly solo intenta compensar lo que ha pasado abajo, pero yo no quiero que Layla se acerque a la señora de la bola de cristal. Aunque no sea una espía de Producción, no me fío de que Lauren vaya a traducir con toda la fidelidad que debería.

Layla rodea el banco y se sienta a la izquierda de Jamilla. Esta le toca el pelo rizado a Layla, admirándolo embelesada, y le hace una pregunta a Lauren, que da palmas encantada con lo que sea que le haya dicho Jamilla.

—No —dice, sacudiendo la cabeza—. No. *Elle est sa fille.* —Señala a Kelly, y le dice a Stephanie—: ¡Creía que Layla era hija tuya!

—¿Y por qué te parece gracioso? —quiere saber Stephanie.

—Madre mía, estás de un humor de perros esta noche.

Lauren coge una tartaleta y mira dos veces para comprobar que las cámaras la están grabando. «Sí que como hidratos.»

—Que se las eche a Jen primero —intervengo—. Esto es más su rollo.

Jen frunce los labios en lo que podría considerarse una sonrisa.

—Creo que el bienestar de la mente y del cuerpo es la mejor predicción del futuro, pero bueno —se encoge de hombros—, vale.

Jamilla baraja las cartas, las despliega ante Jen y le hace

un gesto para que coja una. Se da un golpe en el pecho para indicarle a Jen que tiene que apretar la carta contra el corazón.

—*Fermer les yeux et penser à ce que vous dérange.*

Jen se gira hacia Lauren.

—Cierra los ojos y piensa en lo que te preocupa —traduce Lauren. Jen hace lo que le dicen con un aparatoso suspiro por la nariz y coloca ambas manos sobre la carta como intentando asfixiarla.

—*Ouvre tes yeux.*

Jen levanta una ceja, con los ojos aún cerrados.

—Abre los ojos —dice Lauren.

Jen abre los ojos de golpe. Jamilla señala la carta sobre la mesa para que le dé la vuelta: los amantes. Jen se pasa una mano por el pelo, ahora más largo, riéndose.

—Vale —dice. Está nerviosa, se le nota.

Jamilla comienza su lectura.

—Los amantes no siempre simbolizan el amor —dice Lauren cuando Jamilla hace una pausa para coger aire—. Sobre todo cuando alguien coloca la carta así, al revés.

Todo el grupo nos inclinamos hacia delante con los codos en los muslos para ver mejor.

Jamilla suelta una larga perorata con la que Lauren parece tener dificultades.

Parece.

«Parece.»

—¿Podría repetirlo? —pregunta Lauren.

Jamilla repite lo que ha dicho y Lauren asiente con la cabeza, con el ceño fruncido en un esfuerzo visible por entenderlo todo.

—Dice que la carta invertida de los amantes puede indicar que estás en guerra contigo misma y que te estás esforzando por equilibrar tus fuerzas internas.

Jen suelta un educado «ajá», como diciendo que lo que le cuenta Jamilla le parece interesante, pero no acaba de identificarse.

—¿Eso es todo? —pregunto—. Ha hablado mucho más rato.

—Eso es lo esencial —afirma Lauren con una sonrisa celestial.

—*Toi* —dice de pronto Jamilla, señalando a Stephanie—. *Je veux te parler.*

—Quiere hablar contigo —traduce Lauren.

Jen se levanta —con algo de ansiedad, por lo que veo—, pero Stephanie no hace ademán de cambiarse de sitio.

—¿Por qué? —pregunta, arisca.

—¡Ponte ahí y averígualo! —Lauren le pone una mano a Steph entre los omóplatos y la empuja. En respuesta, la espalda de Stephanie se endurece.

Jamilla dice algo más que suena apremiante.

—¡Dice que es importante! —exclama Lauren.

Stephanie suspira con irritación. Todas la observamos con la respiración contenida de forma colectiva, y ella por fin decide levantarse y sentarse en el hueco que ha dejado libre Jen. Se deja caer de golpe junto a Jamilla, como un huracán de categoría 5 y, sin esperar instrucciones, saca una carta, se la pone contra el pecho y cierra los ojos. Esto lo va a hacer a su manera.

Abre los ojos y pone la carta sobre la mesa a la orden sin traducir de Jamilla: el ahorcado, en vertical. Jamilla dice algo breve, con semblante impasible.

—A ver —dice Lauren—. El ahorcado es una víctima voluntaria. Hace sacrificios personales, financieros y profesionales para lograr un objetivo mayor. Eres la mártir definitiva.

—No jodas —dice Stephanie y, al igual que el esmalte rosa descascarillado de sus uñas de los pies, esta respuesta resulta violenta e impropia de ella. Tenemos un concurso muy divertido al final de cada temporada: a ver qué Afortunada ha necesitado más pitidos para censurar sus palabrotas en la fase de edición de vídeo. El título solemos disputárnoslo Lauren y yo, y hasta ahora Stephanie, la literata del grupo, que se enorgullece de hablar especialmente bien, siempre ha quedado la última.

Jamilla está hablando otra vez. Cuando termina, Lauren se toma un rato para traducir.

—Estás dando demasiado de ti misma a alguien. A alguien que no te devuelve lo suficiente de sí mismo o de sí misma. Le dejas que te haga daño una y otra vez.

Steph se recuesta y se pone cómoda, con una media sonrisa peligrosa asomándole a la boca.

—¿Ah, sí? —pregunta mientras asiente, reflexionando. Se

263

agarra la barbilla con remordimiento—. Pídele que profundice un poco más, Laur. ¿Es un hombre? —Me mira directamente—. ¿O es una mujer? Porque, la verdad —su risa tintinea—, podría ser ambas cosas.

Se me entumecen las manos y los pies. Hace fresco aquí arriba, tan cerca de una mujer a la que creía conocer muy bien. Porque la Steph que yo conocía era una amante del espectáculo. Estaba empeñada en proteger su orgullo. Si quisiera, podría girarme hacia las cámaras y decir algo tipo «esto no lo podéis usar» o «mierda-joder-mierda-joder-mierda-joder», que es algo que hacemos a veces para estropear el plano si no nos gusta. Pero con eso solo conseguiría llamar más la atención sobre la nada sutil insinuación de Stephanie de que ha habido algo entre nosotras. No ayudaría a que Lisa renunciara a su teoría, sino que la haría abrazarla con más fuerza.

Lauren traduce la pregunta de Steph para Jamilla. Jamilla cierra los ojos y piensa: ¿es un hombre o una mujer? «*Homme*», le dice a Lauren tras un instante sin respirar.

—Un hombre —le dice Lauren a Steph.

Stephanie hace un puchero. Me doy cuenta de que quería que todo esto fuera sobre mí, y siento que me mareo.

Jamilla sigue hablando.

—Le dejas que te haga daño porque, en el fondo de tu corazón, crees que te quiere —dice Lauren—. Pero él le ha entregado su corazón a otra persona.

Stephanie se acerca más a Jamilla, con los labios abiertos de puro entusiasmo.

—¿Está esa otra persona aquí ahora mismo? —Mueve los dedos de forma tétrica.

Jamilla mira a Lauren para que la ayude.

—Vamos —susurra Stephanie con tono de película de terror—, pregúntaselo.

Lauren se aleja un centímetro de Stephanie, pero traduce la pregunta para Jamilla.

—*Oui.* —Jamilla asiente con la cabeza y Stephanie da palmas y emite un gritito.

—¿Está aquí? —grita Stephanie—. ¡Toma geroma, pastillas de goma! Espera, vale. —Se sacude en su sitio, emocionada—. Voy a ir recorriendo la mesa con el dedo, y quiero que me

264

diga que me pare cuando señale a la persona a la que mi marido ha entregado su corazón.

Stephanie levanta un brazo sin esperar a que Lauren le comunique su petición a Jamilla. Por un instante que parece eterno, dirige el dedo, muy recto, hacia Kelly.

Kelly empieza a decir algo, pero antes de que pueda terminar, Steph mueve el dedo y recorre todo el círculo, deteniéndose una fracción de segundo en Jen, luego en mí y luego en Lauren. Cuando ha terminado de implicar a todas las Afortunadas, levanta más el brazo y señala por encima de nuestras cabezas, a Lisa, a Marc y al resto del equipo. Stephanie explota en una risa ronca que suena como si le hubiera arrancado una capa de piel del interior de la garganta.

—Tengo que decir —exclama Stephanie, secándose las lágrimas de la risa— que al principio era un poco escéptica. Pero ha acertado en todo. No me ha hecho pararme en nadie, y eso sí que es la pura verdad. Vince es la bicicleta de las Afortunadas. ¡Todo el mundo se ha montado! Deberíamos haberlo traído a él en vez de vuestras bicicletas eléctricas nuevas esas tan modernas, B. Kel, ¿no habrías dejado montarse a Layla?

—¡Steph! —exclamo, horrorizada.

Kelly mete la mano bajo la axila de Layla mientras se pone de pie, obligándola a levantarse con ella.

—¡Mamá! —grita Layla, intentando no caerse.

—Visto lo visto —dice Kelly con una sonrisa delgada y feroz. Layla se aparta de Kelly de un empellón—, nos vamos a la cama —sisea, y Layla sale disparada, adelantando a mi hermana con sus piernas largas, y abre de un empujón la pesada puerta de madera sin pararse a sostenerla para Kelly.

—Ha sido divertido —suspira Stephanie, contenida, mientras se recuesta y se pone las manos en la barriga como si acabara de terminarse una opípara comida—. ¿Quién es la siguiente? —Se gira hacia mí. Su maquillaje es de locos. Se ha puesto sombra negra mucho más allá del arco de la ceja—. ¿Mi compi de habitación? —Los ojos le centellean de una forma muy desagradable. En serio, centellean. Siempre se le va la mano con el brillo cuando se maquilla los ojos ahumados.

Υ

Observo la oscuridad sobre mí mientras escucho la respiración de Darth Vader de mi hermana en la habitación contigua. Ni de coña me iba a ir con mi «compi» de habitación después de la escenita en la terraza del riad. No me gustaría que me clavaran un puñal mientras duermo.

Estoy en el sofá del salón, Jen en la habitación de mi izquierda y Kelly y Layla en la de mi derecha. Pensé que Kelly dormiría con Jen y yo con Layla, pero parece que mi hermana y la Arpía Verde no están aún en esa fase de su amistad. Me pongo bocabajo. Suspiro. Tengo *jet lag*. Estoy incómoda. Se me salen los pies por encima del brazo del sofá, y eso que solo mido uno sesenta.

Me estoy planteando pasarme al suelo cuando detecto movimiento detrás de mí... unas sábanas apartándose, un golpe suave, un «ay» aún más suave. Me imagino que Jen se estará levantando a mear todo el té de menta que se ha bebido, pero entonces se abre la puerta y los pies de Jen hacen un ruido pegajoso sobre las baldosas.

Cierro los ojos y me quedo muy quieta. Jen se para junto al sofá y me observa. Se me pone la piel de los brazos de gallina. Estoy segura de que estoy moviendo los párpados, pero espero que no vea tan bien como para darse cuenta. Pasan unos instantes y por fin continúa su pegajoso trayecto hasta la puerta. Abro un ojo y, gracias a la rendija de luz que entra desde el pasillo, veo que lleva el teléfono en la mano. Cuento hasta veintisiete —mi edad—, me levanto y la sigo.

La segunda planta del riad tiene un pequeño balcón al final del pasillo, justo después de las escaleras. Unas cortinas finas ondean con la brisa fresca, actuando de protección acústica. Me pego a la pared y me voy acercando a Jen. La brisa se para y yo me paro. De repente todo está en silencio y la voz de Jen se convierte en la protagonista de un estridente solo a las tres de la mañana.

—... oírte decirme que no pasa nada —está diciendo Jen mientras yo aguanto la respiración y me pego a la pared como una estrella de mar. El tono devoto de tenor de cámara ha desaparecido y lo sustituye algo que nunca había oído antes en su voz: algo parecido a la ternura. ¿Estará hablando con Yvette?

—Sí, señaló a todo el mundo. Pero empezó por Kelly. Y se quedó más rato apuntándola a ella.

Está hablando de Stephanie.

—No, no. Te creo. Pero pensé que tenía que contártelo. Están intentando montar una línea de guion a partir de ahí. Así que quizá deberías intentar no acercarte mucho a ella.

Hay un rato largo de «ajás» y «mmms» mientras la persona al otro lado de la línea contesta. Ya no creo que esté hablando con Yvette, pero no se me ocurre quién más puede ser hasta que...

—Sí, comparto habitación con ella. Se lo pedí a Lisa en cuanto me lo contó. Le estoy dando todas las oportunidades para negarlo. Tampoco quiero que quedes como un gilipollas. —Hay una pausa vacilante—. Te echo de menos. —Luego, otra—. Cariño.

Cariño. La palabra es como un hueso de melocotón atascado en la garganta. Cariño. No puedo tragar. Cariño. No puedo respirar.

Jen chista de repente. Inmovilizo todas y cada una de las partes de mi cuerpo, con los pulmones ardiendo, mientras se oye un carrito rodando en la planta de abajo. Se oye una conversación en árabe y luego unas risas.

—Nada —dice Jen—, era el conserje. Pero tengo que volver a la habitación. La Pasota está durmiendo en nuestro sofá.

Pausa.

—Porque no quiere dormir en la misma cama que la loca de tu...

Me deslizo por la pared a grandes zancadas, cruzando los tobillos. Me cuelo en la habitación, me tumbo en el sofá y cierro los ojos. Un minuto después, más o menos, la puerta se abre y Jen entra con sigilo.

Me está observando otra vez. Lo noto. Mi respiración lenta y profunda se contradice con mi corazón, que está transportando la sangre a mis órganos como si estuviera corriendo una contrarreloj. ¿Podrá oírlo? No sé cómo no lo oye.

—Brett —susurra Jen.

Respiro. Me armaré de toda la paciencia de mi generación.

Jen entra de puntillas en su habitación y cierra la puerta. No me muevo en mucho tiempo. Hasta que el sol empieza a ilumi-

267

nar la habitación con luz muy tenue. Entonces me levanto, meto los pies en las sandalias de Kelly y me dirijo a la planta baja.

El *hall* está iluminado y de las fuentes mana agua oscura. Un solo recepcionista está sentado en recepción leyendo *Harry Potter* en francés mientras la voz de Selena Gómez sale, muy bajita, del ordenador. Es demasiado temprano para la mayoría de los huéspedes. Cuando he dicho que iba a esperar a las demás abajo, he mirado significativamente a Kelly. Espero que haya deducido que tengo que hablar con ella en privado. No podía tener esta conversación arriba, con Jen vagando por allí envuelta en su toalla y tarareando tan contenta mientras se tomaba su tercer té de menta de la mañana.

Sé que Kelly me ha entendido, pero a medida que pasan los minutos empiezo a preocuparme por que haya decidido ignorarme. Está enfadada por lo de anoche, por cómo Stephanie atacó a Layla, y estoy segura de que ha encontrado una manera ilógica de echarme la culpa.

Estoy a punto de perder la esperanza e irme a desayunar cuando Kelly y Layla aparecen por las escaleras.

—Layls —le digo, guiñándole el ojo con malicia—, tienen una máquina de café *latte*.

—Guay —murmura Layla, como buena adolescente. Está enfadada. Conmigo, por ser una zopenca insensible al tema del racismo. Y con Kelly, por avergonzarla delante de Stephanie.

—Ya sabes que no me gusta que tome cafeína, Brett —me dice Kelly.

—Está de vacaciones —replico.

Kelly se toma su tiempo para decidirse. Al final, señala con el dedo en dirección al comedor: permiso concedido para consumir cafeína.

Layla se espabila un poco.

—¿Puedes preguntar si ponen cafés para llevar? —le pido—. Quiero hablar con tu madre un momento a solas.

Layla asiente —claro, claro— y se va dando brincos al comedor.

—¿Qué pasa, Brett?

Kelly se cruza de brazos. Definitivamente, está enfadada conmigo por lo de anoche.

—Pasó algo después de que nos fuéramos a la cama. Oí a Jen saliendo de…

—¡No lo ponen para llevar! —grita Layla desde la puerta del comedor.

—Ya voy, cielo —responde Kelly, y empieza a alejarse de mí.

—Espera, Kel.

—No. Mira, Brett, no quiero oír lo que tengas que decirme sobre Jen. Estoy harta de que hables mal de ella. Es la única que se ha comportado de forma decente conmigo.

—¡Te está utilizando! Cree que…

—Te lo digo en serio, Brett —dice Kelly con voz asesina—. No sueltes más mierda sobre Jen. Y si Stephanie vuelve a tratar así a Layla, pienso contar todo lo que sé sobre ella. Delante de las cámaras. Asegúrate de que tu mejor amiga esté al tanto de esto.

Kelly da media vuelta y se va sin darme la oportunidad de contestar. Sin darme la oportunidad de explicarle que quien le rompió el corazón a Jen es Vince, que Jen lo llama «cariño» y que seguramente siga enamorada de él, y que se ha aliado con Kelly porque quería asegurarse de que Vince no estaba enamorado de ella. Y lo peor de todo es que se va sin darme la oportunidad de exigirle una respuesta a la pregunta que me quema por dentro desde hace semanas. ¿Te has acostado con Vince, Kel? Sí. O no.

15

Stephanie

*E*l té de aquí es un puñetazo en el corazón, una descarga de desfibrilador, una cuerda que me saca a remolque del fango de las pastillas. ¿Quién me va a decir ahora que soy una plumilla venida a menos que no sabe construir metáforas? Ah, sí, *The Smoking Gun*.

—Yo me tomo uno por el día y a veces dos para dormir si estoy de viaje —me dijo Lauren anoche mientras me ponía siete Valiums en la palma de la mano.

La sicaria en persona vino a mi habitación con las cámaras, con los ojos vidriosos y un vaso de tequila a palo seco. «¿Qué te pasa? —me preguntó, y casi parecía sincera—. ¿Es por Vince?» Echo tanto de menos la época en la que lo único que tenía que esconder de las cámaras eran las canas al aire de mi marido que le dije que sí. Sí, creo que me está poniendo los cuernos. Lauren se emocionó, creyendo que iba a dar el campanazo del siglo en la televisión nacional: «Algunas creemos que puede ser con Kelly», me dijo, cogiéndome la mano para consolarme. Serás gilipollas, le habría dicho de no haber estado saboreando hasta la última migaja de su empatía. Pronto daré tanto asco que nadie querrá tocarme, así que será mejor que aproveche estos últimos resquicios de contacto humano.

Lauren me dijo que ella se toma dos por la noche cuando está de viaje, así que me tomé tres porque di por hecho que es como cuando un nuevo amante te dice que solo se ha acostado con ocho personas antes que contigo. Hay que multiplicar por dos, por tres o por cuatro (en mi caso) para conseguir un número más aproximado. Quince minutos después empecé a notar como si mi cerebro fuese un tubo de pasta de dientes saliéndome por las orejas. Me desplomé en el borde de la bañera mientras Lauren metía el aplicador en el bote de brillo de labios y me ponía demasiada cantidad. Hasta para mí. Incluso.

La furgoneta pasa por otro bache y las cabezas de todas dan un tumbo hacia la izquierda. Yo voy en la última fila, sola. Mi comportamiento errático me ha valido que me pongan en cuarentena. Me siento como si estuviera viendo un avance de la quinta temporada: Kelly, Jen y Lauren en la fila de delante de mí, y Brett y Layla delante del todo. Layla se ha quitado las trenzas y es como un recordatorio de que hace veinte años que no veo la textura natural de mi pelo. Bebo otro sorbo de té.

Empecé con los tratamientos de alisado después de que mi mejor amiga y yo nos disfrazáramos la una de la otra en Halloween. Ashley tenía el pelo rizado y pelirrojo, pecas hasta debajo de las uñas y los ojos azules. Sería muy gracioso porque, a pesar de las diferencias cromáticas obvias, éramos más o menos de la misma altura e igual de delgadas, y ambas teníamos el pelo largo y rizado. Lo único que teníamos que hacer era cambiarnos la ropa y comprarnos el espray de Hot Topic para teñirnos el pelo. Incluso pedimos unas lentillas de color a una farmacia *online* con una pinta bastante sospechosa.

271

Así que el 31 de octubre me presenté en el colegio con una camiseta de manga larga por debajo de una de manga corta, que era uno de los atuendos preferidos de Ashley. Me puse el maquillaje de mi madre para aclarar la piel —cosa que no alarmó a mi madre en cuanto le dije para qué lo necesitaba— y conseguí un pelo rígido y de un pelirrojo pasable gracias al tinte temporal en espray. Tardé una eternidad en ponerme las lentillas. Odiaba tocarme el globo ocular, pero en aquella escena de *Jóvenes y brujas* la chica negra se aclaraba los ojos haciendo magia y estaba guapísima.

Le presté a Ashley unos de mis pantalones pitillo estampados de Lilly Pulitzer y un jersey de ochos verde a juego. Mi madre me prohibió dejarle mis pendientes de perlas buenos, así que conseguimos unas bolas de plástico en un puesto de bisutería del centro comercial. Luego fuimos a una perfumería y compramos maquillaje «efecto bronceado» para Ashley, así que incluso estaba preparada para eso. Estaba en octavo y no sabía nada de lo ofensivo que resultaba para nuestra comunidad que los actores blancos se pintaran la cara de negro para interpretar a un personaje de color… ¿quién podría haberme hablado de eso en aquella ciudad?

En resumen, creía que estaba preparada para lo que iba a encontrarme al ver a Ashley en el colegio. La había ayudado a perfilar hasta el último detalle de su disfraz de Stephanie Simmons. Así que cuando llegué junto a su taquilla aquella mañana, creí que me moría. Me di cuenta enseguida de que había sido una idea estúpida. ¿En qué momento pensé que podía ser gracioso? Ashley no solo se había teñido el pelo con el espray, como había hecho yo aquella mañana en el garaje, de pie sobre unas hojas de periódico por orden de mi madre. Ashley se había cardado el pelo con un peine hasta dejar sus rizos con una especie de ondulado frito. Era como un trol de esos con el pelo fosforito. Era como si tuviera piojos. Era horrible. «Está guay, ¿verdad?», me dijo, atusándose su pelo estropajo. Y eso fue lo que más me dolió. No lo había hecho para hacerme daño. Es que así era como ella me veía.

Fingí que me dolía la barriga para poder irme pronto a casa. Me metí directa en la ducha para deshacerme de los restos del disfraz, como hacen las mujeres violadas en esas películas malas de después de comer. El desaire no había sido intencionado, pero dolía como una agresión física. Quizás habría preferido un golpe o que me hubieran arrancado la ropa interior. Al menos así habría habido alguna prueba para los forenses, un malo al que atrapar, un dolor menos complicado.

Esa noche, mi madre llamó a la puerta de mi habitación. Le había contado lo ocurrido en el coche, de camino a casa, y se había quedado callada. Cuando la miré, vi que tenía las mejillas arrasadas de lágrimas, y me apresuré a consolarla, a tranquilizarla diciéndole que estaba bien, que mi corazón de trece años no latía con menos fuerza que el día anterior. Unas horas más tarde, ella había dado con la solución: me preguntó si quería ir al centro ese fin de semana a que me alisaran el pelo en una peluquería que había visto en la revista *Glamour*. Utilizaban un método que no estaba disponible en ningún otro sitio en todo Estados Unidos. Un tratamiento químico japonés. En Nueva York todas las chicas estaban locas por hacerse aquel alisado, me dijo. Me iba a quedar superestiloso.

Υ

La furgoneta parece un equilibrista caminando por un desfiladero tras tomarse varias cervezas. Lauren tiene los ojos cerrados de miedo y Brett se ríe de ella y le dice que esto no es nada, que espere a que lleguemos a la cima. He intentado librarme de venir esta mañana. No me importan una mierda las bicicletas estas. ¿Por qué vamos a regalarles unas bicicletas? ¿Cuánto ha costado fabricar estas bicicletas? ¿No saldría más barato mandarles agua embotellada para un año? Supongo que un centro de agua embotellada no les sacaría veintitantos millones de dólares de los inversores. No le sacaría nada de Rihanna. ¿Sabéis lo que debería haber pasado cuando le conté el plan de la discusión falsa a Brett? Ella tendría que haberme dicho que pensara en otra cosa, porque Brett nunca se negaría a pasarle mi libro a la persona perfecta para interpretar mi papel, porque me lo debe. De hecho, tendría que haber cogido el teléfono en ese preciso instante y hacerlo. Brett no sabía diferenciar el Van Cleef del Van Halen antes de conocerme, y miradla ahora, protegiéndose los ojos del espléndido sol norteafricano con la edición limitada de gafas de sol de SPOKE diseñadas por Thierry Lasry. No me pidas que me sienta culpable por volar en primera cuando con el dinero que cobras por unas gafas de sol de plástico podría comer una familia de mendigos durante un año entero.

Soy racista. Soy elitista. Soy mentirosa. Voy a ir al infierno, pero hasta el infierno me parece mejor que el día de hoy. Hoy, en algún momento, *The Smoking Gun* va a publicar un reportaje en el que analizará las «múltiples» discrepancias entre mi vida y lo que relato en mis memorias. Gwen se ha enterado de esto antes que el público después de prometerle a la revisora de *The Smoking Gun* que se leería su terrible manuscrito.

Le he dicho a Lisa que no podía salir del hotel hoy porque estaba esperando una llamada importante y no podía estar sin cobertura, pero ella me ha enseñado su rúter móvil MiFi y me ha amenazado con llamar a Jesse con una voz que podría hacer añicos el techo de cristal. Así que aquí estoy, atrapada en esta furgoneta con poquísima cobertura y cinco lunáticas de categoría vestidas con caftanes, muy a mi pesar.

—Ese es el monte Tubqal —le dice Brett a Layla, señalando por la ventanilla—. Es la montaña más alta del norte de África.

Layla graba un vídeo con su móvil y escribe algo en rosa.

Me inclino hacia delante y hablo por entre los hombros de Lauren y Jen.

—¿Has subido una *story* a Instagram?

Layla no contesta a mi pregunta, así que la repito, de peor humor.

—¡Ah, perdona! —dice mientras me mira por encima del hombro con aprensión. Al parecer, anoche traumaticé a la maldita niña. Le dije nosequé de la Nancy Drew negrata. ¡Soy graciosísima cuando me tomo treinta miligramos de unas pastillas recetadas por otra persona! Se lo tiene merecido por asumir que iba a hablar con ella solamente porque tenemos la piel del mismo color, que es presuntuoso y ofensivo, igual que asumir que todos los gays se sienten atraídos entre ellos—. No sabía que estabas hablando conmigo.

—¿Se ha subido? —pregunto, impaciente.

Layla mira su teléfono.

—Mmm. Se está subiendo.

—Lisa —me quejo—, vamos, no me jodas.

La protesta hace que varias cabezas más se giren hacia mí. Normalmente no hablo como un veinteañero de una fraternidad cuyo compañero de habitación ha potado en su almohada, pero así están las cosas.

—Estáis intentando conectaros demasiada gente para que funcione —dice Lisa sin levantar la vista de la aplicación de correo de su teléfono.

—¿No podemos poner el modo avión por turnos? —Dirijo la pregunta a todo el grupo, pero nadie pica—. Yo primero —me ofrezco, levantando mi teléfono y enseñándole a todo el mundo cómo lo activo—. ¿Lauren? —le pido—. Por favor.

Lauren gruñe, pero cierra Instagram, desliza el dedo hacia la izquierda y pulsa el icono de Ajustes.

—Ya está —declara Brett.

«Es lo mínimo que podías hacer, zorra», pienso. De pronto me viene un recuerdo exquisito de ayer: el pánico optimista en la cara de Brett cuando me enseñó el mensaje en su móvil: *Marc me ha contado que Lisa cree que NOS HEMOS ACOSTA-*

DO! Como esperando que yo también me indignara, como si fuésemos a trazar juntas un plan para librarnos de esto, como en los viejos tiempos. La verdad es que espero que el rumor llegue a oídos de Arch. Espero que Arch deje a esa gorda.

Observo el pelo Pantene de Brett; ella siempre dice que se lo deja secar al aire. Cuando vivíamos juntas, el secador Conair 2000 no fue el único secreto de Brett que descubrí.

—Sabía que podía contar contigo, Brett —digo, con una sonrisa voraz.

Todas volvemos a quedarnos calladas, con algunas miradas de falsa apreciación por los escombros geológicos polvorientos que se ven por la ventanilla. Dejo escapar un «ohhhh» al pasar por otro secarral. A continuación, desactivo el modo avión de mi teléfono y me conecto al MiFi sin que nadie me vea.

Desde lejos, la aldea parece construida con piezas de Lego del color de las montañas. Adelantamos a un anciano montado a horcajadas sobre el lomo de un burro blanco, con dos cestos de mimbre atados a los flancos. «¿Por qué no van en burro al pozo?»

—Es una mula, eso lo primero —dice Brett, y me sorprendo al darme cuenta de que he pensado en voz alta—. Solo se las pueden permitir las familias ricas y la tradición es que las usen los hombres para transportar comida y suministros. —Brett se da la vuelta en su asiento y añade—: Y cuando digo «ricas», es un término muy relativo.

La repulsión me tumba, se supone que deben importarme estas pobres aldeanas a las que no se les permite ni tener una mula. No soy una insensible. Mi corazón está henchido de agradecimiento hacia el desastre que produjo mi madre al criarme. Mi madre me quería, y no pretendía echarme a perder, pero lo hizo al enseñarme que soy responsable de cómo se sienten los demás. Entre ella, Vince, Brett y las telespectadoras rubias de veinticuatro años que no quieren sentirse culpables de que sus antepasados tuvieran esclavos porque ellas ni siquiera ven la diferencia de color, he hecho mi trabajo tan bien que me merezco un aumento y un despacho que haga esquina.

Bajamos lentamente hasta la parte inferior de la aldea, don-

275

de las chozas de piedras son bajas y no tienen ventanas. Brett nos explica que los *gites* se agrupan políticamente por asociación, y le pregunta a Layla si nota algo mientras nos adentramos en lo que debe de ser el centro de la aldea.

—No hay hombres —dice Layla después de pensarlo un minuto. Brett reacciona ante esta observación tan insultantemente obvia como si Layla acabara de dibujar una parábola.

—Exacto. La mayoría de los hombres entre dieciséis y cuarenta años emigran temporalmente a las ciudades del norte de África a buscar trabajo y envían el dinero a sus familias desde allí.

«Entonces ¿quién las viola?»

Nos detenemos de golpe en la tierra dura y la furgoneta congrega a un círculo de niños sucios y curiosos. Una mujer se acerca a la ventanilla del conductor; lleva un turbante y una sudadera, ambos de un rojo llamativo. La elección cromática no es casualidad.

Brett se desabrocha el cinturón de seguridad y se escurre entre el asiento del conductor y el del copiloto.

—*Salam!* —grita por la ventanilla abierta, y yo pienso en tomarme mi cuarto Valium en catorce horas. No soporto a Brett hablando en árabe con su acento torpe—. *Salam*, Tala.

—*As-salam alaykam*, Brett —le devuelve el saludo ella. Le da indicaciones al conductor en un árabe trepidante, señalando y haciendo aspavientos como un agente de tráfico con los huevos pequeñitos y un silbato enorme. Creía que las mujeres aquí estaban oprimidas como alhelíes y que solo hablaban cuando alguien se dirigía a ellas. Creía que estas bicicletas habían sido fabricadas para salvar hímenes de víctimas preadolescentes.

Giramos por un callejón estrecho de tierra, y avanzamos para que la segunda furgoneta pueda aparcar detrás de nosotros. Por el parabrisas delantero, veo a Marc: que abre la puerta trasera, se pone de pie con dificultad, gira el cuello y estira los brazos por encima de la cabeza. Ya desentumecido, se pone la cámara F55 sobre el hombro derecho. Bebo un último sorbo de té. Preparados, listos, ya.

276

Ay, es agotador. Conocer a todas estas mujeres tan agradecidas. Observar a los niños felices ser felices con tan poco, ver cómo se enzarzan delante de Marc, limpiando el objetivo con sus cabezas. Visitamos una choza donde las mujeres tejen las jarapas, y Tala nos explica la idea del reciclaje creativo: cuando una alfombra está vieja o rota, las mujeres la cortan y la cosen con lana de colores y retales de algodón. «Nunca tiran nada», dice, y fulmino a Layla con la mirada. Hubo un tiempo en el que estas alfombras solo se concebían para los hogares de allí. Hoy se venden por miles de dólares en una tienda en La Brea Avenue, en Hollywood. Layla hace cientos de fotos de mujeres desdentadas y sonrientes con sus diseños andrajosos, mientras Brett le explica a Tala en su árabe macarrónico que Layla es la comisaria de Qualb, una tienda *online* que vende artículos para el hogar fabricados por mujeres bereberes.

—¿El corazón? —Tala se pone la mano alrededor del pecho. Brett asiente.

—En Estados Unidos decimos que el verdadero hogar está donde esté tu corazón.

Tala abre los labios resecos con un «ah» que señala comprensión.

—Eso es muy inteligente.

Layla está de rodillas, pasando el dedo por los flecos de una alfombra en progreso.

—Gracias —dice, tan fina que me da dentera. ¿Quién se cree que es, dando las gracias ante un cumplido?

En unas escaleras soleadas nos encontramos con una anciana con el rostro ajado por el sol y una niña con las rodillas alrededor de un torno. Parece que se hubieran dado unos baños de barro en un spa carísimo en California. Layla grita un nombre —«¡¿Kweller?!»— y la niña levanta la mirada, poniéndose la mano sobre los ojos a modo de visera.

—Layla —afirma.

La niña deja que el torno se detenga y se pone de pie, con las manos mojadas en las caderas, sin sonreír. Es alta y angulosa, como Layla, y lo que lleva puesto es lo más parecido a un atuendo que he visto desde que llegamos: una camiseta de manga larga a rayas azul marino y blanco, unos vaqueros anchos azules y un turbante color caldero, lo suficientemente echado hacia atrás como para ver que va peinada con la raya al lado. Camiseta marinera, vaqueros, toque de color, pelo hacia un lado. No tenía ni idea de que las zorras del Starbucks llegaran tan lejos en su papel de *influencers*.

Layla chilla.

—¡Tía, que estoy aquí!

Rechino los dientes otra vez. «Tía, que "estoy" aquí.» Empieza pronto con la egolatría, que al final es la clave de los *reality shows*. Entrenamiento narcisista.

Kweller cierra los ojos y asiente. Sí, qué pasada. Es como ser testigo del primer encuentro de dos personas que se han conocido por Tinder y que una de los dos esté a todas luces fuera del alcance de la otra. Kweller tiene más compostura en la punta del meñique sucio que todas las farsantes de la familia Courtney juntas.

Layla desliza la mirada a la izquierda —¡lo he visto! ¡Está comprobando que Marc esté grabando!— y se acerca a Kweller con los brazos abiertos de par en par, como Kate Winslet en la proa del Titanic. Kweller no tiene pinta de querer un abrazo, pero como peón del imperio de pacotilla de SPOKE que es, va a recibir uno.

—Kweller es una de las principales vendedoras en Qualb —nos dice Layla, agarrando a Kweller por la cintura—. Hace unos jarrones pintados preciosos.

Me quedo a la espera de que Kweller se sonroje por debajo de la arcilla seca que tiene en las mejillas y desvíe el cumplido a la anciana que le ha enseñado todo lo que sabe. Pero, como Layla, lo único que dice es «gracias». Así son las niñas de la nueva guardia. Se apropian de sus logros. No se tapan los granos con corrector. Se gustan. Nosotras las odiamos porque no somos ellas. Eso también lo dicen ellas, ¿verdad?

No puedo soportar ni un segundo más el espectáculo de Layla y Kweller, así que me escabullo a la furgoneta mientras el resto va a conocer a las panaderas y a las prensadoras de aceite. El conductor está apoyado en el guardabarros delantero, fumándose un cigarro. Empiezo a explicarle que estoy buscando el rúter MiFi porque estoy esperando una llamada importante, pero enseguida me doy cuenta de que no me entiende o no le importa una mierda.

Me tiro en el asiento del copiloto y enciendo el rúter. El sudor hace que las gafas de sol se me escurran por la nariz mientras espero que la lucecita de la señal deje de parpadear.

Por fin… un enlace. Cargo la web de *The Smoking Gun* en la pantalla de mi móvil y ahí está, en la cabecera. «Rebuscamos entre… las mentiras de la Afortunada Stephanie Simmons.» Me río. Es una cutrez digna del *New York Post*.

Han engañado a una directora nominada a los Óscar.

Hace unos meses, se consagró a las memorias de la Afortunada, «su nuevo y apasionante proyecto», y definió el libro como «impactante, desgarrador e importante».

Pero una investigación acerca del libro más célebre de Simmons, que ha vendido cerca de un millón de ejemplares en solo cinco meses, revela que lo más impactante de las memorias de Simmons es que no son en absoluto unas memorias.

Los historiales médicos, los informes policiales y las entrevistas con el personal del centro de desintoxicación donde Simmons decía haber ingresado a su madre tras empeñar los diamantes de su madre adoptiva ponen en tela de juicio muchos de los pasajes clave del libro. Después de varios meses de trabajo verificando toda la información, *The Smoking Gun* es el primer medio en confirmar que la autora de treinta y cuatro años maquilló y, en ocasiones, inventó por completo los detalles de su relación con su madre biológica y el chico de Pensilvania del que dice haberse enamorado mientras la buscaba.

Simmons se ha salido con la suya con su dulcificación de la historia por el hecho de ser huérfana. Su madre adoptiva falleció en 2011. A principios de este año, hizo unas declaraciones al respecto al *New York Times:* «Sentí que por fin podía contar mi historia porque ya no me sentía obligada a proteger a mi madre adoptiva. Para ella habría sido horrible saber la verdad».

Mientras que Simmons narra que su madre biológica murió en sus brazos cuando ella solo tenía diecisiete años, el historial médico constata que Sheila Lott murió en el centro de desintoxicación

South Ridge, en Newark, Nueva Jersey, en 2003, cuando Simmons tenía veinte años y cursaba segundo de carrera en Colgate.

Otra discrepancia flagrante tiene que ver con A. J., el vecino de dieciocho años de Sheila Lott, que Simmons nos presenta como su amante y maltratador. Simmons cuenta que el primer día que salió a buscar a su madre biológica conoció a un chico de dieciocho años, la estrella del equipo de fútbol del instituto del pueblo, que vivía en el mismo callejón que su madre y con el que inició una tormentosa relación de ocho meses. Simmons ha recibido el apoyo incondicional del público por atreverse a denunciar su condición de mujer maltratada, dado que las mujeres de raza negra son estadísticamente más propensas a sufrir maltrato a manos de sus parejas y lo denuncian menos. Hasta el momento, *The Smoking Gun* no ha tenido éxito en sus intentos de identificar a A. J.

Llego a un anuncio y hago clic en «siguiente». Hay seis páginas más, pero la pantalla se queda en blanco demasiado tiempo. Miro el MiFi. La luz está roja. Se ha quedado sin batería.

—Ahí están sus amigas —dice el conductor, señalando con el cigarro nuestro espectáculo móvil, que parece uno de esos dragones flotantes chinos de los desfiles: Brett es la ostentosa cabeza y Lisa, el aguijón. Marc graba a Kelly y a Jen mientras bajan las bicicletas de la otra furgoneta; Lauren las observa con gesto amable. Brett es el portero de la discoteca, tiene las manos extendidas para mantener a raya a los niños, que no paran de saltar. «Paciencia —dice entre risas—. Os vais a montar, pero tenéis que tener paciencia.»

En una parcelita de hierba verde rodeada de desfiladeros escarpados, veo a dos chicas con turbantes naranjas haciéndose un selfi. Son Layla y Kweller, que ha debido de regalarle a su avasalladora amiga estadounidense un pañuelo a juego con el suyo. Desde aquí, parecen hermanas. Cualquier otro día me habría parecido tierno.

Me monto un opíparo almuerzo con un Valium y una botella de agua llena del vodka de viaje de Lauren. Estoy demasiado cerca de sentir algo.

Muy cerca, al norte de la aldea, nos topamos con un valle

abigarrado, salpicado con abetos como los que ponen las familias acomodadas en Navidad en Nueva York. Deberíais ver el Whole Foods en diciembre, todo el mundo impaciente por que le llegue su turno en la cola y declarar que necesita uno de dos metros y medio porque los techos de su casa son altísimos. Las Afortunadas se deleitan con las cumbres de las montañas que se alzan ante nosotras, atravesadas por algún que otro camino de tierra, mucho menos bonito. Esto bien podría ser Marte, de lo pardo y seco que es todo.

—¿No es majestuosa la naturaleza? —suspira Jen detrás de mí. Me doy la vuelta, cabreada. Decido no informar a nuestra única compañera de reparto judía de que tiene una mancha en el labio superior que se asemeja al bigote de Hitler. Será chaquetera.

Solo hemos caminado diez minutos bajo un sol apacible hasta llegar aquí, pero yo estoy incómoda y empapada de una mezcla grumosa de sudor y tierra. No hay ningún sitio donde sentarse excepto las bicis. Araño la tierra con la pata de cabra y paso una pierna sobre el sillín. Ojalá pudiera decir que las bicis de SPOKE son como cualquier otra bicicleta eléctrica, pero estaría mintiendo. El cuadro es rojo lacado y brillante, el sillín, de cuero rosa clarito, y tienen un transportín detrás diseñado para llevar dos bidones de agua. El manillar es como la cornamenta de un carnero, solo que de cuero hilvanado; un pope del petróleo tejano podría colgarlo encima de la chimenea después de un safari de lujo. Joder, son preciosas.

—¡A ver! —Brett da dos palmadas para que todo el mundo atienda a lo que va a decir. Hay una manada de niños a su alrededor. Cada poco rato, uno de ellos estira la mano y mete los dedos en la larga melena de Brett, y ella los desenreda con suavidad sin perder el hilo—. ¡He pensado que podría ser divertido echar una carrera! Quien llegue antes al río, llene el bidón y vuelva aquí el primero, gana.

Tala traduce y los niños se ríen, nerviosos y emocionados. Una niña levanta una mano mugrienta y otra le tira del brazo para abajo con una risa llena de dientes, y levanta la mano más aún. Quiere montarse ella.

—Primero los mayores —dice Brett, y hay un clamor colectivo de decepción cuando Tala traduce.

—¡Parece que Steph va a ser la primera corredora! —exclama Brett al verme montada en una bicicleta.

Yo bostezo sin taparme la boca.

—Qué va.

—Pero ¡si anoche dijiste que estabas deseando montar!

¿Eso dije? Intento recordar la noche anterior mientras me bajo de la bici, pero es como si me hubieran metido la memoria en un archivador sellado con cemento.

—¿Te da miedo que te gane? —La sonrisa de Brett es juguetona e irritante.

El relámpago de la competitividad es absurdo y vehementemente pueril, pero me atraviesa los pulmones con tanta fuerza como si acabara de trepar al árbol de Navidad más alto y más frondoso del mundo. Vuelvo a ocupar el sillín de cuero con aplomo.

—La que gane le pasa su libro a Rihanna —declaro, porque yo también sé ser graciosa.

Brett se enfunda un casco y, con una voz tan seria que solo puede estar de broma, dice:

—Vamos allá, hermana.

282

No me gustan las cosas que van deprisa. No me gustan las motos de agua y no me gustan las Vespas. Ni siquiera me gustan los intervalos de velocidad en los gimnasios Barry's Bootcamp, a cuyas clases volví encantada cuando Brett y yo dejamos de ser amigas. (Yendo a SPOKE molas, pero no adelgazas.)

Lauren da comienzo a la carrera quitándose su pañuelo nuevo y echando la barbilla atrás como si fuera Cha Cha en *Grease*. Brett sale zumbando delante de mí, demasiado rápida al principio. La Pasota no es nada estratega. Tiene que pisar el freno todo el rato para evitar chocar con los árboles. Después de recorrer un centenar de metros, la alcanzo manteniendo un ritmo constante. La sola idea de la carrera es en sí una falacia, porque no tenemos ni idea de adónde vamos, así que tenemos que seguir a Tala… al menos, en el camino de ida.

Es una cuesta arriba pedregosa, primero con poca elevación y luego empinada de narices, y no puedo evitar imaginar cómo sería recorrerla a pie, todos los días, todos los años, toda la vida. Al menos cuando van con los jarros de agua es cuesta abajo, aunque recuerdo a las ancianas que hemos visto paseando por la aldea y sus espaldas curvadas como bumeranes. Qué amargura debe de entrarles ver a las chicas jóvenes con las bicis, yendo a la escuela, ganándose un sueldo. ¿Por qué no sería todo más fácil en su época?

Apenas he movido las piernas para llegar hasta aquí y, aun así, la película de sudor que recubre mi cuerpo se ha enfriado y ahoga a los bichillos que habitan en mi hueco del codo. Puede que esté un poco enferma. Puede que me esté muriendo un poco. Algo me espera al otro lado de estas montañas, algo está pasando en Nueva York y no voy a salir indemne. No debería querer irme de aquí, pero la verdad es que me muero por saber lo que va a pasar. Me muero por saber qué voy a hacer para solucionarlo. Ya es hora de sacar fuerza de voluntad.

—¡Cuidado! —nos grita Tala por delante, y luego desaparece en el horizonte.

La cuesta es como sacada de una pesadilla. Cualquier senderista experimentado consideraría esto hacer rápel. Hasta Brett se lo piensa un rato en lo alto, quita los pies de los pedales y se para un momento.

—Ella ha bajado —le digo a Brett, insegura, mientras observamos a Tala dando bandazos entre las piedras y los arbustos ralos.

—Es increíble —musita Brett, y me doy cuenta de que no se ha parado por miedo. Se ha parado para verlo todo bien—. En Nueva York no tienes perspectiva —continúa—. Sabes que estás haciendo algo importante, pero no hay nada como venir y verlo con tus propios ojos.

Dicho esto, gira el manillar y se desplaza colina abajo sin miedo alguno, con el pelo flotando suavemente al viento. Me pregunto qué pasaría si le pegara una patada a una rueda de su bicicleta al bajar. Si la bici daría una vuelta de campana, si los dientes de arriba se le clavarían en el labio de abajo como un cuchillo hundiéndose sin esfuerzo en una onza de mantequilla a temperatura ambiente.

Υ

Junto al río es todo más verde, casi repulsivo, como si estuviéramos en Irlanda. Brett expresa su decepción por que las cámaras no hayan podido seguirnos hasta aquí.

—Esto es Marruecos —declara, respirando una bocanada de aire fresco, y me entran ganas de decirle a Tala que si le sujeta la cabeza a Brett debajo del agua del río hasta que deje de forcejear no se lo contaré a nadie.

—Ah, venga, ya lo hago yo —dice Brett al verme fantaseando con su muerte en el lecho del río. Tala ya se ha metido en el agua hasta la cintura, tiene el bidón sumergido y el agua burbujea junto a ella con avidez.

—No, lo hago yo —replico, pero Brett ya me ha quitado el jarro de la mano y se dirige a reunirse con Tala. No se molesta en quitarse sus zapatillas de quinientos dólares. Para detectar a un nuevo rico no hay nada como comprobar el trato que les dan a sus pertenencias caras.

Estoy a punto de quitarme las sandalias y unirme a ellas, para demostrarle a Brett que no soy tan repipi y que no me importa mojarme, pero entonces el bolsillo de mis pantalones ronronea una sola vez, un segundo, para después apagarse como un busca en un Cheesecake Factory dejado de la mano de Dios.

Mis pantalones militares son de seda muy fina y se adhieren a la piel húmeda como el papel film al papel film. Vivo un momento horrible cuando el móvil se queda atascado en el forro del bolsillo y mi mano se retuerce como un gato atrapado debajo de una sábana.

—Madre mía —me juzga Brett—. ¡Mira dónde estamos! ¡No lo cojas!

—Hay una torre de telecomunicaciones al otro lado de esa colina —dice Tala.

—Déjalo —cacarea Brett, dejando patente su disconformidad con que la gente desfavorecida pueda hacer una llamada sin que se corte.

—Es verdad. Hay un pozo que está más cerca que este, pero todo el mundo viene a este para tener cobertura.

—Yo he dejado el móvil en el coche —se jacta Brett mientras yo consigo sacar el mío y abro el correo. Es como si me hubiera puesto una alerta en Google para «perder peso».

284

Probadlo. Veréis a lo que me refiero. Mi pantalla es un chorro de veneno, alerta tras alerta, una fantástica colección de insultos con juegos de palabras. «Una Afortunada se busca el infortunio.» «El *New York Times* elimina las "memorias" de *Stefalsanie* Simmons de su lista de los más vendidos por fraude.» «La biografía de Simmons es una noticia falsa», se alegra de informar Fox.

—¿Quién se ha muerto, Steph? —se ríe Brett, echando la cabeza atrás y mojándose el pelo.

Viene Gwen, me ha escrito Vince en un mensaje de texto. *Llámame cuando puedas.*

¿Cómo que viene Gwen? ¿Adónde? Abro el hilo de mensajes y deslizo el dedo hacia abajo, sintiéndome desfallecer.

1:16. Un reportero del Daily News *ha venido a llamar a nuestra puerta. Le he dicho que no estabas en casa. Solo quería que lo supieras.*

1:47. Vale. Han venido varios más. No he abierto. Pero ahora hay una multitud en la puerta de casa. Me imagino que estarás en algún sitio sin cobertura.

Lo llamo inmediatamente, pero no me da señal, la conexión falla una y otra vez. Le contesto: *¿Qué está pasando? ¿Está ahí Gwen? No tendré cobertura mucho rato.* Pulso «Enviar», pero el mensaje no va a ningún sitio. Maldigo entre dientes.

—¿Podemos acercarnos un poco más a la torre con las bicis? —le pregunto a Tala.

Brett se retuerce el pelo y me mira preocupada.

—¿Se puede saber qué…?

Las dos nos quedamos inmóviles, aterrorizadas, cuando oímos un ruido amenazante entre los arbustos. En un instante, repaso todos los relatos horripilantes de la célebre causa de Brett: la niña de catorce años violada y asesinada a manos de cuatro hombres, la de doce que consiguió escapar de su violador y dio a luz a un bebé nueve meses después, la madre violada y torturada por una banda que dejó cuatro hijos huérfanos… Al menos Internet me recordará con cariño. En estos tiempos, a una mujer se le perdona todo cuando la mata un hombre.

Tala, entonando un extraño cántico, sale del río y se reúne conmigo en la orilla, golpeando ferozmente el suelo con los pies.

—Eh, eh. ¡Uh, uh! —grita Tala, y se mueve exageradamente, haciéndome gestos para que imite su particular danza. Pero yo no puedo mover un solo músculo por miedo a que mi cerebro deje de cambiar de forma, que mis sinapsis dejen de tejer esta telaraña: a una mujer se le perdona todo cuando la mata un hombre.

—Dios mío. —Brett se dobla de la risa cuando una cosa con pinta de hurón saca los bigotes fuera de los arbustos.

—Jesús —digo yo, aliviada, y quizás un poco decepcionada—. Estaba pensando en todas esas mujeres a las que han violado y matado aquí.

Tala está quitándose piedrecitas de las plantas de los pies. Se interrumpe.

—¿A qué mujeres han violado y matado aquí?

Brett sale del agua chapoteando con el caftán pegado a los gruesos muslos.

—Deberíamos irnos, ¿no? Digo yo que si hay animales pequeños, también habrá animales grandes persiguiéndolos.

Miro el móvil. El mensaje para Vince aún no se ha enviado.

—Si solo es una comadreja —dice Tala mientras Brett deja caer su enorme culo sobre la bicicleta. Me veo tentada de acercarme y desgarrarle el vestido desde los omóplatos a los tobillos para comprobar que no hay relleno debajo. Hasta ahora, nada en ella ha resultado ser de verdad.

Adelanto a Brett en la cuesta arriba pero ella me alcanza al bajar, aunque las dos vamos arrastrándonos. El otro lado de la colina es exageradamente traicionero para llevar un par de galones de agua detrás, como tirarse por un tobogán amarrada a un ancla. Varias veces, agarro con fuerza el manillar por el miedo, y la bicicleta se precipita hacia delante de forma repentina. «Qué poco intuitivo», pienso, ufana al saber por fin que Brett también ha hecho trampa. Está claro que exageró la misión de SPOKE... Las bicicletas mejorarán sin duda la calidad de vida de las mujeres de esta aldea, pero no son la salvación de las vírgenes de catorce años que Brett se inventó que serían. Pero ¿sabéis qué? Que yo lo entiendo. El caso es que no es suficientemente trágico que los chicos puedan viajar a las grandes ciudades para aprender cosas, trabajar y vivir la vida mientras que las mujeres, analfabetas, cargan con tanques de agua a la espalda en el tercer trimestre de embarazo. La verdad no conseguirá atraer la atención de la gente a menos que sea lo suficientemente terrible.

No era lo suficientemente terrible que yo creciera con un miedo constante a que cualquier día el coche de mi madre no estuviera a la puerta del colegio, a que llegara el día en el que decidiera que era todo demasiado complicado. No era lo suficientemente terrible que cambiase de canal siempre que empezaba *Cosas de casa* después de *Padres forzosos* los viernes por la noche porque me daba miedo herir sus sentimientos si mostraba interés por las costumbres de aquella familia normal y de raza negra, que tenía una hija muy guapa pocos años mayor que yo. Escribí acerca de todas aquellas experiencias abriendo mi corazón; a veces lloraba al recordar aquella sensación contraria a la gravedad que dominó mi juventud, la convicción de que todos los vínculos que tenía con mi familia y con mi comunidad eran condicionales y pendían de un hilo. Le entregué aquellos capítulos a mi editora y agente y la respuesta fue tajante: «Es un poco aburrido».

287

Así que me puse heridas de guerra, como Brett a sus mujeres.

El valle se despeja lo suficiente para distinguir al grupo, que nos anima, tan lejano y tan en miniatura que podría sujetarlo entre el dedo pulgar y el índice y aplastarlo. Giro el manillar hacia delante una vez más y rebaso a Tala. Brett aparece por detrás de mí y, durante unos segundos, circulamos en paralelo pero escalonadas, directas hacia un grupo de árboles frondosos. Lo obvio sería ir cada una hacia un lado para esquivar los árboles. Pero lo que me permitirá ganar es jugármela y no desviarme, para obligar a Brett a separarse.

—¡Steph! —creo oír gritar a Brett, pero el viento también ulula en mis orejas.

Giro el manillar hasta que se atasca y me dirijo, tenaz, hacia los árboles. Brett se desplaza hacia la izquierda, como esperaba que hiciera, dejando un hueco estrecho entre su bicicleta y los árboles. Me cuelo entremedias, sin frenos, pasando tan cerca que una rama me araña el brazo. Dejo escapar una risa feroz, mirando por encima del hombro para ver cómo de lejos he dejado a Brett. Pero no está lejos en absoluto. Está alcanzándome, pero es imposible porque voy a la velocidad máxima. El grupo está a tan solo unos metros de nosotras, formando una línea de meta que vitorea y baila. Las cámaras siguen a Brett cuando cruza la línea medio cuerpo por delante de mí. Levanta el puño en el aire: ella es la ganadora.

Giramos y aparcamos las bicis mirando hacia el lugar del que venimos.

—No pensaba que fueras tan temeraria —dice Brett mientras se desabrocha el casco y se sacude el pelo húmedo y enredado. Pasa una pierna por encima del manillar y camina hacia mí con la mano extendida—. Casi me ganas.

—Es que habría ganado si me hubiese tocado la bici rápida —contesto, y me niego a estrecharle la mano.

—Steph —Brett deja caer la mano con una risa—, no digas tonterías.

—Estabas detrás de mí —replico—. Iba a la velocidad máxima. ¿Cómo has podido adelantarme si ibas por detrás de mí?

—No sé qué decirte. —A Brett se le quedan los dedos enredados cuando intenta echarse hacia un lado el pelo estropajo que se le ha quedado. Ninguna mujer debería echarse el pelo hacia un lado pasados los dieciséis años—. Entonces no irías a la velocidad máxima. La velocidad máxima es ir muy deprisa.

—Iba muy deprisa.

Brett saca unos pocos pelos largos de su anillo de compromiso con una sonrisita incrédula.

—Bueno, para ti, sí.

Para ti. La princesa estirada, obediente, que tiene miedo de su propia sombra. Dejo mi bici abandonada sin poner la pata de cabra. Se cae hacia un lado y me golpea la parte de atrás de los tobillos mientras Brett me grita:

—Estas bicis son muy caras, Steph.

¿Sabes qué más es caro? La piedra natural de mi cuarto de baño de invitados que Brett —Brett al natural— me manchó de tinte de pelo. Oh, sí, ¿esa melena castaña y brillante? No es de verdad, pero como Brett no puede arriesgarse a ir a la peluquería y que la pillen, se tiñe en casa. También es cara la alfombra de seda antigua de mi pasillo, en la que Brett derramó café y que intentó limpiar con agua y jabón, con lo que quitó la mancha de café pero tiñó el dibujo. Y el cuenco de cristal de la madre de mi madre que Brett rompió, borracha, mientras intentaba quitarse los zapatos. Eso no era caro. Pero no tenía precio.

Dirijo el pie hasta la pata de cabra de la bici de Brett y paso la pierna sobre el sillín, decidida a demostrar que me la ha jugado. Presupongo que el motor está apagado y no estoy en absoluto preparada cuando se precipita hacia delante antes de que haya tocado siquiera los pedales con los pies. De forma instintiva, me aferro con fuerza al manillar, y antes de darme cuenta salgo disparada hacia el grupo de árboles de nuevo, con el corazón saliéndome entre los omóplatos.

No sé por qué no retrocedo. Lo pienso después y no lo veo borroso. No pasa tan deprisa. En todo caso, el tiempo parece ralentizarse a medida que cojo velocidad, lo que me da una eternidad en la que tomar otra decisión. Pero, aun así, decido seguir directa a los árboles a lomos de la bicicleta ganadora de Brett.

En el último momento, tomo otra decisión. Me inclino hacia la derecha, aunque el camino de la derecha no está libre de obstáculos. Layla está en mi camino, estúpida e inmóvil, con un bidón en la mano, sin duda para ir hasta el río a pie y así poder decir en Instagram que ha vivido como una pobre chica aldeana durante dos míseras horas de su vida. Es igual que su tía. La fuerza del impacto la lanza por los aires y cae sobre el manillar, de forma que por un momento parecemos una de esas fotografías que ya vienen enmarcadas de la última planta del Bloomingdale's de la calle Cincuenta y nueve. Una fotografía de archivo en blanco y negro que inmortaliza un paseo en bici de una madre y una hija, esta última montada en el manillar, riéndose a carcajadas mientras su madre pedalea con alegría incómoda. Porque eso es lo que hay que hacer para ser buena madre, ¿verdad? Disfrutar la infelicidad. Cuando llegamos al hospital en el distrito de Gueliz creyeron que éramos familia, porque cualquier persona que no sea blanca tiene que ser familia. Las enfermeras y los médicos, todos se preguntaban por qué mi hija sangraba por los oídos y por qué yo no lloraba.

16

Kelly: la entrevista

Actualidad

—*N*o hace falta —le digo a Jesse, con el corazón en la garganta.

—Creo que te puede ayudar —replica Jesse, haciéndole un gesto a alguien fuera de cámara.

—No, en serio —insisto, no, suplico—. No necesito verlo otra vez. Estaba allí. Me acuerdo perfectamente.

El tono de mi voz se va haciendo más agudo de forma directamente proporcional a la posición del ayudante de producción, que ya está delante de mí con la cámara portátil C300, donde se ve un plano estático de las dramáticas formaciones de nubes que flotaban en el cielo azul de Marruecos aquel día. Jesse ha sugerido que vuelva a visualizar el vídeo del accidente para refrescar la memoria antes de hablar de ello. Me recuerda a algo que me advirtió Brett antes de morir, algo que los productores les hacen a las mujeres en las entrevistas tipo confesionario. Al igual que en estos, estamos grabando esta entrevista tiempo después pero vamos a hablar del accidente en presente, para hilar la narrativa que los productores han armado en la sala de montaje. Brett me contó que a veces producción te enseña un vídeo de tu «amiga» hablando mal de ti para que te enfades lo suficiente como para hablar tú mal de ella, aunque le hubieras prometido apoyarla. Pero nunca he oído a nadie que haya tenido que volver a ver un vídeo de una mujer que intenta suicidarse y luego cambia de opinión y arremete contra una niña inocente. Estoy segura de que es la primera vez que pasa algo así.

He llegado a la conclusión de que el «accidente» —que es como se le llamó en la prensa cuando ocurrió y como seguimos refiriéndonos a él hoy— fue el primer intento de suicidio de Stephanie y que finalmente resultó, en cierto modo de forma satisfactoria, en homicidio. Mis sospechas aumentaron cuando volvimos a casa y averigüé que la colisión tuvo lugar el mismo día que se publicó el reportaje en *The Smoking Gun*. Como siempre fui una estudiante aplicada, me pasé horas haciendo búsquedas sobre «suicidios + vehículo» y «pasado familiar suicida». Sabía, por las memorias de Stephanie —la parte que contaba la verdad—, que su madre biológica se había suicidado, y encontré un montón de estudios que sugieren que una persona es más propensa a llevar a cabo el suicidio si un miembro de su familia se ha quitado la vida anteriormente. Luego me topé con una estadística que decía que el porcentaje de accidentes de tráfico que en realidad son suicidios oscila entre el uno coma seis y el cinco por ciento. La cifra es imposible de calcular con exactitud porque es imposible determinar las intenciones de alguien muerto *a posteriori*, que es la razón por la que la gente elige este método. Prefieren que sus amigos y sus familias piensen que ha sido un accidente.

291

Aquella sospecha se convirtió en certeza tras la muerte de Brett. Lo que Stephanie hizo en Marruecos fue sencillamente una prueba. «¿De verdad puedo hacer esto?», debió de preguntarse justo antes de dirigirse hacia Kweller, a quien confundió con Layla, y esto es algo que no puedo demostrar pero de lo que estoy segura. Las niñas tienen la misma edad y la misma complexión, llevaban sendos turbantes naranjas idénticos y, además, Stephanie se había comportado de una forma muy extraña, muy agresiva, la noche anterior con Layla.

Y lo que los telespectadores no saben, y nunca sabrán, es que, de camino al hospital, Stephanie preguntaba sin parar si Layla estaba bien. Tenía la clavícula empapada en sudor, pero la cara estaba totalmente seca, y su maquillaje inmaculado no se había alterado lo más mínimo. Era un día claro de verano, demasiado soleado para que tuviera las pupilas tan dilatadas. Dios sabe qué se habría metido. «Has atropellado a Kweller —teníamos que recordarle todo el rato—. La amiga de Layla. La alfarera.»

El ayudante de producción le ha dado al *play* sin mi consentimiento, pero como Jesse me está mirando y estoy a su merced hasta que deje de ser un reclamo de audiencia, finjo que revivo el terror de aquel día. Pero, en realidad, tengo los ojos fijos en el pico de plástico negro de la cámara, igual que finjo que miro cuando la esteticista me planta un espejo entre las piernas después de hacerme las ingles... «Así está estupendo», digo siempre, sin mirar, antes de irme a mi cita de Tinder de cada dos meses mientras Brett cuida de Layla. Hace ya mucho que descubrí que tengo necesidades, y que si no las satisfago pasan cosas malas. Aun así, por muy desesperada que estuviera, nunca habría recurrido a Vince para aliviarme. La sola sugerencia resulta increíblemente ofensiva.

—Dios. —Jesse se queda sin aliento a mi lado al ver, supongo, a Stephanie levantando a Kweller por los aires con el manillar. Musito algo indefinido pero parecido a lo que ha dicho ella.

—Gracias, Sam. —Jesse le sonríe al ayudante de producción, la señal para que salga de plató para que podamos retomar la entrevista mientras estamos ambas emocionalmente vulnerables.

—Jesse —digo—, me gustaría hablar sobre una de las preguntas de esta parte de la entrevista. La que va sobre Vince y yo. —Jesse aprieta los labios—. No quiero contestar a ninguna pregunta sobre eso.

—Pero si te estamos dando la oportunidad de desmentir el rumor de que pasó algo entre vosotros.

—No quiero ni que se sugiera la posibilidad de que pasó algo. —Jesse no dice nada, y su silencio es intencionado—. Porque no pasó nada.

Jesse esboza una media sonrisa. Me doy cuenta de que puede que no me crea.

—No tenemos por qué usarlo —dice ella—. Vamos a repasar estas preguntas y luego ya a partir de ahí, vemos. ¿Vale?

¡No!

—Vale.

TERCERA PARTE

El «plano tequila»: agosto de 2017

17

Brett

Una teta rosa oscila colgada de una rama del arce japonés en el jardín delantero de Jen e Yvette. Kelly apaga el motor y entrecierra los ojos. Son las ocho de la tarde de un día de agosto en Amagansett, las carreteras están atestadas y el cielo es del color de la piel de un tiburón.

—¿Eso es... una piñata? —Se quita el cinturón y pone su voz de contar chistes de padre—. ¿O es una *piñateta*?

Emito un gruñido como única respuesta al chiste malo, pero es un gruñido cariñoso, un gruñido de «qué malo, pero cuánto te quiero». Estoy haciendo un esfuerzo por portarme bien con mi hermana este fin de semana. Las cosas no han sido fáciles para ella desde que volvimos de Marruecos el mes pasado, y se van a poner mucho más difíciles.

Salimos del coche. Los pies nos resbalan en las sandalias mojadas mientras nos dirigimos al camión. Ambas hacemos un intento de gentileza al intentar pasarnos la una a la otra su bolsa de viaje. Kelly se ha comprado la misma que yo —una de estampado militar de Herschel—, pero por lo menos no me da vergüenza ajena cómo va vestida. «En Net-a-Porter», me ha dicho, orgullosa, cuando le pregunté dónde se había comprado ese mono corto blanco tan ideal, pronunciando la erre final, como lo haría el botones de un hotel.

«*Porté*», la corregí, siendo amable (para ser yo). No habría sido amable si la hubiera dejado quedar en ridículo delante de las cámaras diciéndolo mal. «Mierda», exclamó ella, tapándose los ojos y encogiéndose demasiado. Tampoco era para tanto, pero no soy yo la única que está esforzándose por ser maja. Kelly está asustada, y eso me ablanda un poco, pero mentiría si no reconociera que me siento como si estuviera de pie en una montaña de cocaína con una metralleta al hombro y dos tías buenas a cada lado. Tener razón es la mejor droga. Y por eso he aplazado la conversación que tengo pendiente con Kelly. Porque ¿y si mi criterio está empañado por mis gafas de tener razón?

Mi hermana y yo subimos los tres escalones del porche delantero, bamboleándonos bajo el peso de nuestras bolsas de viaje. Jen ha colgado una pancarta entre dos setos con formas: «¡Vivan las novias!». Se dobla por las esquinas y está arrugada por la humedad, por lo que parece usada y olvidada, como si llevara allí varios meses, como si mi despedida de soltera ya hubiese sido y esto fuera una especie de sueño extraño de alguien en coma en un capítulo de *Los Soprano*. ¿Ya me he casado? ¿De verdad lo he hecho?

Kelly se agacha para pasar por debajo de la pancarta y se para delante de la puerta roja.

—¿Esto es…?

—Ella dice que es Rectory Red.

Kelly mira más de cerca.

—Pues se parece mucho al Blazer.

Blazer es el tono de rojo de pintura de la marca Farrow & Ball que usamos en todos mis centros de *fitness*. No me molesto ni en encogerme de hombros. Ya estoy acostumbrada a que otras mujeres me imiten.

—Ella dice que es Rectory Red.

—Bueno —dice Kelly mientras llama a la puerta—, deberíamos tomárnoslo como un cumplido.

Tomárnoslo. Es como un tío cuando a todas luces le estás dando largas, cuando a todas luces vas a cortar con él y te manda flores en un último intento desesperado de reavivar la llama. Tomárnoslo.

Dentro se oyen risas y juerga. Una canción de los Chainsmokers que luego doblarán con cualquier otra canción anodina. (Las bibliotecas de música que tienen en Producción son mucho más baratas que pagar los derechos de las canciones comerciales.) Huelo la comida que Jen finge comer dorándose en la cocina. Es una imitación decente de una divertida fiesta veraniega, pero es como la diferencia entre una reproducción de cartón a tamaño natural de tu famoso preferido y que te rescate en carne y hueso, con sus enormes brazos fuertes de estrella de cine, después de que te desmayes y caigas a las vías del metro. Normalmente, para las últimas escenas grupales de la temporada, ya somos como gomas elásticas dadas de sí, como espaguetis mojados. Hay una antigua expresión hollywoodiense que llama al último plano de la jornada el «plano martini», porque después hay que irse a tomar una copa para celebrarlo. Este equipo es más de tequila que de martini, así que este fin de semana Lisa va a rodar su «plano tequila». El despliegue es impresionante, está aquí todo el equipo; estos son los pocos días del año en los que Lisa se gana el sueldo. Circula por la estancia intentando que la cosa fluya, susurrándonos al oído para recordarnos todos los desaires mezquinos de la temporada, intentando prender la mecha. Pero hoy todo es diferente. Hoy parece más bien el comienzo de la temporada, la música y las risas parecen más bien una trampa cuando solían ser un truco.

Quizá sea porque nunca ha habido un bombazo como este con la temporada tan avanzada. Stephanie, tía, ¿en qué estabas pensando? Hoy en día, en la era del espionaje digital, una no cuenta una mentira sin hacerla verdad primero. Si Stephanie quería colar la historia de una triunfante superviviente de maltrato, tenía que haber conseguido que la invitaran a casa de Bill Cosby.

Lleva todo el mes escondida, desde que volvimos de Marruecos. No le abre la puerta a nadie, ni siquiera a Jesse, que fue a verla dos días seguidos. He oído que sigue vendiendo muchos libros, pero el *New York Times* ha eliminado su nombre de la lista, y también ha desaparecido de la web de su agencia. Desde ambos medios expresaron sus más sinceras disculpas con las mujeres negras que han sobrevivido a situaciones de violencia sexual y de género. La directora nominada a los Óscar denunció públicamente *Zona de evacuación* en el programa de Jimmy Kimmel, dijo que era una cobarde apropiación de la cultura de la supervivencia y todo el mundo la aplaudió y la vitoreó. Si buscas «Stephanie Simmons» en Google, el buscador vomita todo tipo de titulares que la dejan por los suelos. «¿Es Stephanie Simmons la mujer más odiada de Estados Unidos?» «Stephanie Simmons tiene la culpa de que no se crea a las víctimas de maltrato.» «Cuatro mujeres negras morirán hoy a manos de sus maltratadores y Stephanie Simmons ha ganado millones de dólares a su costa.»

No sé cómo se puede salir de algo así.

Pensé en ir a verla. En sentarme con ella en su salón blanco casi en su totalidad, con las cortinas romanas echadas para mantener a raya a los fotógrafos que acecharan fuera. Todavía la quiero, aunque no tenga derecho a hacerlo.

Al final, no tuve ovarios. Sigo sin saber lo que sabe y lo que no sabe de lo de Vince y Kelly y de lo de Vince y Jen, y además me perturba profundamente lo que hizo en Marruecos. Fue un «accidente», eso les hemos dicho a los reporteros que preguntaron, pero yo estaba delante y ella estaba perfectamente lúcida. Kelly está convencida de que Stephanie confundió a Kweller con Layla; yo creo que la única persona a la que quería hacer daño Stephanie era a ella misma, pero que al final se echó atrás.

La puerta roja se abre para dar paso a una exuberante Lauren Fun con unos vaqueros blancos con rotos y una camiseta blanca también con rotos, sin sujetador, descalza y con las uñas de los pies pintadas de negro.

—¡Feliz despedida de soltera! —exclama mientras me ofrece un chupito de gelatina con los colores del arcoíris de la bandeja que lleva en la mano derecha. Retrocede para que podamos entrar y el equipo nos rodea como una banda enemiga.

—Veganos y sin alcohol —puntualiza, porque supongo que seguimos fingiendo que no bebe, aunque el chupito lleva tanto vodka que me deja marcas en la laringe—. ¡Y con los polvos del sexo de Jen Greenberg!

—Ah, por eso estoy cachonda —comento, socarrona, mientras la sigo a la cocina.

—Pues yo estoy cachonda por tu hermana y su adorable mono —replica Lauren por encima del hombro.

—Net-à-Porter —dice Kelly con una pronunciación correcta mientras se alisa el vello erizado de los brazos. Esto parece Siberia. La casa está pensada para usar tanto la parte de dentro como la de fuera, pero todas las ventanas y las puertas batientes están cerradas a cal y canto para mantener al verano fuera de la casa. Tengo los pezones como cuchillos. Menos mal que la marca de Jen la abraza-árboles no se jacta de intentar reducir su impacto en el cambio climático ni nada de eso.

En la cocina, Jen está despegando el maíz de la mazorca con un enorme cuchillo de carnicero. Detrás de ella, tres hocicos de perro esperanzados se pegan a las puertas de cristal desde fuera. Yvette me ha contado que Jen los obliga a dormir en el patio trasero ahora que la casa está terminada. Está paranoica con el pelo de los perros, con el pis de los perros, con la risa de los perros y con la alegría de los perros.

—Ya está aquí nuestra invitada de honor —dice Lauren, presentándome como si fuera la atracción de la noche, y por un momento nos quedamos paradas y nos miramos unas a otras con aire sombrío. Es el apretón de manos de antes del duelo.

—¿Mucho tráfico? —pregunta Jen, civilizada.

—No demasiado. —Kelly deja caer la bolsa a sus pies—. Lo que pasa es que hemos salido tarde. Tenía que llevar a Layla a casa de una amiga en Nueva Jersey.

Jen me mira.

—¿Dónde está Arch?

—Al final viene mañana —contesto—. Tiene lío en el trabajo.

Jen asiente, pasando un dedo por la hoja de acero del cuchillo, para limpiarlo.

—¿Puedo ofreceros algo de beber? —nos pregunta Lauren con gran formalismo.

—Lo que estés tomando tú —comete el error de decir Kelly.

—Yo estoy tomando agua con gas —dice Lauren, ridícula—, pero tenemos una botella de Sancerre fría.

Abre el frigorífico y resultan ser botellas de Sancerre. Vino Sancerre y vodka Tito's y tequila Casamigos y una botella de leche de almendras que han tumbado para hacer sitio para más alcohol. Lauren lo cierra corriendo, antes de que la cámara encargada del plano largo se chive.

En la cocina hay una olla hirviendo.

—¿Quieres que...? —se ofrece Kelly, estirando la mano hacia el colgador de utensilios en el lavabo. Levanta la tapa y algo de color pota le escupe. Me suenan las tripas. No he comido nada desde mediodía y necesito una cena de verdad, no un plato grumoso de cereales antiguos.

—¡Ay! —grita Jen, como si acabara de acordarse de algo. Rodea a Kelly y coge una bandeja de totopos—. He comprado el guacamole que tanto te gusta de Round Swamp, Brett.

¿Así que esas tenemos?

—Qué considerada, Jen —digo.

Kelly me sonríe por encima del hombro. «¿Ves? ¡No es tan mala!»

Kelly todavía no sabe nada de la conversación de Jen con Vince en mitad de la noche, en el balcón del riad en Marrakech, ni de mis sospechas de que fue él quien le rompió el corazón la temporada pasada. Solo intenté contárselo una vez, la mañana del accidente. Luego el día se convirtió en una pesadilla y me centré en controlar el posible daño de la imagen de SPOKE. Después de hablar con mis accionistas y revisar con un abogado mi contrato societario con Kelly, pensé que ya era suficiente. No hacía falta echar más leña al fuego contándole que Jen solo fingía ser su amiga para averiguar si tenía una aventura con Vince, seguramente porque seguía enamorada de él. Sería mejor que Kelly creyera que la amistad era auténtica. ¿A quién podía hacerle daño eso?

Jen se seca las manos en un delantal en el que pone «¡Viva Las Vegas!».

—A ver. El plan de esta noche es cenar, y luego Lauren ha organizado unos juegos de despedida de soltera…

Lauren sopla un matasuegras, y enseguida susurra una disculpa a la mirada fulminante que le dirige Jen por interrumpirla.

—Y luego, no sé —prosigue Jen, usando la base de su enorme cuchillo para abrir unas nueces para la ensalada—. Podríamos ir al Talkhouse si a todas os apetece.

Levanta la mirada con gesto travieso, y por un momento no es el muermo más muermo que conozco. Jen sabe ser divertida cuando no hay cámaras delante, y Talkhouse es el típico bar de universitarios al que vas después de cenar con la familia cuando vienen a verte un fin de semana. La red nunca ha conseguido el permiso necesario para rodar allí dentro, lo que significa que todas podremos tomarnos todos los chupitos de tequila de color pis que queramos sin que quede constancia.

—Tenéis que estar aquí hasta las once —chilla Lisa desde

detrás de la cámara. Es como tener hora para volver a casa, solo que al revés: tenemos que estar en casa hasta cierta hora, proporcionar algo decente para rodar y luego podemos salir de fiesta.

—Sí, «mamá» —dicen Lauren y Jen a la vez.

—Como volváis a llamarme así, estáis despedidas —replica Lisa, tocándose la piel que le cuelga en el cuello—. Y, por el amor de Dios, que alguien saque el tema que todas sabéis.

Jen deja el cuchillo y pregunta con sobreactuada preocupación:

—¿Alguien sabe algo de Steph?

Todas apretamos los labios. No.

—¿Y de Vince?

No miro a Jen directamente, no al principio, para no ser muy obvia, pero cuando lo hago veo que ha cogido el cuchillo otra vez y está picando las nueces hasta machacarlas.

—He oído —Lauren se dobla por la cintura y pone los codos en la encimera, con la barbilla entre las manos y voz de cotilleo— que ella ha presentado los papeles del divorcio, pero que él se niega a firmar. —Se frota el pulgar con los tres dedos siguientes, haciendo el gesto del dinero—. Se casaron con separación de bienes.

El corazón me deja de latir un instante.

—¿Se va a divorciar de él?

Si Steph se divorcia de Vince significa que ya le va a dar igual mantener la fachada de su matrimonio feliz. Significa que puede contar todo lo que pasó en aquella casa si quiere.

Lauren me sonríe.

—No te hagas la sorprendida. Tú más que nadie deberías saber de sobra que ese matrimonio iba de culo y cuesta abajo.

Me siento como si me hubiera tragado el cuchillo de carnicero de Jen. Tengo que dejar de hacer esto: darle alas a Lauren para que contribuya con sus oportunos comentarios a extender el rumor de la aventura lésbica de Brett y Stephanie.

—Brett. —Jen se gira hacia mí de un modo que me hace pensar que va a acusarme de algo. El aliento se me queda estancado en la garganta—. He preparado la habitación de invitados de abajo para ti y para Arch. Laur y Kelly, vosotras estáis en la de arriba.

301

Suspiro y miro de reojo a Kelly. La decepción se le pinta en la cara porque Jen no quiera volver a compartir habitación con ella. Seguro que es porque Jen ya no cree que tenga que hacer ninguna labor detectivesca con Kelly, pero Kelly no se da cuenta.

—Gracias, Jen. —Le dedico una cálida sonrisa. Puede que tenga que ahorrar algo de energía. Me subo más la bolsa en el hombro y anuncio—: Voy a dejar mis cosas en la habitación y a ir un momento al baño.

—¡Cenamos en quince minutos! —grita Lauren detrás de mí. Otra vez es mi amiga.

Me quedo un rato en el pasillo esperando a que se reanude la conversación y luego abro corriendo la puerta del garaje y me meto dentro. Acciono el interruptor de la pared y pestañeo varias veces hasta que mis ojos se acostumbran a la luz. Antes, cuando entrabas aquí, los bichos solían dispersarse de inmediato. Había sillas de playa, bicis viejas y colchonetas para la piscina, un montón de rincones polvorientos donde se podían esconder todo tipo de criaturas. Ahora lo único que queda en el garaje después de la limpieza es un *collage* de cuadros de fusibles en la pared y la vieja nevera con la puerta como de gotelé que nunca enfrió en condiciones. Parece un fósil al lado del nuevo frigorífico Tesla metálico de Jen, tumbada de lado. Abro la puerta del congelador y oigo un cántico angelical al descubrir *bagels* y pizzas caducados.

—Luego vuelvo a por vosotros —susurro, y luego apago la luz.

El cuarto de invitados de la planta baja tiene las paredes empapeladas a rayas finas azules y blancas, y sábanas de toile de Jouy, y siento que debería llevar perlas para dormir aquí. Cuando miro de cerca las sábanas, veo que el estampado no es de gente elegante y animales en un paisaje clásico, sino que son calaveras y esqueletos, y que las líneas de la pared no son rayas, sino fémures. Hago *zoom* con la cámara del móvil y le mando una foto a Arch después de ignorar el aviso de batería baja. *Mira la habitación que nos ha cedido Jen. Es como un libro de* Pesadillas.

Casi de inmediato aparecen en la pantalla tres puntos que indican que Arch está tecleando. Me tumbo bocarriba en la cama con un brazo por detrás de la cabeza; me da pereza buscar el cargador en la bolsa. Arch contesta con tres monos tapándose los ojos. *Ojalá pudiera ver la pesadilla en persona, pero me parece que no voy a poder ir al final. Estoy hasta arriba. ¿No te importa?*

Pongo una carita mucho más triste de lo que estoy. En realidad me alegro de poder mantener a Arch lo más lejos posible de este circo. *¡¡¡Te voy a echar de menos!!! Pero no se lo pienso decir a nadie. Todas creen que vienes, así que me quedaré con la habitación para mí sola. No quiero que me toque dormir con Kelly. Seguro que se me escapa en sueños.*

La pantalla se queda en blanco unos segundos. Enseguida llega la crítica de Arch, rápida y ensordecedora. *Se merece saberlo.*

Suspiro mientras tecleo. *Lo sé... pero si se lo digo antes de que acabemos de rodar, será parte del programa. Y lo mínimo que le debo es dejar esto fuera de la trama. No quiero humillarla más de lo necesario.*

Arch me contesta: *¿Y no será que no se lo has dicho todavía porque no estás segura de haber tomado la decisión correcta?*

Cierro un segundo aviso de batería baja y respondo a la velocidad del rayo: *No puedo hacer otra cosa. Casi MUERE una niña después de que la atropellaran con una de nuestras bicis. Y no habría pasado si Kelly hubiese accedido a pagar 37 DÓLARES MÁS por las lengüetas. Los inversores quieren un sacrificio; si no, me dejarán tirada. Y la responsable es Kelly. Tiene que irse.*

Arch no contesta durante tanto rato que desvío la atención a las luces que producción ha pegado en las esquinas de la habitación. Cuando vuelvo a mirar la pantalla, se me ha apagado el teléfono.

—¡Niñas! —grita Lauren por el pasillo—. ¡A cenar!

Busco el cargador en el bolso y enchufo el móvil a la pared. Fuera, empieza la lluvia otra vez, tan inmediata como una pistola dando la salida en una carrera.

303

Y

El fuego hace crepitar la leña en el comedor, algo que tiene toda la lógica del mundo una noche con veintisiete grados y un noventa y cinco por ciento de humedad. La mesita baja está cubierta con una bandeja de postres que, igual que la cena, necesitan explicación antes de ser consumidos. Desconecto mientras Jen mueve la mano por la mesa enumerando ingredientes, pero sé que repite «dátiles» y «anacardos» varias veces. Kelly coge un *brownie* de judías pintas y se lo mete en la boca.

—Mmm —miente, poniéndose de pie—. Buenísimo. Voy un momento a por un jersey. —Trota escaleras arriba haciendo «brrrr».

Lauren está sentada en el suelo, apoyada en la chimenea de ladrillo blanco, con el portátil sobre los muslos y un resplandor anaranjado en el pelo rubio por el fuego. Marc rodea el perímetro de la habitación para enfocar su pantalla, y entonces se oye una voz familiar. Lauren se apresura a bajar el volumen.

Me asomo por encima del brazo del sofá.

—¿Qué es eso?

—El juego de las novias.

Lauren deja el portátil sobre la mesita de café y lo gira para que todas podamos ver a Arch en la pantalla, con un ojo mirando a Cuenca y la boca abierta; nunca la había visto tan poco atractiva. Fuera, un trueno ruge con suavidad... ¿o es mi estómago insatisfecho?

—¿Qué coño es el juego de las novias?

—Es para ver cuánto os conocéis —dice Lauren—. Las dos tenéis que contestar a las mismas preguntas sobre la otra y luego veremos si coincidís.

Contestar preguntas sobre mi vida personal delante de Jen Greenberg me parece tan divertido como sustituir el papel higiénico por kale.

—¿Por qué no lo hacemos mañana cuando esté Arch para que no te electrocutes?

—Por favor... —Lauren junta las manos y repite su súplica varias veces, como un niño pidiendo helado antes de la cena—. ¡Vamos! —exige cuando gimoteo, reacia—. ¿Es que, si no, qué vamos a...?

Gira la cabeza en dirección a la puerta, que está abriéndose. Se me cae el estómago a los pies cuando veo la figura ataviada con una gabardina clásica de Burberry. Stephanie se quita la capucha y sacude la melena, tan perfecta como siempre. Acaba de hacerse la pedicura y sus caderas parecen dos colgadores de toallas que sostienen unos vaqueros blancos. Su rostro está cuidadosamente maquillado y demacrado.

—Madre mía —dice Lauren, levantándose para saludarla—. Estás increíble.

—Estoy haciendo el régimen de la mujer más odiada de Estados Unidos —dice Steph, devolviéndole el abrazo a Lauren, agradecida de que alguien se haya molestado en darle una cálida bienvenida. El resto la miramos de hito en hito, en silencio—. Lis, ¿pasa algo porque haya venido? —Parece que contiene la respiración.

Lisa estudia a Stephanie, intentando formular una respuesta.

—Solo quería cerrar la temporada con un poquito de dignidad intacta. —Stephanie se ríe, autocrítica. No es nada habitual verla riéndose de sí misma. Quizá lo que ha pasado la haya hecho un poco más humilde.

—¿Quieres que los de maquillaje te pinten un ojo morado? —bromea Lisa, y Stephanie se pone seria—. Joder —Lisa pone los ojos en blanco—, es broma. Con que no te acerques a ningún vehículo a motor, me vale.

Señala con un dedo a uno de los técnicos de sonido para que le ponga un micro a Steph. Jen, la muy ruin, añade:

—Puedes dormir con Laur.

Lauren la mira, presa del pánico.

—Pero Kelly...

—Puede llevar sus cosas a mi habitación —dice Jen con una sonrisa tensa.

—También podrías quedarte en la habitación de Brett —sugiere Lauren con voz aguda. Stephanie puede parecer hundida, pero sería una inconsciencia no dormir con un ojo abierto a su lado—. Arch no llega hasta mañana.

—Chicas —dice Steph, estirando los brazos para el técnico de sonido como si la estuviera cacheando el del control de seguridad del aeropuerto—, yo duermo en el sofá. Os agradezco que me dejéis quedarme. —Stephanie se dirige a mí—: ¿Cómo está Kweller, Brett?

—Mmm —digo, sin saber muy bien qué contestar. No es-

305

toy acostumbrada a esta Stephanie tan solícita que tengo delante—. Está bien. Le dieron el alta la semana pasada.

—Qué alivio me da oír eso —dice Stephanie, sincera. El técnico de sonido le engancha el micrófono en el cuello de la camisa, le saca el pelo por encima y le dice que está lista. Steph se acerca y se sienta a mi lado en el sofá—. Me gustaría pagarte lo que haya costado el hospital.

—No hace falta —le digo.

—Por favor, déjame hacerlo, Brett.

—En serio, si ni siquiera ha sido... —Giro la cabeza al oír pasos por el pasillo.

—Kelly —dice Jen—, mira quién está aquí.

Kelly se para en seco al ver a Stephanie sentada a mi lado. Lleva una rebeca larga y gruesa por encima del mono.

—Anda. Hola.

—Hola —dice Stephanie con timidez—. Estaba diciéndole a Brett que quiero cubrir los costes hospitalarios de Kweller.

—No necesitamos que hagas eso —dice Kelly con la voz entrecortada. Se dirige al sofá del fondo. Antes de sentarse, me tira mi móvil, con más fuerza de la que pretendía, estoy segura—. A tope de batería.

—¿Estabas en mi habitación?

—Cogí tu bolsa de viaje por error, y tú la mía. —Da una palmada sobre el brazo del sofá y dice, sin reírse en absoluto—: Qué gracioso, ¿verdad?

Pulso el botón central del móvil con el pulgar. La pantalla se enciende y veo la respuesta de Arch a mi último mensaje debajo de una alerta del *Huffington Post* anunciando que Houston se prepara para recibir nuevas precipitaciones a causa del huracán Harvey.

¿Qué va a hacer Kelly si la echas?, me había escrito Arch después de que mi móvil se apagara. *El único trabajo que ha tenido ha sido* SPOKE. *¡Es tu socia!*

Levanto la vista hacia Kelly, que me sonríe, vil. Se me hiela la sangre. Ha leído el mensaje de Arch.

—¡Vamos a empezar el juego! —grita Kelly, animada. Se echa hacia delante y coge uno de los cuestionarios que hay sobre la mesita de café. Enarca las cejas mientras lee las preguntas—. Esto va a ser divertido.

306

Y

—Pregunta número uno —empieza Kelly. Ha pedido por favor ser ella quien me haga las preguntas a mí. Está enfadada y va a hacerme sufrir, así que solo tengo que soportar los diez minutos de agonía de este juego infantil y sus indirectas retorcidas. Solo eso. No va a soltar la verdadera razón por la que cree que no debería casarme con Arch, que no tiene nada que ver con que hayamos ido demasiado deprisa y todo que ver con la mujer que está sentada demasiado cerca de mí en el sofá. No sería capaz de hacerme eso.

¿O sí?

—Si Arch solo pudiera salvar una única cosa de un incendio, aparte de ti, queridísima hermana, ¿qué sería? —Kelly me mira, expectante.

—¿Solo una cosa...? —Hago el esfuerzo de visualizar nuestra casa, pero la pregunta (¿sería capaz de hacerme eso?) sobrevuela la imagen proyectada de la habitación como un pájaro enjaulado, golpea las ventanas con el pico, las lámparas con las alas—. Su cafetera francesa —consigo decir—. Se la lleva a los viajes de trabajo y de vacaciones.

Lauren le da al *play*. Arch se queda pensativa un momento.

—Mmm. —Reflexiona—. Supongo que el retrato al óleo de mi abuela de cuando tenía mi edad.

Lauren para el vídeo.

—Arch tiene puto corazón, Brett. ¿De verdad creías que salvaría una cafetera? —Se ríe, dejando escapar su aliento fuerte. El mono con pistola viene a por mí, y ya lleva cuatro vasos de «agua». Ay, madre, esto va a acabar en desastre.

—Te toca —me ordena Kelly—. Ahora di qué salvarías tú.

Hay un tragaluz encima de nuestras cabezas, y la lluvia golpea con tanta fuerza contra el cristal que está acelerando mi ansiedad. Siento la urgencia de gritarle: «¡Calla! ¡No puedo oírme pensar!».

—¿Además de Arch? —Me esfuerzo en pensar algo. Diré cualquier cosa para que se acabe el juego—. Mi móvil.

Lauren le da al *play*. En la pantalla, Arch pone los ojos en blanco.

—Su móvil. Probablemente salvaría eso antes que a mí.

—¡Ja! —grita Lauren, apuntándome con una uña negra.

—Te conoce bien —comenta Stephanie. Me giro hacia ella, pero no hay rastro de sarcasmo en la expresión de su rostro. En todo caso, detecto tristeza—. Es bonito —dice cuando me ve mirándola de reojo—. Quédate con eso.

—¡Siguiente pregunta! —exclama Kelly—. ¿Cuál es la postura sexual preferida de tu prometida?

Jen resopla en señal de disconformidad con la pregunta.

—Esto se pone interesante —dice Lauren, frotándose las manos con energía—. Seguro que la tuya es el sesenta y nueve, como buena defensora de la igualdad de oportunidades.

Stephanie se remueve en el sofá a mi lado como si estuviera incómoda por mí. Empiezo a sudar en esta habitación helada.

—Vamos a ver qué dice el vídeo —dice Lauren.

—¿Su postura sexual preferida? —Arch pone cara de estar absolutamente desconcertada y luego dice, mordaz—: Dormida.

—¡Brett! —me riñe Lauren—. *Very bad*, amiga. A una mujer así tienes que tenerla, ya sabes… satisfecha.

—¡Llega a casa después de las doce y se levanta a las cinco!

—¡Pues lo haces y te vuelves a dormir! —replica Lauren, impasible.

—Siguiente pregunta, por favor —le suplico prácticamente a Kelly.

Kelly lee la pregunta para sí primero. Una sonrisa lenta y depravada se extiende por su cara.

—¿Cuáles fueron las palabras exactas con las que se declaró y te propuso matrimonio? O sea, cuáles fueron tus palabras exactas, Brett.

—Oh, venga —dice Steph, sorprendiéndome al salir en mi defensa—. Eso es privado. No la obliguéis a contarlo.

—¿No decías que no había nada privado? —pregunta Kelly, restregándome mis propias palabras por la cara—. Creía que estabas orgullosa de ser abierta y transparente.

—Tuviste que decir algo increíble para conseguir que te dijera que sí. —Lauren me saca la lengua.

—No me acuerdo —digo, en voz baja.

—¡Sí que te acuerdas! —se ríe Lauren.

Me muerdo el interior de los carrillos un rato. Tengo que decir algo para quitármelas de encima.

—Supongo que algo tipo: «Te quiero y quiero pasar el resto de mi vida contigo». Algo así.

Lauren le da al *play*. Arch frunce sus preciosas cejas.

—Me dijo que era la única mujer que la había hecho plantearse casarse y que juntas creía que podíamos dominar el mundo.

Lauren silba.

—*I am woman, hear me roar* —exclama, por la canción de Helen Reddy—. ¿Por qué no querías contárnoslo? Es bueno. Tajante. —Tiene un escalofrío—. Eso me pone. Mierda. Hasta yo me casaría contigo, Brett.

—A mí no me gustaría que nadie supiera eso —dice Kelly, y se endereza en el asiento para que la superioridad de lo que va a decir a continuación quede clara—. Una declaración como esa parece más bien una propuesta de negocios.

—Me gusta Arch por su ambición —replico, con el corazón latiendo a toda velocidad tanto por la indignación como por el riesgo. Me la estoy jugando al enfrentarme a Kelly en el estado en que está ahora mismo—. Y viceversa. No creo que alguien como tú pueda entender algo así.

Kelly se tensa, al límite.

—Porque yo no tengo ambición, ¿verdad?

«No lo digas. No sigas por este camino.» Pero nunca soy capaz de callarme.

—Tú tienes remordimientos.

Kelly se levanta de un brinco con las manos en forma de garras alrededor de mi cuello imaginario. Lauren grita y retrocede hacia la chimenea para apartarse de su camino. Pero Kelly se queda de pie, echando aire por la nariz como un dragón, con el cuestionario pegado en el regazo del mono. «¿Chocolate o queso?» es la siguiente pregunta.

—Te estás pasando de la raya, Brett. Tú sigue poniéndome al límite, venga. Porque no pienso quedarme callada.

Por unos instantes, estoy a punto de resignarme. «Dilo, Kel.» La caída será dolorosa, pero andar borrando mis huellas es agotador.

Podría haberlo dicho. Nunca lo sabré porque de pronto Jen chilla el nombre de Lauren. Primero lo huelo y enseguida sé, sin necesidad de mirar, que Lauren se ha acercado demasiado al fuego y se ha quemado el pelo.

—¿Soy yo? ¡¿Soy yo?!

Lauren se levanta de un salto, pegándose golpes en la cabeza por detrás, y el olor inconfundible se expande por el salón. Nos levantamos todas corriendo a ayudarla, mirando y poniendo muecas, asegurándole que no es para tanto cuando pregunta cómo se le ha quedado el pelo. Nos empuja a todas y corre escaleras arriba para comprobarlo con sus propios ojos. No la culpo. Ninguna merecemos credibilidad alguna.

18

Stephanie

*J*esse Barnes vino a llamar a mi puerta dos días seguidos, y al segundo intento le mandé un mensaje diciéndole que volviera después de las seis, cuando los periodistas dejan sus vasos vacíos de Starbucks en los escalones de la entrada de mi casa, en represalia por mis persianas bajadas. Me consuela que, además de los gusanos de *TMZ*, también hay periodistas del *New York Times*, de *Vanity Fair* y de la revista *New York*. Mi escándalo es sangre fresca.

Jesse me trajo flores, como si se me hubiera muerto alguien. Por un momento me conmovió —vaya, si me entiende—, pero luego me di cuenta de que eso es lo que hacía su elección más deplorable. Lo entendía, y aun así me abandonaba.

Porque yo estaba rodeada de muerte. ¿Mi amor por la escritura? ¿Por aquellas mañanas en las que la alarma de la creatividad me despertaba temprano, por la forma en que mis dedos repiqueteaban sobre el teclado como un concertista de piano leyendo la partitura de la inspiración? Muerto. ¿Mi romance con mi teléfono? También muerto. Ya no sentía esas descargas de emoción cada vez que abría el correo o Instagram, ya no había solicitudes de entrevistas de prestigio, ni menciones aduladoras de fans y hasta de gente famosa. Quién sabe lo que me aguarda ahora en este ladrillo portátil. Ya solo me limito a cargarlo.

Mi matrimonio también está muerto, pero ese funeral tendría que haberse celebrado hace mucho tiempo. Vince y yo somos los dos perdedores de *Este muerto está muy vivo*, todo el mundo se ríe de nuestros chapuceros intentos de convencerles de que nuestro amor está vivo.

Puse las flores de Jesse en un jarrón de cristal largo y estrecho: eran varias orquídeas rosa fucsia. Muy modernas. Muy Jesse. Las coloqué entre ambas en la encimera de la cocina, como una línea divisoria perfumada, y saqué una cerveza de las profundidades del cajón de la carne mientras ella me hacía una propuesta. Quería llevarnos, por cero dólares, a mí y a un montón de negras víctimas de maltrato, a su *aftershow* a contar cuánto daño le ha hecho mi engaño a la comunidad. A contar el ejemplo perfecto que les he dado a los activistas de los derechos de los hombres, esos que dicen que las mujeres mienten acerca del maltrato para llamar la atención, para que se compadezcan de ellas y para vender libros. A asumir el «efecto Stephanie Simmons» que he generado en la industria editorial, que no suele apostar por autoras negras, y cuando lo hacen y sus libros son un éxito, nunca es como el de *Perdida*, señal de que lo que los lectores quieren es otro millón de *thrillers* domésticos protagonizados por mujeres. Cuando el libro de una negra arrasa es una anomalía, y solo puede haber una, y que esa una haya resultado ser una sucia farsante que ha hecho daño no solo a las mujeres negras con sus mentiras, sino también a los hombres negros, es una auténtica injusticia.

Una vez que aparezca vestida de forma apropiada en la televisión nacional y que hayamos convertido todo esto en algo «pedagógico», me disculparé ante el público y haré un amable donativo a un refugio para mujeres en situación de violencia de género. ¿Y después? Después dejaría el programa de forma temporal. «Organizaremos tu vuelta juntas», me mintió Jesse a la cara. Escribiré mi próximo libro y ella documentará mi resurgimiento de las cenizas, lo llamará *El retorno de Stephi* y demostrará que ni siquiera una cresta puede resucitarte cumplidos los cuarenta.

Acompañé a Jesse a la puerta, donde me dio un largo abrazo. «Piénsalo —me dijo—. Las orquídeas necesitan luz.» Así que no las puse a la luz. Están exactamente donde las dejé, y sus pétalos de neón se han caído al suelo.

Pero sí que lo pensé. Y preferiría coserme las orejas a la parte interior de los muslos de Brett para que pueda montarme como a una bicicleta de SPOKE antes que darle a Jesse el *mea culpa* que quiere para quedar mejor, antes que perdonarla por el papel secundario que ha tenido en todo esto. Jesse Barnes es la traficante de heroína apostada en la puerta de un colegio de secundaria que se defiende con la cantinela de que «yo nunca le pinché la aguja a nadie en el brazo» cada vez que encuentran a una niña de trece años con los labios morados debajo de las gradas. Como la alumna de séptimo, tuve que elegir entre ser como cualquier otra perdedora de mi clase o sentirme tan extraordinaria que tenía que ser extraordinaria.

Jesse tiene que pagar por su papel en la creación de esa elección obvia y letal. También tienen que hacerlo Lisa, y Brett, y toda nuestra camarilla de feministas con dos caras. No pienso ser su testaferro. No voy a dejar que me apedreen en la plaza del pueblo por jugar a un juego que me dio un comienzo injusto. Quieren hacerme responsable de la cultura endémica de no creer a las mujeres mientras a la vez me dicen que mi relato se hace «un poco lento» sin ojos morados ni narices rotas. Quieren a una negra en su programa «diverso», pero solo si me ha pasado algo extraordinario. ¿Y todas esas veces que una mujer blanca me ha confundido con la camarera, con la limpiadora del hotel, con la dependienta de Saks? Es una desgracia, pero no es extraordinario. No sé quiénes son: Jesse, Lisa, mi editora, los hombres, las mujeres, vosotros.

Así que aquí estoy, en el penúltimo fin de semana del verano, una cazarrecompensas en nombre de la responsabilidad personal. Por el momento, me estoy comportando como deben comportarse las mujeres: contrita, contenida, mirando al suelo. Pero que sepáis que lo hago todo con el suelo pélvico en tensión. (¿Dónde estás ahora, Vince? Ah, sí, en el Standard, en una habitación de hotel que te pago yo mientras arreglamos los papeles del divorcio.) Solo tengo que seguir interpretando este papel de niña buena y sumisa toda la noche para que Lisa me deje ir mañana al *brunch* en casa de Jesse. Y entonces es cuando voy a soltar la puta bomba nuclear.

¡Tendríais que haber visto la cara de Brett cuando he salido en su defensa durante ese estúpido juego de las novias! Se está creyendo mi pantomima. Estoy segura de que lo ha retorcido todo en su cabeza y que ha conseguido, cosa admirable, verse como la víctima de este sórdido cuento. Y heme aquí, alimentando esa fantasía delirante. El mayor punto débil de Brett siempre ha sido su predisposición a creerse su propia hipérbole.

Lauren está encerrada en el baño de la habitación de invitados de arriba, llorando animadamente por su pelo, y no la culpo. Ja, ja. Se lo ha chamuscado. Kelly, con el tanga de Victoria's Secret con pedrería (probablemente) retorcido, ha subido las escaleras hacia la habitación de Jen con la barbilla levantada, y Greenberg la ha seguido repitiendo su nombre en un intento de consolarla. Siempre me he preguntado qué sabrá Kelly. Está claro que sabe lo suficiente para decir que no tiene ningún sentido que Brett se case con Arch. A ella también la haré sufrir.

Me giro hacia Brett y me río, en plan «guau, están todas locas menos nosotras».

—¿Talkhouse? —sugiero. Porque, mira, si voy a hacer esto, el tequila no me va a venir mal.

—No puedo creer que le haya dicho eso a Kelly —me dice Brett en el taxi, con el pelo cayéndole en paneles mojados sobre las orejas. Hemos esperado hasta que el equipo recogiera y se fuera, incluso hemos llegado a ponernos el pijama para que todo el mundo se creyera que nos íbamos a la cama, y luego nos hemos puesto la ropa más atrevida que teníamos, con los tobillos al aire, y nos hemos escabullido sin decirles a Kelly, a Jen ni a Lauren adónde íbamos. El monovolumen que nos han enviado de Lindy's gira bruscamente a la izquierda al final de la calle de Jen; la lluvia golpea con tanta insistencia la luna que el limpiaparabrisas no da más de sí—. Lo de los remordimientos —sigue Brett—. ¿Y si lo usan? Layla lo verá.

«Dios no quiera que Layla se entere de que ella no es la razón por la que trajeron al mundo a Kelly.»

—Ya lo sabe —digo, sacándome la coleta del cuello de la camisa. Me la he metido por dentro para protegerla de la lluvia desde la puerta hasta el taxi, pero con poco éxito. Una pena. Me he hecho la manicura. La pedicura. Me he gastado ochocientos pavos en unas cuñas nuevas de Aquazzura y ayer me hice una limpieza de cara. Mi plan es lucir absolutamente perfecta cuando haga lo que pienso hacer mañana.

Brett se gira hacia mí.

—¿Qué sabe?

—Que Kelly se arrepiente de haberla tenido tan joven.

Vuelvo a meter el móvil en mi bolso de Chanel. Las últimas temporadas he intentado ponerme esos bolsos de rafia de Roberta Roller Rabbit. Me he esforzado en cultivar un *look* desaliñado, como de ir a la playa, pero cuando he hecho la maleta para este fin de semana, he decidido que no podía pasar otra noche enfundada en unos pantalones de estampado *ikat*. Me he traído vaqueros blancos impolutos, camisetas sin mangas y pintalabios rojos. Me he traído cosas que me hagan parecer una belleza clásica.

Brett está rumiando lo que acabo de decirle, mordiéndose el labio inferior.

—¿De verdad crees que se habrá dado cuenta de eso?

Apoyo un codo en el respaldo del asiento y me muevo de forma que las rodillas apunten hacia ella. Es como la pose de Wonder Woman pero por la empatía: si adoptas la postura adecuada, quizá sientas empatía de verdad.

—Pues claro que se ha dado cuenta. Por eso tiene tanta suerte de tenerte a ti en su vida. Tú le estás dando ejemplo de lo que ocurre cuando una mujer toma el control de su vida.

Brett hace un gesto de negación, tímida. «Qué va, pero sí, en realidad sí, porque soy la tía, la empresaria, la lesbiana y el ser humano más guay del planeta.» Trago saliva repetidamente para callarme la ácida verdad: «Tiene doce años pero aparenta veintiocho por algo, lerda. Yo a los doce años estaba pintándome las uñas y montando coreografías de las canciones de los Boyz II Men, no yendo a reuniones de trabajo con mi tía y gestionando las redes sociales de su empresa. Siente que tiene que colaborar o, si no, no la querréis. Que no puede ser una niña sin más, porque siendo una niña es una carga para vosotras».

Brett echa la cabeza atrás y se pasa los dedos por el pelo mojado. Vuelvo a oler su champú de aceite de argán. Mezclado con el ambientador y el olor a tabaco del taxi, mi cerebro se pone en huelga olfativa.

—Steph —dice—, ¿estamos bien? Quiero decir bien de verdad. No bien solo en la tele. Sé que ahora estás pasando por un momento difícil, así que no sé si es por eso o es por algo… algo que haya hecho yo.

La casi confesión me hace contener la respiración. «Sigue —la animo por dentro—, libérate.»

—Porque —Respira hondo, temblando. «¡Allá va! ¡Va a hacerlo!»— te echo de menos —prosigue—, pero nunca va a volver a ser como antes. Ya no soy la benjamina del grupo. No voy a dejar de tener éxito solo porque a ti te resulte incómodo, Steph.

Lo único que puedo hacer es no reírme en su cara bonita y gorda. La sordera crónica debería aparecer en la lista de efectos secundarios de la fama. Hay tanta gente aplaudiéndote todo el rato, cuando caminas, cuando respiras, cuando te limpias el culo, que anula lo que a mí me gusta llamar la voz interior del «no tanto», la que te dice que no eres tan inteligente, que no tienes tanto talento, que no tienes tanta gracia. Habrá quien vea progreso en este chascarrillo, dado que las mujeres salimos del útero materno oyendo que no somos lo suficiente de nada. Pero, después de haber estado a ambos lados del muro, puedo decir lo siguiente: si no te odias un pelín, eres insoportable.

316 En cualquier caso, yo últimamente he vuelto a entrar en contacto con mi voz interior del «no tanto». A mí ya nadie me aplaude. Probablemente sea mucho más divertida para el resto del mundo, pero cuando estoy tumbada en la cama por las noches no puedo evitar desear que este traje humano viniera con una cremallera y pudiera colgarlo en mi armario de roble blanco hecho a medida, al lado de mis *musts* de Chanel, y tomarme un descanso de mí misma, aunque fuera solo durante una hora.

Llevo diciendo que soy demasiado mayor para el Talkhouse desde antes de ser demasiado mayor para el Talkhouse. La parroquia esta noche ronda o bien los veintiún años o los cincuenta, y Brett y yo somos las únicas a medio camino. Es la primera vez que tengo sitio para apoyar el codo en la barra en la sala principal, desde donde observo la pista de baile vacía y el escenario, donde unos cuantos pipas se afanan montando una batería. Está tan tranquilo por la lluvia. Mis cuñas nuevas van dejando un rastro de agua y no me atrevo a soltarme la coleta por miedo a que mi pelo retome su forma original, pero no hay cámaras, dos dedos de tequila hacen vibrar mis cuerdas vocales y, al fondo, un grupo de miembros de una fraternidad con bermudas de colores pastel están debatiendo cuántos años nos van a decir que tienen.

—¿Chicas? —El camarero nos pone delante dos vasos de plástico llenos hasta la mitad de algo transparente. Chupitos de vodka. Mierda. Puede que no sean ni mayores de edad—. De parte de los caballeros del fondo.

El camarero los señala con un dedo. Que a dos mujeres adultas dueñas de sendos imperios multimillonarios las llamen «chicas» y a estos sobones de mejillas sonrosadas, «caballeros», por mucho que sea de broma, resume en dos palabras el problema del mundo.

El más valiente nos grita por encima de la *playlist* «Fiesta en la piscina 2017».

—¡Estabais muy serias!

Brett se gira hacia mí, boquiabierta, y yo imito su expresión indignada... Vamos a divertirnos un rato.

—Básicamente acabáis de ordenarnos sonreír. Pedirle a una mujer que sonría es ilegal desde 2013 —le contesta Brett a gritos.

Él se toma la reprimenda como una invitación para acercarse, que es lo que era, claro. De cerca, veo que lleva una gorra de béisbol de una regata en la que participó en Newport hace dos veranos, a los diez años.

—Claro, como si a los hombres nadie les pidiera que sonrían. Las mujeres son las únicas de las que se espera que sean agradables y solícitas todo el rato.

Brett hace una pedorreta.

—¡¿Perdone usted?!

El chaval se mete las manos en los bolsillos traseros e hincha el pecho sin pelo, encantado consigo mismo.

—En mi clase de estudios de género documental vimos el documental *Stop Telling Women to Smile*. —Baja la cabeza y levanta la mirada con una sonrisa enervante—. También vimos vuestro programa.

Brett se echa el pelo hacia el otro hombro. Se le está secando formando unas ondas preciosas y rebeldes. Pero yo soy más delgada.

317

—¿Y bien? —Apoyo la cadera en la barra y me cruzo de brazos, recogiéndome las tetas para que se me suba la camiseta y enseñar así una franja de mi abdomen plano—. ¿Cuál es tu favorita?

—Uf. —Se ríe y se pone la gorra para atrás, dejando que el pelo rubio y denso le caiga por la frente. Si hubiésemos coincidido en la universidad, no se habría fijado en ninguna de nosotras—. Lauren, supongo.

—¡Qué sorpresa! —Brett pone los ojos en blanco.

—Me has preguntado quién es mi favorita. No quién está más buena.

Me mira a mí, y que me jodan si su estúpida sonrisa no me atraviesa desde la ingle hasta el esternón.

—Porque es 2017 y a las mujeres les importa tres mierdas que un hatajo de niñatos de fraternidad piensen que están buenas.

Se enrolla un mechón de pelo en el dedo, con los ojos marrones enormes e inocentes. Ay, pues claro que le importa. Ni siquiera las mujeres a las que les gustan los calcetines son indiferentes a la mirada de un hombre. La diferencia hoy en día es que tenemos que decir que sí lo somos. El feminismo no nos libera, nos hace mentir mal.

Brett se acerca más, con la voz impregnada de encanto.

—Pero, por las risas… ¿Tu nombre era? —Le hace una caída de pestañas y espera.

—Tim —informa Tim después de un momento de confusión nada sexi.

—Tim. —Brett pronuncia su nombre con un tono seductor cómico, apoyándose en la «t» y deleitándose en la «m»—. Si tuvieras que decir quién está más buena, Tim, ¿a quién elegirías?

Él nos mira sorprendido, como si no pudiera creer que tengamos que preguntárselo.

—Cualquiera de las dos. Y juro que no lo digo solo porque estéis las dos aquí. Las otras… —dice, desechándolas con un gesto de la mano— conozco a un montón de tías como ellas. Vosotras sois diferentes.

Ser diferente es bueno, ya lo dice Instagram. La conformidad es aburrida. Sé tú misma porque todos los demás ya están cogidos. Muy fácil de repostear con honestidad cuando no llevas toda la vida con el sambenito de la diferencia colgado.

—¿Un empate? —Brett hace un puchero.

—Sí, Tim —la secundo—. Las chicas como nosotras no empatamos. Tiene que perder una.

Tim apunta con el mentón al techo y emite un quejido, como si le estuviésemos encargando algo tan complejo como los presupuestos nacionales.

—De verdad que es un empate —dice—. Pero si tengo que elegir… —Mira a Brett, luego a mí, luego a Brett, luego a mí, oscilando entre dos pares de ojos que suplican «porfa, porfa, elígeme a mí»—. Tú. —Encoge un hombro con poco entusiasmo en mi dirección.

Brett se tapa el corazón con la mano y pone cara triste.

—A ti no te gustan los tíos —le recuerda Tim.

—Te molan las asaltacunas. —Le da un sorbo a su vaso—. Lo entiendo.

La palabra «asaltacunas» me golpea como un puño americano. El corazón me late en el cerebro, machacando mis capacidades intelectuales, dejándome acceso únicamente a contestaciones de niñata de instituto.

—O será que le molan las delgadas —digo.

—Mira —Brett me apunta con su vaso de plástico lleno de vodka, jovial, demostrándome que la palabra «delgada» no ha causado el efecto de llave de lucha libre que yo esperaba—, Steph, yo podría ser delgada si quisiera. Pero tú no puedes volver a la veintena. Por mucha disciplina que le pongas.

Brett levanta el chupito de vodka y se lo bebe de un trago; la cara se le retuerce en una mueca horripilante, como un cuadro de Dalí. Tim nos observa un poco nervioso, sin saber si seguimos de broma. Estamos hablando muy en serio, pero no podemos dejar que se entere. Ha venido aquí para hacernos sonreír.

—En ese caso —digo, levantando mi chupito—, un brindis por las mujeres que alcanzan la plenitud sexual pasados los treinta.

Me bebo de un trago el vodka caliente con una arcada. Tim no se equivocaba. Estábamos muy serias. Y eso que todavía no voy a ponerme seria de verdad. Todavía.

Υ

La banda de versiones de los noventa empieza y no tenemos ningún problema para conseguir sitio en primera fila, porque los niñatos que frecuentan este sitio están apurando la *happy hour* a costa de sus acciones del verano. En algún momento deja de llover, y cuando una gota de sudor se desliza por mi columna vertebral, doy media vuelta y veo que se ha hecho tarde y que la sala ha alcanzado su aforo habitual, que es el que hace que un cuerpo esté al borde de la asfixia. Brett y yo bailamos con las manos enlazadas, cantando a voces las canciones de No Doubt y de los Goo Goo Dolls, bailando de forma obscena haciéndole un sándwich a Tim al ritmo de versiones de R. Kelly mientras el suelo se desliza bajo nuestros pies como si fuera de caramelo. Una constelación de teléfonos móviles flota en el aire, capturando todos y cada uno de nuestros movimientos.

La cantante no es mucho más joven que yo, lleva el pelo recogido en dos moños altos, y echo cuentas para hacerme una idea de si está más cerca de la edad actual de Gwen Stefani o de la de Gwen Stefani de entonces. De la de entonces. Pero por poco. Si ella puede estar aquí, yo también, decido. Mientras canta la última frase de *Spiderwebs*, una chica tira del brazo a Brett. No consigo oír lo que dice Brett cuando se gira hacia ella, pero los ojos se le iluminan, reconociéndola, y le echa los brazos al cuello. Alguien que conoce. Alguien que va a distraerla. Le hago una señal a Tim para que se agache y poder gritarle al oído:

—¡Una copa!

Le agarro de la mano y tiro de él entre la multitud, pero no me detengo en la barra de la sala principal, ni en la barra de la sala de atrás, ni en la barra de fuera. Seguimos andando, adentrándonos en la noche ruidosa y mullida, dejamos atrás al portero que estampa sellos en los dorsos de las manos bajo la pérgola de madera blanca, rodeamos el lateral de la barra y nos metemos en la franja de hierba entre el patio exterior y el edificio contiguo, que nunca me he molestado en identificar. Allí, paso los brazos de Tim por la parte baja de mi espalda y le deslizo un dedo bajo la barbilla, guiando su boca hacia la mía.

El primer beso es largo, suave y sin lengua, y me deja hincada de rodillas y abotargada.

—¿No estás casada? —me pregunta, con un gorjeo desde las profundidades de la garganta, lo cual me hace sonreír, victoriosa. No será difícil convencerle. Siempre sé cuándo soy la primera negra con la que se acuesta un tío. Suele haber un intento de soltar expresiones de reticencia moral: «Esto no está bien», «No deberíamos hacerlo», «¿Estás segura?».

—Esta noche me han dado permiso —digo, desabrochándole el cinturón que le ha comprado su madre. Después de eso, Tim no vuelve a tener ninguna preocupación de índole ética.

Volvemos a entrar entre protestas de los don nadies que llevan cuarenta minutos esperando en la cola. En la barra exterior nos encontramos con Brett, que está metiendo una rodaja de lima por el cuello de una Coronita.

—¡Os he buscado por todas partes! —grita. Salta, se pone detrás de nosotros, y nos empuja como a un rebaño, sin dejar de dar órdenes—: Venga, para dentro. Tengo una sorpresa para ti.

Nos quedamos atascados en un tapón en la puerta, y Brett aprovecha para sacudirle a nuestro nuevo amigo las hojas, la hierba mojada y la porquería de la espalda. Lo hace a cámara lenta y dándole dramatismo.

—Steph —me amonesta solapadamente—, veo que ya no haces la estrella de mar, amiga.

Por una parte me enfurece la insinuación de que el sexo con mi marido ya no es tan interesante como para asegurar su fidelidad y su satisfacción y por otra me agrada que Brett se haya dado cuenta de que soy lo suficientemente deseable como para haberme follado a... Mierda. Se me ha olvidado su nombre.

—Ojalá Arch tuviera tanta suerte.

Le alboroto el pelo, como he visto a Kelly hacer para molestarla. Brett me aparta con un manotazo, lo suficientemente fuerte como para que se oiga por encima de la música.

Los tres —el *ménage à trois* más acabado del planeta— nos abrimos paso hasta el interior. Una vez en la barra, como se

321

llame vuelve corriendo con sus amigos. «¡Tim!», gritan, y yo
se lo agradezco en silencio. Tim me hace un gesto con la mano
para que me vaya con Brett, que sigue arrastrándome a la pista
de baile, sujetándome una mano con las dos suyas para tener
más fuerza. Lo miro una vez más antes de que la multitud me
engulla por completo... Dos bebés con tetas se han unido a
su grupo, chillan: «¡Hola, Tim!», y se ponen de puntillas para
abrazarle porque son muy bajitas y muy monas y muy, muy
jóvenes. Siento como si el peso de todo el universo descansara
sobre mis pestañas. Podría quedarme dormida de pie en esta
masa borracha que baila.

Brett se ha abierto camino hasta el escenario y está haciéndole gestos con el brazo a la cantante, que la señala como si la
conociera.

—Bueno —dice la cantante al micrófono con su voz alta y clara de VJ—, ya sabéis que normalmente no aceptamos peticiones.
—La multitud grita de forma incoherente—. Pero esta noche es
una noche especial, porque tenemos aquí... ¡a dos Afortunadas!

El anuncio es recibido con vítores no se sabe muy bien para
quién y con abucheos específicamente dirigidos a nosotras.
Brett levanta el dedo corazón de ambas manos en el aire.

—Y una de estas zorras lleva una hora gritándole a esta
zorra que toquemos *Bitch*. Así que ¿qué os parece si cantamos
una canción sobre zorras las tres zorras juntas?

Más vítores vagos. Más abucheos intencionados.

Un pipa se dirige hacia nosotras, estira la mano hacia la
multitud y nos ayuda a subir por encima de los monitores.
Las luces del escenario son detectores de mentiras relucientes
y me percato, sorprendida, de que puede que la cantante sea
mayor que yo.

—Por favor, decidme que os sabéis la puta letra.

—Me sé de memoria esta canción de los bailes de fin de
curso del colegio —declara Brett—. ¿Tú dónde estabas, Steph,
en la uni?

La cantante me mira —«¡qué fuerte lo que ha dicho!»— y
me pone el micrófono en las manos con un ademán grandilo-
cuente.

—Ella que te haga los coros —me dice guiñándome el ojo.
El gesto de camaradería enmarca el momento como si fuése-

mos dos viejos colegas que vuelven a comerse la noche después de muchos años. Un pensamiento traumático me golpea de manera brutal y repetida: «Nunca debería haber venido aquí».

Empieza la canción con ese ritmo pop vivaz mezclado con varios acordes de advertencia de la guitarra, preparándonos para la blasfemia del título, que Brett grita en el micrófono con regocijo adolescente. Brett no estaba en el colegio cuando salió esta canción. Yo, sí. Me acuerdo de mi madre colgando el teléfono con manos temblorosas, girándose hacia mí y preguntándome si había usado lenguaje soez en la casa de la playa de Ashley después de que hubieran sido tan amables de acogerme una semana entera. Esa fue la palabra que usó la señora Lutkin, con su pelo rubio y sus zapatos de golf: «Soez». Yo fregué los platos después de la cena y había colgado las toallas para que se secaran en la cuerda de la entrada y había hecho la cama todas las mañanas, pero lo que recordaba la señora Lutkin de mi estancia era la noche que volvió a casa pronto de una cena y nos encontró a Ashley y a mí en pijama bailando aquella canción por todo el salón. El verano siguiente no me invitaron.

Brett se lo está pasando en grande, moviendo su larga melena en círculos y agarrando el micrófono solo para liarse con la letra. *I'm a bitch, I'm a mother, I'm a child, I'm a lover.* En la segunda estrofa, Brett decide personalizar la canción y decir: «*I'm NOT a mother*». A nadie le parece gracioso pero no parece avergonzarse.

Vamos por la parte en la que en el vídeo está todo el reparto saltando en la cama. Negras, excéntricas, marimachos, viejas, guapas, todas bailando juntas en la misma habitación, demostrando que los lazos de la sororidad son más fuertes que las barreras culturales y generacionales, y que los estándares de belleza que intentan imponernos. *Uhhh-uh, uhhh-uh, uhhhh.* Brett se gira hacia mí y, en un momento de pasión, me pone la mano en la nuca por debajo de la coleta. Creo que va a besarme —y a montar una escenita de lesbianismo falso para arruinar lo poco que queda de nuestra credibilidad como feministas—, pero entonces me doy cuenta de que me está quitando la goma del pelo. Antes de que pueda detenerla, la tira al público con una risa alegre.

—¡Siempre me has gustado más con el pelo suelto! —me grita, olvidando, o no, que tiene un micrófono en la mano.

Es como si me bajara las bragas. Escudriño la multitud en busca de Tim; espero que no esté viendo esto. Pero espero algo distinto cuando lo localizo, rodeado de sus amigos, riéndose y sacudiendo la cabeza. ¿Por qué sacude la cabeza? ¿Está negando haber follado conmigo? Le dice algo a un chico del grupo adoptando una postura defensiva. Sea lo que sea, solo provoca más burlas. Sí. Lo está negando.

La banda toca el acorde principal una y otra vez, cada vez más bajo, hasta que oímos al público aplaudiendo de nuevo. Brett me pasa el micrófono para hacer una reverencia, lo cual no es más que otra oportunidad para sacudir la melena como si fuera Ariel, la puta Sirenita.

—¿Qué tal si les damos un fuerte aplauso? —dice la cantante en el micrófono de la corista—. Ha sido terrible —dice por encima de los abucheos y los vítores—. ¡Terrible! Mejor que sigáis haciendo *spinning* e inventándoos historias.

Un «ohhh» recorre la multitud y la cantante se lleva la mano a la boca, avergonzada. No creo que lo haya hecho a mala idea, pero da igual porque así es como se ha interpretado, y tengo que decir algo. Tengo que defenderme. Uno de los pipas está ayudando a Brett a escalar por encima de los monitores, pero yo todavía tengo el micrófono en la mano cuando pone los pies en el suelo.

—A mí se me da bien inventarme historias —digo al micrófono sin pensarlo mucho—. Pero esta… —señalo a Brett—. Esta es la mejor.

Brett levanta la mirada desde la primera fila riéndose un poco, porque llevo toda la noche siendo deferente con ella y no tiene razones para pensar que estoy a punto de volverme en su contra.

—Sabéis que tuvimos una pelea, ¿verdad? —Brett abre la boca un poco. Continúo con una sonrisa que es más bien un rictus—. Ya lo veréis en la tele. Pero cuando salga, que sepáis que era todo una farsa. Todo era mentira. Nos lo inventamos para conseguir más audiencia.

—¡Fuera del escenario! —grita alguien.

Brett está intentando volver a trepar por los monitores como una cabra montesa obesa.

—Oh, y no violan a las niñas en las montañas de Marruecos. Brett también mintió en eso. Ah, y esta temporada también van a decir que Vince se folla a la hermana de Brett. Pero no es a ella a quien...

Brett me tira al suelo sin dejarme terminar. Es un auténtico y verdadero placaje de rugby: se abraza a mis tobillos y me dobla las rodillas. Caigo sobre una mano y levanto un pie enfundado en una cuña sucísima para mantener el equilibrio. Podría ser un paso de baile: primero la encubres y luego le das la patada.

—¡Pelea en el barro! —grazna la cantante al micrófono, como los putos traidores que somos todos en cuanto se presenta la oportunidad. Me apresuro a incorporarme, furiosa y avergonzada, apretando los puños a los lados para no darle una bofetada a Brett, que es lo que me muero de ganas de hacer, pero no pienso hacerlo aquí. Paso por encima de los monitores, rechazando cualquier ayuda para bajar. Es más distancia de la que esperaba y noto que las espinillas se me clavan en la pelvis cuando aterrizo en el suelo, me tambaleo sin gracia ninguna y me alejo de allí con toda la dignidad que me permiten los chupitos de vodka que me he tomado.

Nos toca otra vez un monovolumen. Brett va en los asientos del medio a la izquierda y yo en los de atrás. El taxista se ha quedado esperando después de que subiéramos, creyendo que venía más gente por lo lejos que nos habíamos sentado la una de la otra.

—Solo somos nosotras —ha tenido que decir Brett al final.

No ha vuelto a hablar hasta que el taxi ha hecho un cambio de sentido en la calle principal y hemos dejado a la derecha la vieja iglesia presbiteriana; entonces se gira en su asiento y me mira. Ha palidecido considerablemente en los últimos minutos.

—Seguramente todo el mundo estaba tan borracho que nadie se acordará de lo que has dicho.

Alguien está asustada. Le mantengo la mirada con una media sonrisa mientras mi cabeza se bambolea al ritmo suave y despreocupado de la carretera.

—Lo he escrito con rotulador permanente en la puerta

del baño por si acaso —digo. No he hecho eso, pero me estoy divirtiendo muchísimo viendo a Brett temblar de los pies a la cabeza.

Brett sacude la cabeza.

—No tenía que haber accedido a esto nunca —murmura para sí. Y luego habla más alto, dirigiéndose a mí—: No tenía por qué acceder a esto. No soy yo a quien se le ha pasado el arroz.

La miro a la nuca durante un minuto ardiente.

—Tu hermana es muy guapa —le digo, por fin.

Brett resopla.

—Está soltera. No pierdes nada por intentarlo.

Busco el brillo de labios y me aplico un poco. Debo de estar horrorosa.

—Pero nunca me ha preocupado que tuviera nada con Vince. Ni durante un segundo. ¿Sabes por qué? —La cabeza de Brett se mueve adelante y atrás con el movimiento del monovolumen. No me contesta. Agarro su reposacabezas con ambas manos y le pongo la barbilla sobre el hombro—. Porque es demasiado inteligente para él. Todos sabemos que Kelly es el cerebro de tu negocio. A Vince le gustan tontas. Tontas y no precisamente feas (solo tienes que verme a mí), pero vamos, que le gustan los desechos. La chatarra.

Brett saca el móvil y al principio creo que es algún tipo de estrategia de hermana que yo no conozco por ser hija única... Ignorarme para que me aburra y lo deje. Pero entonces veo que le está mandando un mensaje a Jesse. *Steph acaba de subirse al escenario del Talkhouse y le ha dicho a todo el mundo que el programa es falso y todo está en el guion. Está hablando mal de todas nosotras, solo quería que lo supieras antes de que rodemos en tu casa mañ...*

Le arrebato el teléfono de las manos a Brett, lo tiro al suelo y aplasto la pantalla de un solo pisotón con mis cuñas nuevas. Lo que ocurre después sí que pasa muy deprisa. Brett se abalanza sobre mí y me cubre de arañazos y latigazos húmedos con el pelo. Me golpea en la cara dejándome tres líneas sanguinolentas en la mandíbula.

La furia es veloz y atronadora, y me exige sin piedad: rómpele la nariz, ponle un ojo morado, muérdele una oreja. Con un grito de guerra, le hago caso. Somos un tornado de extremidades e insultos rastreros, nos revolcamos por el suelo en el hueco entre los asientos delanteros, nos arañamos, nos mordemos, le chillamos a la otra que pare, si bien nuestros puños son un borrón, porque ahora parar es algo tan imposible como dormir con los ojos abiertos. Es la pelea de mujeres más convencional del mundo, y es como meterse heroína por primera vez. El centro neurálgico del placer en mi cerebro es como una discoteca en Ibiza en vacaciones. Literalmente. No puedo controlar demasiado ya, pero sí que controlo lo fuerte que le pego, el daño que le hago. El taxista se desvía al arcén y nos grita que o paramos o llama a la policía. Nos separamos, sin aliento, eufóricas, y cuando bajo la mirada veo que tengo un mechón de pelo de Brett en la mano. No, espera. No es un mechón de pelo de Brett. Es una de las extensiones de Brett. Me inclino ante ella. Por fin alguien a quien le puedo ceder el trono de la ruindad.

—Debería vender esto en eBay —digo, haciendo oscilar el pelo falso delante de su cara.

Brett se pasa el pulgar por el labio inferior y lo levanta para mirárselo… Sí, es sangre. Se aprieta el corte con la lengua y dice con el buen humor del verdugo:

—A lo mejor te ayuda a pagar el divorcio. Dicen que sale caro.

Eso ha sido gracioso. Por un segundo, me planteo perdonarla. Huy, no.

327

19

Kelly: la entrevista

Actualidad

*P*uede que sea tarde, hora de irse a la cama, pero también puede que sea la hora de comer. Las persianas están cerradas a cal y canto y Lisa se ha quedado con mi móvil. La habitación oscura y sin hora me ha sedado, me ha desinhibido como el alcohol, ha debilitado mi juicio y me ha hecho decir cosas que nunca habría dicho estando sobria.

—¿No las oíste volver del Talkhouse? —me pregunta Jesse.

Agradezco una pregunta que puedo contestar con sinceridad.

—Estaba dormida.

Después de que Brett y Stephanie se fueran, Jen fue a la habitación de Lauren y volvió con una pastilla azul claro del tamaño de un pendiente de tuerca. «¿Qué es eso?», le pregunté cuando me lo ofreció. «Son solo cinco miligramos —contestó ella—. Lo suficiente para relajarte.» Yo ya había tomado Xanax en la universidad, pero estando borracha, así que no recuerdo haber sentido ninguna diferencia. Se me metió en la cabeza que las pastillas no me hacían efecto, que tenía una personalidad demasiado tipo A para una cápsula tan pequeña. «Nunca te fíes de las primeras impresiones» fue el pensamiento pegajoso y risueño que me asaltó justo antes de que la benzodiacepina me sumiera en el sueño como una piedra en un río. Plom. Adiós.

Ojalá pudiera decir que le conté la verdad a Jen en un estado de alteración mental, pero fue al revés. El Xanax me lo administró Jen para tranquilizarme después de que le contara la verdad sobre Brett. Siempre soy superequilibrada y superdisciplinada, hasta que dejo de serlo. Por eso existe Layla.

Después del final casi violento del juego de las novias, Jen me siguió por las escaleras para mi alivio. Necesitaba desahogarme con alguien que no viera nada bueno en Brett. A veces tienes que despotricar de alguien a quien quieres con alguien que la odie, ¿vale? Mis manos aún tenían la forma de dos garras alrededor del cuello de mi hermana y temblaban por la necesidad insatisfecha de estrangularla. Abrí la boca para decir todo lo que había estado a punto de decir antes de que a Lauren se le quemara el pelo, pero Jen se llevó un dedo a los labios y se levantó la camiseta, dejando al aire sus costillas, que parecían una escalera de codos afilados, y se señaló el micrófono, lo que me recordó que el mío también estaba enganchado por debajo del elástico del sujetador. Cogió mi bolsa de viaje (me compré la misma que Brett porque soy poco original. ¿Eso es lo que quería oírme decir?) y me hizo un gesto para que la siguiera abajo, a su habitación. Allí nos quitamos el micrófono la una a la otra por turnos y Jen los mete debajo de un almohadón y se sienta encima para asegurarse.

—Podría destruirla si quisiera —le dije a Jen, por fin libre para hablar—. Con unas pocas palabras delante de las cámaras, podría destruirla. Pero no lo he hecho. He sido leal, porque creía que recibiría algo a cambio. —Me reí amargamente de mi ingenuidad.

—Pero ¿qué ha pasado? —me preguntó Jen—. ¿Me he perdido algo? No sé qué ha ocurrido ahí abajo.

Le conté lo del mensaje que había leído en el teléfono de Brett.

—Pero no sería capaz de despedirte, ¿no? —Al ver mi cara, dijo—: Vale. —Se frotó la piel fina de la frente, pensando. Estaba a punto de decirle que parara, que le iban a salir arrugas, cuando de repente se le encendieron los ojos—. ¡Claro! —Se dio una palmada en la cara interior de los muslos con ambas manos, como si ya lo tuviera—. ¡Puedes trabajar para mí! Piénsalo, es la trama perfecta. Te robo a mi archienemiga número uno.

—¡Me importa una mierda la trama! —exploté—. Me importa hacer las cosas bien y ser justa. ¡SPOKE no existiría sin mí! ¡Es una arrogante si piensa que se podía librar de mí y que no iba a pelear! Con todo lo que sé de ella.

Quería seguir, pero me mordí la lengua, como hago siempre.

Jen cruzó los tobillos en el regazo, un poco encaramada al almohadón, como si fuera a salir levitando.

—¿Lo que sabes de ella tiene algo que ver con Steph? Porque todo el mundo piensa que se han liado.

Negué con la cabeza, más para mí misma que para ella. «Te lo has callado todo este tiempo. No lo cuentes ahora.»

Jen se encogió de hombros. No como si le diera igual. Había comprensión en sus pequeños ojos marrones. Brett nunca perdía la oportunidad de meterse con sus ojos, pero a mí me parecía que Jen siempre parecía concentrada, siempre escuchándote cuando le hablabas.

—Lo entiendo —dijo—. Es tu hermana. La quieres y eres leal. Solo quiero que sepas, Kel. —Hizo una pausa y se sonrojó un poco—. Mira. Soy una persona más bien solitaria. Ya sabes, dirijo una empresa holística y la gente espera que seas una especie de madre tierra, suave y cuidadora, pero lo que hago es serio. ¿Sabes que en la primera reunión para montar La Teoría Verde ocho de los diez accionistas me pasaron currículums de hombres cualificados para ser presidentes de mi empresa? Uno me dijo que había desarrollado un producto estupendo pero que ya lo había llevado hasta donde podía llevarlo. Aprendí pronto a decir que no necesitaba ayuda. Admitir que la necesitaba era una señal de debilidad. Y eso me ha dejado más sola de lo que me gustaría. Cuando me propusieron entrar en el programa me emocioné un montón. Pensaba que había encontrado mi tribu. —Puso los ojos en blanco y emitió un ruido que no era una risa—. Estaba deseando conoceros a todas y contarnos nuestras batallitas. Pero Steph es escritora y no lo entendía. Y Lauren, bueno, es muy divertida, pero todas sabemos que su padre rico puso el dinero y que ella no hace el trabajo sucio. La verdad es que lo que más me apetecía era conocer a Brett. Pero enseguida me quedó claro que Brett era una gran promotora de sí misma pero no era una líder. ¿Cómo iba a serlo si ni siquiera era capaz de explicarme cómo había duplicado el precio de vuestras acciones? Siempre pensé que escondía algo, y ahora me doy cuenta de que ese algo eras tú.

Me sentí como si acabara de proponerme matrimonio el hombre de mis sueños. Era la validación que había estado esperando desde que concebimos SPOKE. Por fin alguien me veía. No solo eso, sino que llevaba todo este tiempo buscándome. La única forma de devolverle aquello era con la verdad.

Todo empieza, como siempre ocurre, con lo que parece una mentirijilla piadosa, lo que ocurre es que esta se convirtió en los cimientos sobre los que se levantaron enormes vigas de engaño.

Cuando la NYU le paga a mi hermana 50.000 dólares por dar una charla, Brett les cuenta a los estudiantes de Stern que se enteró del concurso para emprendedores gracias al cual consiguió fundar la primera fase de SPOKE leyendo una revista en la sala de espera del médico. Arrancó la página de la revista y la trajo a casa para enseñármela, les cuenta, y yo me reí de ella. La verdad es que Brett no se cargó una revista de la sala de espera de un médico, sino mientras esperaba en un centro de estética donde fue a hacerse la pedicura un martes por la mañana, porque no iba a la universidad ni tenía trabajo, pero tenía su parte del dinero del seguro de vida de mi madre y todo el tiempo del mundo para ventilárselo.

¿Qué es lo que no era mentira? Mi reacción. Sí que me reí de ella, pero no porque no creyera en la idea de Brett, que es como ella lo pinta cuando lo cuenta (¡fijaos en cuánta gente que dudó de mí al principio, chicos!). Me reí porque no tenía ni pies ni cabeza que mi hermana solicitara una beca reservada para empresarios y empresarias LGTBQ, básicamente no es lesbiana, gay, bisexual, trans ni *queer*. Mi hermana es de las que contestan NS/NC a esas preguntas.

331

Le dije que no lo hiciera. Le supliqué que no lo hiciera. Pero, por supuesto, Brett se mantuvo en sus trece y se presentó al concurso, para el que escribió un descorazonador texto en el que contaba lo que ocurrió cuando salió del armario y se lo contó a mi madre en su primer año en el instituto. Al despertarse la mañana siguiente, se encontró con que le habían cortado el pelo mientras dormía. «Si quieres ser tortillera, tendrás que parecer tortillera», le dijo mi madre cuando bajó las escaleras a trompicones llorando con el pelo en las manos.

Todo era mentira. Una mentira mala que el juzgado se tragó con avidez.

Los términos de la beca estipulaban que dos veces al año durante los tres años siguientes, Brett tendría que recibir a emprendedores LGTBQ en SPOKE. Escucharía sus historias, les ayudaría a dar forma a sus ideas y les daría sus consejos inútiles. Yo no podía soportar mirar a la cara a aquella gente trabajadora, esforzada y optimista sabiendo como sabía que mi hermana les había robado una oportunidad pensada para aumentar la paridad. Creía que solo tendríamos que pasar aquellos tres años, que se extinguiera el contrato y entonces Brett podría dejar de interpretar su papel como miembro de una comunidad marginada. Pero entonces llegó el programa.

Una editora de la revista *Cosmo* se apuntó a una clase en SPOKE e invitó a Brett a formar parte de un reportaje que tituló «Veinticinco jefas de menos de veinticinco años». El artículo llamó la atención de un director de *casting* de Saluté que estaba a la búsqueda de una lesbiana para completar el reparto diverso de *Afortunadas*. El programa tenía tanto que ofrecerle a nuestro negocio incipiente —visibilidad, conexiones, crecimiento— que casi justificaba que Brett adoptara la identidad de un grupo de personas históricamente oprimido.

Yo era cómplice. Le mentí al resto de las concursantes y le mentí a Jesse, por eso Jesse me odia y por eso me necesita también. Participé en una conspiración piramidal que recabó su afecto y jugó con ella como con un forajido inocente, y se moriría de vergüenza si se enterase alguien. Ella libra una batalla contra el tiempo para seguir en lo más alto, para conservar su relevancia. Sabe que los medios aprovecharán cualquier oportunidad para humillarla, para acusarla de permitir que sus sentimientos le nublaran el juicio, para disputarle el poder a una mujer poderosa y restaurar el orden natural de las cosas. Sé, por cómo me mira —un poco avergonzada—, que se imagina que Brett y yo nos reíamos de ella a sus espaldas y la llamábamos viejo verde por cómo esclavizaba a mi hermana como lo hacía. Brett intentó hacerlo una vez pero la corté enseguida. Lo que hizo no tiene ninguna gracia. El engaño me ponía enferma, sobre todo cuando las niñas imazighen le susurraban a Brett que creían que eran como ella y que tenían miedo de que sus familias dejasen de quererlas si lo eran, y Brett las consolaba contándoles las duras historias inventadas de lo que había tenido que pasar cuando tenía su edad. Pero lo que de verdad me rompía el corazón era Arch, que se merecía a alguien mucho mejor que a una mujer que podía quererla pero que no estaba enamorada de ella. «Tiene treinta y seis años —le supliqué a Brett cuando se comprometieron—. Quiere tener hijos. No malgastes su tiempo. No organices una boda para luego cancelarla o para divorciarte de ella dentro de un año para sacarlo en el programa.»

No creo que Brett le hubiera propuesto matrimonio, ni habría aceptado la proposición de Arch (como queráis verlo), si no hubiera hecho lo que hizo en el ínterin entre la tercera y la cuarta temporada. Mi hermana no es cruel por naturaleza, pero tomó una decisión errónea y tenía que hacer un gran gesto para borrar sus huellas. Proponerle matrimonio a Arch fue una forma de asegurar su estilo de vida.

Podría haberle contado la verdad a Arch. Bueno, tachad eso. Debería haberle contado la verdad a Arch. Pero si el público del programa se enteraba de que Brett había mentido acerca de su sexualidad, de que había monetizado la difícil situación de la comunidad gay, habrían ido a por ella (y con razón). SPOKE se hundiría. Su personaje en el programa sería eliminado. Mi personaje en el programa sería eliminado. Brett contó una mentira de la que las dos nos aprovechamos, y yo lo dejé estar. Pero también trabajé mucho. Sin SPOKE, no tengo nada. No soy nada.

—Debe de ser muy doloroso saber la verdad —dice Jesse de forma muy acertada—. Saber que tu hermana murió mientras tú dormías en el piso de arriba. Ahora sabemos que después de que Stephanie y Brett volvieran del Talkhouse, Vince llegó a la casa y atacó a Brett en la cocina, donde ella estaba comiendo algo.

—Esa es la hipótesis con la que está trabajando la policía, sí —digo con mucho cuidado.

Es verdad que es la hipótesis con la que está trabajando la policía, pero no es la correcta, y Jesse y yo lo sabemos.

—¿Crees también su teoría de que Vince asesinó a Brett llevado por los celos después de enterarse de su aventura con Stephanie?

—Tiene lógica —digo, de nuevo, con cuidado. Me estremezco al ver el destello de enfado en los ojos de Jesse. No he venido aquí para jugar a la petanca. He venido para contar una historia que honra al programa más que a la verdad—. No fue solo una aventura… Stephanie y Brett estaban enamoradas —digo, y el rostro de Jesse se suaviza, perdonándome—. Está claro que esa humillación fue demasiado para Vince.

Hubo una humillación, sí, y fue demasiado para alguien, pero no para Vince, sino para Stephanie. Jesse y yo sabemos que Stephanie mató a mi hermana y sabemos por qué lo hizo, y no tiene nada que ver con que Brett y Stephanie estuvieran enamoradas. Pero el vídeo dice otra cosa. Nos hemos asegurado de ello.

333

20

Stephanie

Creía que me quedaría en vela toda la noche, llena de odio y cuestionamientos, pero el sueño fue como salido de un cuento de hadas, y como colofón me despertaron el canto de los pájaros y la suave luz del sol sobre mi indiscutiblemente hermoso rostro. Quizá dormí tan bien gracias al colchón viscoelástico de la habitación de invitados de la planta baja, la habitación de Brett, que reclamé como si de un derecho innato se tratara cuando llegamos a casa. Levanto los puños con un gratificante bostezo, de esos que te retuercen la cara de placer, como el sexo. El buen sexo. No el sexo con Vince. Vince. ¿Por qué estoy pensando en él esta mañana precisamente? Me incorporo y me quedo muy quieta, escuchando atentamente. Son poco más de las ocho y la casa ya está en movimiento, y ese a quien oigo hablando en el salón es Vince.

Me levanto y sigo su voz sin lavarme la cara ni cepillarme los dientes; así no es como debía empezar el día. El día debía empezar con Jason y el resto de mi equipo aquí a las 7.30 (¿dónde están?), mi pedido de Starbucks caliente y los rulos puestos. No pensaba salir de la habitación hasta tener un aspecto impecable y tener la cafeína adecuada en el organismo. Tenía que ser un hombre el que me jodiera este día, el día en que planeo cimentar mi legado.

En el salón, Kelly y Lauren están sentadas en el sofá bebiéndose un café y enfrente está Vince, sentado en una de las sillas de pelo blanco, con una bolsa de plástico de Duane Reade a los pies. Fuera, Jen practica la postura del guerrero a la sombra. Los charcos del porche se están evaporando y el cielo es de un azul trágico de once de septiembre. Qué día tan bonito para hundir a estas putas.

Lauren levanta su taza a modo de saludo. Tiene el pelo (lo

que queda de él) tieso y la cara roja y brillante, como si acabaran de operarla. «Ni siquiera tengo resaca», pienso. El día está despejado y hará unos veinte grados, una temperatura tan óptima para el ser humano que ni siquiera notas el aire alrededor. Me siento viva y fresca y feliz, pero no tan viva y fresca y feliz como para pensar en empezar a hacer yoga, dejar la cafeína y dedicar menos tiempo a las redes sociales o lo que sea que haga la gente cuando decide mejorar su vida.

—¿Qué tal en el Talk House? —Kelly dice el nombre del bar como si fueran dos palabras. Como Burger King. O Nordstrom Rack, que es donde seguramente se ha comprado el horrible vestido largo con los hombros al aire que lleva puesto. Dios, qué vergüenza ajena da.

La ignoro y me dirijo a Vince.

—¿Tú qué haces aquí?

—Steph, por favor. La gente no para de llamarme. Mi madre está fatal.

—¿Fatal por qué?

—¿De verdad no lo sabes? —pregunta Lauren con voz ronca y resacosa. Anoche debió de tomarse alguna combinación de alcohol y pastillas para dormir, porque ni se inmutó cuando Brett y yo llegamos a casa. Ninguna se despertó. Dios bendiga a todas estas adictas tan funcionales.

—Que alguien me diga qué coño pasa antes de que pierda los nervios. —Me oigo a mí misma y sonrío, comedida, suavizando el tono—. Por favor.

Kelly coge el móvil. Busca algo y me lo lanza. Tengo que esperar un segundo a que la pantalla se gire, pero cuando lo hace me percato de que tengo delante una noticia en vídeo de *TMZ:* «Stephanie Simmons, borracha, no se corta un pelo con su futuro exmarido». Le doy al *play*. Por si lo que digo no estuviera lo suficientemente claro, se han tomado la libertad de poner subtítulos: «... y esta temporada también van a decir que Vince se folla a la hermana de Brett. Pero no es a ella a quien...». Bum. Brett se lanza sobre mí y su culo gigante eclipsa el plano. El vídeo se corta justo antes de que me baje del escenario. Gracias a Dios. Ya tengo el pelo como si me hubiese caído encima un monzón. No necesito que además la gente me vea aterrizar como una gimnasta con los tobillos débiles.

Me enfrento al pelotón de fusilamiento.

—¿Eso es todo?

Vince cruza las manos detrás de la cabeza y mira al techo.

—Genial. —Deja escapar una risa sarcástica—. ¿Hubo más?

—No quiero que los medios se olviden de ti, cariño —le digo, acaramelada. Vince se aleja de mí con la mandíbula apretada. Enfrente de él, Kelly aprieta su taza de café con tanta fuerza que estoy esperando a que se rompa. Ella lo sabía. Seguro que lo sabe desde el principio. Por eso Vince aprovechaba cada oportunidad que veía para acorralarla. No quería follársela, quería sonsacarle información.

—¿Por qué estáis tan enfadados? —pregunto—. He dicho que Vince no te folló, Kelly. Te he hecho un favor para cuando intenten que parezca que sí. Que es lo que van a hacer.

—Steph —dice Vince, ecuánime. Carraspea y mira a Lauren y a Kelly esperando sus gestos de aprobación (¡tú puedes, Vince!)—, creo que deberíamos volver juntos a Nueva York. He llamado a Jason y a todo el equipo de estilistas y les he dicho que no vinieran.

Me siento como una adolescente conflictiva que acaba de bajar las escaleras y se ha encontrado en el salón de su casa a dos exmarines que pretenden llevársela a uno de esos campamentos de terapia en la naturaleza donde te sodomizan con una linterna por decir palabrotas. No puedo irme con Vince.

Me dirijo a la cocina para servirme un café y entonces se me ocurre una estrategia: «Sé agradable».

—No me importaría irme contigo después del *brunch*.

Vierto un chorro de leche de almendras (mi única opción) en la taza. Enseguida se coagula, formando una capa con la textura del vómito en la superficie. No me importa quién o qué ha tenido que sufrir para proveerme de leche para el café todos estos años, pero su sacrificio ha merecido la pena.

—Seguro que soy mejor que tu cita de por la tarde.

Vince se pasa una mano por el pelo, despacio, sensual, enseñando el interior del bíceps y algo del vello de la axila que se escapa por la manga de la camiseta blanca fina. Buf, menuda imagen para conservar en la retina, ese movimiento de pelo, algo que cualquier chica necesita ver antes de morir. Le hace parecer afligido, taciturno. Hace que las mujeres se pregunten por qué estará tan melancólico y cómo pueden hacerle sentir mejor. ¿No es esa la receta secreta de la seducción? Primero la trampa del misterio, luego el claro instinto de las mujeres para la rehabilitación.

—Stephanie —dice Vince, con más paciencia de lo que lo haría de no ser por la presencia de Lauren y Kelly—, creo que deberías irte ahora. Abandona ahora que llevas la delantera.

Me hago un ovillo en el sillón junto a él y me llevo la taza a los labios. El pánico me recorre —«no, no, no me obliguéis a irme»—, pero tengo que mantener la calma.

—Tenemos que rodar en casa de Jesse hoy —le recuerdo a Vince con una risa indulgente, como si fuera perfectamente comprensible que se le hubiera olvidado después de todo lo que está pasando en nuestro mundo.

—Con motivo de la despedida de soltera de Brett, pero Brett se ha ido. —Lauren se frota debajo de un ojo para quitarse los restos de rímel. El esmalte de uñas negro se le ha descascarillado entre anoche y esta mañana.

—¿Que Brett se ha ido? —pregunto, fingiendo sorpresa y sintiendo auténtica decepción. La sorpresa es para Lauren, Vince y Kelly. Ellos no tienen ni idea de cómo terminó la noche, claro. Pero la decepción es de verdad. El plan era que Brett estuviera hoy en casa de Jesse; pero bueno, los planes cambian. Los triunfadores son aquellos que encuentran la manera de sortear los inevitables reveses de la vida.

Kelly me pasa su teléfono. Antes de que amaneciera, Brett le ha mandado un mensaje: *He pedido un taxi, me voy a casa. Estoy harta de esta mierda.* Creía que había destrozado la pantalla de su móvil cuando la pisoteé, pero resulta que todavía puede mandar mensajes. Kelly le contestó esta mañana, preguntándole si estaba bien. Por el momento, no ha habido respuesta.

—Yo creo que vi a Brett anoche —dice Lauren, no a nosotros, sino para sí misma. Como si se estuviera acordando ahora. Se pone una mano por encima de la frente para protegerse del sol que se derrama por el cielo y me mira con los ojos entrecerrados un buen rato—. ¿Estabas... estabas tú con nosotras?

Yo enarco una ceja mirando a Vince, como diciendo: «¿De verdad soy yo la que tengo que dejarlo ahora que aún puedo?».

—Me parece que lo has soñado, Laur —le digo.

337

La mirada de Lauren se eleva por detrás de mi hombro. Me doy la vuelta para ver qué mira: a Jen, que se sostiene sobre una pierna, con el pie contrario apoyado en la entrepierna.

—Supongo. —Gracias a Dios por las adictas a las pastillas y lo fáciles de sugestionar que son.

Vince se levanta de forma abrupta y se pierde por el pasillo con la bolsa de Duane Reade.

—¿Adónde vas?

—A hacerte la maleta.

—Vince —digo, pero él continúa su camino—. ¡Vince! —grito con brusquedad, pero él no se detiene como hacía antes. Me levanto de un salto y le sigo. Heme aquí, persiguiendo al hombre del que me he separado. No es lo que me esperaba esta mañana.

Vince está guardando todos mis productos en el neceser en el baño de la habitación de invitados de abajo, haciendo chocar los botes de cristal con otros botes de cristal, como si quisiera romperlos.

—Vince —digo, cerrando la puerta detrás de mí—. Vince. —Le pongo la mano en el brazo—. Escúchame un momento, por favor.

Vince se detiene con un grito de angustia, mete la mano en la bolsa de Duane Reade y saca una caja de zapatos de Jimmy Choo. «Para Gary», escribí con rotulador negro en la tapa antes de dejarla en la escalera de la entrada de mi casa para —¡sorpresa!— Gary, el fotógrafo del *New York Times* que lleva estas últimas semanas apostado en mi ventana. No es solo porque Gary sea de la publicación más reputada de todas, sino también porque es el que ha mostrado más profesionalidad de todos. No, no trabaja los fines de semana. Ninguno lo hace. Mi historia no da para tanto. (¡Eso está a punto de cambiar!) Pero siempre está ahí, fresco como una lechuga todos los lunes por la mañana, antes de que el resto de parásitos del estanque vayan llegando con cuentagotas a lo largo de la jornada laboral. El lunes me venía mejor de todas formas. Necesitaba que Gary encontrara el paquete y viera el vídeo en cuestión después de que hiciera lo que planeo hacer hoy. Si esto se hubiera desvelado antes del *brunch* en casa de Jesse, no sé si habría podido volver a estar en la misma habitación con estas prostitutas. Lo que hay en esa cinta es una auténtica bomba.

Sé que Vince ha visto el vídeo por la expresión herida de su rostro.

—Te vi salir por la Ring. —Se refiere a la cámara de videovigilancia que tenemos en la entrada de casa—. Pensé en sacar algo más de ropa mientras estabas fuera. Pero entonces encontré esto y… —Se le rompe la voz de la emoción. Cómo se atreve. Cómo se atreve a dejar ver que le he hecho daño yo a él—. ¿Ibas a sacar esto? —prosigue Vince con tono desgraciado—. ¿Ibas a dejar que mi familia viese esto? ¿Mi madre?

Observo la plancha del pelo en el lavabo. Anoche me olvidé de desenchufarla. Como vuelvas a mentar a esa zorra con sombrero otra vez, es que no sé que…

—Mira —continúa—, tú tampoco has sido una mera espectadora inocente en este matrimonio, y yo no voy por ahí contándolo por los escenarios de los bares. Ni tampoco les paso vídeos de tus aventuras a los *paparazzi*.

Es lo más honesto que me ha dicho en su vida. Hay una cosa muy honesta que podría contestarle, y con voz férrea de matona además, pero todavía no ha llegado el momento de ser honesta. Tengo que decir lo que sea para conseguir ir a casa de Jesse. Dejo escapar un profundo suspiro fortalecedor, armándome de valor para la cantidad industrial de mentiras que están a punto de salir de mi boca.

—Lo sé —digo, con la voz tan cavernosa como la suya. Después de mi actuación de anoche en el escenario, tengo las cuerdas vocales atravesadas—. Tú no me harías eso.

Tú solo te follarías a la única persona de la que nunca habría sospechado, a quien por esa misma razón se lo conté todo: lo invisible y lo obvia que me sentía, lo de los neurotransmisores, lo difícil que era ser hija de mi madre, lo que hacía Vince a mis espaldas y que yo también lo hacía pero solo para mantener a raya mi profunda y pertinaz sensación de ineptitud. Le abrí mi corazón a esa zorra porque creía que nunca tendría que preocuparme porque fuera a perderla. Creía que Vince no podía sentirse atraído por ella y, en el caso de que ocurriera, no pasaría nada porque ella nunca se sentiría atraída por él.

—Echo de menos nuestra vida juntos —susurra Vince, enjugándose una lágrima de cocodrilo. Apoya la espalda en la pared y se escurre hasta el suelo del baño, se rodea las piernas con los brazos y deja caer la frente sobre las rodillas con un gemido contrito.

Hombre, pues claro que echas de menos nuestra vida juntos, memo. Eres un actor fracasado de treinta y dos años y vives en una casa de ladrillo en el Upper East Side con una tía cañón. Te tocó la lotería conmigo y la has cagado hasta el fondo.

«Céntrate, Steph.» Me dejo caer al suelo junto a Vince, muy despacio, como si me estuviera metiendo en una bañera de agua caliente. Apoyo la cabeza en su hombro, sobre todo para que no me vea la cara, porque la tengo deformada por la repulsión que me provoca.

—Yo también echo de menos nuestra vida juntos. —Miro la caja de Jimmy Choo en su regazo, con la GoPro dentro. ¿Cómo voy a recuperarla? ¿Y a quién se la voy a dar ahora?

Vince levanta la barbilla con la promesa pintada en la cara.

—Entonces, ¿por qué estamos haciendo esto?

Levanto una mano, «no lo sé».

—Estaba enfadada, Vince. Heriste mi ego. Supongo que solo intentaba hacerte daño igual que tú a mí.

Vince me agarra de la mano y me acaricia la palma con un movimiento suave que me da ganas de arrancarme la piel.

—¿De verdad quieres divorciarte?

Contraigo los dedos de los pies y rechino los dientes.

—Quiero arreglarlo. Todo. Lo nuestro. Lo del libro. Lo del programa. Para eso he venido aquí. La escena en casa de Jesse… es mi última oportunidad para explicarme. Tengo que ir. Y tú también deberías venir. Podemos decirle a todo el mundo que cancelamos el divorcio. Que vamos a seguir juntos. Podemos demostrarle a todo el mundo que somos más fuertes que el programa.

Vince me pone un dedo debajo de la barbilla como le hice yo al chico de anoche, comoquiera que se llamara. Aprendí ese gesto de Vince, fijaos. Qué bonito.

—Eso estaría muy bien —dice, y a continuación se inclina hacia mí y roza mis labios con los suyos, seductor, como diciendo: «Esto es lo que te estás perdiendo». La resaca me golpea de repente.

Y entonces, como una auténtica Afortunada —usando el sexo para conseguir lo que quiere—, me follo a mi marido en el suelo del cuarto de baño, una última vez. Mientras me meto su jalapeño, obediente, rezo por que comoquiera que se llame me haya contagiado ladillas o algo realmente asqueroso, como la sífilis. Aunque Vince tampoco lo sufriría mucho tiempo.

Se produce una confrontación graciosa en el camino de entrada a la casa. Jen insiste en que no llevemos su coche a casa de Jesse, y yo insisto en que sí. El coche de Kelly es una cascarria, pero no aposta, no como esos Defenders verde militar de los noventa, como el coche que Jesse se compró por eBay y conduce ahora, aunque su pelo de bollera no ondea al viento. Necesito el coche de Jen, sin emisiones, que pasa de cero a cien en cuatro coma dos segundos, que arranca sin necesidad de pulsar ningún botón ni de meter la llave en el contacto, pero cuando Vince se acerca a la puerta del asiento del copiloto, Jen pone una excusa mala.

—Es que... —Jen se queda en silencio un momento—. Estoy un poco mareada hoy. Por el calor. No estoy como para conducir. —Se lleva una mano a la frente, exagerándolo.

—Yo conduzco —me ofrezco, impaciente. Mientras me «duchaba», he subido el vídeo de la GoPro a la *app* de mi móvil, y luego he escondido la GoPro al fondo de un armario del cuarto de invitados. ¡Un sabroso regalito para Jen cuando la encuentre! Huelo como un autobús de vuelta de una boda una vez terminada la boda y después de que hayan pasado dos grupos de hombres por él. No es el recuerdo romántico que me gustaría dejarle a todo el mundo, pero no podía arriesgarme a llevarme la cámara y que Vince me pillara con ella. No ha sido capaz de quitarme las manos de encima desde que consumamos nuestra «reconciliación».

—Es raro de conducir, no estás acostumbrada —me dice Jen—. Deberíamos ir en el coche de Kelly.

—Mmm. —Kelly se ríe—. No creo que queramos. Mi coche no tiene aire acondicionado.

—Yo también prefiero ir en el coche de Kelly —dice Lauren, despacio, mientras se refugia tambaleándose a la sombra de un

341

árbol. El sol es implacable hoy, como si estuviera furioso por haber estado atrapado tanto tiempo tras las nubes de tormenta. Espero que no queme el plano.

Vince se apoya en el capó del coche de Jen, con las manos sobre la curva del maletero.

—Tienes pinta de que te vendría bien el aire acondicionado —le dice a Lauren con una sonrisa burlona y empática, asumiendo que está sufriendo las consecuencias de la noche anterior. Pero yo he visto a Lauren con resaca muchas veces y esta no es Lauren con resaca. Otro día le habría dado más vueltas a por qué se comporta de forma tan rara.

Lauren lleva unas gafas de sol redondas y diminutas, caídas sobre el puente de la nariz, muy noventeras. Por encima del borde fino de las gafas, tiene la mirada fija en las manos de Vince sobre el maletero del coche de Jen, con la boca abierta, contrariada.

—No quiero ir en el coche de Jen —dice, y otra vez parece como si estuviera descifrando algo para sí misma más que para cualquiera de nosotros.

Levanto las manos al cielo —«Vale, puedo hacer esto incluso en el coche de Kelly»— y tomo la iniciativa. Me siento en el asiento de atrás, en el medio, para evitar otro berrinche de alguien con las piernas demasiado largas o con el ego demasiado grande para sentarse en el asiento de en medio. Lauren se monta a mi derecha y Vince, a mi izquierda, gruñendo entre dientes que esto no tiene ni pies ni cabeza. Jen se sienta en el asiento del copiloto, al lado de Kelly. El coche huele a caramelos masticables de frutas. Levanto la vista y veo un ambientador con aroma a fresas con nata colgando del retrovisor de Kelly. Cómo no.

Kelly mete la llave en el contacto y la gira. El motor hace fuerza, resollando, intentando arrancar, pero se ahoga con un grito. Kelly pasa un brazo por el respaldo del asiento de Jen y nos mira por encima de sus gafas de sol de cristales azules, esas que llevaba todo el mundo el verano pasado.

—Bueno —dice con solemnidad—. Tuvo una vida digna.

Si ese no es Dios diciéndome que adelante, es Lucifer.

Podría ir haciendo la voltereta lateral hasta el coche de Jen. Pero cuando estoy a punto de subir a la parte de atrás, veo que

Jen se ha parado en el camino de entrada. Está escudriñándose la mano, levantándola al sol. Tiene algo enganchado en el anillo de las Primeras Afortunadas. Parece un pelo, por la forma en que lo coge con los dedos y tira —y tira—, y luego se frota el índice con el pulgar con la cara de pánico que ponen todas las mujeres cuando ven un bicho trepándoles por la mano y tienen que quitárselo de encima pero no quieren tocarlo. Observa el pelo mientras cae flotando lentamente hasta el suelo, con los párpados entrecerrados, medio grogui. Tropieza, se apoya en la pared de la casa, se tambalea un poco y de pronto se agacha y vomita sobre la base del arce japonés que Yvette plantó en memoria de su madre. Incluso salpica la placa de bronce que Yvette mandó grabar: PARA BETTY GREENBERG, EL HACHA DE GUERRA, QUE HABRÍA PREFERIDO MORIR QUE DESCANSAR EN PAZ.

—¡Jen! ¡Dios mío! —grita Kelly, corriendo en su ayuda. ¿Es Kelly la nueva Lauren?—. ¿Estás bien?

Jen se incorpora lo suficiente como para agitar una mano por encima del cuerpo —«shh, Kelly»— antes de volver a doblarse con la siguiente arcada. Vince, siempre tan preocupado por el bienestar del prójimo, se aleja con la cara arrugada de asco, como si fuese a vomitar él también. Por alguna extraña razón, a Lauren se le llenan los ojos de lágrimas, aunque dudo que ella misma sepa por qué.

Observo cómo la espalda huesuda de Jen se expande y se contrae, se expande y se contrae, hasta que vuelve a recuperar el equilibrio. Se pone de pie y se limpia la boca con la mano. ¿Tendrá resaca? ¿Estará enferma? ¿Será contagioso? Tengo la típica reacción visceral de terror a los gérmenes, «no te acerques a mí», pero suelto una risa seca para mí y pienso que ahora mismo podrían clavarme una aguja contagiada de SIDA y daría igual.

—Jen —dice Kelly mientras Jen se dirige hacia su coche—, igual deberías quedarte en casa y…

—En realidad, ya me encuentro mejor —replica ella.

—Por lo menos deja que conduzca otra persona si no estás…

—¡Que ya me encuentro mejor! —grita, totalmente histérica, mientras se sienta al volante y cierra de un portazo.

343

Somos todas unas taradas, pero la Arpía Verde siempre ha sido la más tarada de todas.

Solo he estado en casa de Jesse otra vez, y me invitó Brett, que viene tanto que tiene hasta su tumbona preferida. Una pista: es la que está un poco hundida en el medio. Bebimos Casamigos junto a la piscina (emborraché a las hortensias de Jesse a base de bien) y comimos pez espada a la plancha que preparó Hank, a quien Jesse se refiere como su amigo aunque todo el mundo sabe que es su mayordomo. En Montauk estaban convencidos de que Jesse Barnes tiraría abajo la casa original de Techbuilt cuando la compró en 2008, pero se congració con ellos cuando solo reformó la cocina y puso una piscina.

Aparcamos en el camino de tierra de la entrada junto a la furgoneta blanca del equipo de rodaje y al Land Rover *vintage* de Jesse. El Tesla de Jen resulta mezquino en esta casa tan humilde, como el coche de un recaudador de impuestos que hubiera venido desde Nueva York para reclamarle el terreno al granjero Ted, alegremente ignorante de que vive en una parcela multimillonaria. Gracias a la información proporcionada por el *New York Post*, sé que antes había una pradera que separaba el final del camino de entrada del acantilado de veinte metros de altura sobre el mar, pero que las rocas se han erosionado poco a poco a lo largo de los años. Jesse ha tenido que presentar una solicitud urgente ante el departamento de urbanismo de East Hampton para poder mover la casa treinta metros y alejarla del precipicio. Por suerte para mí, aún no le han concedido el permiso.

El equipo ha movido la mesa de la terraza de la parte menos profunda de la piscina a lo hondo para jugar con la posición del sol y mitigar el efecto deslumbrante de la piscina. Marc está tapando todas las cámaras con toallas de playa para que no les dé el sol directo y no quemarse al manipularlas. Los ayudantes de producción están colocando bandejas con comida en la mesa y Lisa está descorchando una docena de botellas de vino para que no perdamos ni un minuto en rellenar las copas, que es un truco de producción para que no nos demos cuenta cuando hemos bebido demasiado. El gesto de parar para abrir una botella nueva puede llevarte a echar cuentas: ¿cuántas copas me he tomado? Quizá sería inteligente beberme un vaso de agua. Todo lo inteligente es malo en términos de producción.

Jesse hace su parte leyendo *Tan poca vida* debajo de una sombrilla con filtro de protección solar… Está claro que estaba esperándome. Es un insulto hábil, lo reconozco. El mismo mes que el *New Yorker* destacó la «genialidad subversiva» de la novela de Hanya Yanagihara, *Kirkus* comparó el tercer libro de mi saga de ficción con una «película mala de después de comer, incluso en los diálogos forzados».

Jen nos ve y dobla la esquina de la página. Su palidez de Betti Page y sus vaqueros negros la hacen parecer un cisne entre la estética playera que impera por aquí, y creo que todos se lo agradecemos. Imaginarse a Jesse en bañador es como imaginarte a tus padres follando. Que vaya descalza ya resulta suficientemente embarazoso.

Se acerca a saludarnos y se quita las gafas de una forma que me indica que debería hacer lo propio, para que podamos tener una conversación de mujer a mujer. No toco las Prada negras y grandes que llevo puestas.

—No sé qué esperabas conseguir viniendo aquí —dice Jesse.

Lisa deja el sacacorchos y se coloca al lado de Jesse con una expresión de «sí, yo lo que ella diga» en su cara flaca y con bolsas. Perder tanto peso solo para ganar diez años de flacidez en la foto de perfil en eHarmony. Ser mujer es como jugar a la lotería. Sí, algunos incompetentes están destinados a ganarla, pero hay muy pocas probabilidades de que ese incompetente seas tú. No obstante, la mayoría continuaremos intentándolo, y la mayoría veremos ganar a otras, año tras año.

—Sabes que no puedes estar aquí —me dice Jesse—. Anoche te íbamos a dejar que lo intentaras, pero has demostrado que no eres de fiar y, la verdad, Steph, que lo que sí eres es un poco inestable. Espero que estés recibiendo la ayuda que necesitas para tu salud mental.

Habla la persona que ha pisoteado mi salud mental con sus Dr. Martens con puntera de acero. ¿De verdad no se oye?

Vince me coge de la mano en un gesto de valiente apoyo conyugal. Hasta su mano parece estar agarrando la mano de

345

otra mujer. Me giro hacia él con una sonrisa llena de coraje, aunque noto en los dientes mi desprecio por él.

—¿Vince? —pregunto con un hilo de voz—. ¿Me das un minuto para hablar con Jesse y con Lisa en privado? —Él no me suelta—. Necesito hacer esto sola. Por favor.

Le aprieto la mano con fuerza medida, conteniendo la necesidad de doblarle los dedos hacia atrás hasta rompérselos.

Vince mira a Jesse y a Lisa como un matón de patio de colegio, como diciendo que si intentan hacerme algo va a estar aquí al lado. Me suelta la mano y se aleja. Qué mierda y qué tonto. Muy mierda. Y muy, muy tonto.

—Solo os pido una oportunidad para asumir lo que hice —les pido cuando estamos las tres solas—. Por favor. Brett no está aquí, así que puedo contaros lo que pasó en realidad. ¿Queréis oírlo o preferís creeros la mentirijilla piadosa que se haya inventado Kelly para proteger a su hermana?

Sé que Jesse ha oído los rumores —insultantes, la verdad— de que mi pelea con Brett fue en realidad por la aventura que tuvimos cuando vivía conmigo. Ja. Si perdiera quince kilos, todavía. Aunque a Vince no parecía importarle.

Jesse me mira, indecisa. No quiere que nadie le haga daño a Brett, pero también quiere ganar dinero con esta temporada. Se gira hacia Lisa para conocer su siempre valiosa segunda opinión.

—Podría ser un momento brutal —dice Lisa, lo cual no sorprende a nadie. Nada haría más feliz a Lisa que verme revelar todas las mentiras de Brett delante de las cámaras. Pero se volvería loca si supiera que la mentira de Brett es mucho peor de lo que ella imagina. «Vosotros ponedme el micro de petaca —pienso—, y todo el mundo saldrá herido.»

Jesse suspira. Es obvio que ha tomado una decisión, pero tiene que fingir que le duele para no parecer una chaquetera absoluta. Señala a Vince por encima de mi hombro.

—¿Y qué hace él aquí?

—He pensado que deberíamos hablar de los rumores sobre lo suyo con Kelly —digo—. Esto también podría ser brutal, ¿no?

Lisa resopla, contenta de verdad.

—Alguien ha vuelto con ganas.

Jesse vuelve a ponerse las gafas para que no pueda ver la emoción infantil en sus ojos. La Navidad ha llegado antes de tiempo para Jesse Barnes.

—Venga, hagámoslo. Estamos aquí. ¿Por qué no? No tenemos por qué usarlo si no sale bien.

Como dicen los jóvenes ahora... «Síiii, claaaaro.»

Una vez todo listo, esperamos junto al coche hasta que Lisa nos da la señal para que nos acerquemos a saludar a Jesse.

—¡Ay, Jen! —Me golpeo la cabeza como una idiota—. Déjame las llaves. Me he dejado el brillo de labios dentro.

—Tienes los labios...

—¡Déjame las putas llaves, Greenberg!

Jen obedece a regañadientes y yo vuelvo a meterme en el coche, me pongo a cuatro patas hasta sacar, como un equipo de rastreo unipersonal, un bote imperdible de Rouge Pur Couture. Calculo el tiempo a la perfección, espero a que Lisa nos dé luz verde y luego cierro la puerta, y así Jen no puede pedirme las llaves de vuelta. Llevo un vestido ideal de Mara Hoffman, cruzado, con estampado tropical y bolsillos —lo compré para hoy porque pensé que los bolsillos siempre pueden venir bien—, y me meto las llaves dentro. Hasta el momento todo está saliendo a pedir de boca. Ojalá Brett estuviera aquí, pero que las cosas no salgan tal y como las planeé no quiere decir que no puedan salir bien. «Mejor hecho que perfecto», me decía siempre mi editora cuando necesitaba más tiempo para entregarle el manuscrito pero ella lo quería ya, para poder publicarlo ya, para conseguir el dinero ya. Al parecer, la frase es de Sheryl Sandberg.

Jesse saluda primero a Jen con un abrazo y comenta lo húmeda que tiene la piel. «¿Te encuentras bien?», le pregunta. Jen murmura que solo necesita ponerse a la sombra.

Jesse no sigue abrazando a todo el mundo, pero establece algún tipo de contacto. Kelly recibe una palmada en el trasero —¡sobar a tus subordinados es provocador cuando la sobona es una mujer!— y Lauren un brazo por encima del hombro mientras Jesse le susurra algo al oído, probablemente acerca de su pelo quemado, porque la mano de Lauren vuela a su coleta irregular. Vince y yo somos los únicos que no recibimos nada del ADN de Jesse, y me alegro. No me dejes sentarme en la

347

mesa donde comen las animadoras y los del equipo de fútbol. Firma tu sentencia de muerte.

—¿Dónde está nuestra chica? —pregunta Jesse. Sabe desde hace horas que «nuestra chica» ha vuelto a Nueva York, pero tenemos que hablar de ello delante de las cámaras para los espectadores. Eso sí que no lo voy a echar de menos, tener la misma conversación dos, tres y hasta cuatro veces. Cada vez era como dar una vuelta más por un laberinto y me alejaba más de mí misma.

—Brett tenía un compromiso de trabajo en el centro —dice Kelly, y se va derecha a sentarse al lado de Jesse en el banco blanco. En la mesa hay flores del campo y manteles de lino arrugados a propósito. En lo alto de un montón de gambas recién pescadas se posa una mosca negra, como una reina. Jen la mira y se pone verde.

—¿De trabajo? —exclama Jen, furiosa—. Pero si es su despedida de soltera. ¿Qué ha pasado?

Empieza a servirnos vino a todos, aunque ella está bebiendo Casamigos con hielo. Durante mucho tiempo, creí que Casamigos era una bebida alcohólica cualquiera. Ahora que me he vuelto a interesar por la bebida, me he enterado de que es tequila y de que la marca pertenece a George Clooney.

Apunto a Jesse con mi vaso.

—Yo prefiero lo que estás tomando tú —le digo, y ella deja la botella y me inicia, servicial, en mi camino a emborracharme con tequila mientras Kelly se muerde la boca por dentro, sin duda inventándose una historia para Jesse. Lo único que sabe Kelly es que Brett se ha vuelto a Nueva York porque casi acaban a tortas anoche. Ella no sabe nada del ADN esparcido por el suelo del monovolumen de Lindy's.

—Es una faena —dice Kelly—, pero la directora del Flatiron ha tenido una emergencia familiar y Brett ha tenido que ir a sustituirla hoy.

Jesse mira a Kelly por encima del borde de sus gafas de sol, escéptica.

—¿Y por qué no has ido tú? Se supone que este era su fin de semana.

Me dirige una mirada que me anima a meterme cuando quiera.

Echo los hombros atrás y me paso la lengua por los dientes para asegurarme de no tener restos de brillo de labios. Mis cuentas están en orden, todo mi dinero irá a un lugar que me obliga a reírme con maldad. Quería asegurarme de que Vince no viera ni un centavo, porque no tenía ni idea de que estaría aquí hoy. Y, aunque no me he duchado ni he pasado por las manos de mi equipo de estilistas, me he recogido el pelo en una bonita trenza justo antes de salir. Llevo mi vestido nuevo y nunca estaré más preparada que ahora.

—Kelly cree que Brett no debe casarse con Arch y por eso discutieron —digo.

Desde el otro lado de la mesa, Kelly me perfora un agujero entre los ojos, furiosa. Jesse gira la cabeza en dirección a Kelly, fingiendo sorpresa ante el dato.

—¿Por qué no quieres que Brett se case con Arch? ¡Arch es la churri perfecta! —Aj. ¿La churri perfecta? Dile a tu asistente de veintidós años que actualice la chuleta de expresiones juveniles de moda, porque nadie de menos de treinta años dice «churri», pedazo de dinosaurio.

Kelly usa su servilleta para enjugarse una gota de sudor del labio superior.

—Le tengo muchísimo aprecio a Arch. Arch y yo tenemos una relación muy especial —añade, a la defensiva, igual que un racista recalcitrante dice que tiene muchos amigos negros—. Lo que pasa es que creo que Brett es muy joven aún, y no pasa nada si da un paso atrás y se asegura primero de que está preparada para un compromiso como el matrimonio.

Miro de reojo a Vince. La nuez se le mueve como en un Boomerang de Instagram. Él sabe que las reservas de Kelly no tienen nada que ver con que Brett sea muy joven. Tiene veintisiete años. ¿Podemos dejar de hablar de ella como si fuese una niña abocada a un matrimonio concertado?

—Vince —le digo—. Brett y tú siempre habéis tenido una relación especial. Y siempre es interesante conocer la opinión de un tío en los tontos asuntos del corazón. ¿Tú qué crees? ¿Brett debería casarse con Arch? —Le sonrío, incitadora, enseñando lo más posible mi dentadura de estrella de cine.

Vince se gira hacia mí a cámara lenta; parece que por fin entiende lo que está pasando. Esto es una trampa. He venido aquí para destrozarle.

—Me cae bien Brett —dice, sin emoción alguna—. Pero no la conozco lo suficiente como para opinar, nena.

—Deberíamos mandarle un mensaje —sugiero—. Darle la oportunidad de intervenir. Estamos aquí chismorreando sobre su relación... ¿La gente todavía dice «chismorrear», Jesse? Que sé que tú estás muy al día de estas cosas.

Me meto la mano en el bolsillo y saco el teléfono, toco el icono verde de los mensajes con el pulgar y envío un mensaje a alguien, aunque ese alguien no es Brett.

Casi de inmediato, Jesse se endereza en su sitio. La postura alerta de alguien cuyo teléfono acaba de electrocutarle levemente la nalga izquierda.

—Deberías ver eso —le digo en voz baja. ¡Siempre había querido decir eso! «Deberías ver eso», como un asesino al final de una novela negra, justo antes de confesar sus crímenes con pelos y señales. Asesino. Qué machista por mi parte asumir que solo los hombres pueden asesinar.

Jesse no me quita los ojos de encima mientras se saca el móvil del bolsillo trasero y abre el mensaje.

—Es tuyo —dice, con semblante serio, pero por cómo mueve el dedo en la pantalla sé que ha abierto el archivo que he compartido con ella y que ahora mismo está viendo el vídeo de la GoPro que grabé el pasado otoño, justo antes de pedirle a Brett que se fuera de mi casa para siempre.

Creía que tenía una rata. Siempre que entraba en la despensa por las mañanas, me encontraba las bolsas de harina y de azúcar moreno y los paquetes de cacao en polvo abiertos, y había restos en el suelo. Tenía una GoPro que había olvidado devolverle a producción la temporada anterior, así que la puse en el modo de grabación nocturna y la coloqué en uno de los estantes superiores mirando hacia la puerta de la despensa para poder ver qué pasaba. No tenía sentido vaciar la casa para fumigar si no había razones para ello.

La cámara grabó un poco más de tres horas de vídeo antes de quedarse sin memoria, así que al día siguiente visualicé todo el contenido adelantando la imagen con el dedo en la pantalla, fijándome bien por si veía alguna sombra pequeña moviéndose por el plano.

A las dos horas y trece minutos, levanté el dedo. Había algo, pero no era un roedor sucio y portador de enfermedades. (Bueno…) Era Brett entrando a hurtadillas en la cocina, removiendo las cosas, metiendo los dedos en las bolsas de harina y azúcar, chupándoselos y metiéndolos otra vez. «¿Qué hace?», me pregunté al principio. Pero luego me acordé de algo que había visto en un *podcast* en vídeo sobre autocuidados que a Brett le encantaba y que me obligó a ver cuando éramos amigas. Autocuidados… ¿qué será lo próximo que se les ocurra a las mujeres blancas?

En aquel vídeo aprendí que comer de forma compulsiva es una reacción natural a la privación, y que los niños cuyos padres les obligan a ponerse a dieta y prohíben los dulces en casa a veces optan por hacer pastas extrañas de azúcar y harina sin cocinar solo para ingerir la ración de dulce que necesita su organismo. Es un mecanismo para gestionar la ansiedad que a veces continúan poniendo en práctica cuando son adultos. Vince y yo no solíamos tener dulces en casa. A mí me dejaban una sensación de quemazón en la lengua por la medicación y Vince era más de salado (¡es! Ya estoy adelantándome a los acontecimientos). «Eso debe de ser lo que está haciendo Brett», pensé entonces mientras la observaba revolver la despensa, y sentí una lástima creciente al acordarme de lo que Brett me había contado sobre su infancia. En su familia todos comían un plato de tamaño estándar para cenar menos ella, que recibía una ración pesada y medida en un platito de postre. Su madre guardaba las galletas en un armario con candado, y Kelly era la única que sabía el código porque era capaz de comerse solo una o dos y luego parar. De pronto apareció una segunda sombra en el umbral de la despensa y mi lástima se incendió en una combustión de llamas y furia. No tenía una rata. Tenía dos.

—¿Quién más ha visto esto? —me pregunta Kelly en voz baja; la vena verde de la sien le late una única vez. Acaba de ver el vídeo en cuestión por encima del hombro de Jesse.

—¿Qué es? —pregunta Lauren con voz débil desde el extremo más alejado de la mesa, como si en realidad no quisiera saberlo.

—¿Por qué te humillas de esta forma, Steph? —susurra Vince a mi lado.

—¡Chicos, chicos! —les regaño alegremente—. Uno a uno con las preguntas. Empiezo por ti, amor de mi vida, luz de mis entrañas. —Me giro hacia Vince—. Lo hago por justicia poética. Aquí o todos recibimos un castigo por exagerar el pasado o no lo recibe nadie. Sin excepciones. Brett no puede irse de rositas solo por el efecto que tiene en las bragas de abuela de Jesse.

Miro a Kelly.

—¡Siguiente pregunta! ¿Que quién más ha visto esto? Me alegro de informarte, Kelly Courtney, de que eres la primera. ¡Es una exclusiva! ¡En primicia! ¡Un informativo de última hora que debe interrumpir nuestra programación habitual! Me inclino por detrás de Vince para contestar a la pregunta de Lauren en último lugar:

—Es un vídeo casero de Brett...

—No quiero oír ni una palabra más de esto —dice Jesse con tono severo.

Está todo tranquilo. No en silencio. No con el mar embravecido tan cerca, yendo de Nantucket aquí y de aquí a Nantucket, a noventa y ocho millas náuticas. Son mucho más que unas vistas preciosas. Es el sonido del poder, siempre en tus oídos. Por eso Jesse pasa tanto tiempo aquí.

Jesse. La traición que había brotado en su rostro mientras veía el vídeo de mi marido penetrando a Brett por detrás está remitiendo para dar paso a un espejismo de compostura. Por un momento me había sentido mal por ella, por esta mujer de mediana edad desplumada por su protegida, como una abuela con el pelo lila en una residencia de ancianos que le estuviera enviando todos sus ahorros a un pariente en apuros en Guam. Jesse Barnes ha sido víctima del timo de la estampita.

—Brett —dice Vince con desprecio, desafiando la orden de Jesse—. Brett es una puta zorra y una puta gorda mentirosa.

La inteligencia tiende a deteriorarse a medida que se acerca la verdad... Aunque Vince tampoco ha sido nunca un gran orador.

—En mi casa, no —dice Jesse, porque no puede permitir que un hombre llame gorda a una mujer delante de ella, aunque dicha mujer sea una puta zorra y una puta gorda mentirosa.

Vince me aprieta el muslo por debajo de la mesa.

—Quería que me dejaras —me dice, desesperado—. Odiaba que tú tuvieras a alguien y ella no. Siempre se sintió amenazada por mí.

Me río. Es una risa fría y aniquiladora que hace que Vince retire corriendo la mano y la vuelva a dejar entre sus muslos para asegurarse de que sigue ahí.

—Mira alrededor de esta mesa, Vince. No eres una amenaza. Eres el drenaje de nuestros recursos. Deberías estar en el Museo de Historia Natural. Hombres intachables: los dinosaurios siguen vivos.

La respiración de Vince es entrecortada y acelerada, aunque solo es audible cuando espira, como si estar siendo ceremoniosamente castrado delante de un grupo de magnatas fuera un episodio cardíaco. Un dato: el corrector ortográfico subraya en rojo la palabra «magnatas», pero no así «magnates». «Magnata» no está en el diccionario, lo que ilustra a la perfección mi argumento: el mundo solo concede el triunfo a los hombres. ¿A alguien le sorprende que las mujeres sigan siendo tan malas unas con otras? Apoyar a las tuyas es apoyar tu puta mediocridad. Es contra natura.

Jesse da una palmada en la mesa para llamar mi atención, con un golpe suave pero imponente.

—Stephanie —dice. Ha dicho mi nombre completo… Oh, oh, mamá está enfadada—. Has pasado por cosas muy duras estas últimas semanas y lo entiendo. Pero no pienso quedarme aquí sentada escuchándote arrastrar a Brett por el fango, mintiendo y difamando sobre ella sin que esté delante para defenderse y contar su versión de la historia.

—¿Sin que esté delante…?

Me quedo sin voz, impotente y confundida. Una historia deja de tener versiones cuando hay una prueba empírica de mi marido follándose a mi mejor amiga en mi despensa, en mi sofá de Scalamandre Le Tigre, en mis queridas y destartaladas escaleras. Cambié la cámara de sitio varias veces las dos noches siguientes para no tener que oír que había sido «un rollo de una noche» si alguna vez me enfrentaba a Brett o a Vince y les decía lo que había visto. No sé cuándo empezó, pero sí sé cómo. Seguramente coincidieran alguna de las noches en las que Brett se escabullía al piso de abajo para ponerse gocha. ¿Cómo empezó? ¿Se encon-

353

traría Brett a Vince iluminado por el resplandor de un episodio de *Narcos*, con una botella de subasta de Brunello a medias? ¿Le ofrecería una copa? ¿Suspiraría con tristeza y le diría que nos estábamos distanciando? ¿Le diría que ojalá yo viese lo bueno que es como hacía ella? ¿Se reiría y le gastaría alguna broma, algo tipo: «Ojalá jugaras en mi equipo, Courtney»? ¿Le besaría Brett a él? ¿Pensaba que no me iba a doler, pensaba que no quería a mi marido, pensó en algún momento? ¿Le diría a Vince que no era lesbiana o le haría creer que él era su único amante hetero? Que él era diferente, que era especial. Brett siempre supo cómo hacer sentir especial a la gente corriente.

No fui capaz de enfrentarme a ninguno de los dos. Con la cuarta temporada a punto de empezar, yo seguía empeñada en mantener mi matrimonio a flote. Pero cuando Brett averiguó que había librado una guerra fría contra ella, debió de atar cabos y entenderlo: «Steph sabe que monté a Vince como si fuera una bici de SPOKE por toda la planta baja de su casa y está intentando destruirme». Y, con todo y con eso, no me pidió perdón. Es más, decidió salvar el pellejo en lugar de demostrar un ápice de humillación o de arrepentimiento. No la culpo, pero la odio.

—Esto se ha terminado. —Jesse habla mirando directamente al objetivo, es decir, hablándole directamente a Marc—. Apaga las cámaras.

Marc se quita la F55 del hombro, muy despacio, como si estuviera soltando un arma. El ayudante de cámara hace lo propio.

Quiero reírme. Quiero llorar. ¿Por qué no me preparé para esto? ¿Para que Jesse no hiciera nada en absoluto? Creía que la jefa suprema del mundo *queer* arremetería contra Brett por apropiarse de su comunidad. Pensé que todas las medidas sancionadoras que se han tomado contra mí se tomarían también contra ella. En mi fantasía nunca pensé que a Jesse podría convenirle proteger a Brett, no por la propia Brett, sino por ella misma. Si resulta que Brett engañó a Jesse tanto como la engañé yo, Jesse es otro ejemplo de por qué los hombres son mejores jefes.

El alivio que distiende el rostro de Kelly ya sería suficiente para tirarme por el precipicio si no hubiese dado el salto ya. Ella entiende lo que está haciendo Jesse. Sabe que el secreto de Brett está a buen recaudo.

—Sé que has estado bajo una presión fuera de lo común desde que volvimos de Marruecos —me dice con un tono empalagoso y comprensivo—. Por lo que pasó —carraspea de forma críptica— allí. Pero no fue culpa tuya. No creemos que lo sea y solo queremos que recibas la ayuda que necesitas.

¿La ayuda que necesito? Oh, cielos. A mí solo podría arreglarme una cirugía, igual que a tu vagina floja y con fugas, que es como se te queda después de parir.

—Debería haber una edad preestablecida para conducir esos cacharros —le digo a Kelly.

—Pero —Jesse recorre la mesa con la mirada para confirmar que todo el mundo ha oído lo que ella ha oído y que no tiene ni pies ni cabeza— Kweller no era quien conducía.

—No, quiero decir para los adultos. Para los mayores. La orientación espacial se deteriora de forma acusada después de los treinta y cuatro años, o eso dicen.

—Perdona —Jesse suspira—, pero no te sigo.

—Nunca ha habido una mujer de más de treinta y cuatro años en el programa —declaro.

—Guau —Lauren respira con el ceño fruncido, haciendo inventario de todas nuestras bajas, y se da cuenta de que tengo razón. Jen se lleva un vaso de agua a los labios y da un sorbo tembloroso. No ha dicho una palabra ni apenas hecho gesto alguno desde que nos sentamos, solo se ha limitado a estar ahí como una estatua pastosa. Casi había olvidado que había venido.

Jesse se abanica la cara.

—Todos tenemos calor y estamos cansados, Stephanie. Jen se encuentra a todas luces mal y deberíamos llevarla dentro con el aire acondicionado. Hemos venido hasta aquí y hemos hecho todo esto para nada. Déjalo ya. Vete a casa. Descansa un poco. Habrá un nuevo capítulo para ti, pero no hasta que te tomes un tiempo para ver las cosas con perspectiva y reflexionar.

No voy a irme a casa, descansar un poco y reflexionar. No pienso volver a casa. Me inclino sobre la mesa y me sirvo un poco de ensalada del cuenco grande de cerámica. Estos hipócritas me han abierto el apetito.

—¿Por qué nunca ha habido ninguna mujer de más de treinta y cuatro años en el programa? —insisto.

Jesse pone las manos con las palmas hacia arriba, como diciendo que debo de estar tomándole el pelo.

—Pues nada, va a ser que no. Lo siento, señoras (iba a decir «y señores», pero mejor diré «y Vince»), pero Stephanie está empeñada en amargaros el domingo. —Jesse me mira y me habla con el tono de una persona razonable a quien han encomendado tranquilizar a una loca—. La razón por la que nunca ha habido una mujer en el programa de más de treinta y cuatro años es porque es un programa sobre mujeres *millennials* que han conseguido cosas impresionantes sin el apoyo económico de un hombre.

—Las mujeres de treinta y cuatro años son *millennials* —le espeto—. Y el año que viene, las mujeres de treinta y cinco años serán *millennials*, y al año siguiente, las de treinta y seis, y así hasta el infinito. La edad de una generación es algo que fluye, no es estanco. —La deslumbro con una sonrisa—. Prueba con otra cosa.

Jesse me devuelve la sonrisa.

356

—Perdóname. Me he explicado mal. Es un programa sobre mujeres jóvenes que han conseguido cosas impresionantes sin el apoyo económico de un hombre. ¿Eso es más de tu agrado?

—Es absolutamente de mi agrado. —Atravieso la lechuga con el tenedor. Las hojas son esponjosas al tacto y de color verde claro. Lechuga de rico—. Ahí es donde quería yo llegar. Entonces, ¿pasados los treinta y cuatro ya no eres joven?

Jesse inclina la cabeza y me mira con lástima.

—No, no lo eres. Lo siento si esa realidad te da miedo, pero eso dice más de ti que de mí. Yo tengo cuarenta y seis años y estoy orgullosa de mi edad. —«Ya, claro, y lo dices ahora que no hay cámaras»—. Estoy orgullosa de proporcionar a las mujeres jóvenes una plataforma para que puedan conseguir estar a mi edad donde estoy yo ahora. Deberías pasar a la siguiente horquilla con gracia y con orgullo. Deberías pasar la antorcha con generosidad.

—No voy a pasarle nada a nadie desde donde estoy ahora. Soy una puta leprosa. Nadie tocaría nada que haya tocado yo.

—Lo siento —dice Jesse, y parece que lo siente de verdad—, pero esas son las consecuencias de tus actos.

Pincho una gamba y me la meto entera en la boca, con cola

y todo; me siento como Daryl Hannah en *1, 2, 3... Splash*. Mi amiga la mosca no se espanta, solo da un salto sobre dos patas hasta un escalón inferior de gambas y se frota las patas delanteras más deprisa. Me lo tomo como un apoyo por adelantado: no puede esperar a que lo haga.

—¿Y qué pasa con las consecuencias de tus actos? —gruño, y al hacerlo escupo un trozo rosa de gamba encima de la mesa. Jen se tapa la boca con una arcada silenciosa—. Nos vendiste un programa en torno a la sororidad y luego le diste la vuelta a la tortilla, pero solo de cara a nosotras. De cara a la galería, seguías dándote palmaditas en la espalda a ti misma por ayudar a las mujeres. No puedo leer una puta reseña más sobre ti y tu compromiso para empoderar a las mujeres en el *New York Times*. No puedo escuchar un puto discurso viral más en alguna universidad de la Ivy League donde imploras a las chicas de veintiún años que negocien su sueldo como un hombre, que lleven la etiqueta de «difícil» con orgullo. Que venga, que a hacer dinero, chicas. —Chasqueo los dedos como todo el mundo espera que hagan las negras descaradas—. Todos los que estamos sentados en esta mesa sabemos la verdad. Tú conduces la puta máquina quitanieves para que nosotras podamos luchar cuerpo a cuerpo en la carretera despejada. ¡Pelea en el barro! Reconciliación. ¡Pelea en el barro! Reconciliación. Esas son tus órdenes, y así te haces cada vez más rica y farisea mientras nosotras nos hacemos más violentas y más viejas. Y luego, cuando al fin tenemos la audacia de seguir tu consejo optimista y pedimos que nos paguen más de cuarenta y un dólares con sesenta y seis centavos al día, nos despides y nos pones en la lista negra de tu club de las feministas. Este programa no es una plataforma. Es un cementerio gigante para mujeres difíciles de treinta y cuatro años.

357

Me levanto y me dirijo al coche de Jen con los antebrazos fuertes y la mirada despejada. Ojalá las cámaras hubiesen inmortalizado mi discurso —llevo semanas preparándolo—, pero he hecho lo que he podido con lo que tenía, y eso tendrá que valer.

He ensayado lo que viene a continuación en mi cabeza cientos de veces desde que planeé mi retirada. Pero no tuve en cuenta un factor, que es el gañán con el que me casé. No me preparé para que estuviera aquí ni para que me persiguiera pensando que voy a subir al coche y me voy a ir directa a la redacción del *New York Times* a ponerle el vídeo debajo de las narices a Gary el fotógrafo. Me agarra por el brazo, me obliga a dar media vuelta, me inmoviliza contra su pecho e intenta meterme las manos en los bolsillos para buscar mi móvil. La gente chilla detrás de nosotros, gritándole a Vince que me suelte. Serán estúpidas. Deberían estar suplicándole a Vince que me levante la mano. Le clavo los dientes en la muñeca y aprieto hasta que noto que la piel cede con un satisfactorio chasquido. Vince da un alarido y afloja los brazos lo suficiente para conseguir zafarme de su llave.

Me lanzo al asiento del conductor del Tesla de Jen. ¿He cerrado? No he oído el ruido del cierre. En el medio segundo que tardo en preguntármelo, Vince abre la puerta del copiloto. Maldito seas, Elon Musk. Intento acelerar antes de que Vince se meta dentro, pero consigue lanzar su cuerpo atravesado en el asiento delantero, de forma que termina con los codos en mi regazo y la cabeza entre mi pecho y el volante. La puerta del lado del copiloto se queda abierta y bate como un ala cuando salgo disparada en dirección a la mesa de pícnic, contra el régimen fascista al completo, aunque es Jesse quien más me gustaría que dejara una mancha rosa sobre su césped erosionado.

—¡Estás loca! —grita Vince mientras agarra el volante, pone sus manos sobre las mías y me obliga a girar, girar, girar (joder, joder, joder) y alejarme de mis blancos, que chillan, dispersos por la parcela.

Ahora Vince puede controlar la dirección pero no la velocidad, así que es hora de poner en marcha el plan ¿d, e, f...? Ya he perdido la cuenta. Pulverizo el acelerador, y Vince nos dirige sin querer hacia el acantilado, hacia el mar azul intenso. No es así como quería que acabara todo —quería llevarme a todas y cada una de esas impostoras conmigo— pero mientras las ruedas pierden pie, me recuerdo a mí misma que «mejor hecho que perfecto. Mejor hecho que perfecto. Mejor hecho que...».

CUARTA PARTE

Postproducción: agosto-noviembre de 2017

21

Kelly

*E*l agente de policía tiene mi edad, pero a veces me llama «señora». Lleva un protector de silicona negra sobre la alianza, de esos que se pone la gente para ir al gimnasio o a la playa y protegerla del sudor y la arena. Está en buena forma y huele un poco a sudor. Creo que su plan de domingo por la tarde era salir a correr por la playa y lo he interrumpido. Bueno. Stephanie lo ha interrumpido.

—¿De qué discutían Stephanie y Vince en la mesa?

—Mmm —digo, metiéndome las manos por debajo de los muslos. He mencionado que tengo una hija y no quiero que vea mi dedo desnudo y que sepa que no estoy casada. Necesito que me vean como un miembro honrado y fiable de la comunidad, y la gente tiene prejuicios con las madres solteras. Tampoco es que haya tenido mucho tiempo estos últimos años para preocuparme de qué impresión da que tenga una hija pero no un marido. Era así y ya está, hasta que llegó el programa y convirtió lo de ser madre soltera en una opción deliberada y punki. El programa. ¿Sobrevivirá a esto? ¿Quiero que sobreviva a esto? «Sí, desesperadamente»; solo pensarlo ya me da vergüenza.

—Todo el mundo sabía que Vince no le era fiel a Steph —digo, en una postura atenta y educada, la postura de una mujer a quien uno tiende a creer—. Y yo creo que Steph siempre lo supo pero miraba hacia otro lado hasta hace poco, cuando decidió que ya no podía más.

—¿Ocurrió algo hace poco que tuviera ese efecto en ella?

Sí, agente, pero no puede demostrarse porque el teléfono de Jen acabó oportunamente en el fondo de la piscina en la estampida furiosa que emprendimos todos para apartarnos del camino de Steph. «Nosotras somos las únicas que lo vimos», me dijo en voz baja mientras el resto del equipo y del reparto se juntaban en pequeños grupos de apoyo, consolándose unos a otros mientras esperábamos a que llegaran las ambulancias y la guardia costera. «¡Un hombre ha atacado a una mujer y ella se ha tirado en coche al mar intentando huir de él!», le contó Jesse a la unidad de emergencia después de llamar al 911 desde mi móvil. Era una forma de verlo, pero parecía imprudente escribir la historia a partir de la interpretación claramente sesgada de una persona. Yo aún seguía sopesando las distintas hipótesis en mi cabeza, tratando de decidir qué creía yo que había pasado. ¿Stephanie intentaba huir de nosotros y con el forcejeo se desorientó? ¿Quería suicidarse en un arranque de gloria y Vince se metió en medio? ¿O —pensé con un escalofrío— vino aquí con la intención de eliminarnos a todos con ella?

No podía mirar. Me quedé atrás con Jesse. Lauren y Jen sí que se acercaron hasta el borde del abismo con algunos miembros del equipo. Lauren se postró de rodillas llorando al ver el desastre. Jen le chistó. Marc fue quien consoló a Lauren, gimiendo de agonía él también, lo cual, a pesar de mi estado de conmoción, me pareció extraño. Él no tenía una relación especialmente estrecha con Stephanie ni con Vince, quienes no me cabía la menor duda de que habían muerto y ya eran pasto de los tiburones junto con el teléfono de Stephanie y la *app* de GoPro que contenía la prueba de la aventura de Brett con Vince. «¿Quieres que la gente sepa que Brett no es lesbiana?», me preguntó Jesse, a mí sola, y yo sacudí la cabeza, sin poder hablar, en shock. Sabía que Stephanie se estaba deshilachando, lo que no sabía era que ya estaba tan peligrosamente deshecha. «Pues, si sale el tema, diremos que era un vídeo de ellas dos enrollándose —dijo Jesse. La miré, disgustada—. Un vídeo de Brett y Stephanie enrollándose —aclaró, aunque yo la había entendido—. Corté a Stephanie antes de que pudiera decir qué había en el vídeo. No está grabado. ¿No crees que Brett preferirá que la gente piense que se lio con Stephanie que con Vince? Estaba soltera cuando ocurrió. Técnicamente, no hizo nada malo. ¡No! ¡No le escribas! —Jesse me arrebató el teléfono de la mano—. Nada por escrito. Puede que te requisen el móvil.» Así que llamé a Brett. Ya la había llamado unas treinta veces y seguía sin cogerlo. Está enfadada conmigo. Esto es su venganza por cómo me pasé con ella cuando hicimos el juego de las novias.

No sé si seré capaz de mentirle descaradamente a un agente de policía, y estoy rezando para que no me pregunte de forma específica si Brett tenía una aventura con alguien.

—Stephanie estaba fatal, obviamente por lo que pasó con su libro —digo, vagamente, en respuesta a su pregunta.

El agente arruga la cara.

—¿Su libro? ¿Ha escrito un libro?

—Es Stephanie Simmons —digo, pero no parece que le suene el nombre—. Es una autora muy famosa. —Me enderezo en el sitio, ofendida por Stephanie. «Ha muerto. Puede que estuviera intentando matarte. ¡Puede que intentara matar a Layla en Marruecos!»—. Escribió unas memorias sobre su infancia. Hace poco. Fue un éxito. A la gente le encantó. Pero hace unas semanas se descubrió que mintió sobre muchas cosas. Lo perdió todo… a la editorial, a sus lectores, a Vince.

—¿Vince la dejó?

Otra vez la ridícula necesidad de defender el honor de Stephanie.

—Lo dejó ella a él. Lo echó de casa. Lo último que sé es que le había mandado los papeles del divorcio.

El agente escribe algo. No ha escrito nada desde que me metió aquí, se limitaba a la grabadora.

—¿Mencionaron a su hermana durante la discusión en algún momento?

Se me contrae la garganta. «Podemos vender bien esto —me dijo Jesse mientras las sirenas se aproximaban y yo empezaba a dudar—. Conozco al jefe de policía. Me aseguraré de que Brett y tú estéis protegidas.»

—Sí que mencionaron a mi hermana —digo con delicadeza—. Vince dijo que Brett se sentía amenazada por él. Que estaba celosa de que Stephanie tuviera a alguien en su vida, y que quería que Stephanie estuviese sola, como ella.

—Pero ¿su hermana no estaba prometida?

—Está prometida ahora, sí. Pero él hablaba de antes, de cuando estaba…

Me paro en seco. «Pero ¿su hermana no estaba prometida?» ¿Por qué habla de mi hermana en pasado?

363

—¿Cree que podrían intentar ponerse en contacto con ella otra vez? —le pregunto—. ¿Con Brett? Yo he estado intentando llamarla, pero me pregunto si no será que aquí no tengo buena cobertura. Quiero que se entere por nosotros y no por las noticias. ¿Sabe si ha salido ya en las noticias?

Deslizo el dedo por la pantalla hacia la izquierda para consultar las noticias seleccionadas por Apple para mí por enésima vez, pero solo son titulares sobre el huracán Harvey. Me hago un recordatorio mental para decirle a Brett que organicemos una clase especial para recaudar dinero para Houston cuando lleguemos a casa.

El agente carraspea llevándose un puño a los labios.

—Lo intentaré en cuanto terminemos. —Juguetea con el protector de silicona de su alianza—. Cuénteme cómo acabaron Stephanie y Vince en el vehículo de Jennifer Greenberg.

Asiento, cooperativa. Por supuesto. Por supuesto que tiene que hacerme esta pregunta.

—Stephanie estaba bastante disgustada con la conversación y con cómo estaba hablando él de mi hermana. La llamó gorda también, y eso no se hace nunca, pero mucho menos en una mesa llena de mujeres. Ella solo quería alejarse de él. Creo que no estaba pensando con claridad. Se levantó de la mesa y él la siguió. Y la golpeó.

—Entonces ¿hubo agresión física?

Asiento con gesto empático, aliviada de no tener que mentir en esto.

—¿Alguien intentó detener la situación?

—¡Claro que intentamos detenerlo! —A Vince, no la situación. ¿Por qué son tan obtusos los hombres cuando se habla de la violencia que infligen a las mujeres?—. Le gritamos que la soltara, y todos nos pusimos de pie, así que lo hizo. Soltarla, quiero decir. Y entonces ella salió corriendo hacia el coche, y él salió corriendo detrás de ella y se arrojó al asiento del copiloto. —Estiro los brazos como Superman a modo de demostración gráfica—. Así. Bocabajo, atravesado sobre los dos asientos. Y Stephanie arrancó. La puerta del lado de él seguía abierta, y creo que quizás ella pensó que podía lanzarlo del coche en marcha. Pero él tenía las manos en el volante. —Hago otra demostración—. Y venían directos hacia nosotros. Parecían estar peleándose por el volante.

—Ella podría haber frenado —dice el agente.

«Ella podría haber frenado.» Podría no haber llevado una falda tan corta. Podría no haber subido a su habitación. Podría no haberse reído de él y no haberle hecho sentirse menospreciado. Hay un descuido en la afirmación, una masculinidad que me hace corregirme. Mi voz suena distinta cuando vuelvo a hablar. Más resuelta.

—Estaba aterrorizada. Uno no piensa ni actúa de forma racional cuando teme por su vida. Creo que pensaba que quería matarla. —«¿Pensó eso? ¿Acaso importa?»—. Creo que intentó girar el volante, alejarse de nosotros, salvarnos.

Hay un vacío tan enorme entre cuánto quiero que esto sea cierto y lo falso que se me entrecorta la voz. Entonces me viene un recuerdo de Layla. Tendría tres o cuatro años. Estábamos esperando para ver a un técnico en la tienda de Apple. Había concertado una cita pero iban con retraso, e íbamos a llegar tarde a la revisión con el médico y después habíamos quedado para que Layla jugara con unas amigas. Yo estaba refunfuñando y quejándome, comentándolo con los demás clientes cuyas citas también iban con retraso, y mi estrés era palpable. Le había dado mi bolso a Layla para que se entretuviera —uno de sus pasatiempos preferidos era sacar todo lo que había dentro y volverlo a guardar— y desde el suelo, donde estaba sentada con mi cartera, mis llaves, algunas monedas, el brillo de labios, las gafas de sol y unos recibos de la tintorería a su alrededor, dijo algo en voz tan baja que tuve que pedirle que lo repitiera.

—Habla más alto, Layla —le espeté.

—Soy feliz —dijo, solo un poquito más alto. La chica que estaba a mi lado, mayor que yo pero también joven, se quedó boquiabierta y le apretó la mano a su novio.

—Son las cosas simples de la vida las que nos hacen felices —se rio él.

¿Habrían vuelto a hacer feliz a Layla las cosas simples de la vida si Stephanie no hubiese girado el volante?

La puerta se abre; es otro agente de policía que quiere hablar con él.

—¿Puedo traerle algo? ¿Más agua?

—Sí, por favor —consigo decir, recordando lo suave que

365

era la voz de Layla aquel día—. ¿Y puede preguntar si alguien sabe algo de mi hermana?

—Espere aquí —dice, y cierra la puerta.

Mientras espero, vuelvo a mirar si Brett ha respondido a mi antología de mensajes agresivos. «Nada por escrito», me había dicho Jesse, pero cuando la llamé una y otra vez y seguía sin contestar, recurrí al acoso verbal. Aunque me requisaran el móvil, no hay nada sospechoso en una discusión entre hermanas. *Eres una puta niñata cabezota*, le había escrito. *Ya sé que estás enfadada conmigo pero HA PASADO ALGO MUY FUERTE y tienes que tragarte el orgullo y llamarme.* ¿En serio seguía castigándome con su silencio solo porque hice una mera alusión a la auténtica razón por la que no debería casarse con Arch? A ver si maduras un poco. Le escribo otro mensaje diciéndole exactamente eso. *A ver si maduras un poco. Hasta entonces, no quiero que te acerques a Layla.* Mi enfado no es más que miedo desplazado. Estoy impaciente por hablar con Brett, por contarle lo que ha pasado en realidad, por preguntarle si es una idea estúpida y peligrosa mentir sobre ello. Por preguntarle si ella está dispuesta a mentir sobre ello. ¿Y si digo que el vídeo era de Brett y Stephanie y luego ella cuenta la verdad? ¿Pueden detenerme por eso? Creo que sí pueden. ¿Podría perder la custodia de Layla si me detienen?

Me sujeto la cabeza con las manos con un quejido leve. ¿Cómo voy a explicarle lo que ha pasado a una niña de doce años? Necesito que Brett me ayude. Tenemos que presentar un frente común. Layla está subiendo ahora mismo («está viniendo», me corrige la voz de Brett en mi cabeza). La traen en un coche de la policía local de Nueva Jersey, y los agentes le han confiscado el móvil para asegurase de que se entere por mí de lo que ha pasado, no por Facebook.

La puerta se abre. El agente está de vuelta con Jesse —ella tenía que ser— y con una botella de agua. El plástico está empañado del frigorífico y aún lleva puesto el precio, lo que significa que no la han sacado de un paquete. Un agente se había comprado esta botella de agua para él («¿Qué pasa, que solo los hombres pueden ser policías?», pregunta la voz de Brett en mi cabeza) y la metió en la nevera para bebérsela más tarde, y ahora me la están dando a mí. Yo la necesito más que él. Solo por estar teniendo este hilo de pensamiento ya debería sospechar lo que pasa.

—¿Cómo estás? —Jesse se agacha a mi lado y me abre la botella.

—Permítame que... —El agente sale de la habitación de nuevo, presumiblemente en busca de una silla para Jesse.

—Va a decirte que no pueden decir con seguridad quién es el responsable, pero que es obvio que es Vince. —Jesse habla en un susurro a toda velocidad. No entiendo lo que me dice y en realidad no me importa. Solo quiero la respuesta a una pregunta.

—¿Has conseguido hablar con Brett?

—Cariño —dice Jesse, poniéndome la mano en el brazo—, tenemos muy malas noticias sobre Brett. —Se le llenan los ojos de lágrimas—. Lo siento muchísimo.

—¿Qué le ha pasado a Brett? —estoy preguntando cuando el agente vuelve con una silla para Jesse.

—Está preguntando por Brett —dice Jesse, como si estuviera chivándose de algo. «Está preguntando ella, no yo.»

El agente suspira y deja caer todo su peso en el respaldo de la silla nueva, apoyándose en ella como si fuera un andador en una residencia de ancianos.

—Queríamos que supiera antes de que llegue su hija que hemos localizado a su hermana.

—¿Y? ¿Dónde está? —Lo miro a él y luego a Jesse—. ¿Está aquí? ¿Tú la has visto?

Jesse me mira con los ojos enormes, como diciendo: «Esto me duele más a mí que a ti», mientras me acaricia la nuca. Es el mayor contacto físico que hemos mantenido nunca.

—Señora —dice el agente, y siento mucho más cerca esta palabra que lo que dice a continuación, porque todavía estoy en shock—, no hay una forma sencilla de decirle esto, pero su hermana ha fallecido.

Lo primero que pienso es que ha sido un accidente de tráfico. Que Brett le imploró al taxista que fuese más deprisa para salir de aquí cuanto antes, y él se saltó un semáforo o derrapó al girar demasiado deprisa en una carretera comarcal. No pienso en conectar lo que le ha pasado a Stephanie y a Vince con lo que le ha pasado a Brett.

367

—¿Qué ha pasado? —Me sorprende ser capaz de hablar con normalidad. Jesse me ha cogido la mano. Sigue agachada a mi lado.

—Necesito que entienda —dice el agente— que no tenemos ninguna certeza aún. Pero, como es usted su familiar más cercano, quiero proporcionarle toda la información que tenemos por el momento. Pero debe entender que la hipótesis está sujeta a cambios a medida que avancemos en la investigación para comprender lo sucedido.

En realidad no le estoy escuchando, pero asiento. Me pesa la cabeza en el cuello. ¿Cómo no había notado antes cuánto me pesa la cabeza?

—Su hermana estaba en el coche que conducía Stephanie. Cuando se despeñaron por el acantilado, su cuerpo salió disparado por el techo.

El llanto de Lauren. El gemido de Marc. Vieron a mi hermana. Ojalá pudiera tener ganas de vomitar. Ojalá pudiera purgar esta sensación, tirar de la cadena y que se fuera por el desagüe, pero ya sé que esto no es una sensación. Esto es un tumor que formará parte de mí durante un tiempo.

Aun así, trato de entender cómo llegó mi hermana al coche. ¿Se metió dentro sin que nadie la viera mientras rodábamos en la mesa de pícnic? ¿Cómo no la vimos? Debo de parecer muy confundida, porque el agente me pregunta si entiendo lo que me está diciendo.

Sacudo la cabeza: no, no lo entiendo.

—¿Cómo se subió mi hermana al coche sin que nadie nos diésemos cuenta?

Jesse y el agente intercambian una mirada preocupada. Me doy cuenta de que todavía no me han contado lo peor.

—Lo siento —dice el agente—, debería haberme expresado mejor. Su hermana no estaba en el coche. Estaba en el maletero.

—¿En el maletero? —No entiendo nada—. ¿Cuándo se metió en el maletero?

—En algún punto entre el momento en el que llegó a la casa con Stephanie del Talkhouse y cuando os despertasteis por la mañana.

—¿Y por qué no la oímos? ¿No habría gritado y pataleado?

—Mientras hago la pregunta, me la respondo yo sola—. Ah —digo, en voz baja, con la amenaza afilada del vómito en lo alto de la tráquea—. Ah. No... ¿No estaba viva? ¿En el maletero?

El agente sacude la cabeza, con una mueca de dolor por mí.

—Creemos que falleció antes de que la metieran en el maletero, sí, pero ese es uno de los hechos que estamos intentando aclarar.

—Me está diciendo que la asesinaron. ¿Eso es lo que me está diciendo? —Tengo la boca seca y pegajosa. Debe de parecer que tengo dificultades para tragar, porque Jesse me lleva la botella de agua a los labios?

—Bebe —me ordena, levantando la botella. El agua se me sale por los lados de la boca y me cae sobre los muslos desnudos. Me eché autobronceador en las piernas esta mañana, y el color real de mi piel queda al descubierto en riachuelos zigzagueantes. «Estuve en ese coche escuchando la canción nueva de Taylor Swift con el cadáver de mi hermana en el maletero.» Al igual que ocurre cuando caminas y estornudas, no puedo pensar esto y tragar el agua al mismo tiempo.

—Pero ¿cómo ocurrió?

«En la biblioteca con el candelabro», responde mi cabeza con una risa que me indica que no estoy bien.

—Sabremos más cuando se emita el informe de la autopsia, pero su hermana presentaba una herida importante en la nuca. Es posible que resbalara y se cayera, pero si hubiese sido un accidente no habría habido necesidad de esconder el cadáver. Y además... Puesto que su hermana no era, mmm. Bueno. Habría que tener bastante fuerza para moverla. Una mujer no habría podido hacerlo sola.

«Puesto que su hermana no era delgada», eso es lo que ha estado a punto de decir.

—Lo hizo Vince —dice Jesse, y el agente le dirige una mirada de reproche—. No sé por qué no puede saber que eso es lo que todo el mundo cree. Descubrió la aventura de Brett y Stephanie y se le fue la puta olla.

Estoy de pie. ¿Por qué estoy de pie? Tengo la mano apoyada en la pared. Estoy doblada hacia delante, como si estuviera de parto otra vez. Quizá lo esté un poco. Esto es tan terrible que tengo que parirlo.

Alguien ha asesinado a mi hermana y ese alguien puede o no haber sido Vince, pero vamos a decir que fue Vince. Vamos a decir que fue Vince igual que vamos a decir que Brett y Stephanie tenían una aventura cuando no es verdad. Vamos a manipular la realidad.

Jesse y el agente me están diciendo que me siente. Lo intento, pero inmediatamente vuelvo a levantarme. La verdad no ofende, pero incomoda. Ahora entiendo la frase hecha. Hay algo en la verdad que es el respaldo duro de una silla, un guisante bajo el colchón, una piedrecita en el zapato. Soportable, pero no durante mucho tiempo.

Camino de un lado a otro hasta que llega Layla. Para entonces, Jesse ha escrito el guion de la verdad.

22

Kelly

*N*o me acuerdo de casi nada del funeral, excepto de los fragmentos de la elegía de Yvette que acabaron en una camiseta.

Y de Arch.

Arch fue con su madre, pero sin su padre. Me sentí sucia. Era como si él se hubiese negado a presentarle sus respetos porque sabía que había algo que no olía bien en todo aquello.

Volvimos todos juntos en la limusina después de enterrarla: mi padre, su mujer, Susan, Layla, Arch y su madre. Estamos aparcados delante de la pizzería de Patsy, en la calle Sesenta, donde hacen la pizza que más le gustaba a Brett y donde probablemente nunca imaginó que se celebraría su funeral, Arch me preguntó si podíamos hablar un momento.

—Yo me quedo con ella —dice mi padre, con la mano en la espalda de Layla. Layla parece adormilada, anestesiada, como si no pudiera llorar más. No me ha dejado despegarme de ella desde que murió Brett y la verdad es que me da miedo alejarme de ella. Layla me distrae y me viene bien. Mientras esté cerca, puedo centrarme en consolarla a ella. Puedo aplazarlo todo. Tengo miedo de sentir.

—No tardamos —le prometo mientras mi padre y Susan la ayudan a salir del coche.

Mi padre cierra la puerta. Mi padre. Dudo que se crea mi historia más de lo que la creo yo, pero sé que nunca la pondrá en duda, por Layla. Layla está destrozada pero también está orgullosa de ser la sobrina de Brett Courtney... de la Brett Courtney que el público creía conocer.

—Al final no ha llovido —comenta Arch mirando por la ventanilla al cielo plomizo.

Asiento, sintiéndome como un cepo a punto de saltar. He evitado estar a solas con Arch en la medida de lo posible esta semana. Una cosa era mentirle por omisión cuando Brett estaba viva, insistir en que Brett y Stephanie tuvieron una aventura hace diez meses y que Vince lo averiguó y las mató a las dos es otra, y esa es la hipótesis con la que está trabajando el departamento de policía de East Hampton. Yo tengo mi propia hipótesis, pero aún no puedo desvelar nada.

—Habría dado igual, ¿no?

Arch se gira hacia mí con una risa débil y se pasa un pañuelo húmedo por debajo de la nariz agrietada. Lo dice porque la mayoría de las mujeres que han asistido al funeral llevaban zapatillas de deporte en honor a Brett. No se habrían tenido que preocupar porque los tacones se les hundieran en el barro en el cementerio.

—Habría estado bien igualmente...

—¿Seguían juntas? —me pregunta Arch. Me interrumpe en cuanto abro la boca para contestar—. Dime la verdad, Kel. Por favor. Por favor, no me mientas. No me dejes ser la novia tonta que no sabía nada.

Me ha dado donde duele. No hablo lo suficientemente deprisa como para resultar creíble. No puedo hablar lo suficientemente deprisa como para resultar creíble. El duelo me da arcadas.

—No seguían juntas. Ella te quería, Arch.

Arch sacude la cabeza, disgustada, despellejándose aún más la nariz con ese pañuelo húmedo y sucio. Rebusco en mi bolso, intentando encontrar uno limpio para que no pille una infección.

—No me quería —dice Arch—. Me negaba a admitirlo porque yo sí la quería a ella. Pero lo sabía. Nunca estuvo del todo en la relación. No estoy loca. No voy a dejar que me obligues a sentir que estoy loca. Sé que pasaba algo.

Abandono mi búsqueda de pañuelos limpios y me tapo el pecho con la mano. Siento el corazón viejo. Lo noto débil de haber herido a tanta gente.

—Arch —le digo con voz entrecortada—. Por favor. Necesito que creas que te quería. Yo te quiero y Layla también. Siempre vamos a ser familia.

—¿Es verdad? —me pregunta, y parece más fuerte, como si hubiese dejado que su ira tomara las riendas. El dolor es una pareja de baile a medio camino entre la pena y la ira—. ¿Es verdad que vas a dejar que saquen lo que pasó en el programa? ¿Y que vas a tener tu propio programa con Layla?

Vuelvo a enfrascarme en la búsqueda del pañuelo limpio para no tener que enfrentarme a su comprensible reprobación.

—Las cámaras estaban apagadas cuando ocurrió. No va a salir nada.

—Pero ¿y tú y Layla? ¿Vais a grabar un programa?

—Estará centrado en SPOKE. Servirá para ayudar a un montón de mujeres y niñas imazighen, Arch.

Arch se echa a llorar de nuevo. No. Espera. ¿Está…? Sí. Se está riendo. Se ríe amargamente, en silencio, con la cara colorada y llorosa.

—Todo lo haces por esas mujeres y esas niñas, ¿verdad, Kel? —dice en cuanto recupera el resuello. A continuación, sale del coche y cierra la puerta con tanta suavidad que no hace ruido alguno. No creo que vuelva a saber de ella.

373

23

Kelly: la entrevista

Actualidad

$\mathcal{M}$e han readmitido en SPOKE y me han ascendido a vicepresidenta. Tras la muerte de Brett, la junta revocó de inmediato la decisión de despedirme. Habrían sido demasiados reveses para la empresa y, como revulsivo a la muerte de Brett, las mujeres se dirigían en masa a SPOKE y a FLOW preguntando por Layla y por mí. La demanda ha aumentado tanto que en 2018 vamos a expandirnos al resto del país; abriremos centros en Miami, Washington y Los Ángeles. Tengo el número de Rihanna en la agenda del móvil. La directora nominada a los Óscar me envió flores. Me pregunto si Donatella Versace también se sintió así.

Lisa entra en el plano y le consulta algo a Jesse juntando la cabeza con la suya. Layla y yo lo vemos en el monitor de la habitación de invitados de Jesse. Para las entrevistas tipo confesionario, en la sala solo están el director de fotografía, el operador de cámara, un técnico de sonido y la entrevistada. El resto del equipo se ausenta para disminuir en la medida de lo posible las distracciones y el ruido ambiente.

Layla se ha puesto las chanclas de pelo de Gucci de Brett, que son un número más pequeñas de lo que ella calza, pero insistió en llevar algo de Brett en la entrevista.

—Layls —susurro. No hay mucha intimidad en el caro y diminuto apartamento de Jesse, y menos con ocho miembros del equipo de rodaje danzando a nuestro alrededor, más el peluquero, el maquillador y dos asistentes de Jesse—. Solo quiero saber si de verdad quieres hacer esto. Puedes cambiar de opinión en cualquier momento. Incluso con la entrevista empezada, en caso de que decidas que no quieres seguir.

374

—Lo sé, mamá —gruñe Layla. Está furiosa conmigo porque Brett haya muerto. «Es temporal», me ha asegurado el terapeuta especializado en duelo.

Aunque mi entrevista con Jesse y la entrevista de Layla con Jesse van a grabarse el mismo día, se emitirán con varios meses de diferencia. Mi entrevista va después del estreno de la temporada —pronto, en tres semanas— y la de Layla después del último capítulo, dentro de unos meses. No puede notarse que se grabaron seguidas, así que Jesse se ha cambiado de ropa y ahora lleva un jersey de cachemira con capucha, y se ha trasladado del salón, donde hemos estado sentadas en plan formal, a la cocina; va a cocinar algo mientras charla con Layla sobre lo que ha hecho desde que ocurrió lo impensable.

—Súper-mini-C —dice Jesse al monitor, que es como llama a Layla. Es la pequeña de las Courtney, porque es la más joven, pero también es la más alta. No perteneces de verdad a su tribu hasta que tienes tu mote. El corazón me da un vuelco al darme cuenta de que yo no tengo y probablemente no tenga nunca—. Ya estamos listos.

—Déjalo —me musita Layla mientras salta de la cama para ir a la cocina, aunque no he dicho nada. Layla cumplió trece años hace tres semanas. ¿Es una locura que ya esté contando los días que quedan para que termine este año salvaje de su adolescencia? Su humor es demasiado malo para ser adolescente desde hace solo tres semanas, pero al menos puedo culpar oficialmente a la adolescencia de su precocidad. Me preocupa que los telespectadores critiquen que la estoy obligando a crecer demasiado deprisa. ¿O es que la estoy obligando a crecer demasiado deprisa? Ya no lo sé ni yo.

Observo a Layla reunirse con Jesse en el monitor. Lisa y una asistente preparan los utensilios y los ingredientes necesarios para preparar *chebakia*: la batidora, las semillas de sésamo ya tostadas, el agua de azahar y el papel para hornear. Finalmente, una vez está todo preparado sobre la encimera de mármol, todo el mundo se coloca en su sitio y Lisa da la acción.

—Hola, Layla —dice Jesse—. Qué alegría verte.

Layla sonríe, avergonzada y monísima.

—Gracias.

—¿Qué vamos a preparar hoy?

375

—*Chebakia* —dice Layla—. Son unas pastas marroquíes con forma de flor, fritas y recubiertas de miel. Eran las favoritas de Brett.

Mira los ingredientes sobre la encimera, inmóvil.

—Dime con qué empiezo —la anima Jesse.

—Puedes romper los huevos —dice Layla, y Jesse sonríe.

—Creo que con eso puedo apañarme. ¿Así que este era el postre favorito de tía Brett? —pregunta Jesse mientras casca un huevo en el borde de acero inoxidable de un bol.

—Las favoritas de Brett. Yo no la llamaba tía. Era mi mejor amiga.

Jesse coge la batidora.

—Teníais una relación muy especial.

Layla asiente con la cabeza mientras echa las semillas de sésamo y otros ingredientes secos en el vaso de la batidora.

—¿Qué es lo que más echas de menos de ella?

—Me compraba la mejor ropa y los mejores bolsos, incluso antes de que se pudiera permitir comprarse esas cosas para ella. Brett se esforzó mucho para tener éxito, pero no lo hizo por ella, sino para ayudar a otras personas.

—Era única —dice Jesse con gentileza—. Sé que debe de ser difícil para ti hablar de ella, pero valoramos mucho que quieras compartir con sus admiradores los recuerdos que tienes de tu tía.

Jesse se lleva una mano al corazón, como diciendo que es una de ellos. Pero si a alguien admira Jesse es a Layla. Es como cuando los hombres solteros bromean con pedir «prestados» los bebés a sus amigos casados para atraer a las mujeres, porque saben que a las mujeres les gustan los hombres duros con bebés suaves. Jesse espera que a ella le pase lo mismo, que la gente se encariñe con ella, con sus tatuajes y su colección de cazadoras de cuero, al verla haciendo galletas con una adolescente triste de trece años.

Layla tiene las manos llenas de harina, así que tiene que rascarse la cara, que le pica, levantando un hombro.

—No me cuesta hablar de ella. No quiero dejar de hablar de Brett nunca.

La red nos pagó a Layla y a mí una asesoría con una consultora de medios antes de la entrevista, y fue a ella a quien se le ocurrió esta frase: «No quiero dejar de hablar de Brett nunca». Así se plantea la entrevista como un ejercicio de catarsis para Layla, más que para utilizarla. En realidad, es ambas cosas. Hay tantas cosas que son ambas cosas...

Hay dos versiones de lo que pasó el día que Stephanie se despeñó con el Tesla de Jen por el acantilado de Jesse. La versión de lo que ocurrió en realidad y la versión televisiva. En mi cabeza, la versión televisiva amenaza con reemplazar a lo que ocurrió en realidad. Es lo mismo que pasa con el programa, que dices algo tantas veces que acaba enterrando la realidad. No lo borra por completo, pero lo deja muy, muy tenue, como en esas películas donde el malo escribe un mensaje en un cuaderno y luego el protagonista va y raya la hoja con un lápiz para revelar la hora y el lugar en el que detonará la bomba. Una impresión de la verdad. Eso es lo que queda.

La historia con la que he ayudado a dar solidez a la hipótesis que se marchita en el expediente policial archivado es la siguiente: Vince se presentó en casa de Jen en la madrugada del 27 de agosto, después de ver el vídeo de Stephanie desacreditándole en *TMZ*. Brett es la primera persona con la que se encontró Vince cuando entró en la casa, la persona que absorbió todo el peso de su rabia. Hubo un forcejeo; Brett acabó en el suelo. El forense constató una serie de calvas sangrientas en el cuero cabelludo de Brett, una prueba de que Vince la tenía agarrada por el pelo cuando golpeó su cabeza contra el suelo. Le arrancó la cabellera, denunció una feminista en Twitter, junto con un enlace al informe forense. En el maletero del coche se encontraron huellas de las manos de Vince. (Aún puedo verlo en mi cabeza, apoyándose contra el capó trasero del coche de Jen mientras debatíamos cómo ir a casa de Jesse. «Tienes pinta de que te vendría bien el aire acondicionado», le dijo a Lauren con aquella sonrisa burlona tan típica de Vince.)

La autopsia, que se efectuó diecinueve horas después del fallecimiento de Brett, determinó que su contenido de alcohol en sangre era de 0,088, lo que quiere decir que era incluso mayor en el momento de la muerte. «Estaba en clara desventaja para poder defenderse —me dijo el inspector—, pero eso también significa que probablemente no sintiera mucho dolor ni se diera cuenta de qué ocurría.» Intentaba hacerme sentir mejor,

377

pero aquel día lloré más que cualquier otro desde que murió Brett. Mi hermana cometió algunos errores en su vida, pero también hizo mucho bien al mundo, y habría caminado sobre rescoldos por Layla. Y todo para acabar muriendo borracha en una pelea de taberna chapucera con un hombre. En realidad había sido mucho más que eso —el poder, la supervivencia—, pero el público lo habría reducido a una historia del programa de Jerry Springer. Su muerte no estaba a su altura, y quizá por eso casi prefería la televisiva.

La mañana siguiente, o eso creen la policía y el público, Vince insistió en venir con nosotras a casa de Jesse, quizá porque se asustó al ver que íbamos a ir en el coche que contenía el cadáver de Brett. Quizá quisiera controlar la situación, asegurarse de que Stephanie no mancillaba su nombre ante las cámaras ahora que se iban a divorciar. Es imposible saber con exactitud lo que pensó, si había planeado hacer lo que hizo o si sencillamente ocurrió en un momento de pasión. La policía pidió los vídeos de aquel día, que Jesse les envió inmediatamente. Unas horas después pidieron los vídeos sin editar. Los productores habían hecho un Frankenstein con los clips de vídeo de forma que sostuviera la historia de Jesse. Esta hizo un generoso donativo a la fundación Montauk Playhouse y ofreció a la sobrina del comisario unas prácticas en Saluté, y nadie volvió a molestarla.

—Cuéntame cómo vas a continuar con el legado de tu tía —dice Jesse, dando unos golpecitos con el brazo de la batidora en el interior del bol antes de dejarla en el fregadero.

—Ahora —dice Layla—, pero primero quiero decir otra cosa. Sobre Stephanie. —Apaga la batidora.

—¿Stephanie? —pregunta Jesse con las cejas en mitad de la frente, aunque Layla ya le había dicho que quería decir esto. Layla siente una obligación vehemente por apoyar a Stephanie, la mujer que, aunque ella no lo sabe, intentó hacerle daño en Marruecos, la mujer que, aunque ella no lo sabe, mató a su tía. Se me revuelve el estómago. Este es el momento del día que más he estado temiendo, y eso que hay mucho que temer. ¿Por qué? ¿Por qué Layla tiene que hacer lo correcto?

—Sé que Stephanie hizo las cosas mal al mentir en su libro —dice Layla—. Creo que esa fue su manera de pedir ayuda allí. Ahora sabemos que Vince le estaba haciendo daño, pero tenía demasiado miedo o demasiada vergüenza para decirlo, por eso se inventó esa otra relación de maltrato en su libro. Y no quiero que la gente la olvide, ni a ella ni todo lo que ha hecho por las mujeres.

Esto es indefendible, y no puedo evitar que mi hija lo haga: perdonar inconscientemente a la asesina de mi hermana.

Pero Layla fue insistente. Si hacía esta entrevista, iba a defender a Stephanie, sobre todo una vez se supo que Stephanie había modificado su testamento antes de morir y había dejado toda su herencia a End It!, la organización nacional que proporcionaba a las mujeres de color los medios económicos necesarios para poder abandonar a sus maltratadores. Para mí esto no era más que un irónico punto y final a su plan original, que era matarnos a todas las que pudiera antes de suicidarse. Violencia contra las mujeres por parte de una mujer que dejó todo su patrimonio a una organización que trata de paliar la violencia contra las mujeres. La depravación te vuela la cabeza.

379

Un reputado experto en violencia doméstica a quien Jesse entrevistó en Facebook Live dijo que era posible que Stephanie se hubiese anticipado a lo peor cuando rompió la relación con Vince. Así que, como firmar los papeles del divorcio era como firmar su propia sentencia de muerte, Stephanie modificó el testamento por si acaso Vince la tomaba con ella. Si iba a convertirse en un número más en las estadísticas, que al menos sirviera de algo. Otras mujeres en su situación podrían recibir ayuda.

Y tenía sentido, añadió el experto, que Vince también la hubiera tomado con Brett. Los asesinos de sus parejas y posteriores suicidas son en su aplastante mayoría hombres blancos, y suelen culpar a otros de sus sentimientos de impotencia en una relación romántica. Nunca es culpa del hombre que su pareja lo haya abandonado, siempre es por otra persona. Seguramente le echó toda la culpa de la disolución de su matrimonio a Brett, concluyó eficientemente el experto.

Luego estaban todos los vídeos grabados con decenas de móviles de Brett y Stephanie bailando en el Talkhouse la víspera de su muerte, pasándoselo en grande, celebrando que

Stephanie se había librado de Vince. «Solo un hombre podía ver en la adoración pura e íntegra que estas dos mujeres sentían la una por la otra una amenaza —dijo Yvette en la homilía de Brett—. Solo un hombre podía sentirse forzado a apagar estas dos luces tan hermosas. Mis detractores llevan mucho tiempo denigrando todo aquello que hago y lo que defiendo. Las mujeres tienen los mismos derechos que los hombres... Entonces, ¿por qué aullamos? Aullaremos hasta que las mujeres tengan más que los mismos derechos. Aullaremos hasta que las vidas de las mujeres tengan el mismo valor.» Aquella misma noche, una artesana en Etsy diseñó unas camisetas con la frase «Aullaremos» que se agotaron en menos de cuarenta y ocho horas. No sé adónde fueron a parar los beneficios.

Hubo otros que dieron un paso adelante, que contaron historias que levantaron sospechas acerca de Stephanie, como el taxista que las llevó a las dos a casa desde el Talkhouse y el chico de tan solo dieciocho años (¡!), que estaba en el último curso del instituto, al que Stephanie desvirgó en el callejón de detrás del bar. Los inspectores asignados al caso de Brett me mantuvieron informada de todos los avances, pero no se adentraron demasiado por ningún camino que no tuviera carteles grandes y amarillos en cada curva donde pusiera: «Vince odia y mata a las mujeres guapas y fuertes».

También estaba la pregunta de, si en realidad había sido Stephanie quien mató a Brett, ¿cómo se las apañó para meter el cuerpo de mi hermana en el maletero ella sola? Vince habría sido el único con la fuerza necesaria para hacer eso, me aseguraron los inspectores. Yo tenía una solución muy sencilla para esa conjetura —la adrenalina—, pero no me molesté en sacarla a relucir, como no les dije de qué otra forma podían haber llegado las huellas de Vince al maletero del coche de Jen. De haberlo hecho, tendría que haberle explicado que creo que lo hizo Stephanie y cuáles fueron sus motivos. Necesitaba que se recordara a mi hermana como a una mártir de la resistencia, no como a la amante del marido de su mejor amiga.

A veces me pregunto qué les habrá ofrecido Jesse a Jen y a Lauren a cambio de su silencio. Seguro que ellas también sospechan de Stephanie. Les han renovado el contrato para una quinta temporada, igual que a mí, pero eso sería lo mínimo. Incluso si todo hubiese ocurrido como hemos dicho que ocurrió, habría sido de mal gusto por parte del programa volver sin sus concursantes supervivientes.

—Stephanie fue igual de víctima que Brett —dice Jesse, aclarándolo para todos los que están en sus casas por si Layla no lo ha dejado del todo claro—. Y la red va a rendirle homenaje igualando su patrimonio y donando la misma cantidad a End It! —Jesse mira al objetivo de la cámara A—. Y si estás en tu casa preguntándote cómo puedes ayudar, puedes hacer tu donativo a End It! visitando la web que aparece en la esquina de la pantalla. —Vuelve a dirigirse a Layla—. Cuéntame cómo vas a rendirle homenaje a tu tía.

—Yo y mi madre —la incorrección gramatical me encoge el corazón. Hay tantas cosas en las que aún es una niña…— vamos a ir a Marruecos el mes que viene con más bicis eléctricas. Y vamos a abrir una tienda en Union Square donde venderemos alfombras bereberes.

—Y nosotros estaremos allí para documentar todos vuestros nuevos proyectos. No os perdáis el *aftershow*, donde veremos un adelanto de *SPOKEcenciadas*, un programa en el que seguiremos a Layla y a Kelly en su misión de mantener vivo el legado de Brett.

No entendía el nombre de nuestro programa. La asistente de Jesse tuvo que explicarme que era un juego de palabras con «concienciadas», y luego tuvo que explicarme qué significaba eso. «Pues eso, que estáis muy concienciadas», me dijo, poniendo los ojos en blanco. «Pero ¿concienciadas de qué?», le pregunté yo. «De las movidas sociales», contestó después de una pausa considerable.

Jesse sonríe a Layla con adulación sin reservas.

—Layla, Súper-mini-C, no sabes cuánto te agradezco que hayas charlado conmigo. Creo que hablo por todas las mujeres que están viendo el programa si te doy las gracias por todo lo que haces. —Señala el techo con el dedo. Lo tiene manchado de harina—. Te echamos de menos, hermana.

Layla se queda muy quieta, con una sonrisa rígida, hasta que el jefe de sonido dice:

—¡Lo tengo!

—Uf —exclama Jesse, abanicándose con una mano—. Ha sido difícil, ¿eh? —Levanta su móvil—. ¿Nos hacemos un selfi?

Un técnico de luces abre la puerta del cuarto de invitados. Aún tardarán un rato en recoger todo el equipo y limpiar, y ha sido un día muy largo. Dejo pasar a todo el mundo delante para que puedan empezar. Cuando estoy saliendo, la última, me encuentro con Marc en la puerta, que se disponía a entrar en la habitación.

—Ups —digo, apartándome para dejarle pasar—. Perdona.

Pero Marc se queda allí parado. Mira por encima del hombro y, cuando está seguro de que nadie nos mira, me pone algo pequeño y de plástico en la mano.

—Toma —dice.

Miro hacia abajo. Es un *pendrive* negro.

—Haré lo que tú quieras hacer con ello. Sabes que la quería mucho. —Se seca los ojos—. Mierda. No quiero llorar delante de ti. Para ti debe de ser muchísimo peor.

Cierro los dedos alrededor del *pendrive*, sin fuerza, temerosa por lo que pueda contener. Estoy cansada de tener que tomar decisiones difíciles.

—¿Qué hay aquí? —le pregunto.

—Aquel fin de semana en los Hamptons, cuando Lauren subió al piso de arriba después de quemarse el pelo, se quedó dormida con el micro puesto. Soy el único que ha oído esto. —Marc me hace un gesto para que me guarde el *pendrive* en el bolsillo, y yo lo hago a regañadientes—. Tienes que tenerlo tú. Yo no puedo... No puedo ser yo quien decida qué hacer. —Se tapa un agujero de la nariz con un nudillo—. Tú eres su hermana. —Lo dice sinceramente, pero con el dedo en la nariz, la declaración suena nasal, patosa y afeminada. Se acerca un ayudante de producción y Marc se seca la cara con la manga—. Escúchalo cuando estés sola —me dice antes de dar media vuelta.

24

Kelly

*E*l grito se interrumpe. Hasta que no escucho la grabación por tercera vez —sola; Layla está en el colegio— no empiezo a visualizar parte de lo que oigo. Brett debió de despertar a Lauren y le puso una mano en la boca.

Soy yo. Shhhh. Soy Brett.

Se oye el ruido de las sábanas y luego la voz de Lauren, áspera y desorientada.

¿Qué...? Carraspea... *¿Por qué estás...? ¿Es hora de cenar?* Titubea. Más ruido de sábanas. *Tienes mi teléfono.*

Dame un segundo.

¿Por qué tienes mi teléfono?

Porque Stephanie se ha cargado el mío y no consigo hacer que funcione el botón. Brett gruñe en voz baja. *¿No tienes el número de Jesse?*

Lauren ya está lo suficientemente despierta como para hablar con algo de vergüenza en la voz:

El móvil es nuevo. Tengo el número de Lisa.

No quiero hablar con Lisa.

¿Para qué quieres hablar con Jesse a las... más ruido de sábanas, probablemente se estira para mirar el reloj de la mesilla de noche... *tres y veintinueve de la mañana? Sabía que estabais de parranda.*

Lauren Elizabeth Fun, la reprende Brett, *esa palabra te hace vieja.*

¡Todavía se dice «parranda»!

Lo dicen los viejos. Como Stephanie. A quien por cierto se le ha ido la olla por completo. ¿Sabes lo que ha hecho esta noche? Se ha subido al escenario del Talkhouse...

¿Habéis ido al Talkhouse?

Después de cenar.

¿Por qué no me habéis llevado?

Mmm. Porque te quemaste el pelo y subiste a arreglártelo y… No sé, supongo que te quedaste dormida.

No me quedé dormida.

Estás vestida. Y tienes una teta al aire.

Hay una pausa mientras Lauren comprueba que es cierto.

Pero si te encanta, guarrilla. ¿Qué ha pasado en el Talkhouse?

A ver. La banda nos ha dejado subirnos al escenario a cantar con ellos…

¿Qué canción?

«Bitch».

Bitch *tú.*

A Brett le hace muchísima gracia el malentendido y se ríe mientras canta: *I'm a bitch, I'm a mother, I'm a child, I'm a lover…*

Ohhh. Es perfecta para nosotras. Muy propia.

¿Por qué crees que la pedí? Ni siquiera en sus últimas horas de vida Brett podía no felicitarse a sí misma por todo. *El caso. Que cuando acaba la canción, me bajo del escenario y creo que Steph venía detrás. Pero la tía se queda arriba, coge el micrófono y empieza a soltar mierda. De nosotras.*

¿Ha dicho algo de mí?

¡De todas! Que todo es inventado. Que nos inventamos nuestra pelea y que tú y Jen nos seguisteis la bola. Stephanie no mencionó a Jen ni a Lauren por su nombre, pero Brett estaba reclutando aliados. *Cosas malas. Nos ha dejado como unas chungas. Ah, y además se ha follado a un adolescente detrás del bar. Y no estoy de coña cuando digo adolescente. Me sorprendería que fuera mayor de edad.*

Estaba intentando ponerte celosa.

¿Por qué iba a…? Brett se interrumpe. Se le había olvidado su propia línea de guion. *El caso es que Jesse tiene que saber esto antes de mañana. No puede venir al brunch. Se le ha ido la pinza por completo y no quiero que empiece a contar mentiras sobre mí delante de las cámaras.*

Pues cuéntaselo a Lisa.

*A Lisa se la pela. Apoyaría al cien por cien cualquier cosa
que Steph dijera de mí. Para celos, los suyos. Ya sabes que Lisa
está celosa de mí.*

Lauren hace una pausa, incrédula.

No pongas esa cara. Sabes que es verdad.

Tengo hambre.

Sigues teniendo la teta al aire.

Las sábanas suenan como si las hubieran apartado del todo.

Vamos. Si yo tengo hambre, seguro que tú también.

Antes vi pizza congelada en el garaje, dice Brett. *En serio,
tápate. Estoy harta de tetas.*

Se oye ese ruido de succión que hace una nevera cuando la
puerta se separa del marco. A continuación, un poco de sarcasmo por parte de mi hermana:

Más vino es lo que tú necesitas.

Tengo el pelo como Kate Gosselin.

Oye, que Jon & Kate Plus Eight *lo veían cuatro millones de
personas. Un respeto.*

Haz la de pepperoni.

Creía que no comías pan.

La pizza no es pan.

Suenan armarios abriéndose: seguramente estén buscando
un plato para calentar la pizza.

Espera. Me cago en la puta, dice Brett. *¿No tiene microondas?*

Luces de infrarrojos y células cancerígenas. Blablablá.

No puedo.

Lo sé.

Hay un largo silencio. Al principio pensé que quizá Brett
estaba intentando encender el horno, pero a raíz de las siguientes escuchas creo que estaba debatiéndose entre decir o no lo
que dijo a continuación:

*Sabes que es mentira, ¿verdad? Lo del veganismo. Come
carne.*

Lauren resopla.

Y fui yo quien envió al Post *mi vídeo haciéndole una mamada a la baguette en el Balthazar.*

Estoy hablando en serio.

Se oye un gluglú. ¿Lauren sirviéndose una segunda copa?

Y yo.

Lauren. Brett está atónita. *Madre mía.*

Qué más da. Funcionó, ¿no? Conseguí una temporada más. Tuve que fingir que os acusaba a todas y así tendría una razón para pelearme con vosotras.

Pero tuviste que dejar tu puesto como presidenta.

Iba a pasar tarde o temprano.

Joder, tía, dice Brett. Tiene narices, con lo hipócrita que ha sido ella. *¿Qué haces?*

Creo que hay una botella de Tito's en el congelador.

Está claro que necesitas el vodka.

Como un mazazo en la cabeza. Que Lauren dijera eso, visto cómo murió mi hermana menos de una hora después, me hace sentirme como si estuviera caminando en línea recta por una valla eléctrica.

Enredan un rato por la cocina. Buscan algo de comer. Se ríen de los productos veganos que hay en la despensa de Jen y que ni siquiera come ya. A Lauren cada vez se le traba más la lengua, y le cuesta seguir la conversación. Pregunta unas cuantas veces cuánto falta para que llegue el taxi. Brett al principio la corrige, pero al cabo de un rato empieza a seguirle el rollo. Veinte minutos. Una hora.

¿Una hora?, masculla Lauren, impertérrita. *A ver si te aclaras.*

En el minuto cincuenta y siete y treinta y dos segundos, se oye un fuerte ruido. Mi conjetura es que alguna de las dos ha cerrado la puerta del congelador con demasiada fuerza; estaban discutiendo si el helado de leche de almendras era o no el producto más asqueroso del congelador de Jen. Creo que las bandejas que estaban encima de la nevera se cayeron al suelo. Ladra un perro, y luego los tres. No puedo creer que no me enterase de nada y siguiera durmiendo. Ahora que voy por la tercera escucha y ya sé lo que pasa después, me pregunto si Jen no me daría el Xanax a propósito para dejarme inconsciente. ¿Tendría planeado enfrentarse a Brett aquella noche?

Ups. Lauren se ríe. Un rato después, se oye un ruido, como alguien rascándole la espalda por encima de la camiseta. Lauren está tumbándose en el sofá, que está al lado de la cocina.

No te levantes, dice Brett. *En serio. Tú quédate ahí abrazada a tu botella de vodka. Ya limpio yo tu... Ay, joder. ¿Y tú qué quieres?*

«Tú» es Jen.

Acostaos, dice Jen, de mal humor. *Por el amor de Dios. Lleváis una hora haciendo ruido.*

Es que hemos tenido que hacer fuego con dos palos para hacer esta pizza, le contesta Brett, beligerante y brusca. Jen y Brett nunca encajaron, pero aquella noche eran aluminio y bromo en una pipeta. *En serio,* dice Brett, *es mucho más probable que tengas un cáncer por la carne asquerosa esa que comes de FreshDirect que por tener un microondas.*

Breeeett, grazna Lauren desde el sofá en una especie de intento sin fuerzas de defender a Jen, cayendo en una retorcida rendición, *You're a bitch, you're a child, you're a sinner and a mother...*

Brett sigue abriendo armarios y cajones. En esta parte, en la grabación se oye sobre todo el ruido de utensilios de cocina y platos chocando entre ellos. Creo que, aunque estaba borracha, quería fingir que estaba ocupada para evitar mirar a Jen a la cara. Creo que sabía que se había pasado de la raya al decir aquello delante de Lauren. Aunque tampoco tenían que preocuparse, porque Lauren no iba a acordarse a la mañana siguiente. Apenas parece acordarse de lo que pasó a continuación.

Creía que te gustaría saber que he redactado un comunicado con mi equipo de prensa para explicar mi decisión de dejar el veganismo, le dice Jen a Brett, elocuente. En este punto de la grabación, ya estoy tan acostumbrada a la lengua de trapo de Brett y de Lauren que hasta me choca oír a Jen hablando de forma tan clara y razonable. *La Teoría Verde siempre ha apoyado, y siempre lo hará, aquello que sea mejor para cada cuerpo, y deshacernos de las etiquetas es un avance saludable para todas las mujeres. Tengo un buen presentimiento con esto. He construido una comunidad fuerte y confío en que me apoyarán, y al alejarme del veganismo, mi equipo cree que puedo conseguir atraer a una nueva base de clientes.*

387

Sé que estás hablando, dice Brett, *pero solo escucho esto.* Está citando (mal) a Emily Blunt en *El diablo viste de Prada* y haciendo con la mano el gesto de un pico cerrado, estoy segura.

Estoy hablando, le espeta Jen. Está enfadada. Brett la ha avergonzado. Yo sé lo que es contarle algo a Brett, algo en lo que has puesto muchas ganas y mucho esfuerzo, y que la Pasota te haga sentir como una auténtica imbécil por esforzarte tanto. *Te estoy contando esto por dos razones. La primera, porque no pienso seguir dejando que me trates con esa prepotencia, y la segunda, porque he pensado que quizá quieras seguir mi ejemplo. Preparar tú también un comunicado. Prepararte para la que se te viene encima cuando todo el mundo se entere de que te acostaste con Vince.*

Hay un silencio ensordecedor. Brett ha dejado de hacer lo que estuviera haciendo en la cocina.

Vince está buenooooorro. Lauren bosteza.

Me lo contó tu hermana, dice Jen, probablemente en respuesta a la mirada estupefacta en el rostro de Brett. *Es terrible, Brett. No solo lo que hiciste y las mentiras que has contado, sino también que tu propia hermana esté tan harta de ti que te venda a la primera de cambio. No va a quedarte nadie cuando esto acabe. ¿Crees que Jesse va a seguir a tu lado después de esto? Yvette ya te digo que no. Mira, vale que a veces no le guste, pero siempre va a quererme. Pero eso no le va a pasar con una niñata a la que conoce desde hace solo tres años.*

Yvette. Ay. ¿Por qué tuvo que sacar Jen a Yvette a colación? Yvette era la segunda oportunidad de Brett. Le hizo sentir el amor de una madre. De todo lo que Brett podía perder si la verdad salía a la luz, creo que Yvette es lo que más habría sentido.

Brett hace un sonido despectivo que a duras penas consigue enmascarar su pánico sin control.

Oye, ¿y también has trabajado con tu equipo de prensa para redactar un comunicado en el que cuentes el año que te pasaste follándote a Vince?

«¡¿Jen y Vince?!», exclamé en la primera escucha.

«¿Jen y Vince?», en la segunda.

«Jen y Vince», en la tercera, y me acordé de que Brett intentó hablar conmigo en Marruecos antes de que saliéramos hacia las montañas. Dijo algo de Jen. Yo pasé de ella. No. No solo pasé de ella. Le grité que no quería volver a oírla hablar mal de Jen. Estaba harta de sentir que no me apoyaba y que quería estropear mi relación con la única persona que lo hacía. ¿Las cosas habrían sido distintas si lo hubiese sabido?

¿Habría querido que lo fueran?

Vince no es el marido de mi mejor amiga, dice Jen, fría como un pepino, casi como si estuviera preparada para que Brett sacara a relucir su devaneo. *Sino de tu mejor amiga. Ella era buena contigo. Te quería. Y tú te cagaste en todo eso. Piénsalo, Brett. Las mujeres van a odiarte cuando se enteren.*

Hay una pausa. Brett parece pensar en ello. Luego se ríe, desafiante.

¿Qué pasa, que te desvirgó, Greenberg? Sigues escribiendo «señora Jen DeMarco» en tu diario, ¿a que sí? Sabes que fui yo quien lo dejó a él, ¿verdad? ¿Sabes que siguió persiguiéndome, incluso después de que anunciara que iba a casarme? Está TOTALMENTE *obsesionado conmigo. Y estoy segura de que eso te mata. Te hiciste un par de arreglitos, con tus tetas nuevas, tu pelo largo, y creías que así ibas a y recuperar a tu hombre.* Brett hace un gesto teatral de sorpresa. *Pero ¡mírala, qué cara! De verdad lo creías. En serio. Creías que ibas a demostrarle a Vince lo que se estaba perdiendo y, en lugar de eso, él solo tenía ojos para mi culo gordo. Eso es lo que nunca has entendido. Aunque en realidad creo que sí lo entiendes y que por eso me odias. No le caes bien a nadie, Greenberg. Eres aburrida. Tu trabajo y tu afición a tiempo completo son estar delgada. Lo único que tienes para ofrecer a los demás es eso, estar delgada, porque no tienes carisma, ni sex-appeal, ni agallas. Pues claro que Vince prefiere follarme a mí que a un saco de huesos con un vestido de Ulla Johnson, y claro que tu madre preferiría que su hija fuese yo. Oh, ¿vas a llorar? Fíjate que nunca te he visto llorar. ¿Lloras lágrimas verdes de smoothie de kale?*

En este punto, en la primera escucha, aguanto la respiración porque estaba segura de que era ahí cuando iba a pasar. Habría entendido, hasta cierto punto, que Jen explotara después de esa escabechina. Lo que dijo Brett era muy mezquino. Era muy cruel. Era muy cierto. Pero el caso es que la cosa fue a peor.

Porque Jen, por lo que puedo deducir, se dio la vuelta. No entró al trapo. No le concedió a Brett la reacción que estaba buscando.

Jen, siseó Brett, llamándola para que volviera. *Jen. Espera. ¡Jen!* Y, a continuación, se oyeron unos pasos rápidos en el suelo de piedra caliza, ese suelo tan duro y tan peligroso, y Jen gruñó. Brett fue a por Jen. Fue Brett quien empezó.

Lauren ronca un poco mientras Brett y Jen caen al suelo enredadas, gruñen, respiran fuerte, musitan insultos por lo bajo. Hablaban bajo por una razón: no querían que las obligaran a parar.

El ruido me hace pensar en los cocos que Brett y yo levantábamos en el aire y lanzábamos al suelo en el porche de casa en verano. Sé que es la cabeza de Brett lo que hizo ese ruido, porque el gemido que emitió no se parece en absoluto a ningún sonido que haya oído hacer a ningún ser humano, y he dado a luz. Es como un «ohhhh» de aceptación, de asombro y de miedo. «Ohhhh», así es como se muere. La causa de la muerte de Brett fue un hematoma subdural agudo, una acumulación de sangre debajo de la capa interior de las meninges. El forense identificó dos contusiones en la parte posterior de su cabeza, provocadas por dos golpes independientes, de los cuales solo uno de ellos fue mortal. Pero, como fueron sucesivos y rápidos, no se podía determinar el orden. Al oír la grabación, estoy segura de que fue el primero.

De todas formas, en este primer momento Jen aún podría haber aducido que había sido en defensa propia. Podría haber pedido ayuda y a lo mejor Brett se habría salvado. Pero se oye otro golpe. Fin.

Durante un rato, la respiración consternada de Jen es lo único que acompasa los ronquidos de Lauren. Brett no hace ningún ruido. Brett murió rápido.

Primero intentó arrastrarla ella sola. Lo oí. Pero era imposible que la *hippie* escuálida del programa pudiera deshacerse del cuerpo de mi hermana, de tamaño considerable, sin ayuda. «Una mujer no habría podido hacerlo sola», dijo el agente. Pero dos mujeres, sí.

Lauren. Jen habla con un hilo de voz. *Lauren. Despierta.* Sigue así un minuto más o menos.

Déjame, gimotea por fin Lauren.

No, Lauren. Despierta.

No. ¡Eh! ¡Déjame! ¿Qué haces? Me imagino a Jen sacando a Lauren a rastras del sofá.

¡Ayúdame!, gruñe Jen.

¿Es Brett?

Cógela por los pies.

Lauren se ríe. *Brett va pedo. ¡Despierta, Brett!*

Cógela… eso es. Ya la tienes. Muévete.

¿Es Brett?

Avanza.

Se oye el crujido de una puerta abriéndose. El «clic» de una luz encendiéndose.

Au, se queja Lauren, y se oye un «clonk» nauseabundo, y luego otro. Los pies de Brett golpeando contra el suelo de cemento del garaje.

¡Cógela por los pies!

¿Es Brett?

El «clic» de una luz apagándose.

Espérame aquí, le dice Jen a Lauren. *Voy a coger las llaves. No te muevas.*

Lauren es capaz de esperar en silencio hasta que Jen vuelve y abre el maletero de su coche. Ahora entiendo por qué estaban las dos tan empeñadas en ir en mi coche. Ahora entiendo por qué Lauren no parecía comprender por qué estaba tan agitada. Debe de tener solo un recuerdo borroso de cómo metieron el cuerpo sin vida de mi hermana en el maletero del coche de Jen, si es que recuerda algo. ¿Qué habría hecho Jen con ella si Stephanie no hubiera hecho lo que hizo, si no hubiera tenido ese horripilante golpe de suerte? No me permito pensar demasiado en ello.

Vale. Levántala. Así. Suéltala. Ya puedes soltarla, Lauren.

Supongo que cerraron el maletero, aunque no hizo ningún ruido. Se oye el cerrojo de la puerta del garaje. Están de vuelta en la cocina.

Ayúdame, vuelve a decir Jen.

¿Qué es esto?

Tú ayúdame a limpiarlo.

Pero ¿qué es?

Es sopa de tomate.

¡¿Sopa?!, grita Lauren.

¡Shhh!

¿Por qué hay sopa en el suelo?

La has derramado tú.

Lo siento, Jen.

No pasa nada. Tú solo ayúdame a limpiarla. ¡No! No te la comas. Qué asco. Lauren. ¡No! Jen tiene una arcada, o quizá sea yo.

Tengo hambre.

Ahora te hago una pizza.

Oye, ¿parezco la médium de Long Island?

Estás estupenda. Pero sigue.

Las dos se afanan sin hablar durante la siguiente media hora. Están limpiando la sangre de mi hermana.

¿Vale, Lauren? No, Lauren. En el sofá blanco, no. Déjame que te quite esto.

No me toques, farfulla Lauren.

Déjame que...

Que no me toques...

... te quite los vaqueros antes de que...

¿Quieres follar conmigo?

¡Al sofá, puta zorra alcohólica!

¿Me he hecho pis?

¡Sí!, solloza Jen con alivio al darse cuenta de que esta es la única forma de conseguir que Lauren ponga de su parte.

No llores, Jen.

Oigo el botón de los pantalones de Lauren, el ruido de la cremallera, el roce de la tela vaquera contra la piel.

Toma, dice Lauren, probablemente pasándoselos a Jen, porque unos instantes después se oyen los pasos de esta última alejándose. Lauren empieza a roncar.

La opción correcta no es siempre la que te hace sentirte bien al escogerla. Esto lo aprendí de Layla. Cuando tomé la decisión de seguir adelante con el embarazo, me sentí y aún me siento una desgraciada, por cómo iban a cambiar mi juventud y mi vida en muy poco tiempo. Pero aquella decisión me hacía sentir menos desgraciada que la que implicaba salir del coche y seguir las indicaciones hasta el centro de salud reproductiva. Le pedí a mi padre que solicitara la cita dos veces, solo para estar segura.

Ahora tengo varias opciones, y ninguna me hace sentir bien pero algunas me hacen sentir peor. Puedo acudir a Jesse. Puedo no hacer nada. Puedo acudir a Jen. A Jen, mi amiga. Pero supe lo que haría la primera vez que oí gemir a mi hermana de esa forma en que no quería recordarla.

Dejo el *pendrive* en el cajón de la mesilla de mediados de siglo por la que Brett pagó demasiado dinero en un mercadillo en Brooklyn. Ya casi es la hora de recoger a Layla del colegio. No tengo que mirar el reloj ni el móvil para saberlo, ya oigo a *Ellen* saludando a su público a través del endeble tabique que comparto con mi vecino. Estoy harta de compartir. Comparto la cama con Layla y los cajones con la ropa de Brett. Arch la dobló toda con esmero y la metió en varias bolsas de basura que le dejó al portero hace unas semanas, y este piso solo tiene un armario diminuto en la entrada que ya está lleno hasta los topes. Antes, cuando oía las palabras «portero» y «rascacielos de lujo» —que son los filtros con los que aparece mi edificio en StreetEasy—, me imaginaba el apartamento de Charlotte York, pero la realidad es mucho menos glamurosa. Este era el antiguo piso de Brett, que yo alquilé cuando ella se mudó con Arch. Estaba bien como pisito de soltera, pero no es práctico para una madre y una hija adolescente a largo plazo. Cinco mil quinientos dólares al mes en una zona con escasez de colegios. Sin ventanas en la habitación. Sin fogones en la cocina. No es la primera vez que oigo la voz de Stephanie en mi cabeza: «Cuarenta y un dólares y sesenta y seis centavos al día».

Después de aquello investigué un poco. Y no sobre el mercado del alquiler en Manhattan.

Quiero quedarme en este barrio. Quiero que Layla siga en el colegio donde está matriculada, ese con unas vistas «espléndidas» al Hudson, con una calificación de A+ en el profesorado y de A en diversidad según Niche. Quiero seguir siendo la vicepresidenta de la empresa que creé, una empresa de la que me siento orgullosa. Quiero recibir cartas de mujeres imazighen diciéndome que han sido las primeras mujeres de sus aldeas en ir a la universidad gracias a SPOKE, algo que está empezando a suceder ya. Quiero que todo el mundo recuerde a mi hermana con cariño y quiero una remuneración digna por aparecer en un programa televisivo que ha aumentado su audiencia en Saluté un treinta y nueve por ciento. No quiero que me paguen por temporada, ni siquiera por capítulo. Quiero que me paguen derechos.

Cojo el teléfono. Tengo el tiempo justo para llamarla antes de salir. La conversación no tiene que ser larga, y es mejor hacerlo ahora, en caliente. No quiero volver a tener que escuchar esa grabación nunca más.

Jesse me llama a menudo y se supone que tengo que estar disponible, en cualquier momento, en cualquier lugar. Pero a mí me salta el contestador. Respiro hondo mientras espero a que suene la señal. El corazón me late despacio y fuerte.

—Hola, soy Kelly. Te llamo por varias cosas. —Maldita sea. Estoy hablando demasiado deprisa. Y la llamo por una sola cosa. Una. Respiro hondo de nuevo—. Es importante, y me gustaría organizar una reunión para hablar de ello. Por la mañana a partir de las ocho es cuando mejor me viene. Llámame cuando puedas, por favor. Gracias. Adiós.

394

Se me cae el teléfono antes de que pueda colgar, con lo que añado un taco entre dientes al final del mensaje. Al otro lado del tabique, el público de *Ellen* aplaude a su segundo invitado. Hora de irme.

Cuando salgo, me enfado al ver que hace sol. Estaba nublado cuando llevé a Layla al colegio esta mañana, y no me he molestado en coger las gafas de sol antes de salir, pensando que el día seguiría gris. Nuestro piso no tiene mucha luz.

Decido entrecerrar los ojos y aguantarme, porque sé que perdería otros cinco o diez minutos si volviera a por las gafas. Los ascensores están muy solicitados a estas horas, y siempre intento llegar antes de que suene el timbre. Ver a Layla saliendo por la puerta del colegio me dice más de su día y de su vida de lo que ella va a contarme.

Hago el trayecto de diez minutos en ocho y me quedo en la esquina noreste del edificio; sé que Layla sale por la puerta del sur y que así no me verá cuando salga.

No reconozco a las dos chicas que flanquean a Layla cuando baja las escaleras hasta la acera. Tampoco reconozco a mi hija. En Nueva Jersey también iba a buscarla al colegio antes de tiempo. Solía salir sola o con su amiga Liz, aunque cada vez menos cuando Liz entró en el equipo de fútbol. Brett siempre decía que todo el mundo adoraba a Layla, pero ella nunca la vio a la salida del colegio, un colegio que nunca aumentaría su calificación relativa a la diversidad por encima de C-. Ella nunca vio lo que yo vi, que era que nadie tenía ningún problema con Layla, pero tampoco nadie se molestaba en hacerse su amiga.

La ciudad se ha portado bien con Layla; cada vez tiene más seguridad en sí misma. Se rasca menos la cara; casi nunca está con el mismo grupo de chicas, una señal no solo de su popularidad sino también de su generosidad de espíritu. La han invitado tantas amigas a dormir en sus casas, me han invitado incluso a mí —al club de lectura de madres, a los vinos de madres, a las charlas de mierda de madres— que he empezado a tener que decir que no, lo que por supuesto solo ha hecho que estemos aún más solicitadas. Si alguien descubriera la verdad sobre mi hermana, nos odiarían con la misma intensidad con la que ahora nos aman. No sobreviviríamos a algo así. Ir a la policía nunca fue una opción.

Layla dice algo que hace reír a sus amigas. Levanta la vista y, al verme, toma la decisión deliberada de dejar de sonreír. No pasa nada. La mayoría de los adolescentes dejan de sonreírles a sus padres durante una temporada. Mientras sepa que es feliz a ratos, no me siento tan mal. No tomé la decisión correcta, solo la mejor.

Agradecimientos

Dicen que los segundos libros son especialmente difíciles, lo que significa que mi experiencia escribiendo este fue absolutamente banal. Para sumar un poco de ansiedad al miedo al segundo libro, estuve viajando por todo el país y ajusté cuentas con una experiencia traumática de mi juventud, algo que tenía pendiente desde hacía años y que se precipitó tras la publicación de mi primer libro. Algunos días estaba tan superada y tan quemada que lo único que podía hacer era ir del ordenador al sofá. Basta decir que no he sido una compañía muy agradable para los que me han rodeado durante el último año y medio, y quiero darle las gracias a mi marido por su inquebrantable buen humor y por su disposición para salir a comprar café del bueno siempre que se lo pedía. Te quiero muchísimo y estoy muy orgullosa de la decisión que tomamos y de la vida que hemos construido.

También quiero dar las gracias a las lectoras de *La chica que lo tenía todo* que se han puesto en contacto conmigo a lo largo de estos tres años para contarme experiencias desgraciadamente similares a la mía. Guardé mi secreto durante tanto tiempo —por miedo, por vergüenza, por condicionamiento— que no había experimentado la fuerza que da compartir las cosas. Me habéis hecho más fuerte, y os doy las gracias. Espero haberos hecho más fuertes yo también a vosotras.

Gracias a mi agente literaria, Alyssa Reuben, por contestar a todas mis incontables llamadas aterrorizadas a lo largo del año pasado y por mantener siempre la calma, por animarme, por consolarme. Tuviste fe en mí antes de que la tuviera yo misma, y te estaré eternamente agradecida por ello.

Gracias a mi editora, Marysue Rucci, por no vacilar nunca a la hora de decirme que algo no funciona, porque así puedo creerte cuando me dices que algo sí funciona. Gracias también por tu paciencia, por tu entusiasmo y por los Martinis a tiempo.

Gracias a todo el equipo de Simon & Schuster: a Amanda Lang, a Richard Rhorer y a Elizabeth Breeden, por vuestra dedicación para que este libro viese la luz. A Jon Karp, por apostar por mis dos bebés como lo has hecho, y a Zack Knoll, que no creo que seamos parientes pero quién sabe, y que siempre está por encima de las cosas como si fuera un ninja.

Gracias a Michelle Weiner y a Joe Mann, de CAA, por enseñarme todos los secretos de Los Ángeles y por trabajar sin descanso para darles una segunda vida a mis libros y otra dimensión a mi carrera como escritora. Y gracias a ti también, Kate Childs, el fichaje estrella de CAA.

Gracias a Alice Gammill, la mejor asistente del mundo, que además es una escritora de gran talento y que algún día podrá darme trabajo.

Cait Hoyt, muchísimas gracias.

Mamá, papá, gracias por ver la chispa de la creatividad en mí desde el primer día, por educarme para ser trabajadora y por enseñarme a valorar mi ambición, sin la cual nunca habría sido capaz de dar el salto del talento a la profesión.

Gracias a Katy Burgess y a Brady Cunningham de Wall for Apricots, unos excepcionales diseñadores de interiores, por crear un espacio para trabajar digno del despacho de un jefe en mi casa nueva en Los Ángeles.

Este proceso ha sido duro, pero lo habría sido mucho más de no haber estado al cuidado de mi maravillosa psicóloga, la doctora Debbie Magids, y de mi abnegada dietista, Elyse Resch. Debbie, tú primero: antes de encontrarte estaba muy mal, y sé que el proceso de curación es largo, pero gracias por ayudarme a encontrar el principio del camino. Elyse, gracias por ayudarme a cambiar mi relación con la comida y por enseñarme que valgo más que mi peso, una noción básica para todas las mujeres.

Por último, gracias a los voluntarios de Southern California Bulldog Rescue. De no ser por vosotros no tendría a mi querida Beatrice, que roncaba a mi lado mientras yo escribía sin descanso en mi portátil, y cuya cara blandita y cuyos gruñidos me hacían reír algunos días en los que no creía que fuera posible. Mi corazón es más grande y mis días más brillantes gracias al trabajo que hacéis.

ESTE LIBRO UTILIZA EL TIPO ALDUS, QUE TOMA SU NOMBRE
DEL VANGUARDISTA IMPRESOR DEL RENACIMIENTO
ITALIANO, ALDUS MANUTIUS. HERMANN ZAPF
DISEÑÓ EL TIPO ALDUS PARA LA IMPRENTA
STEMPEL EN 1954, COMO UNA RÉPLICA
MÁS LIGERA Y ELEGANTE DEL
POPULAR TIPO
PALATINO

LA HERMANA FAVORITA
SE ACABÓ DE IMPRIMIR
UN DÍA DE OTOÑO DE 2018,
EN LOS TALLERES GRÁFICOS DE LIBERDÚPLEX, S.L.U.
CTRA. BV-2249, KM 7,4, POL. IND. TORRENTFONDO
SANT LLORENÇ D'HORTONS
(BARCELONA)